十朝

貳部曲 奇道

卷四 龍興雲屬

高容 GAO RONG 作品

龍荒冬往時時雪
兔苑春歸處處花

後梁勢力圖 公元907-922年

五代十國(後梁)勢力圖
公元 912-918 年

本書目錄以公元年為序號，章回名稱取自《李白詩選》

九一二・九

相見情已深・未語可知心

「澤國江山入戰圖，生民何計樂樵蘇。憑君莫話封侯事，一將功成萬骨枯。

傳聞一戰百神愁，兩岸強兵過未休。誰道滄江總無事，近來長共血爭流。」❶

褚寒依在大梁宮廷裡，目睹了朱友珪弒父兵變的慘事，心中十分震撼，又失去阿金、阿銀的消息，更氣恨馮道，一時間只覺得天地茫茫，不知何去何從，便四處遊蕩，一邊想著自己的心事，一邊前往開封「鄢陵」，打算參加四個月後的「臘梅賞雪富貴宴」。

這日黃昏，她漫步到洛陽天池的玉女溪畔，見溪中石潔如洗、水清如鏡，前方伏牛山連綿千里，被金黃銀杏、艷紅楓楓潑染成一幅爛漫璀璨的織錦。夕陽霞彩，將河面映照得波光粼粼，天地山河交匯成一個華麗繽紛的幻境，她讚嘆之餘，便坐了下來，卸去鞋襪，將雙足放入清涼的溪水中，一邊戲弄水花，一邊欣賞美景，享受難得的愜意時光。

正當她暫時拋卻惱人的心事，悠然地吟唱小曲時，卻聽見楓林深處傳來水瀑聲，還有一道吟詩的男子聲音，語氣清雅，意境卻蒼涼。

「這人乃是心懷蒼生的義士，才能吟出『憑君莫話封侯事，一將功成萬骨枯』的感慨……」褚寒依心中好奇，便穿好鞋襪，戴上帷帽，起身探去。她循著聲音來處，繞過水瀑石壁，見前方銀杏林裡有一座涼亭，亭間有一位青衣文士負手而立，正仰望蒼天高山，慨然吟嘆。

褚寒依望著此人清瘦的側影，心中竟有種說不出來的奇妙感覺，似乎曾經相識，又似那記憶被遺忘在某個角落裡，在這一刻，才忽然被掀翻開來。

青衣文士聽見腳步聲，轉過身來，見這幽密絕境裡，忽然出現一位窈窕佳人，似乎有些驚訝，一時怔怔相望，漸漸地，眼中流露一絲欣喜之色。

褚寒依原本只是對吟詩者感到好奇，這一照面之下，心中激動瞬間沖升到了極點，原來此人臉上戴著一副面具，與她夢中公子的面具形式一模一樣，只不過從銀色改成金色。

她決定探清楚此人身分，再顧不得矜持，一邊摘下帷帽，以真面目相示，一邊主動走了過去，微笑道：「郎君方才吟唸的詩句，乃是曹夢徵的名作，詩中意境令人痛徹心扉，單憑『一將功成萬骨枯』這句，就足以令他名傳千古！郎君獨自在這山林曠野間吟唸此詩，想必是心中感慨亂世戰禍，卻無法對人訴說，才會對著高山流水發出悲嘆。」

青衣文士目光一亮，喜道：「姑娘真是知音人！若不嫌棄，還請過來，讓在下煮一壺茶招待。」

兩人如此相會，實在有些突兀，但褚寒依對此人既生好奇，又有一股莫名的親切感，便欣然過去，施禮坐下。

涼亭石桌上放著一些煮茶器具，風爐上的大肚釜正燒著開水，青衣文士一邊往裡面加點細鹽，一邊用木勺攪拌茶水，道：「姑娘請稍等。」

褚寒依微笑道：「我明白，這茶要等三沸才好喝，過早或太遲，都會滅了清香甘醇。」

青衣文士笑道：「原來姑娘是個行家，在下可是班門弄斧了！」

褚寒依微笑道：「郎君過謙了，是我要多謝你請喝茶水才是。」

青衣文士問道：「方才姑娘見到我，似乎有些驚異，是在下有什麼麼古怪嚒？」

褚寒依臉色一赧，道：「那倒不是！只不過閣下與我一位故友頗有些相似……」

青衣文士好奇道：「但不知是何處相似？」

褚寒依心知夢中情緣太過玄奇，一時不知如何回答，囁嚅道：「他與你一樣，總喜歡戴個面具……這面具顏色雖不相同，形式卻一模一樣！」

青衣文士愕然道：「此話當真？那可是巧了！」微笑道：「在下因為相貌不佳，又得罪過人，才以面具遮掩，免得被仇家認出身分，還望姑娘不要見怪。」

褚寒依心想：「原來他是為了躲避仇家，才戴上面具，看來就不是銀面公子了！」卻仍不死心，又問：「敢問郎君為何選擇這款面具？」

青衣文士笑道：「這面具很普遍啊！有一回中元節，我在小攤位上瞧見，有金色也有銀色的，我覺得銀色戴起來像銀面殭屍，金色戴起來就顯得貴氣，我因此挑了金色的，有什麼問題嚒？」

褚寒依尷尬一笑道：「沒什麼問題！我就是隨口問問。」心中想起當年在德州水畔，徐知誥和馮道都戴了銀色面具，馮道也說這款面具很普遍：「看來我不能單單以銀色面具找人……」

青衣文士見她陷入沉思，一邊攪動茶水，一邊微笑問道：「這山林景色雖美，但人跡罕至，姑娘為何孤身來此？不怕遭遇山匪惡寇嚒？」

褚寒依道：「我聽說洛陽天池景色絕美，才來此遊覽。」哼了一聲，又道：「要是真有山匪敢招惹本姑娘，我正好教訓他們一頓！」

青衣文士拱手讚佩道：「原來姑娘身懷絕藝，是女中豪傑，失敬！失敬！」

褚寒依忽然想起，問道：「我瞧郎君斯斯文文，怎會有仇家？莫非他們是欺凌百姓的惡霸，你為了對抗強權才得罪他們？」

青衣文士微笑道：「姑娘真是冰雪聰明，一猜即中！」

褚寒依道：「你告訴我那人是誰？倘若他真是罪惡滔天，我便替你料理了，郎君就不用躲躲藏藏了！」她從前常替幽州百姓出手教訓土匪惡霸，這話自然而然便說了出來。

青衣文士拱手致謝：「纖纖佳人竟是俠義高士，佩服、佩服！只不過對方權大勢大，在下自己惹的禍事，不敢給姑娘添麻煩。」

褚寒依原想替他除去仇家，如此他便能卸下面具，自己也可一睹廬山真面目，想不到竟被拒絕，心中頗是失望，還想著該如何探問，那青衣文士見她豪爽俠義，心中甚喜，已自報姓名：「在下金無諱，但不知姑娘尊姓大名，該如何稱呼？」

褚寒依一愣：「無諱？好巧！小女子姓孫……」話到一半，忽然止住，又想對方已坦誠相告，自己若是遮遮掩掩，反而顯得彆扭，便誠實道：「閨名無憂。」

金無諱哈哈一笑，道：「妳是無憂無慮，我是無忌無諱，咱倆可真是天生一對！」

褚寒依聽他隨口說出「天生一對」四字，甚是尷尬，正不知如何回應時，卻聽他繼續說道：「難怪我一見姑娘就倍感親切，好似我夢中相識之人！」

褚寒依聞言，心中一震，忍不住顫聲問道：「郎君說什麼夢中相識之人？難道你……你也……」一時不知該怎麼措詞，才不奇怪。

金無諱果然人如其名，說話無忌無諱，落落大方地道：「我好似在夢中見過姑娘，且不只一次！有時是泛舟賞荷，有時是併肩在城樓之上，但夢中身影總是模模糊糊，難以辨認，因此我才斗膽邀請姑娘坐下相敘，我知道夢境相遇之事太過玄奇，或者說，我曾在哪裡見過姑娘，可是後來忘了，但那記憶潛藏在深處，以至於睡夢之時，姑娘的身影便浮現出來，又或者說，我們實在是前世情……」他原想說「前世情人」，見褚寒依玉臉霞紅，美眸如水，似乎心情十分激動，但緊抿雙唇，又強自壓抑，不知她是喜是怒，生怕她會一走了之，連忙把話吞進腹中，道：「我也知道這前世之說、夢中相遇，實在太過唐突，若因此惹惱了姑娘，還請見諒。但我是真心誠意想與妳結交，還盼姑娘莫要笑話我。」

褚寒依的心事除了對千荷說過之外，並無第三人知曉，此刻只覺得眼前人撲朔迷離：「難道他真是夢中那個人？」忽想起馮道曾在河畔訴說兩人的往事，說得如此真誠，令她心生震撼，一時之間，她感到十分迷惘，不知誰才說的真話？接著又想起馮道三番兩次戲弄自己，勾搭羅嬌兒、郢王妃，不由得氣惱起來，狠狠告誡自己：「那小子滿口胡說八道，可惡至極，妳絕不可再相信他！」一抬頭，見金無諱正以一雙真誠至極的目光望著自己，一時紅了臉，慌忙道：「我……我不會笑話郎君的。」卻不知還要說些什麼。

金無諱歉然道：「撇開夢幻玄奇、前世命定之說，在這幽嶺絕境之中，得遇知己，實乃人生幸事！在下因此想邀請姑娘分享一壺香茗、共賞天地美景，絕沒有什麼惡意。」

褚寒依微然點頭，輕聲道：「我明白。」

金無諱得她諒解，鬆了口氣，笑問道：「我聽姑娘談吐不俗，卻有些幽州口音，語氣又有些江南軟語的味道，猜不出姑娘是哪裡人氏？」

褚寒依微笑道：「郎君好犀利的耳力！我原是幽燕人氏，但幼年時便移居江南，郎君又是哪裡人氏？」

金無諱喜道：「我也是幽燕人氏！他鄉遇故知，更是人生大幸，難怪我與姑娘如此投緣！」

褚寒依心中迷惘：「他也是幽燕人氏？我們到底有沒有見過？」

金無諱續道：「但我年歲稍長，便離鄉遠遊，四處浪蕩，因為見過太多人，又飽嚐戰火災禍，所以有些事、有些人難免忘了！我請姑娘坐下相敘，也是想問問妳是否曾經見過我？」

褚寒依實在驚詫：「他竟與我一樣，也是在戰火災禍中迷失了某些記憶……」心中更生出同是天涯淪落人的感慨：「亂世經年，誰都不好過，都有些想忘記的事，也有些想留卻留不住的遺憾！」

金無諱道：「姑娘說的甚是！但是，相逢何必曾相識？既然咱們都想不起來，便放過自己吧！無論前人前事如何，都已經過去了，何不從這一刻開始，重新認識這個天地，重新結交新的朋友？」

「重新認識……」褚寒依被迷濛的回憶糾纏苦惱多年，聽到這句話，忽然似一道明光般，令她豁然開朗，終於展開笑顏，道：「郎君如此豁達，我也該學你，不再糾結過去，不再自尋苦惱！只要隨心所欲去過嶄新的日子便好！」

「正是！」金無諱為兩人倒了茶水，舉杯相敬道：「夢中之遇也好，前世之因也罷，咱們都放下，重新認識彼此，可好？」

「好！」褚寒依也舉杯回敬，報以一抹迷人微笑。

褚寒依喝了杯中茶水，不由得驚嘆道：「郎君煮茶的功夫十分厲害！」

金無諱感慨道：「我曾經有一位知己茶藝精湛，後來因戰禍分別，我就再也嚐不到他煮的茶了，我心心念念之餘，只好學著自己煮茶，我一次次嘗試，只盼有朝一日，能重溫往昔滋味。」

褚寒依感嘆道：「原來郎君也是個重情之人！」

金無諱笑道：「舊的知己雖然遠離，但今日新的友人便已來到，還是如此美麗的姑娘，老天爺待我真不錯！」

褚寒依見他雖感懷故人，卻不沉溺悲情，足見是開闊灑脫之人，心中生了好感，也被帶得開朗起來，微笑問道：「郎君為何來到洛陽天池，也是遊賞風景麼？」

金無諱仰首望向雲天，道：「久聞洛陽伊縣天池與長白山天池、天山天池齊名，景色奇麗，融山水、石林、花草於一境，集雄、奇、幽、秀於一身，尚有四季色彩變化，今日親眼目睹，當真嘆為觀止！」

褚寒依隨他目光瞧去，只見遠方奇峰險峻、怪石突兀，萬樹指天、枝椏橫生，各種奇異的景象紛然交錯，確實險之極矣、奇之極矣，讚嘆道：「我方才在玉女溪畔，見山景爛漫、水色清幽，已是美不勝收，誰知轉過瀑布這邊來，又是一番奇景。」

金無諱感慨道：「由此可知上天造物之巧妙！人連一草一木都造不出來，更遑論這一整幅華麗巧妙的山光水色，人既如此渺小，又何苦你爭我奪？」

褚寒依聽他談吐不俗，越生好感，指著前方一條幽徑，道：「那裡更美，咱們過去瞧瞧！」

兩人沿路走去，佳人才子互伴，言笑晏晏、心靈相趣，眼目所觀，三步一潭、五步一瀑、十步一景，看林花燦爛，聽泉溪琤琮，山光水色相融相映，置身其中，當真是心舒神暢，滋味曼妙，有如登臨世外仙境。

褚寒依指著西南方一座巍峨挺拔的山峰，道：「你瞧，這山峰也有趣得緊，好似一頂官帽！」

金無諱微笑道：「這山峰的確稱做『官帽峰』，相傳是商朝賢相伊尹的官帽所化。」指著官帽峰尖，又道：「伊尹雖是有莘國的農夫，卻能輔佐商湯建立王朝，還以『調和五味』、『以鼎調羹』的廚道來治理天下。後來商湯去世，歷經幾位大王，其中大甲年幼，不知上進，伊尹便好好管教他，直到小皇帝成材了，才把王朝交回給他！伊尹一生歷經成湯、外丙、仲壬、太甲、沃丁五代君主，雖然大權在握，卻沒有什麼私心，只以宰相為職志，不曾謀朝篡位，因此被世人尊稱『阿衡』……」

褚寒依聽出他借景喻志，胸懷宏圖，道：「郎君飽讀詩書，意欲進仕？但不知想選擇哪一位明藩主？」

金無諱卻是哈哈一笑，道：「這不過是書生偶發牢騷，姑娘莫要當真！今日梟雄亂臣當道，我手無縛雞之力，若去當官，再多十個腦袋也不夠砍，我可無意冒這個險！還不如縱情山野，對酒當歌，」凝望向褚寒依，微笑道：「與美人相守相伴，才更逍遙快活！」

兩人目光相對，褚寒依但覺他眼底似有深意，心口微微一跳，連忙別過頭去，避開他的目光，卻忽然想起馮道：「那傢伙也是手無縛雞之力，卻愛當官得很，也不怕哪一天掉了腦袋！」這麼一想，心中便浮現了馮道在幽燕朝廷裡與暴君周旋艱苦卓絕的身影，忍不住暗生佩服：「他就是個傻子！不像金郎君聰明，懂得明哲保身，置身事外，可偏偏就是那股傻勁，才讓幽燕百姓有了一點好日子……」想到這裡，又暗罵自己：「我既已決定忘記他，又何必擔心他的安危？」遂強迫自己轉移思緒，將馮道的身影硬生生拋諸腦後，指了前方一座高達五十丈的奇石道：「你瞧，那石頭好像馬兒昂首長嘶、四蹄飛踏！還有那座石峰，也是挺拔聳立，氣勢凜凜！」

金無諱微笑道：「這座氣勢凜凜的巨石是『三將軍峰』，妳瞧，像不像守護這片山林的天將？」

「確實像得很！」褚寒依興奮地指了另一座形似雄雞的石頭，笑道：「還有這個，像金雞獨立於山巔，風兒一吹過來，看似搖搖欲墜，卻又堅立不移，真是神奇！」她看這些奇石險峰各具特色，就像看到各式玩意般，越看越有趣，一下子指東，一下子說西，歡喜得不得了。

金無諱見佳人天真爛漫，一顰一笑皆美得不可方物，滿懷感慨早已拋諸九霄雲外，只覺得自己今日運氣真好，忍不住笑嘆道：「此處不但峰巒佳勝，更是地靈人傑！」

褚寒依奇道：「這裡除了咱倆，既沒有半點人跡，四周也無居民，哪來的地靈人傑？」

金無諱輕嘆道：「這地方遠山如佳人黛眉，水光如美人秋波，花色如少女粉頰，清風如儷人嘆息，山容水意處處迷人，豈不是『地靈』了？」

褚寒依笑道：「那自然是了！但『人傑』呢？」

金無諱道：「可這一切美景，都不如姑娘讓人心醉神馳！」

褚寒依恍然明白他口中的「人傑」正是自己，一時羞赧，輕聲道：「郎君說笑了！」

忽然間，山風驟起，吹來好大一片烏雲，接著一陣轟隆隆的雷響，下起綿綿雨絲，金無諱連忙卸下外袍，雙手高舉，撐成一片，好為佳人擋雨。長袍的兩側垂下，似將兩人包裹在一隱密的空間裡，褚寒依頓覺得尷尬，低聲道：「這雨也不大，淋便淋了，郎君不必這麼麻煩……」

金無諱道：「這烏雲好大一片，越來越濃密，我瞧待會兒雨還要下得更大，中秋風寒，姑娘身子單薄，若讓冷雨浸濕了身子，會著涼的。」

褚寒依想了想，道：「咱們不如到大樹底下躲躲？」

金無諱道：「這天雷轟轟，絕不可躲在樹下，免得遭遇雷殛。」褚寒依聽他說得有理，也無法反駁。

兩人併肩躲在一片外衣之下，不得不遷就相近，吐息近在咫尺，金無諱聞著芳蘭馨香，只盼這場雨永遠也不停止。褚寒依感受到他寬厚溫暖的圍護，心口不禁怦然：「我倆不過初初相識，就這麼相依相偎……太羞人了……」卻也無可奈何。

兩人走了一小段山徑，前方出現個小亭，褚寒依連忙道：「咱們過去躲躲！」便加快腳步奔了過去，金無諱只好盡力跟上。

兩人躲入小亭之中，先是相視一笑，繼而相對無言，一縷莫名的氣氛流蕩在兩人之間，褚寒依忍不住回想起方才情景，越覺羞臊，不知該說什麼才好。金無諱卻毫不避諱，滿臉笑吟吟地凝望著她，彷彿正欣賞一幅美人山水圖畫，已經忘乎所以。

褚寒依只能眺望遠山煙雨，假裝不知道對方瞧著自己，粉臉卻忍不住紅熱起來，不禁暗罵：「我是怎麼了？對著小馮子，我總能隨意打罵，可面對這位金郎君，我卻一句話也說不出來……」忽又想道：「我怎會把那傢伙喚成『小馮子』？」但這三字就像是熟悉已久的小名般，乍然從心裡跳了出來，望著前方煙水濛濛的景象和身旁謎樣般的男子，她心思越加迷惘，只能硬生生擠出一句話來打斷自己糾結的思緒，也打破兩人莫名的氣氛：「這雨也不知要下多久？」

金無諱從懷中拿出一袋棋子，微笑道：「倘若姑娘覺得無聊，不如咱們下棋吧？」

褚寒依對下棋並不感興趣，又不好拒絕對方的善意，便道：「雖有棋子，卻無棋盤，如何下得？」

金無諱道：「下五子棋！每人五顆棋子輪流下，橫、豎、斜三種擺法，先連成一線者為贏。」笑了笑道：「若無酬賞，玩起來也不起勁，勝者可問對方一道問題，輸者必須誠實回答。」

褚寒依心想這正是探究此人最好的機會，頓時來了興致，微笑道：「就這麼說定，郎君先請。」

金無諱也不推辭，在正中央置了一子，褚寒依緊挨著落了一子，這五子棋下起來十分快速容易，不一會兒，金無諱已贏了第一局，褚寒依不知他要問什麼，心想自己一個姑娘家，面對初相識的男子，總不能什麼都據實以告，不由得有些侷促不安。

金無諱笑問道：「折騰了這一會兒，肚子該餓了吧？第一個問題，姑娘平日裡最喜歡吃什麼？」

褚寒依身為孫明府的愛女、孫鶴的親戚，再加上隨時可劫掠土匪，她實在比尋常百姓更有享受美食的機會，但幽燕幾度餓到人吃人的慘況，令她並不貪求口腹之慾，只要囊中還有多餘，都寧可拿出來救濟難民，金無諱這麼一問，她竟想不出自己喜歡吃什麼，思索了好一會兒，忽然間，一陣甜蜜暖意湧上心頭，似乎天下間什麼美味都比不上，連忙從懷裡拿出幾顆果乾，道：「我最喜歡金絲果，郎君若餓了，便用這小東西先填個肚子。」

金無諱以為她會說出什麼山珍海味，想不到竟然只是果乾，有些意外，便拿起一顆放入口裡，細細品味，忽然覺得佳人的美意隨著蜜汁香氣傳散在口齒間，這世上只怕再沒有什麼比這小東西更美味了，忍不住讚嘆道：「這東西確實好吃，多謝姑娘相贈！」

兩人談笑間，又隨手下了一局，金無諱再次勝出，問道：「世上香甜的果物很多，姑娘為何獨愛這一味？」

褚寒依道：「金絲果核小肉豐、金絲綿綿、香甜如蜜，曬乾後，還可冬藏，以備百姓缺食之用。」

金無諱道：「幽燕盛產金絲果，我以為姑娘是懷念故鄉果物，原來是心繫蒼生。」

褚寒依微笑道：「郎君抬舉我了！我就是隨意吃著，也不是什麼心繫蒼生……」心中忽想：「我是從什麼時候開始，總在袋裡放幾顆金絲果乾的？」自從招親大會後，馮道便時常帶大量的金絲果到三笑齋，教難民們做成果乾，不知不覺間，她已習慣了這酸酸甜甜的小滋味。

褚寒依心神恍惚，又輸一局，金無諱問道：「姑娘最喜歡什麼花朵？」

褚寒依也從未想過自己喜歡什麼花，一時答不出來，便抬眼望了望四周的花草樹木，沉吟道：「百花各有好看，但我最喜歡……」忽有一靈思，喜道：「梅花！對了！我最喜歡梅花！」

金無諱笑道：「看來我必須再贏一局，才能問姑娘為何喜歡梅花了？」隨手便置一棋子。

褚寒依指尖雖下著棋，心裡卻想：「我是幾時開始喜歡梅花了……」想著想著，心頭不禁浮起了風雪夜裡，馮道在梅瓣上留的詩句：「金匱之盟，歷之春秋，紀於永世，此生雖無見日，此情卻無絕期。」

自從馮道入獄失蹤後，每當她看見梅樹，總會忍不住靠近前去，瞧瞧梅瓣上是否有留下訊息？不知不覺間，她愛上寒梅獨立蒼雪中的凜然英姿，就像亂世孤臣般遺世獨立、卓偉不群！即使全天下的人都誤解馮道滑溜文弱，可她卻明白在孫鶴慘死後，馮道一意勸阻劉守光不要攻打鎮州，是怎樣的孤心膽壯！也是因為這一段詩句，讓她非見金匱盟主不可！

誰承想兩人再相逢，馮道竟摟著郢王妃卿卿我我，當初的金匱之盟盡化成雲煙……

褚寒依心神恍惚，又輸了一局，便主動回答：「雪梅雖不似百花嬌豔燦爛，但即使面對最凜冽的寒冬，也傲然不屈，仍堅持散發高潔的清香！」

金無諱凝望她半晌，心中感動，嘆道：「姑娘說得真好！」

接下來褚寒依又輸了幾局，她原本還擔心金無諱會探問一些難以回答的問題，但對方卻是一位正人君子，只問些無關緊要的小事，例如褚寒依最喜歡哪裡的風景？喜歡哪位詩人？漸漸地，她卸下心防，在一問一答間，分享諸多興趣和想法，不知不覺已將金無諱視為好友。

金無諱又勝了一局，笑問道：「洛陽如今暗潮洶湧，姑娘既是幽州人，為何來此？」

褚寒依記得阿金曾說要把金匱盟的名號弄得響亮些，便坦言道：「金匱盟打算在鄢陵召開一場富貴宴，我乃是接到帖子，應邀而來。郎君可曾聽說金匱盟、富貴宴？」

金無諱搖頭笑道：「這不合規矩，姑娘只有贏了棋局，才能提問題。」

褚寒依一愕，隨即會意，不禁笑了：「金郎倒是較真！好吧！看來我只有努力贏你一回，才能知道答案。」

下一局金無諱依舊勝了：「金匱盟是個什麼樣的組織？」

褚寒依心想：「原來他不知道，看來金匱盟的名氣還不夠響亮。」便將所知道的一五一十說了。

金無諱又贏了一局，接著問道：「富貴宴是什麼樣的宴會？」

褚寒依道：「大約就是請些富商巨賈聚在一起吃飯喝酒，至於要做什麼？為什麼要聚集他們？我卻不知道了。」

金無諱再勝一局，道：「姑娘又不是富賈貴婦，這宴會與妳的身分並不相合，姑娘為什麼想參加宴會？」

褚寒依哼道：「你是笑話我假裝貴婦，想高攀枝頭麼？」

金無諱認真道：「不！我是說姑娘美若天仙，那什麼金銀財寶富貴宴，未免太過俗氣，配不上天仙的身分。」

褚寒依想不到他說話如此直接，微微一愣，心想：「金郎君說話還真討喜！不像某個傢伙只會惹人生氣！以後我只跟金郎君做好朋友，再也不理他了！」靦腆一笑，又道：「那金匱盟主喜歡故弄玄虛，且是千古第一狂徒，我就想去富貴宴，瞧瞧他究竟長得什麼模樣？」

金無諱笑道：「有些人說話狂悖，但本事平平無奇，或許姑娘見到他，會感到失望！這就叫『相見不如不見』！」

褚寒依哼道：「就算是個胡吹大氣的傢伙，我也想去看看，說不定當場就拆穿他的把戲，給他一點顏色瞧瞧！」

「原來姑娘是不服氣啊！」說話間，金無諱又贏了一局：「那阿金曾說旁人可以向妳買這富貴帖，姑娘可願割愛？價金隨妳提出，我保證到了會場，一定替妳教訓那個狂徒！」

褚寒依原本覺得這富貴帖毫無用處，想不到真有人想買，反而猶豫了起來，思索半晌，道：「郎君好意我心領了，但我覺得親手教訓那個傢伙，比較痛快！」

金無諱哈哈一笑道：「姑娘真是快人快語！在下買價多少，問也不問，就直接拒絕了，只圖一個痛快？」

褚寒依道：「是！」

說話間，金無諱又贏了一局，笑問道：「明日姑娘還想去哪兒遊玩？在下全憑主意、全程相陪！」

褚寒依心思紛紛，難以集中，未贏半局，原本想要打探的話全沒有著落，一時失了興致，便沒有答話。

金無諱心中暗呼：「糟糕！我只顧著贏局，好打探事情，卻惹佳人生氣了！她不要我作陪了！」便道：「這一局不算，咱們重來！」他隨手抹去棋局，重新下了一子。

褚寒依瞧他擔心的模樣，但覺自己太過小氣，忍不住噗哧笑了出來，連忙跟進一子。

金無諱有心相讓，褚寒依輕易贏了一局，立刻來了精神，心想或許只有一次機會，顧不得失禮，單刀直入地問道：「這面具之下，究竟是一張怎樣的臉呢？」

金無諱哈哈一笑，道：「原來姑娘這麼想瞧瞧我的臉？姑娘早說便是，妳又不是我的仇家，我便卸下面具讓妳瞧瞧又何妨？」

褚寒依原以為他只會用言語形容自己的五官長相，想不到他願意拿下面具，驚喜之餘，滿懷期待地睜大了美眸，一瞬也不瞬地望著金無諱的臉，她生怕面具之下藏著一張熟人面孔，或是什麼驚天秘密。

金無諱瞧她認真的模樣，忍不住好笑：「我先前說過了，我天生相貌不雅，姑娘要有心裡準備，莫要受到驚嚇。」說罷便大方地拿下面具，只見那是一張平凡至極的臉，雖不像他自己形容的「相貌不雅」，的確也稱不上英俊，在人來人往的道路上，就算相遇十次，也教人記不住。

褚寒依卻不是看重外表之人，這樣平平無奇的樣貌反而讓她鬆了一口氣，笑道：「原來這就是金郎君的真面目啊？」

金無諱笑問：「這算是一個問題嚒？那麼妳得先贏下一局才行！」說話間，故意讓了一局，褚寒依歡喜道：「我又贏了！郎君滿腹才學，卻不想當官？」

金無諱道：「不想！當官有什麼好？對著一群狂暴的蠢蛋唯唯諾諾，還得隨時掉腦袋！」

褚寒依嬌嗔道：「你不能只回答『不想』兩個字！否則我好不容易贏了一局，豈不浪費？」

金無諱聽著她撒嬌耍賴的聲音，心口不由得酥化了，笑道：「好吧！那姑娘還想知道什麼？」

褚寒依興沖沖問道：「你一文人之身，卻不想進仕，那你想做什麼？」

金無諱笑道：「我只怕姑娘聽了之後，心裡瞧不起我，笑我是個無恥狂徒！」

褚寒依雙手支頤，美眸圓亮亮地凝望著金無諱，認真道：「我絕對不笑話你。」

「好吧！那我便說了！」金無諱笑了笑，道：「在下名喚金無諱，自然是希望多攢點金銀之類的東西了！」

自古以來，便有士、農、工、商四等階級的觀念，世人總是高舉仕宦，輕賤商人，但中唐之後，這觀念已逐漸改變，許多商人都可以入仕，甚至是買官。戰亂之際，藩主需要巨大財力支持，更看重商賈，只不過形勢雖改，人心難易，金無諱看出褚寒依打從心裡尊重有氣節的讀書人，卻輕視貪慕虛榮的商賈，因此才擔心她瞧不上自己。

褚寒依輕輕「哦」了一聲：「原來郎君夢想成為富商巨賈，才想參加富貴宴，廣結人緣。」她語氣平和，無喜無怒，金無諱一時猜不出她的想法，心中微微忐忑。

兩人談話間，金無諱隨手贏了一局，褚寒依已知方才他故意讓了自己幾局，如今他想提問，便輕易贏回一局，不禁輕聲一嘆：「郎君棋藝驚人，竟能把輸贏掌控得隨心所欲！」

金無諱謙遜道：「姑娘過譽了！咱們有輸有贏，一般厲害！」

褚寒依見他極力討好自己，忍不住又是噗哧一笑：「我瞧你很有本事，若不是富貴帖規定只能一人參加，我就帶你一起去，咱們可以聯手教訓那狂傲的金匱盟主！」

金無諱見她笑了，鬆了口氣，也笑道：「姑娘說得甚是！這富貴宴如此神祕有趣，我去哪裡也弄一張帖子來玩玩呢？」見褚寒依沒有答話，又道：「這一局是我勝了！我想請問明日姑娘想去哪兒遊玩？」

褚寒依淡淡地道：「明日我不遊覽了！」

金無諱有些失望，忍不住又問：「那姑娘想做什麼？我也可以作陪。」

褚寒依忽然抬首，美眸精光一湛，道：「我想殺人！」

「殺人？」金無諱心中一跳：「她不是輸了棋局，想殺我洩恨吧？」見天雨剛好停了，只是夕陽已沉，薄霧又起，整座山林昏昏濛濛，迷霧飄漫，道：「這山上一入黑夜，便是風冷霧重，我知道山腳下有一座小舍可以歇息，不如咱們去喝一點溫酒取暖。」

褚寒依點點頭：「是該盡早下山，養足精神！」說罷便起身向外走去。

金無諱對這豪爽率氣的姑娘又愛又懼，即使冒著生命危險，也捨不得離去，仍鼓起勇氣緊隨在側。兩人一路下山，漫步在空山新雨之中，金無諱小心翼翼地問道：「姑娘為何忽起殺意？」

褚寒依道：「今日咱們遊覽這天池美景，好不快活，可外邊卻是戰火漫天，哀鴻遍野，我也無心一再遊玩，正想該找個事情來做，你忽然說想弄張富貴帖，我便想到了，咱們不如殺人奪帖！」

「殺人奪帖？」金無諱微微一愣，支吾道：「這……恐怕不妥……」

褚寒依哼道：「有什麼不妥？如今亂世當道，能接下富貴帖的，都不是什麼善茬兒！全是剝削民脂民膏，為富不仁的傢伙！殺一、兩個，有什麼要緊？洛陽那些富戶，肯定有人收了富貴帖！」

金無諱連忙勸阻道：「那些傢伙既然不是善茬兒，必有厲害護衛，姑娘孤身前去，太危險了！」

褚寒依道：「放心吧！我會惦量自己的能力。雖然張宗奭富可敵國，肯定有富貴帖，我可也不敢動到這位洛陽王的頭上，但殺幾個宵小還是可以的！」

金無諱稍稍鬆了口氣，見褚寒依神色堅決，又問：「姑娘想殺誰？」

褚寒依道：「我忽然想起這洛陽城裡有一個大惡人，早該死十次八次了！」

金無諱笑問：「何人如此幸運，得死於姑娘針下？」

褚寒依一愣，冷聲道：「方才回答問題時，我可沒說出擅使針器，你如何得知？」

金無諱道：「姑娘腰間雖掛著匕首，但通常使刀劍者，指節必然粗大，掌心易生繭，我瞧姑娘十指纖纖，肌膚滑膩，便猜是使用針器了，不知對不對？」

褚寒依聽他如此猜測，雖有些牽強，卻也無法反駁，道：「我確實擅用針器。」又道：「當年朱全忠想併吞趙國，派杜廷隱、丁延徽、夏諲率三千兵馬當先鋒，強佔深冀兩州，王鎔悲恨之餘，決定與晉王聯盟，後來梁軍在柏鄉大敗，杜廷隱不得不退出深冀，但退兵之前，他居然幹下一樁人神共憤的惡事！不只把深冀兩州搜刮一空，還整整屠城七日，把滿城老弱婦孺盡數活埋！上到杜廷隱、丁延徽、夏諲，下到殺人的梁兵，個個滿載而歸，可憐城中哀嚎遍野、冤情沖天，卻無人替他們主持公道！」

金無諱嘆道：「我明白了！姑娘想殺的是杜廷隱、丁延徽、夏諲三人！」

褚寒依柳眉一揚，自信道：「他們府中必藏有大批財寶，所以金匱盟主很可能發了富貴帖給他們，我便潛入其中查找一番，順手拿一張來給金郎。」

金無諱道：「但我聽說丁延徽此刻不在洛陽，夏諲也去外地打仗了！」

褚寒依憤慨道：「這三人全都罪該萬死！竟讓他們逃過一劫，真是可惜了！」又道：「罷了！杜廷隱應該是深冀慘案的主謀，殺他一個也行！」

金無諱忍不住勸道：「杜廷隱身為朱全忠的貼身供奉官，曾以三百兵馬抵擋住鳳翔、河東的聯軍，頗具膽識與戰略，並不易對付。」

褚寒依以為他害怕，道：「你不必去，明日等我的好消息便是！」

金無諱見她一意孤行，嘆道：「好吧！我不勸了！我就等看女俠出手懲奸除惡，大快人心！」

「唉喲！」褚寒依談著深冀慘案，正是激昂憤慨，未留意腳下事物，忽覺足小一陣劇痛，令她驚跳而起。

金無諱關切道：「怎麼啦？」目光瞥見一條青蛇逃竄入草叢裡，心中一驚，連忙攙扶褚寒依坐在大石上：「姑娘快坐下歇息。」

褚寒依心中害怕，顫聲道：「這天色黑漆漆的，看不清是什麼東西，也不知有沒有毒？」

金無諱心中著急，逕自端起她的左腿，為她除下鞋襪，一邊查看傷口，一邊自責道：「都是我不好！山裡蟲蛇多，天黑之後，便難以辨認，我卻沒有保護好姑娘，這麼晚了，還把姑娘滯留在山裡，這全怪我！」見那傷口靠近足踝，又道：「找不到那條蛇，就不能對症下藥，而且這裡離山下藥鋪也太遠了，緩不濟急……」

褚寒依感到全身發寒、心口緊縮，幾乎快要暈厥，喘氣道：「這毒厲害得很！想不到我就要死在這裡，這可便宜杜廷隱了……」

金無諱見褚寒依臉色瞬間青白，冷汗涔涔，心中憂急，毅然道：「我絕不會讓妳死的！」說罷也不等褚寒依答應，便低頭吸吮傷口上的毒血。

褚寒依吃了一驚，見自己白皙的小腿、足趾全然裸露在這初相識的男子面前，還被如此吸吮，實是羞臊難當，不由得滿臉通紅，驚呼道：「你……你……」她想說：「你這人怎麼不守禮法呢？」於此之際，實在說不出口，若是硬把腳縮回來，會弄得兩人更加尷尬，只能吶吶地道：「你……這樣太冒險了……」

金無諱不顧危險地持續吮血、吐出，褚寒依從原本的羞急漸漸轉成感動，不禁回想起桑乾河畔，遭遇楊師厚追殺，馮道也曾拼了命地保護自己，又看著眼前的金無諱，暗想：「這世上除了『他』，竟還有一個人肯拼命保護我……可我與金郎初相識，他為什麼要對我這麼好？真是因為夢中奇緣嚒？他……會不會因此死去……」擔憂、害怕、感動、羞急、懊惱各種思緒糾結一起，又夾雜著對馮道剪不斷、理還亂的掙扎，如此一團混亂，令她心情激動，忍不住淚水盈然。

淤黑的毒血漸漸轉成鮮紅，金無諱才停了下來，以袖子抹去口邊殘留的血漬，笑道：「幸好處置得快，那毒液應該清乾淨了！」抬頭望向褚寒依，兩人目光交會的瞬間，褚寒依忽覺得他眼中有一種純淨，是不屬於這個濁世的，這一刻，她再也不懷疑金無諱靠近自己的目的了！

金無諱見她目光瑩然，珠淚欲滴，關心道：「姑娘怎麼了？是身子痛得厲害嚒？如果吸盡毒血還無用就糟了！咱們只能盡快下山……」

褚寒依強忍住眼底的淚水，哽咽道：「我……不痛了……我沒事了！但你……可會中毒？」

金無諱聽她說沒事，鬆了口氣，笑道：「姑娘不必擔心。」一邊細心地為她穿上鞋襪，一邊安慰道：「我從小身強體壯，常遇到毒物，大概因此有了抵抗力，沒事的！」

褚寒依聞言，放下心來，想要站起，身子卻虛軟無力，小腿也仍然劇烈腫痛，金無諱道：「山中多危險，咱們還是快快下山去吧！在下只好再次失禮了。」不等褚寒依回答，逕自揹起她，快步下山，沿路不斷安慰：「姑娘別擔心，待下山後，咱們找個金瘡醫師診治，便沒事了！」❷

褚寒依輕輕嗯了一聲，便不再言語，她伏在金無諱的背上，忽然感覺這份溫暖如此熟悉，似乎在很久很久以前，也曾有一個人，這樣揹著虛弱的自己，奔走了一大段路，心中越是迷惘悸動：「難道他真是夢中的銀面郎君？我們在戰爭災難中分開，兩人都因為受到太大衝擊，失去了記憶，卻還惦記著彼此……可那個人呢？」她心中想的「那個人」自然便是馮道了，又想：「那傢伙滿口胡言，我為何又要惦記他？」

金無諱揹著褚寒依匆匆下山，來到一間名為「無諱居」的湖畔竹舍，褚寒依見屋外竹林蒼翠，點綴幾許錦簇繁花，與山水融合成一幅詩畫，心中驚喜：「這竹舍望山眺湖，林花修翠，倒有幾分三笑齋的味道！」

金無諱進入屋內，小心翼翼地將褚寒依安放在床鋪上，道：「這小舍是我和幾個朋友相約聚會的地方，這段日子恰好無人過來，妳盡可安心休養。」為褚寒依倒了茶水，放在床邊的桌案上，又道：「我去請醫師過來。」

褚寒依見他奔了一大段山路，額上已經冒汗，連忙道：「我身子好多了，想來毒是解了，你也歇息一會兒吧！」微微一笑又道：「多謝金郎冒險相救了！」

金無諱見她臉色恢復許多，終於放下心來，微笑道：「義所當為，姑娘不必放在心上。」又道：「姑娘該餓了吧？我去準備晚膳，妳再休息一會兒。」便走了出去。

褚寒依毒雖解了，但小腿還麻木疼痛，無法走動，便坐在床上左右張望，見陳設雖簡單，桌椅、床鋪、書架典籍、文房四寶、烹煮炊飯等器具，乃是一應俱全，牆邊還放置幾罈酒，卻沒有其他雜物，顯然有人常來居住，卻又不是真正的住所，該是他與朋友酌酒吟詩，慨嘆時事的地方！

褚寒依觀察了一會兒，心想這竹舍十分清簡，並無奢華之物，金無諱雖然喜愛錢財，但此刻顯然還是窮苦文士。

亂世之中，士子有三條出路：一是選擇效忠某一君王，二是入世拯救蒼生，三是隱居山林，許多士子害怕暴君，不願入仕，又無力拯救蒼生，大多會選擇第三條路，躲進山林過著飲酒吟詩，偶爾慨嘆天道不公的逍遙日子，劉昫和趙鳳都曾選擇這種生活，金無諱與他的朋友們，顯然也是這樣的人。

過了好一會兒，金無諱終於回來了，手中提著一個竹籃走進屋內，又從竹籃內端出幾碗熱騰騰的飯菜放到飯桌上，笑道：「姑娘餓壞了吧？可以用膳了！這匆促之間，實在無法準備太多，若是不合妳的口味，萬勿怪罪。」

他小心翼翼地攙扶著褚寒依走到飯桌前坐下，為她舀了一碗藥膳湯，道：「這川貝酒釀蟲草花雞湯對消腫、排蛇毒最好。」又夾了一塊魚肉到她碗裡，道：「這白芷麥門冬魚也可消腫排膿。」指了兩碟青菜，道：「還有這蓮子豆腐，對傷口癒合最好；老薑炒山蔬可以緩解腿上的疼痛。」

褚寒依見這荒山野地，金無諱居然能在短短時間內，整治出一大桌魚肉豐盛、色香味俱全的精緻佳肴，而且每一道菜都是為她精心準備，心中既感動又驚奇。

金無諱見她怔怔望著滿桌飯菜，沒有動作，忽然明白她的疑惑，笑道：「我方才去請教醫師，回程時恰好經過一座酒樓，心想姑娘剛剛解了毒，應該好好補補身子，便請他們做一些酒菜，這些東西都是依照醫師囑咐所準備的，吃了大有好處。」見褚寒依還在思索什麼，又道：「姑娘快吃吧，飯菜冷了就不好，等妳吃飽後，醫師大概就到了，還是徹底診治一下，較為妥當！」

褚寒依隱隱覺得不對勁，又說不出哪裡有問題，且感受到金無諱對自己的愛護之情並非虛假，也只好暫時放下心裡的疑惑，道：「這頓酒菜連同診金花了郎君不少銅錢吧？」

金無諱微笑道：「不過是幾枚開平通寶罷了！錢財乃是身外之物，姑娘的身子安康才是最重要的。」

褚寒依想了想，又道：「我今日有些不方便，日後必還給你。」

金無諱道：「咱們算是朋友吧？雖認識不久，也算真心交往，朋友有通財之義，更何況姑娘受傷，還是我照顧不周所致！只要我勤勞些，多寫兩篇文章去友人間兜售一番，便能彌補回來，姑娘真不必放在心上。」

褚寒依有些驚詫，笑道：「原來郎君的文章還是洛陽紙貴，我真是有眼不識泰山！」

金無諱微笑道：「就是朋友抬愛，賞我幾個開平通寶好過日子！」

褚寒依心想這「開平通寶」乃是大梁朝廷鑄造的錢幣，敵對的藩鎮未必肯用，金無諱出自幽燕，卻隨口就說出「開平通寶」，可見他與梁人來往已久，這亂世期間，還有閒情花重金買文章者，必是世家子弟、權貴公子：「他交往的友人盡是大梁權貴，難怪他想向我買富貴帖，還誇口說價金隨我出，但他的住所為何如此清簡？」不禁想起馮道，心中頗是惋惜：「他也是文采斐然，卻冒著生命危險在劉守光手底下當一名小掾屬，簡直是埋沒了才華！如今他離開了，不知要流落何方？」又想：「他與郢王妃親近，難不成是想投靠朱友珪？」

兩人吃飽飯後，金無諱又拿出兩壺白酒和一碟甜食，道：「醫師說中蛇毒者要喝點酒，咱們便小酌一番吧！我讓廚子做了這道下酒小點，是姑娘最愛吃的金絲果乾燉蜜梨，飯後嚐一點，正好助消食。」褚寒依見他如此體貼，驚喜之餘，更是滿懷感動。

兩人品酒談笑間，醫師已然來到，診治之後，稱讚金無諱對蛇毒處理得宜，並留下幾枚深紫色的藥丸，叮囑道：「這紫金丹乃是根據扁鵲神醫留下的藥方所研製的，十分神效，只要和著酒水研磨成粉末，去渣取汁，服用個兩、三天，小娘子便可痊癒了。」

金無諱聽褚寒依已無大礙，歡喜地送醫師出門，褚寒依聽到最末一句話，卻實在難為情。之後兩人雖共處一屋，金無諱始終嚴守禮節，並無非份之舉，褚寒依見他待自己十分真誠，緊繃的心弦漸漸放鬆，兩人在小竹舍共度數日，有時品茗吟詩，有時酌酒唱曲，又玩了幾回五子棋，天南地北地閒聊，對彼此越加親近熟悉，另一方面，褚寒依心中卻越加迷惘，有時仍氣恨馮道，有時卻覺得捉摸不透金無諱。

這日清晨，褚寒依毒傷已痊癒，便向金無諱辭行：「今日我要潛入洛陽宮裡刺殺杜廷隱，倘若我找到富貴帖，會送回來給你，若是到了明日還未回來，便是失手了，郎君也不必再等我。」

金無諱卻像是猜到她的決定般，一大清早就已經換好衣衫，隨手拿起包袱微笑道：

「我送姑娘一程吧。」

兩人走出屋外，見木柱上拴了兩匹駿馬，褚寒依回想這幾日並沒有見到任何馬兒，屋裡屋外也沒有放置馬飼料的倉庫，心中奇怪：「他幾時弄來這兩匹馬？」見這馬兒雖非絕品，卻也神采不凡，又想：「如今戰事吃緊，各藩主都在搶馬，一匹好馬要價百金，也是尋常得很！他一個書生，就算文章再好，如何一下子就弄來兩匹好馬？」

金無諱似看穿她的心思，笑道：「妳腿傷剛好，不宜太過勞累，我便去向朋友借來兩匹馬，待辦完事情，要還給人家的！」

褚寒依心中好笑：「我這是要去殺人，可不是逛大街，不勞累怎麼成事？」又想：「他這位朋友輕易借出兩匹好馬，可見身價不菲，倘若是有權有勢的軍頭，金郎受到如此禮遇，為何不肯投靠這位摯友，發揮所長，卻寧可閒居山野？」她心中有諸多疑問，卻不知如何相問，也不好拂逆金無諱的美意，便同他一起騎馬前往洛陽城。

沿路上，金無諱神情輕鬆愉快，時而論古道今，時而吟詩逗笑，倒真像去逛大街，褚寒依心弦緊繃，只偶爾搭理，金無諱也不在意。

兩人進入洛陽城中，時近正午，金無諱微笑道：「先吃飽飯，才有力氣動手。」指著前方一間「洛香酒肆」道：「那地方看似不起眼，卻已經有幾十年的歷史了，經過無數戰火，依然存活著，最主要就是許多達官顯貴都愛極了他們的家傳好菜。」說罷也不等褚寒依回應，便拍馬上前，褚寒依只好跟了過去。

茶博士見有客人登門，連忙笑臉迎上，他左胳膊上擱著一摞蓋碗，右手提著裝滿開水的銅壺，也不見吃力，十分熟練地帶著兩人來到一角落位置，笑道：「今日客人多，委屈兩位坐這邊上。」

待金無諱兩人坐好，茶博士便高高舉起銅壺，那壺嘴對準臂上的茶碗中心，一連三次沖出水柱，居然半滴水也沒有濺出碗外，金無諱撫掌笑讚道：「洛香酒肆的茶博士這手『鳳凰三點頭』的功夫，遠近馳名，今日一見，果然名不虛傳！」又對褚寒依道：「很多客人都是沖這表演來的！」

茶博士一邊將沖好的茶碗先遞給金無諱，一邊笑道：「咱練了十幾年，就練這手功夫，進門的貴客瞧著歡喜，這功夫也就值得了！」

金無諱拿出幾枚「開平元寶」的小銅錢打賞他，茶博士笑咪咪道：「多謝郎君。」又更賣力地表演一次「鳳凰三點頭」的沖茶功夫，再把沖好的茶碗遞給褚寒依，笑道：「恭祝兩位恩恩愛愛、百年好合！」心中盼著這番好話能贏得更多賞錢。

褚寒依原本也有意打賞，聽他這麼說，反而有些難為情，這賞錢便拿不出手了。金無諱立刻替她付了賞錢，對茶博士笑道：「我瞧洛香酒肆生意這麼好，全憑你的功夫，嘴上和手上功夫一樣厲害！」

茶博士笑著收下賞錢，道：「我瞧郎君得娶美嬌娘，憑的也是嘴上和手上的功夫！」

褚寒依聽他話語中似含有輕薄之意，不由得變了臉色，卻聽那茶博士又笑道：「郎君嘴上功夫，甜言蜜語哄得娘子好歡喜；手上功夫卻是大方灑錢，贏得娘子芳心！」

金無諱笑道：「瞧你會說話！來一籠蒸包、一碟江米切糕、一碗燴麵！」

「好嘞！」茶博士高呼一聲，便恭身而退。

褚寒依忍不住道：「郎君好意我心領了，但無憂有一句話非說不可，你若不答應，咱們就此分道揚鑣，這飯我也不吃了！」

金無諱瞧她說得鄭重，連忙道：「這茶博士胡言亂語，不過是想多得賞錢，姑娘千萬別往心裡去！」

褚寒依道：「那茶博士說什麼，我也不會在意，倒是有一件事……」

金無諱道：「姑娘有什麼話，儘管吩咐便是。」

褚寒依低聲道：「待會兒用完膳，我便進宮去，郎君就送到這裡，莫再跟隨了。」

金無諱微笑道：「原來姑娘是擔心我的安危啊！放心吧，我沒打算跟進宮，免得妨礙姑娘的大事，我就待在這裡，讓店家備好一桌酒菜，靜候女俠凱旋歸來，一起慶功！」

褚寒依見他輕易答允，雖覺得有些奇怪，卻也不想再細究，只將心思專注在刺殺的事上，慢慢用膳。

洛香酒肆龍蛇混雜，來往人多，各種消息滿天飛，說的不是哪個刺史打輸了仗，就是哪個守將開城門投降，尤其朱友珪當上皇帝後，人人心中不安，少不得要低聲聊上兩句，評一評朱全忠暴斃的原因、大梁未來前途如何，還有梁晉戰局的變化。

褚寒依聽了一陣，已然瞭解到大梁如今正是暗潮洶湧，朱友珪因為自己是內廷叛變，所以對洛陽宮的守衛更是戒備森嚴，心想：「金郎帶我來這裡，是想借旁人之口勸阻我行動，也太小看本姑娘的決心了！」她心情緊張，無法盡情享用美食，只匆匆吃了兩口燴麵，便起身向金無諱告辭。

金無諱果然信守承諾，不出一言相勸，也不妄圖跟隨，只舉杯相敬道：「我祝姑娘馬到成功！」

褚寒依笑了笑，瀟灑地喝下酒水，便轉身走向客棧外，見到金無諱帶來的兩匹駿馬，心想：「這馬兒太過招搖，我此番前去刺殺，還是隱蔽些為好。」便徒步走向洛陽宮殿，臨近殿門時，心中還琢磨著是否要等到夜晚再行動，忽然間，一陣驚慌人潮往她衝了過來，大喊：「出事了！」

「出什麼事了？」褚寒依一愣，隨即眼明手快地抓住一名疾奔的男子，喝問：「究竟出什麼事了？」

那人衣飾華麗，顯然也是個貴公子，正奔跑間，忽然被人一把逮住，嚇得險些哭了出來，待看清是一名戴著帷帽的窈窕女子抓住自己，才稍稍鎮靜下來。褚寒依放開了手，道：「郎君莫怕，請問究竟發生何事了？」

那人一手抹了滿臉大汗，一手指向洛陽宮上方，道：「城頭旗桿上，掛著一顆……一顆腦袋！」

亂世裡，到處都有成千上百的死人，唯獨大粱京城不該有如此可怕的屍首，因為這裡是全天下最繁榮富庶、守衛最森嚴的地方，凶犯故意把死人腦袋高高掛在宮城上，無疑是對最強霸主的嚴重挑釁！

褚寒依不禁微微蹙眉，暗想：「這下洛陽宮的守衛又更森嚴了……」抬眼遠遠望去，果然見到其中一根旗桿原本應該懸掛大粱旗幟，卻垂著一顆血淋淋的腦袋，連忙問道：「郎君可知死者是誰？」

「死者是先帝的貼身供奉官——」那人氣喘吁吁道：「杜廷隱！」

褚寒依心中一震，急問道：「杜廷隱怎麼死了？凶手是誰？」

那人驚恐地低聲道：「杜廷隱能長年侍奉先帝身邊，自是為人老練、武功不凡，誰不賣他幾分面子？平日裡也是橫行霸道、心狠手辣，誰承想就莫名被割了腦袋！先帝駕崩後，朝廷裡就流言四起，宮城守衛更是嚴格無比，總是徹夜燈火不熄，又有誰能在眾目睽睽之下，把一顆血淋淋的腦袋無聲無息地掛上棋桿？這根本不是人幹的事！大家都傳說杜廷隱做事太絕，是深冀的冤鬼來報仇了！」又道：「待會兒官兵肯定要大力排查，姑娘若無事，還是快快離開吧，我也要走了！」說罷便快步離去。

「杜廷隱居然就這麼死了……」褚寒依抬首遙望洛陽宮城，見城頭上的衛兵正努力取下那顆迎風晃蕩的腦袋，心中不禁有些迷茫，但覺一切似乎太巧了……

洛香酒肆裡，人人都在談論杜廷隱死於深冀冤鬼的報復，金無諱聽到消息後，立刻吩咐茶博士準備一些外帶熱食，接著到客棧門口，騎在馬背上等候褚寒依，一見她回來，便道：「待會兒官兵定會來盤查，為免打擾興致，咱們還是先回去吧。」

褚寒依道：「這消息傳得還真快！」便跳到另一匹馬背上，一起奔馳離開。

兩人回到湖畔小舍，金無諱一邊打開從洛香酒肆帶回來的木製餐盒，一邊將裡面的酒菜擺放到桌上，道：「妳一整天沒好好吃東西，現在回到家裡，可以好好享受了！」

只見桌上備了牡丹燕菜、連湯肉片、燴菜、長壽魚、横水鹵肉、洛寧蒸肉、焦炸丸子等，盡是洛陽名菜，每一道都還熱騰騰。褚寒依看到這些美食，緊張的心情瞬間全然放鬆下來，笑道：「確實有些餓了！想不到你真的備了滿桌酒菜！」

金無諱又將珍藏的酒罈拿了過來，為兩人倒了酒，舉杯道：「今日慶祝姑娘大展神威，剷除惡賊，咱們不醉不休！」

褚寒依也大方回酒，笑道：「是該慶祝一番，不過殺人的不是我！我都還未出手呢，惡人就已經遭到報應了！」

金無諱微笑道：「依我說，是杜廷隱知道姑娘想取他首級，不敢勞煩大駕，便自動把腦袋掛在城頭上，以示誠意，否則哪有這麼離奇的事？」

褚寒依笑道：「倘若壞人都這麼自動獻首，天下豈不太平了？」

兩人心中歡暢，一邊大快朵頤，一邊連乾酒水，喝到後來，兩人都暈乎乎的。

金無諱鼓起勇氣問道：「杜廷隱死了，姑娘不用再煩心了，明日想去哪兒遊覽？」

褚寒依醉乎乎答道：「杜廷隱是死了，可是我聽說伏牛山南側有一個土匪窩，時常擾民，燒殺擄掠，無惡不作，本姑娘想去大殺四方！」

金無諱心中一跳，頓時清醒過來，望著褚寒依雙眼迷濛，醉得昏昏茫茫，輕聲問道：「姑娘，妳說的可是真話？那地方，自從朱全忠去世之後，便開始生亂，連大梁官兵都不管……」

褚寒依茫茫然地望了金無諱一眼，道：「就是官府不管，本姑娘才要管……」說罷便伏在桌上睡著了。

翌日，褚寒依清醒過來，並沒有忘記剿匪的念頭，便開始著手準備各式器具，如此過了幾天，待一切準備就緒，便向金無諱告辭：「那天咱們在洛香酒肆用膳，我聽到有幾人談起伏牛山南側的土匪窩，都是咬牙切齒，我想為他們除害，這事有點兒棘手，倘若三天後我沒有回來，郎君就不用等門了。」

「我知道！」金無諱拿起早就準備好的行囊，道：「姑娘前幾天就已經說過了！山路難走，咱們騎馬去吧，我照例送姑娘一程，我保證到了山下，不隨妳上山，妳就當我是來回路上閒聊的伴！」

褚寒依噗哧一笑，道：「金大哥學得真快！」

金無諱聽她改了稱呼，彼此又親近了幾分，歡喜道：「無憂妹妹吩咐的話，我自當謹記在心。」

兩人便一起騎馬前往伏牛山南側，到了山腳下，金無諱果然很安份地待著，只讓褚寒依一人上山，過了一個時辰，褚寒依便匆匆下山回來了，金無諱見她臉色微微蒼白，關心道：「怎麼啦？可是山賊太厲害，妳敵不過？」

褚寒依搖搖頭，似乎驚魂未定，許久才吐出一句：「見鬼了！」

「見鬼？」金無諱驚駭道：「山上有惡鬼？比賊寇還厲害？」又拉了褚寒依的手道：「咱們快快逃離這險地吧！」

褚寒依想不到他動作如此自然，臉上一紅，連忙抽回手搖了搖，道：「沒有惡鬼！沒有山賊！什麼都沒有！」

金無諱愕然道：「『什麼都沒有』是什麼意思？咱們找錯地方了？還是土匪窩消失了？」

褚寒依搖搖頭道：「都不是！山上確實有一個寨，寨裡有幾十個滿臉橫肉的大漢，我瞧他們應該就是土匪……」

金無諱驚呼道：「竟有幾十名土匪，妳一個姑娘家怎麼對付得了？」

褚寒依微笑道：「我沒事！只不過那幫人長得像土匪，又不是土匪，實在很奇怪。」

金無諱問道：「這是為何？」

褚寒依百思不解地道：「他們非但沒有動粗耍狠，反而乖乖坐在書桌前提筆抄字，一個個神情認真，抄得滿頭大汗，就像學堂裡剛學字，怕被先生責罵的小童！」

金無諱忍不住哈哈大笑：「世上竟有這等奇事？土匪集體放下屠刀，立地成佛了？這可是天下一大奇觀！」

褚寒依道：「我瞧著稀奇，恰好遇見一名土匪走出學堂，便趁機制住了他，問他們在抄寫什麼？為什麼不做土匪了？」

金無諱好奇道：「那土匪怎麼說？」

褚寒依道：「那土匪嚇得大喊：『女俠饒命！』似乎很怕我，還說他們已經乖乖在抄寫經書了，萬萬不敢胡來，我覺得很奇怪，又問他們在抄寫什麼經書？」

金無諱又問：「難道他們真是在抄寫佛經？」

褚寒柳眉微蹙，道：「他用驚恐的眼神看著我許久，彷彿他是良民，我才是土匪，還回答了一段很奇怪的話，我實在想不通是什麼意思。」

金無諱道：「他說了什麼？我也幫忙參詳看看。」

褚寒依臉上一紅，但覺那土匪說話有些不雅，卻也只能一字一句地照搬原話：「他說：『姑奶奶、女神仙，您就別戲弄小的了！您老交代的事，咱們還敢不從嘛？大夥兒都很努力一筆一劃地抄著呢！那九經不是您拿來的嘛？怎麼您還考問我？您這不是拿小的窮開心嘛？』我讓他把抄的字帖拿一本給我瞧瞧，你猜，我瞧見什麼？」

「九經？」金無諱沉吟道：「莫不是《周易》、《尚書》、《毛詩》、《周禮》、《儀禮》、《禮記》、《左傳》、《公羊傳》、《穀梁傳》這九部經書？」

褚寒依用力點點頭道：「那土匪只拿兩本經書過來，確實是《周禮》與《毛詩》！我猜應該還有另外七本！」

金無諱奇道：「這幫土匪原本大字也不識一個，如何能抄書？還全部棄武從文，變成書生？」

褚寒依道：「可不是嘛？」

金無諱笑道：「土匪知道妳要來教訓他們，便自動改邪歸正了！」

褚寒依橫了他一眼，嬌嗔道：「你明知不是我做的，卻來取笑我！」

金無諱微笑道：「妳雖沒成事，也是一番俠義心腸，我怎敢笑話？」

褚寒依繼續說道：「我又問：『你們為何肯乖乖抄寫經書？』那土匪居然一邊抹淚，一邊求饒說：『姑奶奶，您不是說只要咱們每月抄寫十套九經，下山幫助村民十件善事，每年臘月十五，您就會派人過來賜我們解藥，難道您說話不算話？求求您了！這『酸甜苦辣』疼起來可是會要人命的！』」

金無諱沉吟道：「原來他們被下了厲害的毒藥，才這般安份。」

褚寒依微笑道：「你猜得對了！只不過這毒藥竟然叫『酸甜苦辣』，實在古怪，我又問說：『酸甜苦辣是什麼東西？怎麼個疼法？』那土匪急得嚎啕大哭，說：『姑奶奶，妳不是吧？妳這樣捉弄小的，有什麼意思呢？』

我只好嚇唬他說：『姑奶奶就是考問考問你，看你長不長記性？』

那土匪一聽，立刻老老實實地回答：『妳老人家說咱們這幫……山匪……平時總是欺壓良民、吃香喝辣，所以逼咱們吃下酸甜苦辣！這東西可真不是東西！酸是酸到骨頭裡，苦是苦不堪言，辣是全身火辣辣，有如在山刀上滾、在火鍋裡燙！』

我心裡好笑，便問他：『那甜呢？甜總是不錯的吧？』

那土匪更著急了，呼呼叫道：『甜一開始是不錯，好像心口抹了蜜，甜滋滋的，後來便像引來萬蟻咬嚙，心癢難騷！癢到抓破胸口，甚至抓到全身傷痕累累，恨不能拿刀子把自己給抹了，都還不解氣！這酸甜苦辣一發作，每個時辰換一種滋味，輪流折騰，鐵打的漢子也熬不住啊！』」

金無諱哈哈一笑，道：「姑娘手段當真厲害，這幫土匪平時凶神惡煞的，竟害怕成這樣！」

褚寒依哼道：「這麼毒辣的手段，我可做不出來！我又問他：『你知道我是誰？』，那土匪卻不敢直呼其名，只反覆求饒，說我尋他開心，後來被我逼急了，他才說：『阿寶女俠，您老別開玩笑了！求您高抬貴手，別再整治小的了！』」

金無諱道：「這就叫惡人自有惡人磨！」

褚寒依輕輕一嘆：「我原本想好好教訓他們，想不到還未出手，他們已怕成這樣！」

金無諱微笑道：「這樣不好麼？」

「不是不好，只是……」褚寒依沉吟道：「那位阿寶姑娘為什麼要假扮我的模樣，去整治這座土匪窩？」

金無諱道：「或許她並非故意假扮妳，只不過妳二人身形穿著極為相似，都戴了帷帽，土匪看不見妳們的面貌，便以為是同一人。」又笑道：「他們太害怕阿寶姑娘，因此一見到戴帷帽的窈窕女子敢獨闖土匪窩，便嚇傻了，分不清此姑娘非彼姑娘！」

褚寒依笑道：「這倒也有理，令我茅塞頓開！」又道：「但那位阿寶姑娘可比我厲害多了，舉手間就把一幫土匪教化得服服帖帖！只不過這手段未免太狠了！」

金無諱慨嘆道：「讓一群土匪抄書識字，比殺了他們更有益處。倘若天下人也都能讀書識禮就好了！就不會是亂糟糟的軍武頭子來當皇帝、稱霸王，總有一天就會出現像太宗一樣武能安邦、文能治世的明君！」

褚寒依心中一動，忽然想道：「那書呆子也說過相似的話……只不過他顛沛流離，都自身難保了，又何談教化百姓？」

金無諱見她若有所思，問道：「想什麼呢？」

褚寒依臉上一紅，連忙收回心神，道：「沒什麼！我只是在想這幫土匪能安份多久？阿寶女俠會一直管教他們嚒？」

金無諱笑道：「土匪們為了每年能得到解藥，肯定會安安份份的，妳就不必操心了！咱們既然出來了，不如趁著天清氣朗，四處走走瞧瞧，放鬆一下心情。」

褚寒依放下心中掛礙，笑道：「好！」

兩人騎馬緩行，一路說說笑笑，來到「白馬寺」附近，金無諱指著前方宏偉的寺宇，道：「當初東漢明帝為了求取天竺佛法，派遣郎中蔡愔、博士弟子秦景遠赴西天取經，後來為了禮遇他們邀請回來的天竺高僧，便建立這座佛寺，又為了紀念白馬馱載佛像、經典跋涉萬里才回到洛陽，因此取名『白馬寺』。這可是中原第一間佛寺，因此號稱『天下第一寺』！咱們既來到此處，不妨進去逛逛！」

褚寒依道：「這麼算來，白馬寺已經過了八百年，歷經無數戰火，依舊屹立不倒，難怪香火十分鼎盛！」見一群群香客絡繹不絕地進入佛寺裡參拜，又道：「我也進去參拜，祈求天下太平、百姓安康！」

金無諱道：「我在庭院裡逛逛，就不進去參拜了。」

褚寒依但覺奇怪，問道：「金大哥為什麼不拜？」

金無諱道：「倘若這些木雕偶像真懂得體恤蒼生，憐憫百姓的祈求，幽燕就不會一再發生父子相食、骨肉相啖的慘劇了！」

褚寒依心中一沉，嘆道：「金大哥說得是！可……」忽然想起這段時日兩人結伴同遊的情景：「金大哥看似斯斯文文，卻與三教九流都能來往，也不避諱結交紈褲子弟，實在沒有半點士子矜持清高的氣節，偶爾還會冒出違禮之舉，如今連神佛都不敬畏，倒是與他的名號頗為相合，只怕這『無諱』兩字也不是他的本名，否則哪個父母會把自己的孩兒取名無諱？」又想：「他待我雖好，卻實在讓人捉摸不透！」

兩人說話間，見寺裡有許多衣著破爛的信徒跪在佛祖面前痛哭流涕，苦苦祈求，即使參拜完，離開中殿，到了庭院，仍聚在一起議論紛紛，似乎為了什麼事而憂心。

兩人靠近前去，豎耳聆聽一會兒，這才知道鄆、濮一帶連日大雨，造成黃河泛濫，往年朱全忠在位時，敬翔主政，還能撥發賑銀，救濟難民，自從朱友珪登基後，荒淫怠惰，不理民生，許多老臣心中不服，便不理朝政，就連敬翔也稱病在家，不肯出來主持大局。

如今大梁朝廷內鬥嚴重，與河東的戰爭正是激烈，許多貢銀都撥給軍需了，更無人理會災民死活，好不容易撥了一點賑銀下來，又被各路官員層層苛扣，直到現在，鄆、濮一帶仍是餓殍遍野的慘況，許多災民不堪痛苦，攜家帶眷地逃到洛陽、開封，借住在寺廟裡，這白馬寺也就收容了不少難民。

金無諱嘆道：「『秋水時至，百川灌河；涇流之大，兩涘渚崖之間，不辯牛馬』！

立秋節氣前後，往往會降下暴雨，幾天之內傾盡一年雨水，瞬間百川灌河，造成黃河泛濫，民不聊生，這是長久以來的問題，否則莊子也不會留下《秋水》這名篇了！」❸

褚寒依默默向外走去，金無諱見她原本要參拜，卻忽然改了主意，一路上更是悶悶不樂，不發一語，關心道：「怎麼了？」

褚寒依嘆道：「杜廷隱可殺、土匪窩可剿，但天下暴雨，神佛不惘，咱們卻無能為力，貪官苛扣賑銀，咱們也同樣無能為力！就算殺了一名貪官，接手的仍是貪官，整個大梁朝廷都如此腐敗，咱們又能如何？」

金無諱問道：「大梁向來為難幽燕，妳卻憐惜敵方的災民？」

褚寒依嘆道：「都是一些軍武頭子為了爭權奪利，才殺來殺去，無論是幽燕百姓或大梁百姓，都是困苦、都是無辜！」

金無諱感慨道：「妳說得不錯！大家原本都是大唐子民，劃分藩鎮也只是為了區域治理，可弄到後來，卻拚得你死我活！」想了想又道：「離富貴宴還有一些時間，不如咱們去一趟鄆、濮瞧瞧情況，或許能幫上一點忙。」

褚寒依這才展了笑顏，歡喜道：「好！就這麼決定！」

兩人於是一路向東，先到開封落腳，準備物資，再僱一輛馬車載運，前往濮州災地。在離開洛陽、開封這兩座大城後，眼目所見，便是另一番景象，越往北去，災民越多，簡直是餓殍載道、滿目瘡痍，車上那一點物資，還未到達濮州邊境，便全然耗盡，根本無法再前行。

褚寒依道：「不如咱們先回開封，夜晚潛進幾個貪官家中盜取一些銀兩，多備些物資過來。」

金無諱心想：「這小小馬車能搬得多少東西？不過是杯水車薪而已！」勸道：「如今開封也是戒備森嚴，冒險不得。」

褚寒依眼看哀鴻遍野，卻無計可施，心中憤恨難過，哽咽道：「這些貪官全然不顧百姓死活，簡直是喪盡天良！」

金無諱見她心情激動，忍不住握了她的手，安慰道：「別擔心，我會有辦法的。咱們先回開封，我去向幾個朋友周轉錢財，買些物資，明日再送過來。」

褚寒依一愣，臉上一紅，輕輕縮回手，低聲道：「好！就這麼辦！」

兩人回到開封後，天色已晚，金無諱便獨自出門，過了半個時辰，果然備好一馬車的米粟乾糧，褚寒依驚喜之餘，對他的交遊廣闊也感到好奇。

翌日清早，兩人就從開封駕了馬車載運物資一路奔向濮州，卻見昨日還遍地哭嚎的災民，一夜之間竟然已經改變，災民們開始排隊領取熱騰騰的米粥。

褚寒依驚喜道：「難道那些貪官大發善心了？」

一位災民認得褚寒依是昨日帶來物資的善心娘子，便道：「那些貪官都被狗咬了良心，怎會大發慈悲？是金匱盟發送的米粥和暖被！」

「金匱盟？」褚寒依一愣，與金無諱對望一眼，奇道：「想不到是那個狂邪的傢伙？」

金無諱笑道：「看來這傢伙也不算太壞，姑娘可還要去富貴宴修理他？」

褚寒依臉色一赧，連忙問那位災民：「金匱盟主在哪兒派送米粥？」

那老丈似乎聽不懂褚寒依的問話，搔了搔頭，道：「什麼金匱盟主？我不明白，我只知道是一位叫阿富的壯漢在主持這事，但後來他也走了，只把差事交給咱們濮州人自理。」

褚寒依又趕緊問老丈：「那你如何知道是金匱盟在派發米糧？」

那老丈笑道：「阿富郎君一來便說他是金匱盟的，大家一聽，就知道有好事了！」

褚寒依問道：「為何金匱盟一來，便有好事？」

老丈笑道：「姑娘有所不知，一年多前，有人在滑州提倡互助會，說：『亂世苦難，要倚靠那幫貪官污吏拯救，是指望不上了，咱們老百姓卻可以自立救濟、互相幫助，意思就是滑州有難時，咱們濮州若有餘力，便可盡量幫忙，下回若是遇到咱們濮州有難，滑州的人也會過來幫忙。』金匱盟不是什麼綠林幫會，也不是什麼藩鎮軍兵，就是幾個州聯合起來，平民老百姓互相幫助的組織，每個州、縣有負責之人，都是當地的鄉耆佬，像是小販、農夫、鐵匠、酒館小廝、落魄文士什麼的，官位高一點的，最多就是里長了！所以妳問的金匱盟主，我聽都沒聽過。至於那位阿富，我瞧他衣服簡簡單單，就是個莊稼漢，也不像什麼盟主的！據說這次的救濟主要來自輝州，他或許是金匱盟在輝州調集物資的負責人吧！」嘆了口氣，又道：「這等事情本該由官府來做，偏偏亂世無治，那些藩鎮主只顧著爭權奪利、打打殺殺，沒人理會老百姓的死活，咱們這才加入金匱盟，自力救濟。」

褚寒依「哦？」了一聲，道：「原來如此！多謝老丈告知。」

兩人把車上的物資發送出去後，便緩緩駕著馬車返回開封，褚寒依沉吟道：「阿寶出手整治土匪、阿富救濟災民……你說他倆人有沒有關係？」

金無諱問道：「妳為何這麼想？」

褚寒依道：「因為阿富是金匱盟的人，讓我想起阿金曾說過，金匱盟主的四名手下有個響亮的外號，叫做『金銀財寶』！所以我猜這個武功超凡、手段厲害的阿寶姑娘，很可能是『金銀財寶』之一！」想了想，又道：「如果真是這樣，那金匱盟主雖然狂傲了點，倒也不是壞人，將來我去富貴宴，就不難為他了！」

金無諱拱手道：「那我可要替金匱盟主謝謝女俠手下留情了！」

褚寒依橫了他一眼，嬌嗔道：「你又來取笑我！人家本事可比我高明多了！」

金無諱道：「在我心中，妳俠義熱心，永遠是最好的，誰也比不上！」

褚寒依臉上一紅，笑道：「你真是抬舉我了！」又轉了話題，道：「當初阿金說金匱盟只是一個五人的小幫派，想不到短短兩年，它已經擴大到幾個州了，這金匱盟主究竟是如何辦到的？」

金無諱笑道：「這有什麼難猜？有錢天下無難事，無錢寸步都難行！」

褚寒依笑罵道：「你這口氣，可真像滿身銅臭的金匱盟主了！」

兩人回到開封後，離富貴宴還有一點時間，便結伴遊覽山水，有時上「古吹台」，遙想李白、杜甫、高適三才聚會，飲酒作詩的豪情快意；有時登上丹崖絕壁的「太行山」，享受俯瞰大峽谷的恢宏氣勢，或是到「雲台天瀑」下方，聽清泉、滌俗慮，偶爾也到開封聞名的「醉香樓」，聽小曲、品湯包，去「繡坊巷」欣賞針線細密、絨彩奪目的汴綉圖畫，或是聽到哪裡有不平事，便一起執劍江湖，行俠仗義。

愜意的日子總是過得特別快，轉眼間，已到了鳳曆元年正月十五，家家戶戶懸掛著彩燈，絢麗的燈火點點相連，綴成一片銀河，延伸至天邊，彷彿要將人們一個又一個微小的願望傳予上蒼。

開封城的街道上亮起萬盞燈火，形成一片片火樹銀花，除了耍龍燈、舞獅、踩高蹺、划旱船、打太平鼓等豐富多彩的藝術表演，更有鳥市、花市、相撲、影戲、唱賺、猜燈謎等各式瓦子，和販賣各種童趣玩意、熱湯圓的小販。

在燈火交錯的迷幻夜景裡，人人都沉醉在歡樂的氣氛中，幾乎忘了這是個戰火紛飛的年代，不遠處的濮、鄆兩州才剛剛飽受洪水摧殘，災民至今仍在風雪中受凍，無家可歸。

金無諱和褚寒依相偕同遊，心中感觸良多，望著滿天金黃夜燈飄飛的美景，褚寒依忍不住讚嘆：「好美啊！在幽燕，咱們可從來沒機會看到這麼美的景象！那一盞盞天燈，都承載了百姓祈福的心願，飄得遠了，便與點點繁星連成一片！」

金無諱趁著她專注天燈美景時，悄悄向旁邊的小販買了兩盞天燈，拉了褚寒依的手，道：「走！咱們也找一個最高的地方放天燈祈福！」

褚寒依見他輕易拉了自己的手，微微一愕，但要直接拒絕，又顯得太刻意，便假裝不經意地抽回了手，揚臂指向天空，問道：「你說，什麼地方是最高的？」想了想，一邊領著金無諱轉過幾個小巷，一邊道：「隨我來！」便拽起金無諱的腰帶，施展輕功，幾個點踏，飛上屋頂，見金無諱連連驚呼的樣子，忍不住哈哈笑道：「你瞧，這裡是不是最高的地方？可以把整個開封夜景都收入眼底。」

兩人並肩坐了下來，金無諱從懷中拿出筆墨，又道：「上回妳在白馬寺沒有許願，這回便好好許個願！」

褚寒依見他如此貼心，歡喜道：「希望老天爺可以收到咱們的願望！」

兩人便各自在天燈上仔細寫下心願，又點燃燈火，放飛天燈。

天空細細的雪花漫漫飄下，一盞盞天燈冉冉飄遠，褚寒依目光追隨著自己的天燈，心中感動，忍不住雙手合十，虔誠地向上蒼許願：「希望年年有今朝，天下都如洛陽、開封這般安康！」

金無諱望著她如此美麗的身影，心中悸動，也合十許願：「希望無憂妹妹長年無憂無慮，所有願望都能實現！」

褚寒依聽到他的願望，微微一愣，回首過來望著他，道：「你應該要許自己的願望！」

金無諱微笑道：「妳的願望就是我的願望！」

褚寒依見他說得認真，一時不知如何回應，連忙指著遠遠飄去的天燈，笑道：「瞧！咱們的天燈飄到那兒了！是最高的，上天一定會聽見咱們的願望！」

金無諱見她如此歡喜，心中也自歡喜，小心翼翼地從懷中拿出一個木刻小人偶的項鍊，支支吾吾道：「這個……嗯……剛才買天燈時，小販送的……也不是什麼名貴的項瓔，我瞧是女子佩戴的，上頭又刻了字，挺適合妳的……就……就……送給妳吧！」說罷把小人偶遞了過去。

褚塞依見那小木偶身形只有一寸，穿了一條皮繩，做成項鍊墜飾，因為尺寸極小，刻工不甚分明，只大約看出是一個英姿颯爽的小女娃，指尖捻著繡針，衣上刻著「無憂無慮」四字。她恍然明白這不是什麼天燈贈品，而是金無諱自己一刀一刀鐫刻而成的，心中頓時湧上無限感動，卻又忍不住想起另一人的身影。

金無諱見她怔怔望著小木偶，沒有答允，有些尷尬：「總不能……讓我一個大男子戴這個吧！」再不顧一切地主動為她戴上。

當這項鍊繫上褚寒依的頸項時，彷彿也圈住了她的心，她告訴自己，從今夜開始，要徹底忘了那個登徒子，就讓他的一切隨天燈飛到極遠、極遠，再也看不見……

她抬眼與金無諱相視一笑，並肩坐看滿天金燈飄送，一時溫馨滿懷，無聲勝有聲。

（註❶：「澤國江山入戰圖，生民何計樂樵蘇……近來長共血爭流。」出自曹鬆的《己亥歲二首・僖宗廣明元年》。）

（註❷：《周禮・天官》將醫科分為四大類：「食醫」主治藥膳、食物中毒；「疾醫」主治內科；「瘍醫」後世又稱「金瘡醫」，主治外科，掌腫瘍、潰瘍、金瘍、折瘍；「獸醫」主治禽獸，此分類延用至宋代以前。唐朝醫官分科漸趨複雜，加之唐末官銜混亂，五代民不聊生，對醫者稱呼有「醫師」、「大夫」、「郎中」等漸進的過程，小說中統一以「醫師」稱之。）

（註❸：「秋水時至……不辯牛馬」出自莊子《秋水篇》，其中「不辯牛馬」一詞，後來發展為成語「牛馬不辨」，「辯」與「辨」字並不相同，後世因此有諸多爭論，其中王先謙所著《莊子集解》作「辯」，或許在莊子時代，兩字乃是同義或通假，但原文應是「辯」字，而非「辨」字，特此標注，供予參考。）

九一三・一　願與四座公・靜談金匱篇

翌日，天才微微亮，褚寒依便準備前往鄢陵「乾明寺」參加富貴宴，金無諱實在捨不得與她分離，便藉故要前往鄢陵做一樁買賣，順道與她同行。褚寒依知道他的心意，也沒有拆穿，只與他並肩騎馬，一路悠然談笑，往南方而去。

兩人進入鄢陵時，已近黃昏，便先找了一間客棧，訂了兩間客房，再依據店老闆的指示，沿著南邊山坡一路登高。此時霞光滿天、細雪初落，金黃蠟梅開得滿山遍野，融入漫天彩光之中，形成一幅幅爭豔鬥炫的奇景，山路盡頭，一座古樸寺院巍巍屹立於千百石階上，高聳入雲，被夕陽暈染得有如金碧天宮，美麗得如夢似幻。

石階底處，有兩位迎賓僕人恭謹站立，旁邊豎立著一幅大大的玄青色酒招，四周鑲著丹紅方框，中間以黑墨揮灑出七個豪氣大字：「臘梅賞雪富貴宴」，在漫天彩暈中，這酒招顯得特別顯眼，讓前來參宴的賓客遠在十數丈外也能瞧見。

褚寒依等了一年多，終於可以參宴，又看到如此美景，很是興奮，揚手遙指古寺，笑道：「就在那裡！」

金無諱微笑道：「咱們步行過去吧。」

兩人剛下馬，便有一道熟悉身影飛快地穿過雪霧花海，興沖沖地奔至褚寒依面前，熱情道：「姑娘來了！歡迎！歡迎！」正是昔日在洛陽宮失去蹤影的阿金。

褚寒依微笑道：「小兄弟，許久不見了！今日我不但準時前來，還帶一位朋友來為你們助興！」

阿金原本滿面笑容，聽說金無諱也要入場，頓時臉色一僵，搔了搔頭，道：「姑娘這可難倒我了！富貴帖十分金貴難得，主人規定一張帖子只准一人入席，所有席次都是依照帖上名單安排好的，不能攜伴參加。」

褚寒依還想再說，金無諱卻道：「罷了！既有規定，咱們也別為難這位小兄弟。鄢陵蠟梅開得滿山遍野，也不是乾明寺才欣賞得到，我便在附近遊覽，等候妹妹出來，說不定咱們會在某個花叢秘境裡不期而遇！」

阿金感激道：「多謝郎君體諒，這富貴宴大約一個半時辰，屆時郎君可回到這裡等候姑娘。」說罷向金無諱微微行了一禮，示意告辭，便領著褚寒依一步步登上石階。

兩人快到石階頂端，阿金指著旁邊延伸出去的小徑，道：「請姑娘先隨我到『清心小舍』更衣。」

褚寒依不解道：「為什麼要更衣？」

阿金一邊帶領褚寒依從小徑穿了出去，一邊解釋：「來參加富貴宴的賓客大多是有頭有臉的人物，甚至是來自不同藩鎮，主人體貼他們不想被別人識破身分，便讓大家都戴上面具，穿上大氅，以遮掩面容身形。」到了清心小舍門口，他伸手推開房門，道：「姑娘請進。」

褚寒依先進入房室，阿金也跟著進入，小心翼翼地關上房門，再走到牆角邊的木櫃，打開抽屜拿出一個五彩大頭面具和一件絳紫色的大氅給褚寒依，道：「這氅衣極其寬大，可以遮掩身形，只要姑娘不開口說話，旁人便不知道妳是男是女。」自己也拿了一套面具和大氅穿戴上，只不過他的面具是金色花彩，而大氅是近似黃金的明亮秋香色。

褚寒依看他渾身裹得金爍爍，暗暗好笑：「幸好沒讓我穿那麼俗氣的東西！」又問：「賓客們真的都願意穿戴這些東西？」

阿金笑道：「是啊！大家都是來求富貴的，何必惹事生非？如果沒有戴上面具，萬一晉王和梁帝打上照面，可有多尷尬？說不定一下子就打起來了！」

褚寒依原本對參加者十分好奇，如今全看不到面容，甚是失望，又問：「你家主人真能請到晉王、梁帝這樣的大人物？」

阿金搔了搔頭，道：「原本這不可以說的！但咱倆有生死交情，我便悄悄透露給妳了……」褚寒依睜大了眼，豎耳聆聽，卻聽阿金道：「那自然是請不到的！」

褚寒依心中好笑：「既然請不到，有什麼好神祕的！」

阿金見她滿臉失望，連忙道：「但前來的賓客也都身分非凡！主人曾說：『第一次宴會，這些帝王就不必邀請了，就算請了，他們也不會來，但這次以後，他們就會自己登門求見！』」

褚寒依笑道：「你主人還真是一貫地囂狂！」

阿金認真問道：「滿口吹噓做不到的事，才叫囂狂，但主人都做到了，也算囂狂嚒？」

褚寒依問道：「你主人做到什麼了？」

阿金道：「當初我們派帖子時，許多人連瞧也不瞧一眼，就直接拒絕了，大夥兒好失望，可是主人安慰我們說沒關係，還說這富貴宴至少會來二十人。」他打開一扇可以望見外邊景觀的小窗，道：「妳瞧，今天是不是來了好多人？」

褚寒依原以為沒人會到，見有許多穿戴面具氅衣的賓客四處遊賞，一時無法反駁，便故意譏諷道：「說不定你家主人根本請不到什麼大人物，但帖子已經發出去了，不想丟失面子，便悄悄找幾個村民充數，又怕被人識破，才讓大夥兒都戴上面具！」

阿金連忙道：「不是的！不是的！主人沒有強迫大家穿戴面具，姑娘不肯穿戴，也是可以的，但若因此被仇敵認出，惹上糾紛、互相衝突，就必須到寺院外解決，金匱盟是不會插手的！但如果妳依照規矩行事，金匱盟保證妳賞完花會，平安離開。」

褚寒依微笑道：「連個臉都看不到，我如何相信來的都是大人物？不如你告訴我有誰參加？」

阿金道：「主人派我們出去迎接貴客，都是各自拿著名單出去的，所以我們並不知道彼此接待了哪些貴客。」

褚寒依探不到任何消息，心中暗罵：「這傢伙就愛搞神祕！」又道：「那我問你，去伏牛山剿匪的阿寶姑娘，是不是你們金銀財寶其中一個？」

這次阿金回答得倒是爽快，用力點點頭，道：「妳遇見阿寶啦？她可厲害了！她原本就是高手，不是主人教的，她頭腦也比我們聰明得多，主人常派她去辦很多事，但她究竟是什麼來歷，我們都不知道，只知道她很痛恨壞人，打起架來非常狠，是拼了性命在保護主人的！」

褚寒依心想：「原來阿寶這麼狠，難怪會對伏牛山的土匪下毒藥！」又問：「你主人常遇到危險嚒，要她拼命保護？」

阿金搔了搔頭，笑道：「那倒沒有！主人很聰明，從未遇過危險。只不過我們都看得出來，如果主人遇到危險，雖然我們每個人都很願意保護他，可是誰也比不上阿寶拼命。」

褚寒依又問：「那濮州救濟水災的阿富也是你們的人？」

阿金歡喜道：「是啊！姑娘也遇上他了？主人說阿富有三心——愛心、耐心和細心，最適合賑災！」

「果然如此！」褚寒依幾番試探，都打聽不到貴賓的身分，無奈之餘，也只好靜觀其變。

褚寒依穿戴好面具大氅後，阿金便領著她沿小徑回到石階處，一步步登高，來到乾明寺院大門。院門口的僕從也如阿金一樣，都戴著金色花彩面具，披著秋香色大氅。阿金與眾人點了點頭，無聲地打了招呼，其中兩人連忙用力推開寺門，阿金帶著褚寒依舉步跨過門檻，進入寺院前的廣場。

此時天色漸沉，彤雲染紫，少了斑斕彩光，多了宮燈暉映，整個廣場上滿是金燦燦的蠟梅花海，點點綻放在白色雪粉中，花雪交融，雪飛花舞，形成漫漫流金白霧，飄散在天地間，讓人彷彿置身於淒美絕艷的夢幻仙境！

褚寒依從未見過如此美景，不由得連聲讚嘆：「真美！天界仙境也不過如此吧！」又想：「唯一的缺憾是金匱盟侍從穿著俗不可耐的金氅，穿梭在這麼美的花海裡，簡直是大煞風景！這金匱盟主雖有奇思妙想，卻毫無美感！」

阿金聽褚寒依歡喜讚嘆，指了前方花海興沖沖道：「姑娘您瞧！這蠟梅黃澄澄的，像不像一顆顆小金珠掛在樹枝上，讓人看了心情都變好！主人說今晚來的都是貴客，須用心招待，讓他們保持好心情，才會大方拿出銀兩來。」

褚寒依笑道：「你家主人可真愛錢，什麼美景都被他看成了黃金財寶！難怪他要舉辦蠟梅宴，還讓你們穿一身黃金衣！」

阿金問道：「喜歡黃金不好嚒？」

褚寒依微笑道：「沒什麼不好，就是俗氣了點！喜歡過頭了，也不好！」

阿金認真道：「主人卻說多多益善！姑娘說的總是和主人不一樣！」想了想又道：「但姑娘是好人，主人也是大大的好人，為什麼一樣是好人，想的卻不一樣？」

褚寒依微笑道：「等我和你家主人見了面，好好討論一番，便知道誰對誰錯了！」

阿金點頭道：「也只能這樣了！」他早就背好了稿子，要為每位賓客仔細介紹，便道：「姑娘，我先來為妳介紹，這蠟梅多生於黃河以南，比梅花開得早，初冬便開花，冬盡則結果，一旦開了花，葉便落盡，成了枯瘦的枝幹，花葉永不相見。」

褚寒依望著前面的花海，心中一時迷惘，喃喃道：「花葉永不相見……我也決定和他永不相見……」

阿金聽她語氣溫柔迷濛，似沉醉美景之中，更認真解釋：「常言道：『風裡聽竹、雨中護蘭、霜前訪菊、雪後尋梅』，這蠟梅開花時，往往瑞雪飛揚，欲賞花景，需踏雪尋芳，風雪若是太大，便賞不成了。幸好今日只是飄著細細雪粉，並不妨礙大家賞景。」他遙指前方一棵棵梅樹，講解道：「蠟梅共分成四大品群，大約有一百六十五個品種，鄢陵蠟梅冠天下，咱們這裡沒有上百種，也有幾十種，像柳葉蠟梅、山蠟梅、荷花蠟梅、檀香蠟梅、虎蹄蠟梅、狗牙蠟梅、小花蠟梅等等，都是極美的！」一邊介紹，一邊帶褚寒依走到一株蠟梅樹下，道：「姑娘，這是妳的座位。」

這蠟梅樹梢垂掛著一盞雕著精致孔雀花色的「仙居皤灘花燈」，作為裝飾照明用，樹下擺放著一套古色古香的木雕桌椅，桌上、桌下各有一座小暖爐，桌上的紅泥小暖爐溫了「蝦蟆陵」的郎官清酒，酒壺旁邊配著一只鐫刻樂伎花紋的八棱金杯，酒菜有蠟梅煲粥、一碗雙麻火燒、一小碟五香風乾兔肉，和三鮮蓮花酥、冰糖熟梨，雖不是豐盛大菜，但都是開封名點，口味搭配得宜，品相精巧雅緻，一人食用剛剛好。至於桌下的炭爐，則是給賓客暖腳用的。

褚寒依不由得暗讚這位金匱盟主待客確實貼心，但最令她感興趣的是身旁蠟梅樹枝上，懸掛一紙青色密封信柬，不知裡面寫了什麼，除此之外，梅樹梢上還懸垂了一張紙骨柔薄、仿姑蘇繡染的粉色「假蘇箋」，箋底印著金銀花紋，主人以瀟灑的筆跡在箋上寫了蠟梅品種。

她愛極了這種蜀中制作的紙箋，從前在三笑齋時，她最喜歡在假蘇箋上題字，只不過這種紋紙出產於蜀中，她遠在幽燕，極難取得，因此少有的幾張，她都小心翼翼地收藏，想不到這裡每株蠟梅樹都懸掛了寫上蠟梅花名的假蘇箋，實令她欣喜萬分，感動莫名。

她拿起假蘇箋細細端詳，輕聲唸道：「小花蠟梅……」看了許久，但覺這字跡有幾分熟悉，卻又不完全相似。

阿金見她喜歡這等安排，更賣力道：「這裡每位賓客都有專屬座位，是依據身分安排的，姑娘的座位就在小花蠟梅樹下。妳瞧！這小花臘梅的花朵特別嬌小，外瓣黃白，花芯有紫絲，香氣濃郁，就像姑娘那麼可愛。」

褚寒依微微一愕，笑問道：「這話也是你主人說的？他沒見過我，怎知我可不可愛？」

阿金笑道：「這有什麼難的？主人對每位賓客都瞭如指掌！更何況，姑娘長得這麼討喜，只要不是瞎眼的，都能瞧見！」

褚寒依忍不住笑了：「你和你家主人在一起久了，也學得油嘴滑舌了！」

阿金搔了搔頭，有些害羞尷尬，隨即又認真解釋：「我是自己說的，是大實話，主人也沒有油嘴滑舌！」

褚寒依又問：「你主人對每位賓客都瞭如指掌？那麼，當初你送我富貴帖，是主人吩咐的？」

阿金用力搖搖頭，道：「那倒不是！我當時送不出帖子，心裡著急，才硬塞給姑娘，事後主人知道了，還小小說了一頓，說姑娘又不是富商巨賈，給妳有何用處？我心裡一急，原想找姑娘拿回帖子，卻已經找不到妳，後來主人說算了，他會處理。」

褚寒依心想：「這段時間，我隱姓埋名，戴著帷帽遮掩面容，又四處流浪，金匱盟主想討回帖子，可不容易！」

阿金又解釋道：「不是每個賓客都像姑娘這樣，可以坐在小花蠟梅底下。」指了右斜前方的一株蠟梅樹道：「有些女子性情如母老虎，貪婪凶狠，主人就安排她坐在虎蹄梅下。」又指了更遠處的一株狗牙蠟梅道：「還有人是藩主的看門狗，狗仗人勢地亂咬人，主人就安排他坐在狗牙梅下……」

褚寒依聽了不禁噗哧一笑：「你主子藉蠟梅偷罵人！」

阿金道：「主人對這事也有一套說法，他說孔夫子『因材施教』，咱們就來個『因材施座』，也算效法聖賢了！更何況，無論是虎蹄蠟梅或狗牙蠟梅，可都比坐在樹下的那位賓客好多了，又怎能算是藉蠟梅罵人呢？最多只能說咱們藉著蠟梅之香，洗滌、洗滌他們心裡的穢氣，讓他們學學蠟梅清雅高潔的精神！」

褚寒依笑罵道：「你主人和『他』還真像！什麼都能扯上孔孟，編出一堆歪理，還說得振振有辭！」

阿金好奇道：「姑娘說的『他』是誰？也像主人這般厲害麼？」又感到不可思議：「這世上竟有人可以和主人相比？」

褚寒依未料自己脫口又言及馮道，心中懊惱，恨恨道：「那人就是個登徒子，不必理會。」怕阿金追根究柢，連忙轉了話題：「難道就沒有好人可以坐在好花底下？」

「當然有啦！」阿金指著西邊的一株花瓣圓黃，花心濃紫的檀香蠟梅，道：「主人說有人心如檀香，廣佈芬芳，令人舒心寧和，越沉越香，便安排他坐在『檀香梅』樹下。」又遙指檀香梅左邊的一株花瓣重疊似金鐘，香氣濃郁的金鐘梅，道：「還有人處事周到，像練了金鐘罩鐵布衫般，滴水不漏，主人便安排他坐在『金鐘梅』底下。」

褚寒依指了左前方一株花瓣長圓反卷，花色淡黃、其心潔白的蠟梅，問道：「那株蠟梅樹的花朵特別大，風韻雅致，是什麼品種？」

阿金道：「這是素心梅，又稱荷花梅。」

褚寒依讚道：「好名字！看來坐在樹下的賓客也是高風亮節的君子了？」

阿金搔了搔頭，道：「這位賓客最讓阿金捉摸不透！主人說他形似翩翩君子，卻不是正人君子，便安排他坐在『荷花梅』樹下，這荷花本是君子，是好的！主人卻拿它來諷刺這位賓客是偽君子，這到底算好還是不好？」

褚寒依笑道：「依我說，最不好的就是你家主人了！那麼多花花心思，罵人也不光明正大！」

阿金不服氣道：「主人總是稱讚姑娘，姑娘卻總是罵他！」

褚寒依嗔道：「我就是要罵他，誰教他不肯見我！」

阿金道：「原來如此，那你們見面後，妳就不再罵他了？」

褚寒依道：「倘若他是個好人，我自然不罵了！」

阿金歡喜道：「他是個大大的好人，待會兒妳便知道了！」

褚寒依滿心期待，微笑道：「好啊！我就好好瞧一瞧他究竟如何？」

阿金又道：「宴會還未開始，姑娘可以坐在位子上享受酒食，也可以四處賞花，等宴會開始，您再回座就可以了。」又指著穿梭於花海間，戴金面具、穿秋香大氅之人，道：「那些都是我們金匱盟的侍者，姑娘如有任何問題，隨時可找他們，阿金還需接待別的貴客，就先告辭了。」

褚寒依柔聲道：「我自己理會得，你先去忙吧，多謝你了。」阿金又向她行了一禮，這才離去。

褚寒依坐在梅樹下，遠觀雪花金瓣翩翩共飛舞，近賞嬌花含笑懸枝椏，鼻中聞著暗香浮沉，口中品著溫暖醇酒、精緻小菜，這般閒情深趣，世間難得，讓人只想拋開所有塵囂煩愁。

褚寒依吃了一點酒食，便起身四處遊走，悄悄觀察賓客，見只有三十株蠟梅樹下放了座位，顯示來了三十位賓客。每個位子只容一人坐，兩兩之間錯落分佈，相隔至少三丈遠，因此賓客除非起身去與其他人交談，否則很難知道對方的身分。

有人和她一樣，到處遊走賞花，也有人只坐在位子上品酒，人人都戴著面具，披著絳紫色大氅，沒人互相交談，整個場景就像是一場綺麗又詭祕的啞劇。

直到絲竹聲悠揚響起，才驚破這一片沉默，眾賓客知道宴會要開始了，紛紛回座，目光都集中到前方的高臺上。這高臺也是用蠟梅樹幹雕琢而成，中央設有一張高桌，桌上同樣擺放著溫酒暖爐和兩只金酒杯。

兩位戴著金雕花紋大頭面具的人走上高臺，他們沒有穿金色大氅，從身形瞧得出是一男一女，分別昂立在高桌兩側，左側男子身高八尺，魁梧健壯，雙手交叉抱胸，臂窩處插著一把九環大刀，一副生人勿近、近者橫死的威猛姿態。

眾賓客皆是閱歷豐富之人，只需看他刀背上的鐵環數，就知道一名刀客功力深淺，內力不夠者，只能使輕刀，刀上不會鑲鐵環，鐵環數鑲得越多，刀身越是沉重，自然需要較高的內力才耍得起來，見這壯漢竟使九環大刀，都想：「刀界有一說法，所謂『九九歸一』，刀身鑲九環，不僅僅是表示內力深厚而已，更是一種身分地位的象徵，這代表著他的刀法已臻極致，是宗師級的人物！」又想：「難道他就是金匱盟主？看這人威風凜凜、殺氣騰騰，像是長年征戰的大將軍，這樣的人怎會成了神祕莫測的金匱盟主？當今天下，有哪個用九環大刀的武將？」眾人飛快地在腦海中轉過天底下用刀的名將，一一搜索可能的人選，好猜出金匱盟主的身分。

右邊女子身形瘦弱，腰間懸掛一柄寬大菜刀，相較於九環大刀的高手，看起來實在單薄，引不起賓客的興趣，只以為她是金匱盟主的貼身侍女。

女子舉起桌上的酒杯向眾人示敬，朗聲道：「感謝諸位貴客能光臨乾明寺，一起共度上元佳節，敝盟深感榮幸！」

眾賓客見她不怎麼費力大喊，聲音卻清清楚楚地傳遍整個廣場，都吃了一驚：「這姑娘的功力竟如此高深，咱們可是看走眼了！難道她才是金匱盟主？」便不敢怠慢，紛紛舉杯回禮。

坐在東邊角落者乃是范陽盧氏弟子盧程，此人無才無德，卻憑恃著世家大族的身分，在河東擔任度支使，監管倉廩出納。他一向趾高氣昂，肆無忌憚，並不在乎被認出身分，當即大聲嚷嚷：「咱們遠道而來，可不是為了閒聊喝酒，這富貴宴究竟怎麼個富貴法？還請盟主姑娘快快說明白！」

女子道：「我並非盟主，只是一名侍女。」

檀香梅樹下的賓客始終低垂著頭，自顧自地飲酒吃食，似乎不在意臺上的動靜，直到那女子說自己是侍女，才低聲哼哼一笑：「小小侍女竟有如此功力，這金匱盟主真不簡單！」他只是自言自語，語聲十分輕細。

褚寒依因為一直關注著賓客們的動靜，又坐在檀香梅附近，才能聽見對方的呢喃自語，心想：「這人被金匱盟主盛讚為心如檀香、廣佈芬芳，想必是個大人物，但他聲音啞中帶細，竟聽不出是男是女？」又想：「他吐息虛弱，年紀老邁，似乎還有傷病，目光卻十分銳利！」

有人高聲問道：「這麼說來，九環刀客才是金匱盟主了？」

盧程一聽，又對臺上的刀客喊道：「喂！那個握刀的！你就是金匱盟主吧？為什麼你不直接對大夥兒說話，卻要教一個小婢發言？」

九環刀客沉聲道：「盟主交代了讓阿寶招呼，請諸位聽她說便是。」他沉厚的聲音嗡嗡地迴蕩在廣場上，令人心生震撼。

眾人都感到驚奇：「這九環刀客果然造詣不凡！可他竟也不是金匱盟主？」又想：「憑此人本事，想在藩主手下建功立業，掙一方州郡，並不困難，為何他甘願放棄榮華富貴，只當金匱盟主的侍從？」不禁對這位神祕主人更加好奇。

褚寒依卻對台上瘦弱的女子更加好奇：「原來她就是心狠手辣的阿寶姑娘？」忽想

起「酸甜苦辣」的劇毒，頓感驚悚：「今日這夜宴，金匱盟不會給大夥兒都下毒吧？」便放下酒杯，不敢再喝酒飲食。

眾賓客聽說臺上兩人都不是金匱盟主，頓時失去耐心，盧程大聲嚷嚷：「金匱盟主怎麼不出來？」其他人也跟著起鬨。

阿寶冷聲說道：「諸位莫急！敝盟今日有三件寶物要販賣，只要各位是識貨之人，必能見到盟主。」

盧程大聲道：「我范陽盧氏乃是百年世家大族，什麼寶貝兒沒見過，最識貨了！你究竟要賣什麼東西，快快拿出來吧！」

阿寶說道：「並不是什麼有形的寶物……」

眾人一愣，紛紛道：「不是有形的東西？那是什麼？」「沒有東西，怎麼能賣？」

阿寶道：「消息、人命、工藝、武技，都是無形寶物！而無形的寶物往往比有形的更加昂貴！」

「這話說得是！」眾人又問：「那你們究竟要販賣哪一種？消息還是人命？」

盧程哼道：「賣哪一種都行，別賣關子就行！」

阿寶昂首道：「收集消息、取人性命，這些東西都太平凡了，只要肯付銀兩，其他幫會例如蜀中的七星幫、南方煙雨樓，都可以替你們做，唯獨我金匱盟的東西，是你們在其他地方買不到的！」

褚寒依聽到「煙雨樓」三字，想起自己曾是其中暗探，心中冷笑：「阿寶說這話，是瞧不起煙雨樓了！這肯定又是那囂狂的金匱盟主說的！」忽然發覺荷花梅樹下的賓客原本慵懶地倚著蠟梅樹幹，悠然地品嚐小酒，似乎不在意金匱盟主是誰，直到聽見「煙雨樓」三字，身子瞬間微微挺起，放下手中酒杯，抬眼望向高臺；另外坐在右斜方虎蹄梅樹下的賓客卻剛好相反，原本對臺上情況興趣盎然，瞧得目不轉睛，聽見「煙雨樓」三字，身子反而微微一縮，不經意地低下了頭，似乎在閃避什麼。

褚寒依心中一凜：「難不成這兩人都與煙雨樓有關？幸好大家都戴了面具，我雖不會被認出，卻也不能大意！」又想：「坐在虎蹄梅樹下的人，金匱盟主既稱她是母老虎，應該是女子；至於那荷花梅樹下的仁兄，既被稱作偽君子，我須得加倍提防……」

只聽阿寶續道：「我金匱盟要賣的，肯定是天上有、地下無的東西！」

眾人被激起了興致，紛紛問道：「是什麼寶貝這麼稀奇？」

「第一件便是——」阿寶提高了聲音，道：「富貴宴的入會資格！」

眾人一愣，紛紛問道：「富貴宴的入會資格？難道咱們現在參加的不是富貴宴？」

阿寶道：「敝盟請大家來賞花看景、招待吃喝，是誠心想與諸位交個朋友，但只有繳交五百兩黃金，才有資格進入富貴宴，見到盟主！」

眾人一時炸開了鍋，七嘴八舌地道：「只是見一面，就索價五百兩黃金？這人是瘋了嗎？」「咱們為什麼要白白支付五百兩黃金去見一個瘋子？你怎麼不去搶劫？」

阿寶朗聲道：「各位請安靜！敝主敢如此要求，這回報必是物超所值！只要進入富貴宴中，便可以得到一樁預言……」

眾人聽到預言，一時安靜下來，阿寶緩緩說道：「亂世經年，每個人都像一葉小舟，在暗潮洶湧中奮力求存，如果沒有明燈指引，小舟再怎麼堅持，也只會隨波漂流，無法安全靠岸，還可能翻覆滅頂！各位今日雖是富貴滿堂，誰知明日會不會人頭落地、抄家滅族？」

眾賓客能成為富豪巨賈，都不是心思單純的老百姓，而是經過大風大浪，一步一驚心地與權貴周旋，從而建立起今日的基業，對這一番話深有感受，大多紛紛點頭。

阿寶又道：「進入富貴宴後，盟主會賜予讖言，那便是逆海亂流中的一盞明燈，指示你該如何選擇勝利的君主？站對君王押對邊，你的家族縱然經過驚濤駭浪，卻不會損傷，甚至還可能借勢飛黃騰達。各位好不容易積攢了豐厚的基業，難道不想長保康泰，蔭庇子孫？在亂世之中，用五百兩黃金買一個身家安全，趨吉避凶的機會，實在划算得很！」

盧程大聲道：「朝廷的司天台、周玄豹仙師，都能做天機預測！除此之外，各地也有許多高人仙師，為什麼我們要付五百兩黃金，聽一個無名小卒的預言？誰能保證那讖言值得呢？」他與周玄豹深有交情，兩人正合謀著以玄術騙取高官厚祿，聽到金匱盟主想搶生意，頓時怒火沖起，大聲喧鬧。

眾賓客都有權有錢，身邊難免會有指點天機的高人，紛紛附和：「不錯！周玄豹仙師、王若訥道長，個個身懷本事，為什麼我們要付五百兩黃金去見金匱盟主？」

阿寶道：「司天台不是人人可以求問，那是專為帝王所設，至於周仙師嘛，雲遊四海，也未必能遇上！敝主原本是沒沒無名之人，你們為何前來？難道不是因為富貴帖上『鳳曆』這兩個字嚒？又有誰能在一年之前，便預言到大梁年號會改換成什麼字？恐怕連朱友珪自己都料想不到吧！」

眾賓客原本輕視富貴帖，的確是因為「鳳曆」二字太過神奇，才改變主意前來，心想：「他說得不錯！當初收到帖子時，乃是乾化二、三年間，朱全忠一直像神人般健壯，誰承想才短短一年，他就暴斃而亡，大梁皇帝也換了人！就算司天台真能觀出帝星將殞，周玄豹能卜算出朱全忠的死期、朱友珪有帝王命，他們也無法在一年多前，就知道朱友珪會取消『乾元』，而選中『鳳曆』二字當年號！這金匱盟主究竟是如何辦到的？若非神仙，又有誰能辦到？」

阿寶見眾人安靜下來，又道：「當初我們派發富貴帖時，已經請各位隨身攜帶五張憑帖赴宴，每張憑帖價值五百兩黃金，無論是大梁的開平櫃坊、河東的開元櫃坊，又或是南方的江南櫃坊，只要是大櫃坊所開的憑帖，我金匱盟都可以收。只要交上薄薄一張憑帖，你的人生就有明燈指路！」

褚寒依心中暗呼：「為什麼阿金給帖子時，並沒說要攜帶二千五百兩黃金的憑帖！

還騙我說待會兒就能見到金匱盟主？我壓根就付不出來，如何能見？早知道就不來了！」想到金無諱還在外邊等著自己：「既然探不到什麼消息，不如就此走人吧！」

許多人紛紛站起，都想要離開，卻聽阿寶道：「諸位要走之前，不妨瞧瞧身邊的蠟梅樹，樹梢上懸掛了一張青色信柬，裡面有著盟主親筆題寫的一首梅花小詩，也算是答謝諸位遠道而來的小禮物。」

眾人紛紛停下腳步，對信柬中的小詩感到好奇，阿寶繼續說道：「你們看完信柬之後，要走要留，都請自便。留下之人只要付一張憑帖，便可進入富貴宴，與盟主見上一面。倘若你們堅持要走，不肯付這價金，此後將被金匱盟排拒在外，永遠都別想再收到下一張富貴帖！」

「以後都不得參加富貴宴？」眾人一時嘩然，不由得停下腳步，拿起樹梢上的青色信柬，拆開來看。

褚寒依發現自己信柬裡的是一首以梅訴意的情詩：「當時我醉美人家，美人顏色嬌如花。今日美人棄我去，青樓珠箔天之涯。天涯娟娟姮娥月，三五二八盈又缺。翠眉蟬鬢生別離，一望不見心斷絕。心斷絕，幾千里？夢中醉臥巫山雲，覺來淚滴湘江水。湘江兩岸花木深，美人不見愁人心。含愁更奏綠綺琴，調高弦絕無知音。美人兮美人，不知為暮雨兮為朝雲？相思一夜梅花發，忽到窗前疑是君。」

她一時愕然，怔怔想道：「這是盧仝著名的情詩《有所思》，意思是他曾與美人相戀，後來美人棄他而去，從此天涯兩端……這好像我與銀面公子原本相戀，後來因故分隔兩地。這一句『三五二八盈又缺』，原意是詩人等了月圓又月缺，其中『三五』乃指月圓十五，而『二八』則是第十六日，今日恰好是元月十六，卻是我與金匱盟主相見的日子……」

她再往下看去，越看越覺得奇怪：「『夢中醉臥巫山雲，覺來淚滴湘江水』是指兩人分離後，從此不得見，只能在夢裡相會，這也好像我與銀面公子的情景，但金大哥也說在夢裡與我相聚……」趕緊再往下看去，最後一句「相思一夜梅花發，忽到窗前疑是君」，卻讓她想起了馮道：「這一句……難道是指他在風雪夜中來到三笑齋，在梅瓣上題寫『情』字？」

金匱盟主居然藉著一首情詩，就將她過往的人生、心中的困惑與掙扎都提示出來，她心中震撼，越想越覺得思緒一團混亂，往昔似一幕幕重現，又似浮光掠影，什麼都捉摸不到，一時深陷其中，無法自拔：「這金匱盟主顯然什麼都知道……但馮道和金無諱，究竟誰才是我夢中的銀面公子？」

盧程實在看不懂金匱盟主寫給自己的小詩究竟是什麼意思，忍不住大聲嚷嚷：「這寫的什麼東西？這種小詩，我盧氏子弟誰不會寫？還要拿黃金來買？簡直是戲弄人！」說罷氣憤得將信柬揉成一團，丟在地上，拂袖而去。

另一位賓客也大聲道：「這詩作明明是李商隱的《憶梅》，他拿來抄寫在信柬上，就要求五百兩黃金？倘若是王羲之的墨寶，或許還值這個價，但他一個名不見經傳的傢伙，憑什麼？」也憤而離席。

有些人如盧程一樣，看不懂小詩含意，有些人覺得不值得，也有一些人見了詩作，心生顫動，掙扎許久，最終仍是慨然離去。

褚寒依一直陷在重重回憶的迷霧之中，無法醒覺，她明知自己付不出黃金，可雙足卻似釘在原地，怎麼也跨不出去，她實在太想見到金匱盟主了！她想請教這位高人，有關長久以來困住自己的迷惑！

「姑娘！」直到阿金走了過來，輕輕一聲呼喚，褚寒依才驚醒過來，一抬眼，見眾賓客幾乎都已走光，只剩寥寥數人，有些詫異，只好對著阿金尷尬一笑：「我……實在付不出價金，卻很想見到你家主人，該怎麼辦呢？他可不可以通融一下？」

阿金微笑道：「姑娘不必擔心，因為妳是第一位收下富貴帖的賓客，主人願意折價給妳。」

褚寒依苦笑道：「五百兩黃金……再怎麼折價，我也付不起！」

阿金壓低了聲音：「主人說只收妳五枚開平通寶！」

褚寒依驚呼：「五……」阿金連忙將手指放在唇間，做了一個「噓」的表情，低聲道：「妳千萬不可說出去，否則我們很難面對其他賓客。」說罷又拿了一信封悄悄塞到褚寒依手中，低聲道：「待會兒進去，這些憑帖便借妳做做樣子！」

「我絕不說出去。」褚寒依連忙從懷裡拿出五枚大梁的銅錢遞給阿金，交換那個信封，悄悄瞄了裡面一眼，發現裡面有三張開平櫃坊的憑帖，每張五百兩黃金，總共可兌換一千五百兩黃金，笑道：「五枚銅錢換一千五百兩黃金，真划算！你家主人就不怕我捲款潛逃麼？」

阿金笑道：「主人知道姑娘不會的！阿金也知道！」

阿寶在臺上朗聲道：「請留下來的六位賓客到臺前來，主人已備好晚宴與君共享。」

眾人從花叢中走了出來，褚寒依注意到正是檀香梅樹下的清高老者、荷花梅樹下的偽君子、虎蹄梅樹下的母老虎、狗牙梅樹下的藩鎮看門狗、金鐘梅樹下的圓滑富商，連同自己，正好是六位！

眾人不禁互相望了一眼，但因戴著面具，看不清彼此的模樣，心中都想：「竟有人和我一樣，願意付五百兩黃金見一個莫名其妙的人？這金匱盟主究竟是神仙還是瘋子？會不會是一個陷阱？」

褚寒依心想：「這些人和我一樣，是被信柬中的詩給震懾了，才選擇留下來，倒不知金匱盟主寫了什麼小詩給他們？」

眾人懷著忐忑不安的心，隨著阿寶一路往前走，不過幾十步距離，就見到一座雕樑畫棟，名為「非花堂」的金貴樓閣。阿寶上前打開大門，道：「主人已在裡面設宴款待，諸位請！」

只見裡面是一片寬敞的大堂，裝飾得金碧輝煌，已經有一位男子坐在堂上深處，下方擺放左三、右三共六個座位。眾人心中都是一驚：「金匱盟主早知只會留下六人，所以只準備六個位置！難道他真這麼神奇？」

阿寶依序領了六人分別就座，就像先前一樣，全是對號入座，褚寒依被排在右側首位，每個桌案上除了美酒佳餚，還有一套筆墨紙硯。

阿寶和九環刀客分別站到堂上男子的兩側，眾人目光也隨之望去，只見那人身形高瘦，臉上戴著一張精雕金色蠟梅花紋面具，身穿秋香底色織錦衫，上繡蠟梅金絲花紋，整個人在宮燈照耀下，顯得格外燦亮耀眼，與金匱盟主的稱號十分符合。

他高舉手中酒杯向眾人朗聲道：「春飲桃花液、夏酌荷花露、秋品菊花漿、冬溫梅花酒。本座今日能與眾好友一起共度上元佳節，享受品梅酌酒、花香拂襟，實是人生一大快事！」

六人既不想洩露身分，又不知該說什麼，便只沉默地拿起酒杯回禮，並沒有像金匱盟主那般悠閒愜意。

金匱盟主也不覺得尷尬，繼續說道：「本座做生意最是公道，你們已經見到我的面了，還請銀貨兩訖！」又對九環刀客道：「阿貴，去向各位貴客收錢。」

那九環刀客將大刀插在腰間，雙手捧著一個托盤，一一走到各位貴客面前，沉聲道：「請！」

眾人沒有隨身帶那麼多黃金，便拿出兌付的憑帖放入托盤裡，只有虎蹄梅那位賓客掙扎許久，遲遲不肯拿出，哼道：「就這一面，也要五百兩黃金？我可不服！你總得拿出一點本事來！」她為了掩藏身分，刻意壓低咽喉以男聲說出，卻掩不住嬌嗲語氣，場中耳朵銳利之人都聽得出她其實是個女子。

金匱盟主也不生氣，緩緩說道：「單憑『鳳曆』二字，再加上妳手中的小詩，本座就已經值這個價，否則妳為何留下來？」

虎蹄梅女子再次瞥了手中的小詩一眼：「爺自故鄉來，應知故鄉事。來日綺窗前，寒梅著花未？」又抬眼望向前方的金匱盟主，暗想：「前陣子我那個不中用的阿爺找上了晉王府，這金匱盟主怎會知道？」

此女不是別人，正是李存勖的愛妾劉玉娘，她出身寒微，不像李存勖的正妻衛國夫人韓氏、燕國夫人伊氏等都出自名門，因此她雖受寵愛，卻始終只是侍妾。

劉玉娘一心夢想皇后之位，偏偏李存勖妻妾眾多，她只能使出渾身解數與眾女子較勁，正當她一步步奮力登高時，想不到自幼失散的父親劉叟忽然找上門來，她怕劉叟低賤的身分會影響自己好不容易掙來的地位，便當眾說自己的父親早已死於亂軍之中。

劉叟急想證明自己的身分，言語便激動了起來，劉玉娘越想越氣憤：「這老頭小時候把我弄丟了，以致我流落煙雨樓，受盡苦楚，如今好不容易熬成了晉王愛妾，他竟上門來吵鬧，真是可惡！我絕不能讓老頭壞了我的好事！」便教人狠狠鞭笞這位亂認親戚的田舍翁，將劉叟打成重傷，永遠趕出晉陽城。

因此當她看見金匱盟主題贈王維這首《雜詩》，特意把第一個字「君」改成「爺」，心中著實震撼。她抬眼望去，見阿貴雖然戴著大頭面具，不發一語，面具下卻射出兩道凌厲精光瞪視著自己，似乎連隔著面具都能感受到對方的威勢，那種無聲勝有聲的壓迫，逼得她心慌，終於不情不願地將一張憑帖拍放在了托盤上。

在場所有人都能感受到這是一場無聲的較量，阿貴甚至不必出手，單憑氣勢，就讓虎蹄梅女子屈服了。阿貴在收完所有憑帖後，踏著沉穩無聲的腳步回到了金匱盟主身邊，沉默地將憑帖交給阿寶收藏。

劉玉娘生性嗜錢如命，見阿貴離得遠了，雖然鬆了口氣，心中卻痛如刀剜，忍不住哼道：「錢也給了，你邀請我們進來，究竟要做什麼？」

金匱盟主微笑道：「今日是敝盟第一次辦富貴宴，就當做個口碑，本座破例出示兩道預言，以饗貴客。」頓了頓，又道：「在座有梁人，也有晉人、燕人，無論哪一藩鎮，大梁的後勢變化都是至關重要，因此這道預言……價值千兩黃金！」

座上六人都吃了一驚，劉玉娘忍受不住，怒道：「你是瘋子麼？才收五百兩黃金，又要千兩黃金？」豁然起身，道：「大梁後勢如何，我自會判斷，不需你來預言！」說罷就要離去。

金匱盟主也不在意，繼續說道：「大梁一個月內，便會有翻天覆地的變化！」劉玉娘心中一震，止了腳步，其餘五人聽聞這話，同感不可思議。原本坐在金鍾梅樹下的貴客忍不住壓低了聲音，問道：「此話當真？」

金匱盟主道：「咱們才初次見面，你們自然不會輕易相信！誰想離開，盡可以走，但一個月後，這件事就會見分曉，屆時如果爾等後悔了，將來還想重返富貴宴探究先機，就不是五百兩黃金了！各位必須付上更昂貴的代價，才能進入下一次的富貴宴！」坐在狗牙梅樹下的貴賓也沉不住氣了，故意啞著聲音問道：「倘若一個月後，大梁局勢不變，我們豈不是白付了？」

褚寒依心想：「這兩人特別在意大梁情勢，莫非是大梁的富商權臣？」

劉玉娘為見金匱盟主一面，已花了五百兩黃金，卻什麼好處也沒撈到，正自氣惱，聽見下一道預言事關大梁，暗暗盤算：「大梁情勢若真有巨大變化，自有河東王臣去應對，我有什麼好擔心的？又何必白花我的銀兩去打探這個消息？」想了想，還是決定離去。

金匱盟主又道：「這樣吧！本座與你們六人各下一賭注，你們可問一道切身問題，若是怕旁人知曉，就提筆寫在白紙上，摺起紙條呈上來。本座立刻為你們解答，倘若那答案對應不上題目，本座便還回方才的五百兩黃金，再多贈五百兩黃金以示謝罪；如果答案合各位的心意，就請君立刻付上千兩黃金！若是回答無誤，只是不合你們的心意，那麼咱們可以等預言兌現後，本座再派人上門收取價金，只不過屆時收取的，就不只千兩黃金了！」

眾人恍然明白：「桌上附了筆墨紙硯，原來是為了讓我們寫下問題。」

劉玉娘心中確有所求，才肯花五百兩黃金進入富貴宴，聞言終於坐了下來，快速提筆寫下「爭后」兩字，把紙條摺好，夾在指尖揚了一揚，示意她已經寫完問題，心中暗哼：「我就不信你真能看懂這意思，還能準確回答！」

眾人見劉玉娘快速寫畢，還揚起紙條來挑釁，猜她必然寫了極為刁鑽的問題，實在好奇金匱盟主要如何應對，卻見對方並未提筆寫任何字，只從桌上拿了一張事先摺好的紙箋放到托盤上，微微頷首，示意阿貴將這紙箋先交給劉玉娘，再收回她詢問的紙條。

眾人看到這一幕，實在吃驚：「難道他真能未卜先知？非但知道我們要提什麼問題，還事先備好答案？」這一來，都停了筆，只等看劉玉娘的反應。

劉玉娘迫不及待地打開紙箋，只見裡面依然是一首梅花小詩：「池邊新栽七株梅，欲到花時點檢來。莫怕長洲桃李嫉，明年好為使君開。」

這首白居易的《新栽梅》最末一句原本是「今年好為使君開」，金匱盟主又刻意改了一字，成為「明年」，她知道其中必有含意，氣憤緊繃的心弦漸漸鬆開，驚喜想道：「這意思……難道是教我不要擔心其他女子的嫉妒，只要努力栽種，明年便是花開的好時節？我就能誕下富貴孩兒？」

李存勖的妻妾雖多，但他滿心經營河東大業，長年在外征戰，鮮少兒女情長，直到現在仍膝下無子。劉玉娘心知自己無門戶倚恃，唯一的盼望就是搶先誕下男孩，才能與眾妻妾一爭長短，因此特別在意這件事，今日忽得金匱盟主吉詩預言，心中大石總算放下一大半，歡喜之餘，見高壯的阿貴始終昂立桌前，不肯離去，一咬牙，又從懷中掏出兩張憑帖共千兩黃金，放入托盤中。

其他人見到這等情狀，都知道劉玉娘已心服口服，否則絕不會甘心給錢，對金匱盟主的能為更加驚詫。坐在金鍾梅樹下的那位貴賓立刻振筆疾書，成為第二個提問之人，不但將紙條放入阿貴的托盤中，還同時放入一張價值千兩黃金的憑帖，展現出過人的豪氣與闊綽，顯然這千兩黃金於他而言，實在是小意思。

眾賓客都是見過世面之人，暗想：「這人身分大有來歷，看似不把金錢放在眼底，其實比前面那個女子更加麻煩，他這一舉動，是在展示自己的大度和對金匱盟主的信任，倘若那回答有一點閃失，辜負了他的信任，就算他當場不發作，事後也絕不會放過金匱盟！」忍不住停下筆，睜大眼，觀看金匱盟主的應對，只見他依舊把事先寫好的紙箋放到托盤裡，再由阿貴送到那位豪客手中。

那富豪一派從容地拿起盤中紙箋，慢慢打開，並沒有急於知道答案的樣子，反倒是旁觀眾人比他還心急。褚寒依暗想：「阿金曾說坐在金鍾梅底下的貴客處世圓滑、滴水不漏，瞧他這動作，便知確實如此！倘若他真是大梁權貴，卻不著急看答案，肯定是因為無論時局如何改變，他都有應對之策，就像穿了金鍾罩、鐵布衫般堅強穩固，不會被撼動！」她把大梁權貴思索了一遍，忽然想道：「莫非他是天下首富洛陽王？」

此人的確是張宗奭，五百、一千黃金於他都是小事，朱全忠忽然暴斃，以至大梁動亂，後續如何長保安康才是大事。所以無論金匱盟主是是仙人還是騙子，單憑「鳳曆」兩字，就值得他花重金一見！

待他見到掛在金鍾梅樹下的第一首梅花小詩：「萬木凍欲折，孤根暖獨回。前樹深雪裡，昨夜一枝開。風遞幽香去，禽窺素艷來。明年如應律，先發映春台。」前四句意指他在一片廢墟之中，獨力把洛陽建設起來，後四句表示他的耕耘有了回報，一切都已經春暖花開，還傳香眾人，使百姓安居樂業。

這首齊己的《早梅》反應出他從前和現在的景況，再看到劉玉娘的反應，他已深信金匱盟主絕非凡人，因此寫下問題：「大梁變動，自身前途如何？」

而金匱盟主的回應詩乃是白居易的《春風》：「春風先發苑中梅，櫻杏桃梨次第開。薺花榆莢深村里，亦道春風為我來。」

張宗奭雖不完全明白其中喻意，也知道是吉祥詩，意思是無論外邊如何動亂，只要他待人處世依循原來的作風，即使大梁有什麼動蕩，必須一時沉潛，將來也會春風再臨，他的產業仍是一片興盛，遍地開花。張宗奭心中雖然歡喜，卻也暗自提防：「這人如此神奇，待離開之後，我須派人探查他的底細。」

眾人見張宗奭微微點頭，似乎頗為滿意，再無猶豫，連忙提筆寫完自己的問題。狗牙梅樹下的貴客搶了第三位，但他沒有張宗奭的豪氣，只先放了提問紙條在阿貴的托盤上，金匱盟主依舊把事先寫好的答案回傳給他。那貴客打開紙條，觀閱之後，卻氣憤地將紙箋揉成一團，丟在桌上。

其他人都是一愣：「難道金匱盟主這次回答錯了？」

褚寒依暗想：「阿金說這人是看門狗，可見金匱盟主很討厭他，倘若他真是大梁權貴，又是誰呢？為何收了紙條就如此生氣？」

這位狗牙梅樹下的貴客不是別人，正是殺害無數李唐宗室、朝臣的李振！

他從前是落第士子，時常受人嘲諷欺凌，好不容易爬到今日地位，成了大梁文臣之首，其中艱辛，真不足為外人道。金匱盟主的第一首梅花詩乃是：「塵勞迥脫事非常，緊把繩頭做一場。不經一番寒徹骨，怎得梅花撲鼻香？」最後兩句令他深有感觸，因此他選擇花五百兩黃金留下來。❶

當他進入富貴宴後，聽到金匱盟主出示的第一道預言乃是大梁後續變化，自是特別關心，他所提問也是自身前程如何？他原以為憑著自己的聰明才智，定可掌控朱友珪，長保富貴，想不到金匱盟主的答案竟是：「梅花落已盡，柳花隨風散。歎我當春年，無人相要喚。」❷

這最後一句，顯然是指他會被帝王冷落，此後前途一片黯淡，他越想越氣憤：「難道朱友珪要過河拆橋？我費盡心思扶他上位，他竟想拔我的官？」心情正激動間，忽見到阿貴龐然巨影蹲至桌案前，低聲道：「盟主說你若不想交憑帖也可以，就用那東西交換！」

李振一愣，連忙將皺成一團的紙箋撿了回來，重新打開來看，這才注意到字條最下方寫著「王珣 伯遠帖」五個小字，瞬間他全身毛骨悚然，回想起九年前，大唐權臣崔胤為了在朝廷設立六軍，忍痛拿家傳的王珣《伯遠帖》來討好他：「王珣的《伯遠帖》、王羲之《快雪時晴帖》、王獻之《中秋帖》並稱天下三大名帖，如今另外兩帖都不知去向，唯獨《伯遠帖》秘藏在我手裡，此事除了崔老賊和我之外，並無第三人知曉……這金匱盟主是如何得知？他究竟是仙人還是妖鬼？」

阿貴精厲的目光像蒼鷹盯住獵物般，冷森森地盯著李振，沉聲道：「考慮得如何？是想現在支付千兩黃金，還是日後給東西？」

李振深吸一口氣，極力壓下震蕩的心情，緩緩道：「我怎知這字條上的預言準不準確？」

面具下的阿貴似傳出一道無聲冷笑：「主人的答案顯然已經符合你的提問，只不過不合你的心意。既然你不想給憑帖，那麼兩個月後，我會登臨貴府，到時候，請依約定把東西準備好！」

李振明白這句話背後的深意，是指兩個月之內，他就會遭到帝王冷落，無權無勢，阿貴可隨意侵入府邸索要字帖，他心中憤怒至極，卻不是衝動之人，暗想朱友珪的親信不多，實在不可能與自己翻臉，遂轉向金匱盟主大聲道：「好！我便與盟主賭上一把，兩個月後，如果預言成真，我願賭服輸，自會履行承諾！」

眾人見這位貴客說得咬牙切齒，紛紛猜想：「金匱盟主究竟給了什麼答案，讓他如此氣憤？不惜付出比千兩黃金更昂貴的代價，也要對賭一番？那東西又是什麼，竟比千兩黃金更珍貴？」卻怎麼也猜不出答案。

那檀香梅樹下的老者看著眾人的反應，又低頭看看自己手中的杜甫詩《江梅》：「梅蕊臘前破，梅花年後多。絕知春意好，最奈客愁何？雪樹元同色，江風亦自波。故園不可見，巫岫鬱嵯峨。」他內心實在震撼，尤其最後兩句「故園不可見，巫岫鬱嵯峨」，彷彿將他一生最大的盼望毫不留情地狠狠敲碎：「這金匱盟主竟口出狂言，說大唐再不復見？」他忍不住花了五百兩黃金留下來，想一睹對方的真面目，此人自是大唐最後的忠臣張承業！

一年多前，他忽然收到富貴帖，心中覺得奇怪，便派探子去打聽，卻一無所得，直到最近，金匱盟主忽然竄起，做出許多驚人之舉，令張承業再次注意到這個人，敏銳的他嗅出一股不尋常的氣氛，因此決定親自前來參加富貴宴。

張承業雖然掌握著河東的財富權力，但他生性節制，律法嚴明，原本已打定主意，無論金匱盟主多麼神奇，都不會花任何銀子去做無謂的提問，但看見前面幾人的反應，再看這句「故園不可見」，心中頓時陷入極大的掙扎，終於提筆寫了：「大唐幾時復國，良臣安在？」

金匱盟主依舊把早已寫好的答案讓阿貴傳給他：「塞北梅花羌笛吹，淮南桂樹小山詞。請君莫奏前朝曲，聽唱新翻楊柳枝。」❸

張承業看到這樣的答案，簡直快氣炸了：「他這是勸我把前朝忘了，翻唱新曲，只享今朝？」用力將紙條揑成齏粉，豁地站起，生氣得就要拂袖而去，阿貴卻是一個閃身，擋住他的前路！

張承業身形雖老邁，但步伐輕盈，這一走乃是使了軟玉綿掌的滑行之步，一般武夫根本擋不住他。阿貴高大壯碩，看似一座不動鐵塔，想不到卻敏捷地擋住了張承業的去路，眾賓客看在眼裡，都有些詫異。

張承業卻是早有提防，一感應到阿貴的舉動，立刻使出軟玉綿掌第五式「赤璋禮南」，他瘦長的右臂瞬間似增長了尺許，夾帶一股綿柔之勁往阿貴腰間掃去，要將前方的障礙一口氣掃開。阿貴刀未出鞘，只以長刀一豎，便強悍地擋住張承業拂來的韌勁，腳下連半寸也未移動！

兩人這麼一過招，已是貼身對立，相距不過半尺。張承業右臂還與刀鞘硬抗，左掌已對準他胸口，「啪啪啪！」接連拍去，他掌影紛紛，宛如道道玉光散出，阿貴雙眼被白芒迷眩，連忙閉目退後，張承業抓住機會，身子宛如綢緞般，連滑帶繞，一個閃身便繞過阿貴龐大的身形，轉到了門口，他一腳剛踏上門檻，全身就像被什麼東西定住般，忽然紋風不動，因為阿貴的刀尖已經抵在他的背心！

不過眨眼之間，兩人一陰柔、一剛猛，已近身鬥了數招，張承業雖搶到出路，卻依舊無法瀟灑離去，眾人都感詫異，只聽阿貴沉聲道：「主人已經給了答案，閣下難道不該給個交代？」

張承業雖被刀尖指著背心，也無所畏懼，冷哼一聲：「你主子就是個囂狂賊子，有什麼好交代的？若不是咱家年紀大了，腿腳不似從前靈活，又怎會受制於你們這幫逆賊？」

褚寒依暗暗好笑：「終於有人和我一樣，罵那傢伙狂傲了！」又想：「金匱盟主將這老者安排在檀香梅樹下，是十分敬重他的意思，金匱盟主說我可愛，說這老者可敬，偏偏我兩人都罵他！難道人家越罵他，他越歡喜？這人也真是奇怪！」

金匱盟主道：「本座禮遇各位為上賓，美酒佳餚一應俱全，所有招待雖比不上皇宮豪奢，也盡力周到，但不知閣下為何出口傷人，怒罵我為囂狂逆賊？」

張承業也不怕被旁人知曉身分，朗聲道：「今日這一場富貴宴，閣下確實用心了，咱家本該稱謝一番，但這點小禮就想收買咱家，也未免可笑了！」

金匱盟主微微蹙眉道：「本座收買你什麼了？」

張承業憤慨道：「你以為我不知道，你想收買咱家的赤忱之心！天下亂臣賊子雖多，也還有不少想復興大唐的忠心良臣，南方尚有楊吳支撐，北方也還有河東！」指著門外夜空憤慨道：「蒼天有眼，逆賊朱全忠先遭報應，接著梁賊便自起內鬨，而晉王勢力卻正好壯大崛起，滅梁大業明明指日可待，你竟說什麼：『故園不可見、莫奏前朝曲』！你不是故意打擊咱家復唐的決心，又是什麼？」重重一哼，又道：「方才你不是說不認同答案者，可等預言兌現再付價金嚒？咱家就說你是句句放屁，還不能拍拍屁股走人？」

金匱盟主沉聲道：「大唐能不能復興，並非短期可見分曉，本座也不可能讓你一直欠著銀兩，這樣吧！咱們就以河東之主做為賭注，倘若晉王明告天下，不再擁立大唐，便算你輸了，屆時不管本座提什麼條件，你都必須答應，來抵償你今日所欠的千兩價金！」

張承業哼道：「居然拿晉王做賭注，你可真夠大膽！」心想別的藩鎮還不好說，以李存勖為賭注，他卻是最有把握的，畢竟有李克用的遺命，再加上自己可隨時導正李存勖的心思，還怕輸了這一局嚒？朗聲道：「好！咱家便與你對賭！倘若你輸了，金匱盟從此歸於咱家手底下，若是你贏了，咱家就一條命，輸給你也無妨！」

金匱盟主不疾不徐道：「本座不想要你的性命，只要你答應一條件！」

其他賓客見兩人賭得如此氣魄，都睜大眼望了望張承業，又望向金匱盟主，心想：「這老者連命都賭上了，金匱盟主還不肯收！看來他要的東西可是比老頭的命更貴重！

這事可不好辦了，但不知老者答不答應？」

張承業心中一凜：「這傢伙狡詐得很，我莫要落入了他的陷阱……」問道：「你究竟要什麼？」

金匱盟主微笑道：「你若不敢賭，今日便付出兩張憑帖，若是執意要賭，那便等晉王的消息，又何必著急？反正等你輸了，自然會知道本座要什麼！」

張承業滿心相信李存勖和自己有志一同，會堅定不移地復興大唐，哼道：「咱家這一生早就押上了，還怕和你對賭麼？就這麼說定，諸位俱是見證！」說罷閃過阿貴身邊，昂首大步離去。

眾人看得震愕，都想：「聽老者的聲音，應該是宦官，敢以河東做賭注的宦官，全天下就只有一人！」望著張承業矢志復興大唐決絕離去的背影，不禁心生佩服：「他雖是宦官，卻比許多武將氣魄，也比許多文臣高潔！」

張承業踏出閣門後，忽然回首，對阿貴冷哼道：「石公立！你好啊！你忽然失了蹤，教趙王遍尋不著，以為你死了，還傷心了一場，想不到你竟然投靠金匱盟，成了滿身銅臭的看門狗？」

「石公立？」其他人一陣錯愕，都望向阿貴，又望向張承業，暗想：「張公閱歷何等豐富，他既然直指這刀客是王鎔手下頭號大將石公立，應該就不會錯，難怪這阿貴一點也不像僕人，反倒有統領千軍，不戰而屈人的氣勢……」

只見阿貴既不慌張也不羞愧，緩緩道：「深州守將石公立守城不力，愧對深州鄉親，在梁賊屠城那一日，石某就已經死了，在下如今只是金匱盟主身邊的侍從阿貴！」

張承業聞言，已然理解他離開的原因，微微頷首，這才真的離去。

褚寒依聽阿貴回答的語氣，沉重滄桑中隱藏著淡淡釋然，見他手裡那把沉重又鋒利的大刀，忽然想起：「莫非杜廷隱是他殺的？如果真是這樣，那深冀冤魂殺人的傳言便說得通了！據說石公立武功高強，一手『鬼影九連斬』的快刀，快得敵人連眨眼都來不及，腦袋就已經掉了，這實在符合杜廷隱的死法。石公立是深州人，見滿城鄉親慘死於王鎔的昏昧無知、杜廷隱的殘忍殺戮，這滔天血仇自然讓他想離開王鎔，轉而投靠一個能幫助自己復仇的新主，他再也不相信藩鎮軍閥，因此選擇了金匱盟主……」又想：「阿金、阿銀、阿財在大安山助幽燕士子出逃，阿寶控制伏牛山土匪，阿貴在洛陽城頭殺杜廷隱，阿富救濟濮、鄆水災，還有富貴宴……這一樁樁、一件件，要在眾藩帥眼皮底下謀劃進行，何等困難，可是金匱盟主卻安排了一場接一場震驚世人的好戲，他究竟是何方神聖？」抬眼望向坐在深處的神祕男子，越想越覺得不可思議，不禁打從心底生出一股懼意：「我從前說他是胡吹大氣的狂人，還說要教訓他，真正自不量力的是我！」

除了褚寒依之外，就只剩下坐在荷花梅樹下的貴客還未提問，她又想：「金匱盟主說這人是偽君子，與煙雨樓似乎有關係，他會提什麼問題呢？」

這人自從拿到第一首崔塗的《初識梅花》：「江北不如南地暖，江南好斷北人腸。胭脂桃頰梨花粉，共作寒梅一面妝。」就一直陷入深深思索：「我座位旁邊的蠟梅乃是鄢陵最有名的『素心蠟梅』，可是假蘇箋上並不寫它的原名，而是刻意寫上別名『荷花蠟梅』，還有這第二句：『江南好斷北人腸』，難道這金匱盟主真是借此暗喻我以千荷露酒毒殺北方雄主朱全忠之事？就算他真能卜算天機，最多也不過就是知道朱全忠將死，但死於誰人之手，怎麼死法？這等隱秘之事，他究竟是如何得知？」此人自是新任煙雨樓主徐知誥！

他行事向來小心謹慎，籌謀算計也都深具自信，但不知為何，面對金匱盟主這號人物，他打從心底生出一種從未有過的恐懼，他完全可以明白其他賓客為何會如此反應，那是一種全身赤裸裸地攤在對手眼皮底下，被完全透視的感覺，他甚至覺得比面對義父徐溫的神機妙算更可怕！

與會的貴客個個大有來頭，都是翻江過海的厲害人物，可是他們從前賴以爭鬥的武功、保命的心計，在這位神祕高人面前，似乎全然不管用，就連張承業這樣老練的人物，手中還握著天下第二大藩鎮河東的命脈，在金匱盟主面前，也被逼得賭上性命，更遑論其他人！

徐知誥最大的優點就是隱忍，他一生經歷無數險惡，總能逆轉形勢，不是因為他比別人幸運，相反地，是因為他比任何人更堅韌、更聰敏、更懂得委屈求全，他深知倘若不能正面剷除強敵，就應該放低身段與對方合作，轉阻力為助力，但他絕不甘心任人宰割，他會耐心等候，直到對方已經沒有利用價值，又鬆懈下來時，便是一舉擊斃對方的好時機！

因此他一直等到最後，觀察完所有賓客與金匱盟主的對應後，才終於提筆寫下：「迎春故早發，獨自不疑寒。畏落眾花後，無人別意看。」

他摺好紙條交給阿貴，過一會兒，金匱盟主同樣把早已寫好的紙條傳給他：「共享天下，與君深談。」八個字！

徐知誥但覺這首謝燮的《早梅》並沒有回答自己的邀請，卻另有深意：「他這答案是事先寫好的，『迎春故早發，獨自不疑寒』意思是說我為了迎接美好的未來，總是不畏嚴寒風霜，『畏落眾花後，無人別意看』則是說我最害怕沒有建立功業，落於人後，這表示他已經知道我胸懷宏圖，不甘於只做一名小小的昇州刺史！」

其實「畏落眾花後，無人別意看」這兩句正是戳中他內心痛處，他從小就立誓要闖出一番功業，在那些欺負過他的楊氏、徐氏子弟面前耀武揚威，因此他小心翼翼服侍徐溫，處心積慮地謀劃，就是希望有朝一日能接收徐溫的勢力，獨攬南吳大權，繼而開國稱帝！

金匱盟主雖然說中了他的心聲，卻沒有回答願不願意「共享天下，深入相談」，徐知誥冷笑一聲，道：「盟主似乎沒有答中我的問題，那麼我便不需要付這千兩黃金了！」

金匱盟主微笑道：「閣下隨時可以離去，本座會信守承諾，不只歸還你先前的五百兩黃金，再回贈五百兩黃金！」

徐知誥想不到金匱盟主大方承認自己失算，不禁一愣，但他沒有起身，反而陷入更深的思索：「他猜中每個人的問題，卻唯獨沒有猜中我的，還輕易放我離去，為什麼？」忽然間靈光一閃：「他是故意的！他早已猜出我的邀請，可他並不接受，便故意寫了一個不符題目的答案，藉故趕我出去……」

這麼一想，頓覺得眼前人比他想的還可怕：「我身邊已經有了宗齊丘這高明的謀士，也有判官王令謀，牙吏馬仁裕、周宗這樣的左右親信，唯獨少了識天機、明運勢的奇人，才會受制於義父，無法脫出他的掌控……」一咬牙，狠下決心，不計任何代價也要收服金匱盟主，遂從懷中拿出兩張憑帖，道：「方才是我誤會了，待深思之後，覺得盟主的啟示很有道理！」

金匱盟主心知自己根本沒有答中問題，見他非但不揭穿，還幫忙掩護，暗暗好笑：「你既然那麼想支持金匱盟，我也就不客氣地坑你一筆！」笑道：「好說！好說！」便示意阿貴將徐知誥的兩張憑帖收下。

金匱盟主轉問褚寒依：「只剩閣下還未提問了！」

褚寒依暗暗數算：「阿金給我三張憑帖，方才為了進入宴席，已花掉一張，如今只剩兩張……」她雖然很想知道夢中銀面公子是誰？但想自身事小，大梁後續才事關重大，掙扎許久，終於做了決定，便壓低嗓子裝男子聲音道：「我自身沒有問題，只對大梁變化感興趣！」

金匱盟主微笑道：「好！」

李振一直糾結於「無人相要喚」這一句，好不容易等所有賓客都問完自身問題，連忙道：「方才盟主說了，今日第三道啟示，便是大梁後勢，還說一個月之內，就會有翻天覆地的變化！」

「不錯！」金匱盟主斬釘截鐵地重覆道：「大梁一個月內就有變動！想知道詳情者，請再上繳千兩黃金，不願付出者，便請離去。」

阿貴再次拿了托盤到諸位貴客面前，依序繞了一圈，這一回，大家都不再掙扎，直接將憑帖放到托盤裡，劉玉娘雖覺得萬分心疼，也有自己的盤算：「我今日花費巨大，將來定要想辦法從府庫裡挖出銀兩來補足！」

金匱盟主見賺得滿缽滿盆，十分歡喜，也不再故弄玄虛，大方道：「本座既然把富貴宴設在開封的鄒陵，便代表著此地會出新主！」

眾人聞言，都是一愣：「這是什麼意思？開封的主人……難道是朱友貞？」

李振忽然想通了整件事的來龍去脈：「他預言我說：『無人相要喚』，並不是朱友珪會背叛我，而是朱友貞會在兩個月之內成為大梁新主！一旦朱友貞上位，我就會受到冷落……」再顧不得身分，急問道：「閣下曾說兩個月後，便要來收字帖，難道這件事，竟是發生在兩個月之內？」

「不錯！此事下個月便會發生，也是今日最後一道天機了！」金匱盟主微笑道：「倘若諸位能好好運用，必能在這場風波中趨吉避凶，轉危為安！」

李振原本緊繃的精神瞬間放鬆下來，冷笑道：「看來這一回賭注，在下要勝了！誰都知道均王是個軟兔子，怎麼可能在一個月之內翻出新天地？」想到剛才白白多繳千兩黃金，雖然有些心疼，但不必送出王珣的《伯遠帖》，且自己的前途依然光明，忍不住嘿嘿笑了起來。

金匱盟主也不爭辯，只淡淡地道：「閣下何必心急？這賭注不過兩個月便可分出勝負！」

張宗奭卻是暗暗心驚：「原來均王背地裡有這麼多動靜，我卻不知道……」又想：「幸好金匱盟主方才的小詩寫的是無論外邊如何翻覆，對我都無影響！我依舊做逍遙的洛陽王！」

金匱盟主道：「今年的富貴宴就到此為止，下一次的盛宴尚未訂出日期，屆時，本座會差人送去帖子，諸位理當是我金匱盟的貴賓，就不必再繳交五百兩黃金，可以直接入宴了！今日能與諸位賢達共渡上元佳節，實在歡喜，在此恭祝各位順勢行運、飛黃騰達，待會兒出了寺門之後，會有專人專車送諸位離開，本座就不起身相送了！」

「告辭！」李振但覺沒有再留下來的必要，首先起身大步離去。

張宗奭向金匱盟主拱手致意道：「多謝盟主美言，在下也告辭了。」心中卻想：「此人對我雖無惡意，但行跡詭秘，在我大梁境內興風作浪，不知有何意圖？待離去後，我可得派人好好查他的底細！」

劉玉娘得到朱友貞即將上位的驚天消息，暗想：「我把這消息帶回去，跟大王討賞，以彌補我的損失。」又想到自己爭后有望，便滿心歡喜地告別了金匱盟主。

褚寒依見探不出什麼秘事，自己又無力付價金詢問，便也起身告辭，待走出閣門後，阿金就迎了上來，恭敬道：「姑娘，阿金送妳離開。」便領著她出寺而去。

非花堂裡，只餘徐知誥一位賓客，他見四下無人，索性開門見山，再次問道：「在下的提議，盟主真不考慮？」

金匱盟主淡淡道：「善妒的婦人還可能分享夫君，再大方的君王卻絕對不會與人共享江山！所以閣下寫的問題，不過是虛談而已，本座又何必回答？」

徐知誥又道：「盟主若想提出其他條件，徐某都可以考慮。」

金匱盟主道：「本座不受拘束，才能公正地出示讖言，倘若為了襄助某個權貴而弄出一堆假預言，成了滿口胡話的神棍，不僅貶低了自身，也難以取信於人！」

徐知誥微笑道：「你不必取信他人，只要為徐某一人助力即可！」

金匱盟主笑道：「閣下不過一介刺史，能貢獻本座多少銀兩？再者，今日來的乃是各方權貴，兩個月後，他們見我預言成真，定會更加尊敬我，屆時財源滾滾而來，我滿目但見森林，又何必吊在一棵樹上？」

徐知誥最恨別人瞧不起自己，聽對方有輕蔑之意，冷聲道：「將來我定會成就一番功業，勝過你口中那些權貴！」

金匱盟主微笑道：「『畏落眾花後，無人別意看！』徐史君最怕落於人後，無人關注，這等動力，自是會讓你闖出一番天地來，本座從未懷疑這一點，只不過人各有志，徐史君愛權愛名，本座愛財，如此而已！」

徐知誥暗想：「此人愛財，事情倒是好辦！」

金匱盟主又道：「放心吧！將來你我定有合作機會，屆時你只要把本座開出的條件準備好，還怕事情不成？但此時此刻，富貴宴已經結束，除非你打算付出一座金山，把本座今晚的時間全給包下，否則就該走了！」

徐知誥聽他下逐客令，只好起身，微笑道：「既然如此，徐某就靜候盟主佳音，願來日你我攜手合作，共享太平天下！」這才轉身離去，暗想：「此人目前雖在北方活動，我也不可大意，須動用煙雨樓的探子查一查他的底細才是。」

（註❶：「塵勞迥脫事非常……怎得梅花撲鼻香？」出自黃檗禪師的《塵勞迥脫事非常》。）

（註❷：「梅花落已盡……無人相要喚。」出自《樂府詩集》卷四十四《清商曲辭・子夜四時歌七十五首》。）

（註❸：「塞北梅花羌笛吹……聽唱新翻楊柳枝。」出自劉禹錫《杨柳枝词九首》。）

九一三・二 粲然有辯才・濟人不利己

褚寒依出了「非花堂」，下了階梯，來到乾明寺底，金無諱已在原處等候，兩人見天色已晚，便決定先返回鄢陵城的客棧歇宿，明日再回開封。

沿路上，金無諱笑問：「那富貴宴如何，金匱盟主可受到教訓了？」

褚寒依有些意興闌珊，道：「金匱盟主只讓六個人進入富貴宴，其中五人是真的富商巨賈，只有我，是因為接了第一張富貴帖，被允許旁聽。」頓了一頓，又道：「他話說得不多，也不像阿金形容得那般囂狂，可是……他把每個人的底細都摸透了，還藉此逼得眾人交出大把銀兩！他身邊還有許多高手，我摸不透他想做什麼，也沒有能力教訓他！」

金無諱道：「或許他就是知道女俠在場，怕被狠狠教訓，才收斂狂氣，不敢造次。」

褚寒依笑道：「你總能哄我開心！」想了想，又道：「我總覺得這個人太神秘厲害，將來他一定會在藩鎮間掀起風浪！說不定……他還會成為真正左右天下大局之人！」

兩人回到鄢陵客棧時，已近深夜，互道晚安後，便各自回房歇息。

褚寒依躺在床上翻來覆去，不知是旅途勞累，還是心有罣礙，始終無法成眠，她隱隱感到自己似陷入一團迷霧之中，又捉摸不到是什麼，只好起身，走到小庭院裡，縱身飛到蠟梅樹梢，獨自坐在橫枝上，望月興嘆，坐了一會兒，她心中仍是一團迷糊，連自己究竟在意什麼，都想不清楚，又覺得深夜風雪寒，正想跳下樹回房，忽然間，發現金無諱也起身出來，緩緩走到前方隱在蠟梅樹叢裡的小涼亭，她原想開口呼喚，卻見金無諱又戴回初相識時所用的金色面具，負手而立，似在等待什麼。

兩人相處的這段時間，金無諱的面具已棄之不用，她不禁起了一串疑問：「這大半夜的，他為何來到樹叢裡，還戴著面具？他在等誰？」

一名灰衣人從遠處奔來，行止輕如飛鳥，一眨眼，便飛入涼亭之中，立定而止。

褚寒依心想：「這人衣衫樸素，毫不起眼，看似瘦弱的鄉巴佬，輕功卻十分高明，與金大哥是什麼關係？」念頭才轉完，又進來一名青衣男子，動作迅如捷豹，與前面那灰衣人身法雖不一，卻同樣敏捷快速，只不過這人塊頭高大，筋骨結實、身手矯健，看得出是練硬功的武士。

「主人！」第一名灰衣人喜道：「今日是大豐收！」

「主人？」褚寒依自從認識金無諱以來，從未見過他的朋友，只以為他是隱居山林的清寒士子，偶爾與一、兩位喜歡他文章的洛陽貴公子來往，完全沒想到他竟有輕功高明的僕人！她忽然意識到兩人的相逢十分蹊蹺，金無諱很可能有事瞞著自己，遂屏住呼吸，運功豎耳聆聽。

灰衣人興沖沖說道：「國夫人交了三百銀，想要『玉仙人奔馬』，三天後就能送到她手中，屆時還可再收七百銀。」

褚寒依一愣：「那國夫人不就是敬翔的妻子劉氏嚒？看來金大哥不只結識一些富家公子，連劉氏這樣的權貴夫人都有結交。」她知道「玉仙人奔馬」是西漢流傳下來的珍品，以一整塊羊脂玉雕刻而成，駿馬身體肥碩，雙目圓睜，足踏雲紋雕飾，與馬背上的仙人巧妙融合，好似仙人騎飛馬遨遊天際：「劉氏欲購買玉仙人奔馬，似乎不是金大哥自己的東西，而是這僕人從某位達官顯貴手中取來，再轉手賣出……」這麼一分析，不由得暗暗咋舌：「金大哥平日用度也算節儉，想不到隨便一個交易就是西漢古玉、千兩白銀……」

金無諱道：「如今敬翔賦閒在家，這劉氏不擔憂大梁未來，還想著收藏寶物，可見大梁滿朝皆醉生夢死，不知禍難將至！」輕輕一嘆，又問：「還有什麼收獲？」

灰衣僕人道：「魏博判官司空也給了三百銀，說羅紹威死後，魏博節度使雖由幼子羅周翰繼任，但天雄軍權實際上盡落入牙內都指揮使潘晏的手裡，司空心中不服，也想進入天雄軍府分一杯羹，事成之後的酬金，任憑主人定奪。」

金無諱沉吟道：「這段時間，魏博會有幾番起伏，司空不是沒有機會，但必須修身克己，才能長保安康。」想了想，道：「這樣吧！暫收這三百銀，告訴司空，兩年內會有良機，屆時會通知他如何行動，事成之後，再收七百銀。」

褚寒依越聽越奇：「魏博軍最是強悍，無人敢招惹，金大哥究竟是做什麼生意？竟能插手魏博的派系之爭？」

灰衣僕人不解道：「倘若司空真有機會進入天雄軍府，與潘宴平起平坐，必然財大勢大，為何主人只跟他收千兩銀子？」

金無諱道：「朱全忠死後，魏博已成兵家之地，箇中變化十分複雜，只能說司空雖有升官良機，卻無福消受，既是無福之人，咱們也不必跟他計較了！」

「阿滿明白了！」灰衣僕人便退到一旁。

金無諱轉問高壯的僕人：「你這邊如何？」

青衣僕人道：「魏州銀槍效節都軍校張彥給了前訂五百銀，想要魏博天雄軍的兵馬佈防圖。」

褚寒依吃了一驚：「金大哥真是神機妙算，魏博果然起內鬨了！楊師厚大軍長年駐紮在魏州，早就想併吞魏博，只是懼於朱全忠的威勢，才不敢動手，朱賊一死，他再無顧忌，就命張彥設法弄到天雄軍的兵馬佈防圖，但這東西何等重大機密，金大哥給得出嚒？」

果然金無諱思索好一會兒，才緩緩道：「收下張彥的前訂，讓他轉告楊師厚：『要想併吞魏博天雄軍，用不著兵馬佈防圖，只要藉故到銅雀驛借宿，設局引潘晏入彀，直接殺了他即可，這樣才不會引起太大動靜，以免大梁更加動蕩。』」

褚寒依心生佩服：「金大哥這一招真高明！既不用冒險盜取兵馬佈防圖，又可以收下銀子，最重要的是，還阻止了銀槍效節都與魏博天雄軍的火拼，使魏博百姓免去一場戰禍！」

高壯漢子繼續稟報：「王鎔先給了一百兩，表示後續願贈五千金，求長生之法。」

「趙王欲求長生？」金無諱一愕，冷嘲道：「他自從依附李存勖這個大靠山後，便終日耽溺享樂，追求仙道，還妄想煉製長生丹藥，他身邊不是已經有一位王若訥嚒，又何必花重金求問？」忍不住仰天長長一嘆，道：「那王若訥曾經教劉仁恭求取仙道，以至幽燕百姓深受其害，劉仁恭被囚禁後，他又把目標轉向王鎔，遲早王鎔也會毀在他手裡！把銀兩退了，咱們犯不著與王若訥搶生意！」

「是！」高壯漢子又道：「河東盧程給了五百兩銀子，想要『戰國青玉高足燈』，東西已交到他手中，銀貨兩訖，客人十分滿意。」

金無諱微笑道：「這些世家子弟成天只會玩物喪志，卻也因此讓咱們賺得盆滿缽滿！」

高壯漢子道：「另外，大梁段凝給了三百兩銀做為前訂，要澶州刺史之位，事成再給二千黃金。」

金無諱笑道：「這段凝出手很大方啊！是個好客戶，可惜澶州刺史王彥章是個硬鐵漢，雷打不動，這事暫時成不了，把錢退回去！」

高壯漢子眼看二千黃金要打水漂，忍不住問道：「主人說暫時成不了，意思是將來可成，那為什麼不先收段凝的訂金？」

金無諱道：「段凝要取代王彥章，還得等上十年！他付了銀子，卻一直看不到成果，會壞了金匱盟的名聲！」想了想，又笑道：「這段凝明明是文簿出身，卻妄想當大將軍、掌軍權，咱們這一次雖拒絕了他，但他不會死心，還會自己想辦法，聯合趙岩一黨使出各種手段，排擠劉鄩、王彥章等一幫老將，大梁朝廷日後可熱鬧了！咱們想發財，有的是機會！」

「是！」高壯漢子道：「大梁判官邵贊付了三百銀，想調任租庸判官！事成之後，再給五百銀。」

金無諱冷哼一聲：「大梁財稅一旦落入他手裡，豈不是搜刮民脂民膏更加厲害？」

高壯漢子恭謹問道：「主人的意思是要拒絕他？」

褚寒依聽到這裡，簡直感到不可思議：「金大哥不只左右魏博派系，還能插手大梁官位？他究竟是什麼身分？」

「不！」金無諱笑了笑，道：「白花花的銀兩為何不賺？如今邵贊極力巴結趙岩，一旦朱友貞上位後，這租庸吏遲早會落入他手中，咱們也改變不了，何不趁現在做個順水人情？」

「他……竟然也知道朱友貞會登基？」褚寒依心中震駭無已，暗想：「富貴宴裡原本有九個人，張承業先行離開，我、阿寶、虎蹄梅樹的賓客都是女子，阿貴是石公立，除去我們五人，知道朱友貞下個月會登基者，只餘四名賓客……」

金無諱英眉一挑，冷笑道：「八百銀就想換個撈肥油的官位，也太便宜他了！將價金改成八百黃金！」

高壯漢子微微一愕，隨即笑道：「阿堂明白了！」

「阿堂？」褚寒依方才未留意阿滿的名號，此時又聽見「阿堂」兩字，忽想起阿金、阿銀……等人，不由得毛骨悚然，心中混亂的思緒漸漸有了眉目，卻又像是墜入更深的冰窖裡，只覺得外邊風雪再冷，也冷不過心裡的寒意：「他們八個人剛好湊成『金銀財寶、富貴滿堂』！」

金無諱問道：「幽燕那邊如何？」

阿堂答道：「李小喜願付三百銀拿回他貪墨的帳冊。」

金無諱忍不住笑了：「他貪不只三十萬兩，卻只肯拿出三百兩？這傢伙實在是……」但覺無言語可形容其心之貪、臉皮之厚，便只搖了搖頭，未再說下去。

阿堂道：「主人希望跟他提高多少價碼？」

金無諱嘆道：「罷了！就依他的意思吧！咱們不需跟一個將死之人計較，只需要派人盯住他的行蹤即可！」

阿堂忍不住道：「這豈不是便宜了李小喜？」

金無諱道：「待他去世後，咱們再挖出他藏的財寶便是！」

「待李小喜去世後……」褚寒依暗思：「他這是什麼意思？難道李小喜快死了？」

「是！」阿堂又稟報道：「倒是有一件事較為特別，屬下今日去收訂金時，李小喜給了『應天元寶』、『順天元寶』，還有『永安一千』、『永安五百』銅錢各數貫，這些幽燕錢幣在市面上沒有流通，要請示主人，該當如何處置？」雙手恭恭敬敬地呈上一袋錢幣。

金無諱接過錢袋，打開袋口，取出一枚銅錢，見這錢幣形制厚重，幣面上以渾樸古拙的錢文書體鐫刻著「應天元寶」四個大字，別具粗獷大器的風範，不由得讚嘆：「這錢幣做得十分精良，可見劉守光費了好大一番功夫！」

褚寒依心中一愣：「大燕幾時鑄了錢幣，我怎麼沒見過？」

金無諱又道：「可惜劉守光並未頒給百姓使用，只藏在府庫裡，這一藏，從此不見天日，如今再拿出來，也無用了！」

阿堂道：「既然無用，屬下便將它們退了回去，教李小喜換真金白銀過來。」

「罷了！收下吧！」金無諱深深凝望著錢幣，目光中似蘊含一種特殊的情懷，許久才長長嘆了口氣：「劉守光自負天命，因此將年號取作『應天』，又搜刮民脂民膏，以鑄大量銅錢鐵幣，取名『永安』，意謂著大燕國乃是應承天命，必會永世安康。可偏偏他枉顧民生，天理不容，又如何應天永安？『永安』、『應天』、『應聖』，最後到『順天』，這一串稱號與劉氏父子種種倒行逆施的作法完全相反，可真是十足諷刺！」

褚寒依心想：「他說：『這一藏，從此不見天日，如今再拿出來也無用了！』是什麼意思？難道……糟了！」她心中一急，呼吸微促，樹下阿滿和阿堂齊聲低呼：「誰？」立刻手握武器，分別圍護在金無諱前後。

金無諱道：「你們先離開吧。」

阿滿和阿堂互望一眼，有些遲疑，顯然十分在意主人的安危。

金無諱微笑道：「沒事！是我一個朋友來了！」兩人這才恭敬地行了一禮，告辭離開。

金無諱坐到涼亭石椅上，一邊斟酒，一邊笑道：「還不下來嚒？妳寧可在樹上吹風凍雪，也不願下來陪我喝杯暖酒？」

褚寒依只好從樹梢上一縱而下，心中百般滋味地走入涼亭裡，一連喝盡三杯酒，待身子暖了些，才道：「敢問我是該稱呼你金郎君，還是金匱盟主？」

金無諱知道她心中不快，拿下面具，陪著笑臉道：「妳喜歡喚我什麼，便喚什麼，但我最喜歡妳喊我金大哥！」又笑道：「喚好哥哥也行！」

褚寒依對他的玩笑話卻不假辭色，玉臉一沉，冷聲道：「天一亮，我便離開，臨走前，有幾件事相問，但願你坦誠相告，當然，這世上男子多會騙人，倘若你還要欺瞞，我也無可奈何。如果你每道問題都要收千金，我也付不起！」

金無諱微笑道：「不如咱們再玩五子棋，輸的人便要誠實回答，一個子兒也不用付！」說罷便從懷中拿出五黑五白的棋子置於桌上，又推了五顆白子至褚寒依面前。

褚寒依望著桌上的棋子，腦海中浮現幾個月來兩人相依相伴，玩了無數回五子棋的情景，登時心中一軟，氣消了一半，便以指尖夾了一白子置於中央，算是接受了他的提議。

金無諱很快在旁邊置了一黑子，接著兩人匆匆下過，不多時，褚寒依已贏了第一盤，她心知以金無諱的能為，要勝自己是輕而易舉，他如此輸棋，實是有心相讓，心中怒氣又消了一些，問道：「你究竟是何人？」

金無諱微笑道：「金匱盟主金無諱！」反問道：「這一局，妳好不容易勝了，真要用來問妳已知的問題麼？」

褚寒依一愕，心中懊惱至極：「他說得不錯，我是氣昏頭了，竟問這麼簡單的問題！」待要說些什麼來扳回顏面，金無諱已大方道：「這一題不算，妳再問吧！」

褚寒依心中有千頭萬緒，當真不知從何問起，想了想，才道：「你費盡心思召開富貴宴，說朱友貞下個月會登基，此事當真？」

金無諱再次笑了：「妳又浪費一題了！我在富貴宴說的預言，句句屬實，妳不需要再花費在這五子棋盤上求驗證！」

褚寒依登時臉上一紅，心中更加懊惱，正不知如何是好時，金無諱又道：「罷了！這一題也不算，妳再問吧！」

褚寒依見他有意讓自己問個徹底，忍不住笑了：「堂堂金匱盟主，一題千金，今晚我一路問下去，可是賺個滿缽滿盆了！」

金無諱無奈一笑：「再厲害的人也有弱點，誰教我總是拿妳沒轍呢！」

褚寒依想了想，道：「你召開富貴宴，說朱友貞要登基，其實是為他造勢？」

「不是！」金無諱反問：「這算幫朱友貞造勢嚒？難道妳不覺得萬一這消息洩露到朱友珪耳裡，會讓他殺了朱友貞？」

褚寒依快速下了一子，金無諱知道她有許多問題，便也配合她的速度匆匆下子，倏忽間，褚寒依又贏了一局：「難道你是朱友珪的人？」

金無諱微笑道：「妳不須一個個雄主猜下去，我可以一併回答妳，我不是任何人的手下，我只是一個順從天命之人！」

褚寒依有些不解，深深望著他，重覆唸了一次：「順從天命的人？」

金無諱道：「朱友貞將繼任大梁，是無可改變的事實，不會因為我說不說出這句預言，就改變歷史的軌跡！我不過是藉著已知的定局撈點錢而已！」笑了一笑，又道：「不只是天命如此，就目前的形勢來分析，也是一樣，大梁各方藩鎮對朱友珪已漸漸生出反感，他們只有兩種選擇，要不自立為王，將大梁拆成四分五裂；要不擁立出一個新主，大家把局面撐下去！眼看河東虎視眈眈，大梁實在沒有分裂的本錢，只好做第二個選擇。而目前只有兩個人具備成為大梁新主的資格，一是憑嫡子身分出線的均王朱友貞，另一位則是憑實力掌握大權的楊師厚！」

褚寒依又快速贏了一局，問道：「所以你選擇了朱友貞？」

金無諱搖搖頭道：「不是我選擇了朱友貞，而是上天選擇了他！又或者說張惠早已佈下一道極長遠的局，盡可能地保住了朱氏江山和她的愛子，這一切的一切，都不是我們所能改變的！」

褚寒依聽他解釋得如此詳盡，相信他的確是誠意相待，漸漸地，怒氣轉為了佩服、驚嘆與好奇，連忙再贏一盤棋局，又問：「你說我們無法改變任何形勢，這裡的『我們』也包括你在內？」

「當然！包括我都無力改變一切！」金無諱笑問：「這算一題嚒？」

褚寒依一抿唇，決定要起無賴：「不算！我只是起了個頭，還沒開始發問呢！」

金無諱笑道：「好吧！那妳問吧！」

褚寒依道：「亂世中有許多自稱大仙的術士道長，例如周旋在河東權貴之間的周玄豹、王鎔身邊的王若訥、王處直身邊的李應之，就算他們再厲害，最多能預測一個人的生死富貴，卻從來沒有一個人像你這樣，不僅能預知朱友珪會奪位登基，還知道他會選用『鳳曆』二字做年號，於是在一年多前便開始佈局，到處散發富貴帖，以至能吸引這麼多貴客前來參會，你究竟是人是鬼？」

金無諱哈哈一笑，道：「倘若我是鬼神，這一局還會輸給妳嚒？」

褚寒依嬌嗔道：「你又來笑話我！你分明是故意輸給我的，難道我不知嚒？」

金無諱忽然伸出手握了她放在桌上的纖膩小手，柔聲道：「妳感受得到我的溫度，聽得見我的心跳，妳說我是人還是鬼？」

褚寒依一愣，抬首與他四目相對，桌旁的燭火映照在他清澈的眸底，燃起灼灼焰光，形成靜默無聲卻熾烈傾訴的熱情，令她不自覺地陷入其中，一時怔然迷惘，雙頰紅暈，直到一片金黃蠟梅夾著白色雪花飄落在她的手背，才令她冷醒過來，連忙縮回手，垂首避過他目光，囁嚅道：「我……我不是這個意思！你自然是個人……」一抿唇，逼著自己再度冷靜面對眼前的神祕人：「或許你懂得天機，能知道朱全忠天命已盡，朱友珪將取而代之，但你究竟是如何知道『鳳曆』二字？你可不是朱友珪肚裡的蛔蟲！更何況，朱友珪自己也未必能事先知曉！」

金無諱笑道：「一下子說我是鬼，一下子說我是蛔蟲，看來我只好將把簧的本事和盤托出，才能讓妳相信我真是個活生生的人！」

褚寒依忽然聽見「把簧」二字，心中驚奇，脫口道：「原來你是耍了詭計，那你究竟是『玩腥』還是『玩尖』的？」

金無諱微笑道：「原來妳也知道玩腥和玩尖？」

褚寒依感到從前似乎有個人教過自己「把簧」、「玩腥」、「玩尖」這些江湖術士的用語，卻實在想不起是誰說過的，道：「我從前聽人說只會研讀星相，卻不會應付客人，稱做『玩尖』，而肚子裡沒有墨水，卻能說得天花亂墜唬住對方，就稱做『玩腥』。倘若有人能把這兩件事做到極至，那就是天下無敵……」言及於此，她恍然大悟，拍手笑道：「我明白了，你是雙玩高手，既有星相卜算的真本事，又能佈局唬人，教那些權貴乖乖地奉出銀兩！」

「藩鎮權貴總是剝削百姓，我從他們身上坑回一些，再還用於民，也不算過分了！」金無諱微微一笑，又解釋道：「大唐第一術師袁天罡曾經留下推背圖的讖言，說朱全忠會死於父子相殘，我依據這條線索卜算出朱友珪是接位人選，還有他發動兵變、登基稱帝的時間，先發出富貴帖，帖子寫上『鳳曆』年號，待朱友珪成事之後，要選用新年號，我便派人設法疏通大梁司天台的仇殷，讓他呈上『鳳曆』二字給朱友珪，如此一來，大梁的年號便對應上富貴帖的日期了！」

褚寒依驚嘆道：「這麼一個小把戲，卻沒有人想得到……」想了想又道：「但要進入大梁司天台，疏通仇殷，也不是易事！」

金無諱微笑道：「是費了一番功夫，卻也不難。傳說張惠去世之後幾年，大梁連連戰敗，朱全忠認為是無法掌握天機之故，便四處尋訪高人，好不容易找到仇殷，他的確是位高手，但也因為如此，他觀看到的天象與我大致相同，他自己列出幾個吉祥名號其中便有『鳳曆』二字，我事先派人潛近他身邊，用一些話術誘導，讓他最後挑出『鳳曆』呈給朱友珪！」

褚寒依連忙下了一子，催促道：「換你了，快下！快下！」

金無諱微微一笑，便如她所願，再輸一局，道：「妳還想問什麼？」

褚寒依道：「你大可像周玄豹那樣，私下與權貴交往，邀請他們過來，為什麼要舉辦富貴宴大肆招搖？這樣豈不容易招來危險？」

「這麼做，才能以最快的速度累積金匱盟的名氣！」金無諱道：「富商名流通常位高權重，我若是沒沒無聞，只怕連他們的面都見不到！要累積到像周玄豹那樣的名氣，至少需十年時間，我等不及，苦難的百姓也等不起！所以我必須擺個驚天動地的排場，才能吸引更多權貴過來，他們甚至是互相吸引過來的，此乃名人效應！」

「名人效應？」褚寒依愕然道：「但他們並不知彼此是誰？」

金無諱微笑道：「他們自己是權貴，很自然會聯想其他賓客也是一般尊貴，只要在送帖時，不經意地加點暗示，說某個達官顯貴也會來，他們就會更加相信了！」

「原來如此！」褚寒依又問：「你耗費如此心力，最後卻只剩五名權貴肯進入富貴宴，豈不失算？」

金無諱搖搖頭，道：「不是只剩五名權貴，而是連妳在內，我只挑選了六人！其他賓客雖沒有留下，但他們出去之後必會為我廣為宣傳，以後每一次朝代更迭、皇帝更換，都會有一場富貴宴，到時入宴的價金會越來越高，也會有更多人願意花兩倍，甚至是三倍的銀兩，只求能進入富貴宴，這就叫物以稀為貴！」

褚寒依不可思議道：「你特意挑選六人，又放走其他賓客，是為了讓他們回去後越想越遺憾，將來便會花更多銀兩入場？」

金無諱笑道：「妹妹真是冰雪聰明！」

褚寒依聽到「妹妹」兩字，恍然想起馮道也喜歡這樣稱呼自己，心中一刺，隨即把馮道的身影硬生生地拋諸腦後，拉回心思專注下棋，很快又贏了一局，問道：「你怎麼知道那五個人一定會進場？」

金無諱微笑道：「因為我花了大把心思研究他們在意之事，再以梅花詩喻意，他們感到驚奇，又付得起五百兩黃金，自然會入場，一旦他們入場，將來回報的就不止十倍、百倍！」笑了笑，道：「只有妳，我是蝕本的！」

褚寒依橫了他一眼，嬌嗔道：「你騙我那麼久，也不算虧本！」又問：「那五人除了當場貢奉千金之外，將來還會有什麼回報？」

金無諱微微遲疑，才道：「他們其中三人將來富貴薰天，財富無盡，我與他們建立交情，自是為了將來還可以索要更多的銀兩，但恕我不能吐露他們的身分。至於另外兩人，其中一位是張承業，妳應該可以猜到，他手中雖握有河東全部家當，但他生性清儉正直，是絕對不會再進入富貴宴，因此我與他對賭，要他答應一個條件，這個條件未必是關於金錢的。另一人是李振，隨著朱友珪下臺，他的好運也到頭了！他自從受到朱全忠重用以來，貪刮搶掠無數秘寶，那些寶物落入他手中，實在太可惜了！」笑了笑道：「以他的性情，絕不甘心被朱友貞冷落，一旦他想東山再起，我便有機會訛詐一番。」

褚寒依贊同道：「這李振殘害大唐忠良，又收賄無數，終於有報應了！但來的賓客那麼多，你怎知剛好是哪六位留下，萬一有其他人願意付五百兩黃金見你一面呢？」

金無諱笑道：「再這麼問下去，我壓箱底的本事可要被妳學盡了！」

褚寒依搖搖頭道：「就算知道一切是騙局，我仍猜不出你是怎麼做到的。」思索一會兒，仍覺得想不到方法，心有不甘地嬌嗔道：「我可沒像你那麼會騙人！」

金無諱舉起酒杯相敬道：「我真不是故意要欺騙妳，只不過我做的事很危險，不能讓太多人知道，我總不能和妳初相識，就大聲嚷嚷自己是金匱盟主，要來詐騙吧？後來我見妳討厭金匱盟主，就更不敢說出了，現在我以這杯酒水表達歉意，只求妳消消氣，別再怪罪我了！」

褚寒依卻不肯喝酒，道：「你告訴我實情，我才消氣。」

金無諱嘆了口氣，道：「這有什麼難？來賓共有三十人，我瞭解他們的性情、底細，再針對各人寫下第一首小詩掛在梅梢上，我不想留下的人，那首小詩就故意寫得高深莫測，不著邊際，或是刺激一番，就像盧程拿到的小詩便是諷刺他不學無術，他自然氣得離去！」

褚寒依但覺好笑，又覺得眼前人不只精通玄學，更精於世故，隨手又贏了一盤棋，問道：「你既然能夠未卜先知，難道就沒有想過扭轉乾坤嚒？」

金無諱問道：「怎麼扭轉乾坤？」

褚寒依道：「例如讓大梁盡快瓦解……」

金無諱問道：「大梁崩毀之後，誰來接掌天下？」

褚寒依微微一愣，想了想，又道：「李存勖似乎還不錯……」

金無諱道：「李存勖此刻尚能保有英主作風，是因為外有周德威帶領、李存審管束，內有張承業管治、李存璋相輔，張公嚴明清儉、忠貞耿直，河東才有一番新氣象！」輕輕一嘆：「可惜張公年紀大了！李存璋能輔政，卻管不住李存勖！」

褚寒依恍然明白：「他的意思是張承業年事已高，一旦去世，河東未必能保持現在的榮景？」

金無諱又道：「倘若我因為知道天命，就企圖干預天道運行，妄想逆天改命，只怕會生出一個連我自己都無法預知、也無法掌控的結果，或許會產生一個比現在更混亂的時代，或是亂世會持續更長久。」

褚寒依似懂非懂，又感到自己似乎接觸到一個神祕未知的新天地，被欺騙的惱怒早已拋至九霄雲外，連忙再贏一盤棋，問道：「你其實不需要那麼多財富，為什麼想要他們的錢？」

金無諱笑道：「妳是想罵我貪財吧？」

褚寒依道：「我原以為你貪財，但這段時日相處下來，見你生活清儉，今夜又聽到你們談話，我已經知道不是這樣了！你究竟想做什麼？」

金無諱道：「錢多好辦事，貪錢自然是為了辦事，越多越好！」

褚寒依忽然想起來，道：「就像救濟濮州水災嚒？」

「不只如此！」金無諱肅容道：「藩鎮收刮民財，多是為打仗之用，一旦發生天災人禍，往往任百姓自生自滅，甚至會拿百姓當糧食，這是何等慘酷之事！我希望將大家集結起來，建立一個不分梁、晉、燕、趙，真正的無邦界組織，在各地救苦救難！」

褚寒依愕然道：「可梁、晉、趙、蜀、吳、越……都是仇敵，怎麼可能不分彼此，真正無邦界？」

金無諱道：「梁晉蜀吳原本都是大唐人，當初是為了管治方便，才設立藩鎮制度，讓百姓分住在不同的領地裡。許多人原本與親友只是住在不同屬地，可是一打仗，就忽然變成了敵人，互相仇視，這才莫名其妙！倘若天下一統，梁人晉人又有什麼分別？許多權貴為了爭鬥而撕裂百姓，我心中的無邦界組織除了救濟苦難，更希望帶領大家在互相幫助的過程中，去彌補戰爭所造成的仇恨傷口！」

「彌補戰爭所造成的仇恨……」褚寒依心中震撼：「江湖上的組織大多像煙雨樓那樣，是為了某種私心利益而成立，也總會為某個藩鎮辦事，而可他竟要成立一個無邦界組織，這是何等超脫世俗的想法……」

金無諱輕嘆道：「這一次我們去賑濟濮州，妳也看到了災民是何等淒慘，就連富庶的大梁都是如此，更遑論其他地方！『安得廣廈千萬間，大庇天下寒士俱歡顏』，這是

杜子美的心願，也我的夢想，但願世人都有屋瓦遮風蔽雨，都能讀書知禮！」❶

褚寒依心中激蕩，想說什麼，卻又說不出所以然，只輕輕一嘆，又下了一子，金無諱照例讓她贏了一局，褚寒依想了想，轉了話題：「阿金曾說，你認為『忠臣是亂源』？」

金無諱道：「愚忠才是亂源！身為臣子不應該忠於一人，而是要拋卻個人喜惡、抽離自身情感，以智慧審視全局，成為公義的衛道者。」

褚寒依道：「可是『士為知己者死』！一個人如果不懂得感念主上提拔之情，豈不是忘恩負義之徒？如果每個臣子都這樣，又有哪個君主敢信任臣子？」

金無諱道：「身為臣子，不忠於一主，看似辜負主恩、冷血無情、不忠不義，但唯有克制己心，不被私情左右，不計個人生死，不在乎榮辱毀譽，甚至沒有狹隘的民族偏見、階級觀念，也沒有黨派、邦界領域之分，才能做出真正有利天下蒼生的決策！戰爭的雙方往往只有利益衝突，很難說是非對錯，可士大夫所思所想，都是骨氣志節，甚至以此自豪，倘若他們維護的是昏庸暴君，還堅持忠義氣節，只會讓戰爭拖延得越久，百姓所受的苦難也越大！

從春秋戰國至西漢建立，有近五百年的苦難，西漢末年到三國的結束，又是百年戰禍，甚至在魏晉南北朝，也是民不聊生，直到大唐建立，才有近三百年的安康，華夏數千年歷史中，百姓大多處在亂世或暴政之下，真正的明君其實少之又少，中原大地何其苦難！

由此可知，世襲的帝制根本就是一個錯誤！這樣的錯誤卻已經傳世千百年，至今，甚至在我死後千百年，可能都不會改變，但總有一天，我相信總有一天，會出現一位大智大勇之人來改變這一切！或許到那時候，天下的主權會交由全天下的百姓來決定！」

「千百年後……主權交由全天下的百姓來決定？」褚寒依忽然想起阿金的話：「我家主人說：『如果千百年後，仍然沒有人能理解，那麼上天也一定會看分明的！』」曾經她認定金匱盟主是個狂邪悖逆之人，想要好好教訓他一番，如今這個人就坐在自己面前，莊嚴肅穆地述說自己神聖的理想，她竟深深被打動：「他果然是個寂寞的瘋子！可是……有這麼多人被他感動，死忠地追隨著他，可見這才是蒼生心底的願望，只是不知哪一天能夠實現？終我們一生，是看不見了！可他卻為這樣虛無縹緲的理想在努力著……」

金無諱見她驚詫得說不出話來，微笑道：「事實上，我並非一意孤行，要行什麼驚天創舉，千百年前早有聖賢提出這樣的見解，『大道之行也，天下為公，選賢與能，講信修睦，是謂大同』，孔夫子早已擘劃出一個美好的大同世界，謂之『大道』。

這其中的『天下為公』，就是『無邦無界』，『選賢與能』就是『無君無臣，還主權予百姓』，只不過這套理論不容於君王，世人也已經淡忘，而我這個狂悖之徒卻不肯放棄，想把它盡力實現出來而已！」❷

褚寒依想到自己在金無諱面前多次罵金匱盟主是「狂悖之徒」，不由得尷尬一笑：「你總愛取笑我！」又輕嘆道：「你說得不錯！世人早已忘了真正的儒家大道！就連我也是今日聽你提起，才想起來！」不禁又問：「但你究竟是什麼來歷？竟會許下這般宏願？」

金無諱道：「我原是幽燕人，妳已經知道了！我自小喜愛讀書，年少離家，無意中得拜高人為師，學了玄學奇道，在各藩鎮間闖蕩多年，卻始終顛沛流離，直到兩年多前，我有幸重新體悟先師法門，閉關多時，潛心思索天道，終於突破了世俗的眼界，想通無邦無界、無君無臣、天下為公的道理！後來我意外得到一筆錢財，便開始組織金匱盟，以拯救蒼生、結束亂世為己任。」頓了一頓，道：「我的際遇或許有些特殊，但亂世之中，少年英雄比比皆是，我並不算最特別的一個，例如晉王比我年輕，已是一方之霸，我困頓多年、碌碌無為，直到今日，才有一點力量能做些像樣的事，這實在算不了什麼！」

褚寒依凝望著他，忽覺眼前人曾經很親近，此刻卻離得很遙遠，她一時不知還能再問什麼，只好再下一子，道：「你所有的言行都超出我的想像，我心中還有許多疑問，卻不知從何問起？」

金無諱又讓了一盤棋，微笑道：「有什麼想問的都可以，咱們就慢慢聊到天荒地老！」

褚寒依笑了笑，又道：「你出賣天機，一道千金，已經能賺很多銀兩，金匱盟在救濟時，又是讓各州互相幫助，這種做法很聰明，可以大大減輕錢財上的負擔，你為何還要做一些危險的買賣，像是插手大梁官位的指派、魏博紛爭等，你為什麼要賺這麼多錢？除了賑災救難，你究竟還圖什麼？」

「這些遠遠不夠！我需要很多很多銀兩，因為……」金無諱道：「我還要扶明君起事！」

褚寒依不解道：「你方才說你並非誰的手下，現在又說要扶明君起事，你心中的明君究竟是誰？」

金無諱道：「我不知道！」

褚寒依一愕：「你不知道？」

金無諱道：「因為那位結束亂世的真命天子尚未出生，但將來他要起事，總需要一筆巨大軍餉，我得先替他籌備著。」

「什麼？」褚寒依比聽見「無邦界救難組織」更加驚詫：「你在為一位看不見的帝王籌措軍餉？」

金無諱道：「或許終我一生，都看不到太平之日，但總有一天，一定會出現一位明君來結束亂世！在這之前，我必須讓天下人讀書，只有學經綸、明事理，那麼不管是誰奪得天下，都會懂得如何治國，如果永遠都是軍武粗人來當皇帝、貪瀆官吏來當臣子，那麼，天下就永遠只會你殺我奪，無法長治久安！」

「我明白了！」褚寒依道：「此刻的暴君都不在你眼裡，只有真正的英主，才配稱你心中的君王！『愚忠是亂源』只是個起頭，你真正的心思是『無君無臣』！」

金無諱微笑道：「知無諱者，無憂也！」

褚寒依粉頰飛上一抹紅暈，怔怔地望著眼前人，回想著阿金口中描述的狂悖主人，好半晌，又長長一嘆：「無邦無界、無君無臣、無忌無諱……你果然是天下第一狂悖之人，但無論多麼乖謬的道理，你總有法子說服人！我今日總算見識到真正的金匱盟主了！」

金無諱微笑道：「無論我如何狂悖，與這世代多麼不相合，但在妳面前，我永遠只是妳的金大哥！」

褚寒依微微垂首，避開他的目光，默默下了一子，金無諱配合她完成一局，褚寒依又問：「你希望天下人都讀書，因此讓阿寶去逼迫土匪抄經書，也是為了教化他們讀書識字，改過向善？」

金無諱笑道：「我逼土匪抄寫九經，不只是為了讓他們改過，最重要的是製作大量經書，好流傳出去，讓更多人受惠，還有一個原因……」他目光流露幾許柔情，溫言道：「妳曾說要對付土匪，我不想妳去冒險，所以幫妳整治了他們！」

褚寒依臉色微微一赧，低了頭假裝專注下棋，問道：「但阿寶也是女子，你竟派她去？」

金無諱道：「阿寶是大唐京兆尹鄭元規鄭老將軍的孫女，她出身將門，自小習武，本事並不比妳差。」微微感慨道：「可惜後來鄭家全族被滅，她是唯一逃出生天的，卻被斷了手足筋脈，充做官妓。我一直在尋找鄭家是否還有倖存者，皇天不負苦心人，一年多前，總算讓我找到她，救她出虎口，但阿寶受此磨難後，性子變得有些乖戾，不只嫉惡如仇，也痛恨男子。」

褚寒依感傷道：「一日為官妓，世世代代不得翻身，將門子弟大多性情剛烈、傲骨不屈，卻被迫淪落風塵，多年不見天日，甚至子子孫孫都只能為奴為娼，她該有多絕望！難怪性子會轉變，可她仇恨男子，卻肯聽你的話？」

金無諱道：「我見阿寶身子虛弱，手足無力，便設法尋訪到長白山隱世高人伊空桑，請她為阿寶調養身子，伊前輩號稱『五味聖手』，乃是伊尹的後人。」

褚寒依好奇道：「就是你崇敬的那位商朝賢相伊尹？」

「正是！」金無諱微笑道：「伊尹不只精擅烹調，還以烹調五味的道理來勸說君王如何安治天下，更發明了草藥湯液來醫治人，他留下一部醫典《湯液經》，乃是後世許多醫書的源頭。而伊空桑前輩將《湯液經》研究得出神入化，最擅長將多種草藥混搭，熬煉出神奇的藥湯或毒液，她不只醫毒俱佳，更從伊尹的烹調術裡領悟出一套『五味刀法』。她見阿寶聰敏穎慧、剛烈沉毅，是使毒的好苗子，便收她為徒，將畢生所學傾囊相授，以至阿寶的修為遠遠超出從前，這是我始料未及的！」

褚寒依笑道：「難怪我們初見面時，你見了『官帽峰』，便提起伊尹，原來是感念伊前輩的相助之情。」

金無諱微笑道：「我確實很感念她！」又輕輕一嘆：「阿寶吃了太多苦！她醫好身子後，我原本想讓她離開，去過簡單的生活，她卻堅持為我辦事。」

褚寒依感慨道：「鄭老將軍一生忠烈，卻因為先帝和朱全忠之故，落得滿族抄滅的下場，難怪阿寶死心塌地的追隨你，認同你無君無臣的理念！」

金無諱嘆道：「我花了許多時間開解她，勸她要放下過往，阿金、阿銀性子單純，我便讓阿寶與他們多相處，希望時日一久，她受兩人影響，能改變想法，我不希望她像郢王妃，一輩子都沉浸在仇恨裡！」

褚寒依一愣，不知金無諱為何忽然提及郢王妃，語氣中充滿了感傷與遺憾，心想：「原來金大哥也認識郢王妃？」又想：「金大哥什麼都知道，也未必是真的認識她……」

金無諱道：「後來倒是我自己想通了，像伏牛山那樣的土匪惡霸，若是不用惡法對付，實難以制伏，我見阿寶給他們下了毒，靈機一動，便逼他們抄寫九經，為世人做出一點貢獻！」

褚寒依柔聲問道：「阿寶的身世，連阿金他們都不知道，為什麼你肯告訴我？」

金無諱道：「我不告訴其他人，自是顧及阿寶的感受，但她時時跟在我身邊，我不想妳誤會，因此向妳坦白，我相信妳會守密。」

褚寒依聽到金無諱說「我不想妳誤會」，心中一陣感動：「金大哥總是顧念我的感受，不像那個傢伙，當著我的面，就抱著郢王妃雙宿雙飛去了！」想起那日情景，不由得一陣懊惱糾心，低聲道：「我明白，我絕不會將阿寶的事說出去。」手中又下了一子。

金無諱很快讓她贏了一局，褚寒依又問：「那杜廷隱呢？也是因為我說想殺了他，你才派阿貴也就是石公立前去？」

「這事也是湊巧！」金無諱點頭道：「深州被屠城，石公立對王鎔心灰意冷，又懷著滿腔恨火無處發洩，我找上他深談，承諾有朝一日助他剷除杜廷隱這罪魁禍首，但希望他不要殃及無辜。石公立是個深明大義的血性漢子，當場便答應加入金匱盟。本來杜廷隱雖作惡多端，但他無礙我的大業，暫時留他性命也無妨，但後來妳說要刺殺他，我怎能讓妳冒險？再加上我已答應石公立要讓他親自動手，便安排他了卻心願！」

褚寒依笑嘆道：「難怪後來我又說要去辦幾件事，殺幾個貪官惡霸，那些事情便自動完成了，那些惡霸也全數遭殃了！」

金無諱直接握了褚寒依的手，輕聲道：「我說過，妳的願望就是我的願望！」

褚寒依心中感動，低垂了眼眸，凝望著他握自己的手，輕聲道：「曾經有一個人，和你說過一樣的話，他說：『只有天下人都讀書識理，這個亂世才會真正改變』，你們若是相遇了，或許可以引為知己……」說話間，慢慢抽回了手。

金無諱試探問道：「那個人……是妹妹的青衫知交？」

褚寒依一抿唇，冷聲道：「他和我沒什麼關係！」隨即轉了話題：「我想知道，那一日，我們在天池相遇，也是你刻意安排？」

金無諱大方承認：「是！」

褚寒依想不到他對自己真有企圖，不悅道：「我無權無勢，你刻意親近我，到底想做什麼？」

「正因為妳無權無勢，我才找上妳！」金無諱道：「富貴帖原本是要送給權貴，可阿金為了交差，硬是將帖子塞給妳，他後來向我稟報，我覺得不妥，便想著怎麼買回妳手中的帖子，因此安排了一次偶遇，可是我想不到……唉！總之，後續的事情，我對妳的一切，全是真心相待！」

「那麼……」褚寒依心中顫動，一咬朱唇，道：「當時你說曾在夢中見過我，究竟是為了吸引我把帖子還給你，還是……」

「我並非夢見妳一次，而是千次百次！」金無諱神情肅然，舉手立誓道：「倘若我沒有夢見妳，卻謊言欺騙，便遭天打雷劈！」

褚寒依想不到他竟會為此立下毒誓，吃了一驚，連忙道：「你……你不必如此，我信你便是了！」心中不免有些恍惚：「但那小子在桑乾河畔也說得十分真切，難道是騙我的？」

金無諱溫言道：「妹妹似有心事，倘若信得過我，不妨說出來，或許我能為妳開解一、二。」

褚寒依玉臉一紅，慌亂道：「我……沒什麼心事！」見他態度甚是懇切，終於吐露心聲：「在富貴宴時，我確實有個切身問題，但我付不出價金……」

金無諱微笑道：「妳不用付價金，只要贏我一盤五子棋！」

褚寒依臉色一赧，道：「金大哥，你對我真好！但我想問的是……」微微遲疑，終究還是問出口：「你知不知道那個人在哪裡？」

金無諱一愕，問道：「哪個人？」

褚寒依垂下玉首，避開他目光，輕聲道：「馮道！」

金無諱英眉一蹙，尚未答話，褚寒依又抬起頭，恨聲道：「我和他不是朋友，是仇人！」

金無諱立刻擺出同仇敵愾的態度，氣憤道：「這人竟敢得罪妹妹，真不知死活！我派人解決他！」

褚寒依急呼：「別……」忽覺得自己態度有些可笑，連忙轉了語氣，道：「我的意思是殺雞不必用牛刀！他就是隻三腳貓，我自己可以應付！只不過他太滑溜了，有幾次就快要抓住他，卻還是被他逃走！」望了金無諱一眼，支吾道：「我的意思是……金匱盟眼線遍佈天下，倘若發現他的蹤影，請告訴我，好讓我親手解決他！」

金無諱問道：「妹妹真的很想找到他？」

「是！」褚寒依坦白道：「只有徹底解決這個人，我心裡才能舒坦，沒有負擔。」

金無諱輕輕一嘆：「好吧！我會幫妳留意他的消息！」又誠懇道：「今日我對妳坦言相告，是因為我想邀妳加入金匱盟，主持無邦界救難組織，妳可願意？」

褚寒依想不到他會提出這主意，愕然道：「我……我可以出一份心力，但恐怕無能主持這件大事……」

金無諱鼓勵道：「我知道妳曾經成立三笑齋，拯救幽州難民，當時只有妳一個人，妳都能做好，如今有金匱盟的人力物力支持，還有什麼好擔心的？這無邦界救難組織只不過是將三笑齋所做的事擴大到全天下，我想不出還有誰比妳更合適？」

「可我聽那個人說……就是馮道……」褚寒依望了金無諱一眼，見他並不生氣，便試著說出自己的掙扎與疑惑：「他曾經說戰爭雙方，物資的豐沛往往是決定勝負的關鍵，大梁能稱霸天下，倚靠的就是關中富庶的物資，而這一次我們因為不忍心，幫助濮州百姓重建生活，如此一來，等於是幫助大梁度過難關，無形中就影響了梁晉之戰會拖延得更長久，有時我真不知自己做得對不對？但我又不忍心見濮州難民受苦……」頓了頓又道：「這個組織倘若真不分邦界，到處去救苦救難，會不會弄得天下大亂，使各藩鎮有更多後盾去延續戰爭？」

金無諱道：「曾經我也以為豐沛的物資是致勝關鍵，而大梁也的確憑此打贏一場又一場戰役，但潞州之戰，大梁敗了，不是因為缺乏物資，反而是太豐盛的物資使梁兵安逸得不想打仗了！最後潞州勝負的關鍵，僅僅是因為一場大霧！還有柏鄉之戰，大梁傾盡所有，兵甲壯盛瑰麗，卻依然敗了，不就是因為失去人心？所以物資固然重要，天道人心才更是關鍵！只有善待蒼生，老天才會相助！」

褚寒依贊同道：「你說的也有道理！」

金無諱微笑道：「倘若妳肯加入，我已經想好了，這組織日後便正式更名為三笑幫！希望全天下的百姓都能在三笑幫的帶領下，互相幫助，一笑、再笑連三笑，從此笑容滿面、喜樂安康！」

褚寒依想像他為自己畫出的遠大夢想，心中深深震撼，又萬分感動，遂下了一子，柔聲道：「我可以答應你盡力一試！但不是現在……」

金無諱見她神色凝重，顯然想問重大事件，只好配合她匆匆輸了一局，道：「妳想問什麼？」

褚寒依道：「方才我聽說劉守光鑄了錢幣，我先前一直待在幽燕，為何從未見過？」

「妳說的是這個嚒？」金無諱拿出幾枚應天元寶、順天元寶，永安錢攤在桌上，道：「那是因為劉守光把這些錢幣鑄造得太過精美，捨不得頒發給百姓用，就一直藏在府庫裡，最近幽燕對河東的戰事十分不利，李小喜連同幾個幽燕大臣就一起拿出庫藏的錢幣，想讓金匱盟幫助他們逃亡！」

「這一局我勝了，我想問的是——」褚寒依道：「幽燕與河東的戰事會如何？你說幽燕錢幣已經無用，難道……」

「不錯！」金無諱道：「幽燕要滅亡了！」

褚寒依早知劉守光暴虐無道，必無善終，但真的聽到幽燕即將滅亡，還是感到一陣顫慄，她擔心大安山的親友及難民，道：「咱們得盡快回去一趟，明早就出發！」

金無諱深吸一口氣，道：「這段日子與妳相伴，我真的很歡喜，可是接下來，我有許多重要的事待辦，不能再陪著妳了……」語氣中充滿著依依離情。

褚寒依已漸漸習慣他的相伴，以為他會與自己同行，想不到他竟要離開，怔然半晌，才囁嚅道：「幽燕也是你的故鄉，你不回去看看麼？」

金無諱見她美眸中流露些許失望，於心不忍，便從懷裡拿出一支短小玉笛交到她掌心，叮囑道：「無論妳遇到什麼危險，或有任何需要，都可吹響玉笛，就算我不能過來，也一定會派金匱盟的人前來幫助妳！」

「可我……」褚寒依想問兩人幾時能再見，卻因著矜持驕傲，實在問不出口。

金無諱緊緊握了她的手，輕聲安慰：「放心吧！我們一定會再見的！」

（註❶：「安得廣廈千萬間，大庇天下寒士俱歡顏」出自杜甫《茅屋為秋風所破歌》。）

（註❷：「大道之行也……是謂大同」出自《禮記：禮運大同篇》。）

九一三・三

願逢同心者・飛作紫鴛鴦

褚寒依心中掛念幽燕戰況，告別金無諱之後，隨即啟程，一路快馬向北，奔馳在山林間，如此晝夜兼程，足足趕了兩日急程，直到實在疲累了，又見天色昏暗，這才出了山林，轉往大道，想找個地方投宿，豈料眼目所見，盡是殘舍破瓦、千里焦土，原本幾百戶的城鎮已成大片廢墟，更無半間客棧。她越往北行，屍骸白骨越多，遍地散落，無人收埋，心中不由得一陣哀傷：「這場戰役真是萬分慘烈！金大哥說得不錯，必須有更多人投入無邦界的救難組織才是！」

她檢查了一下乾糧和水袋，見飲水所剩無幾，只得策馬進入前方的山林，先尋找水源，走了一段林間小路，終於聽見前方傳來潺潺流水聲，她連忙策馬趨近，卻聽見河岸邊傳來一陣蒼老的呻吟聲：「唉喲！唉喲！救命……救命啊！有沒有人？救命啊！」

褚寒依遠遠望見一位老婆婆癱倒在河邊大石，下半身浸在水裡，河面浮現一片血紅，顯然老婆婆的雙腿受了重傷，無力爬出來。

褚寒依連忙過去，下馬走近大石，以雙臂扶抱住老婆婆，關心道：「婆婆怎麼了？」

老婆婆啞聲道：「姑娘，我腳踝被水草纏住了，拔不出來，我掙扎許久，已經沒力氣了，妳行行好，幫忙潛到水底下解開水草。」

褚寒依道：「我這就下去，婆婆您自個兒小心些。」便跳入黑沉沉的河裡，果然見到一團水草纏住老婆婆的腳踝，已經磨出傷口，她連忙以匕首快速割斷纏繞的水草，又游出水面，將老婆婆小心翼翼地扶到草地上歇息。

老婆婆好不容易脫困，大大喘了口氣，卻累得站不起身，嘆道：「姑娘，多謝妳啦！」

褚寒依拿出手巾為老婆婆包紮腳踝，道：「婆婆，妳腿受傷了，天色又暗，不如我送妳回去吧。」

老婆婆感激道：「世道這麼亂，這深山老林裡，很少有人願意伸手幫助陌生人，姑娘，妳真是世間少有的好心人！」

褚寒依微微一笑，道：「這只是舉手之勞，婆婆不必客氣。」便揹起了老婆婆，問道：「妳家住哪兒？」

老婆婆指著前方的密林，道：「就在樹林裡邊，勞煩姑娘了！」

褚寒依見小屋不過幾十步遠，沿路雜草亂石叢生，騎馬不便，便低低吹了哨。那馬兒聽主人呼喚，小跑步過來，褚寒依柔聲吩咐：「你自個兒在這裡吃草喝水吧！我送老婆婆到小屋去，一會兒就回來。」說罷伸手拍了拍馬兒的頸背，那馬兒是金無諱送給她的名貴寶馬，深具靈性，歡嘶一聲，便乖乖地在附近徘徊吃喝。

褚寒依根據老婆婆的指示，進入森林木屋中，將老婆婆小心翼翼放在木椅上，道：「婆婆，妳歇一會兒，我幫妳點燈。」從懷中拿出火摺來，點亮桌上的燭火，只見這屋子滿室空曠、家徒四壁，除了桌椅、蠟燭，竟沒有半點多餘的東西。

褚寒依正想接下來該怎麼辦，老婆婆已道：「姑娘，妳餓了吧？妳先坐一會兒，我去準備晚膳，妳一定要留下來，讓老婆子表達謝意。」

褚寒依連忙道：「婆婆，妳腿傷未好，不如妳告訴我東西放在哪兒？我來處理。」「休息這麼一會兒，我已經好多了。」老婆婆微笑道：「屋裡的東西，我做習慣了，不礙事，妳就坐這兒等吧，一下子就好。」說罷從椅子上緩緩站起，拿起放在旁邊的枴杖，一拐一拐地走向屋內。

褚寒依坐了一會兒，實在擔心老婆婆的腳傷，但想擅闖人家的屋子，於禮不合，遂一邊起身前去探看，一邊大聲呼喚：「婆婆！我來幫妳！」才走近通往後室的路口，老婆婆已端著一碟醃菜和饃饃回來了，褚寒依連忙接過她手中的碟子，幫忙擺到桌上，兩人便坐了下來，一起用膳。

老婆婆道：「家裡也沒什麼好東西，妳莫嫌棄。」

褚寒依微笑道：「幸好婆婆招待，否則我還發愁，不知去哪兒用膳呢！」

老婆婆道：「天色晚了，不如妳歇一宿，明早再走，就當是陪我這個老婆子聊聊天。」

褚寒依想不到連住宿也有著落了，歡喜答應：「多謝婆婆收留。」

兩人說說笑笑，吃了一會兒，老婆婆又道：「這一點東西，可吃不飽，妳等會兒，我去弄點熱湯來。」

褚寒依連忙道：「婆婆，我吃這饃饃可以了，您腿受傷，別忙了！」

「東西已經備好，不吃就浪費了！」老婆婆道：「剛才水未煮開，肉不能太早下鍋，免得老硬，現在水差不多沸了，妳等會兒，我去去就回。」

褚寒依一愕：「竟有熱湯肉？」

老婆婆得意道：「今天剛抓的，保證新鮮！」

幽燕百姓平時要吃到一口肉都不容易，更何況這裡才經過戰火肆虐，褚寒依心想這老婆婆一定是去河裡抓魚，失足跌入河中，才被水草纏住，這魚肉得來不易，便道：「婆婆您受傷失血，身子還虛，好不容易有點魚肉，還是留著給自己進補吧。」

老婆婆微笑道：「沒關係，這東西很多，幾天都吃不完，我割幾塊下來請妳嚐嚐。」說罷便拄著拐杖，一拐一拐地走向廚房。

褚寒依實在好奇：「什麼河魚能長這麼大，竟然幾天都吃不完？」便起身跟入廚房，道：「婆婆，我來幫您！」

廚房的灶爐上正煮著一大鍋滾熱開水，但才這麼一下子，老婆婆已不見蹤影，褚寒依直覺有些不對勁：「這老婆婆透著古怪，此地不宜久留。」當即掉頭準備離去，卻聽見廚房側邊一扇木板門後傳出呼喝聲：「瘋婆子，妳想做什麼？」

「這……」褚寒依吃了一驚：「好似他的聲音……」連忙用力拍打那扇木門，呼喝道：「婆婆！婆婆！發生什麼事了？」

裡面的人聽見她的呼喝，連忙高聲喊道：「救命啊！瘋婆子殺人……」一句話未喊完，即發出「嗚嗚」呼聲，顯然被人用布巾塞了口。

褚寒依心中著急，正要舉手再拍門，「軋吱」一聲，那木門忽然開了一道縫隙，露出半張老婆婆陰暗的面容，同樣的五官，卻不見原來的和藹親切，只餘森森笑意。

褚寒依的掌心險些拍中她的面門，連忙硬生生頓住，道：「婆婆！」

老婆婆只開著一道小門縫，顯然是阻擋她入內，陰側側問道：「妳有什麼事？」

褚寒依心想：「我分明聽見他的求救聲，怎麼沒了？我可不能莽撞，得小心行事。」硬是擠出一抹笑意道：「水……開了！」見老婆婆不為所動，不由得心裡冒冷氣，顫聲道：「我是說廚房的水燒開了，滾得厲害，妳要不要出來瞧瞧？還是……該怎麼處理？」

「不必了！」老婆婆臉色一沉，雙目射出陰鷙寒芒，厲聲道：「妳快回去坐好，待會兒就能喝肉湯了！」

褚寒依聽她語氣嚴厲，似乎非逼著自己吃肉喝湯不可，已隱隱猜到事情，不由得倒抽一口涼氣，暗想：「我明明聽見他的聲音，他也一定聽到我在門外，為什麼不再呼救？難道他已經……出事了？」心中著急，卻只能強自鎮定，拱手道：「我忽想起有急事，得趕緊離開，婆婆的好意，我心領了，這便告辭。」

老婆婆原以為褚寒依是來打探情況，想不到她竟要離去，愕然道：「妳……妳怎麼要走了？肉湯就快好了，妳等一等……」連忙將木門打開些，準備走出來勸說，褚寒依卻趁她鬆懈心防之際，忽然出手，用力推開木門，老婆婆冷不防被這麼一撞，倒退兩步，褚寒依一個閃身搶了進去，眼前情景嚇得她全身寒毛直豎，打了好大一個激靈：「我若是晚來一步，他一個大活人就成肉湯了！」想到自己若是少了點警覺，真把肉湯喝下去，那可真是人間慘劇！

「妳怎麼還是進來了？」馮道被五花大綁在地上，氣息奄奄，沖著她慘然一笑：「快走！快走！這老婆子是瘋的！」

褚寒依未及回答，身後傳來「碰！」一聲，老婆子已把木門關上，鬼魂幽魅似地站在門口，擋住他們的逃生路。

褚寒依轉過身與老婆婆正面相對，見對方精光內蘊，暗藏凌厲，幾時有虛弱衰老的模樣？不由得倒抽一口涼氣：「這老太婆也太會偽裝了，把我騙得團團轉！」

馮道驚呼：「妳不是她的對手，快快走吧！」

褚寒依恍然明白馮道方才喝斥老婆子，聽見自己的聲音後，反而止住呼救，是為了不想讓自己涉險：「這老婆婆肯定十分厲害，我得小心應付！」指尖暗暗藏了銀針，拱手道：「婆婆，他是我朋友，不知怎麼得罪了您，我向您陪不是，為免礙您的眼，這就帶他離開。」說話間，目光專注著老婆婆的動靜，腳步微微後退，緩緩蹲下到馮道身邊，一隻手夾著銀針戒備著老婆婆的襲擊，另一隻手試圖解開馮道的繩索。

正當她指尖剛碰到繩結時，老婆婆身影一晃，已欺到她斜後方，拿起腰間菜刀像片豬肉般，向她背心唰唰唰削去，每一刀又輕薄又快利，眨眼瞬間已連片十幾下。

馮道嚇得連呼聲都來不及，褚寒依不得不放開繩索，全力向斜前方撲飛出去，以避開老婆婆的刀功，只這麼一瞬間，兩人就易了位，馮道重新落回老婆婆手裡，褚寒依連發針都來不及！

褚寒依心知老婆婆每一刀都手下留情，刀氣一觸碰到她後背，即收刀再削，如此連下十多刀，只微微破壞她後背外衫，並未傷害她，如此精妙到毫巔的刀功，實令人匪夷所思，倘若對方真下狠手，自己的小命早已不在。

褚寒依驚駭之餘，也不敢亂來，只能好言相勸，又恭恭敬敬行了一禮，道：「敢問婆婆，要如何做，您才願意饒他性命？」

馮道大聲道：「我根本沒有得罪她！她就是個瘋婆子！莫名地把我抓來！」

老婆婆左手提了馮道的衣領，像抓小雞一樣高高舉起，哼道：「他是男子，就得罪了我！」

馮道斥道：「我是男子就得罪妳？妳講不講道理？妳這老太婆到底想做什麼？」

「我想做什麼？」老婆婆右手舉起菜刀往他胯下一比，陰森森道：「你說呢？」

馮道只感到刀風劃過胯下的一陣涼意，一時心驚膽顫：「我馮家要斷子絕孫了……」一想到要在心上人面前被處以宮刑，一時羞得臉頰發燙，全身卻直冒冷汗，卻又忍不住抬首與褚寒依遙遙對望，只見她全身戒備，夾著銀針的指尖微微顫抖，眼中也流露恐懼羞臊之意。

老婆婆冷哼道：「總之，天下萬惡都源自男子，你是男子就得罪了我！」一刀正要往馮道胯下劈去，褚寒依心中一急，連忙發射銀針，老婆婆將那柄大菜刀反手一耍，炫成一片光影，「噹噹噹！」把銀針盡數彈射回去。

馮道眼看銀針就要射中褚寒依，驚呼：「小心！小心！妹妹快走吧！」

褚寒依身影一飄，閃至木柱後方，「嗤嗤嗤！」那銀針盡沒入木柱裡，連針頭都看不見！

褚寒依見對手如此厲害，又怕在這狹小木屋裡發射銀針，會傷著自己人，只得放棄拿手暗器，改取出腰間匕首，向老婆婆連連刺去。馮道見她招招狠辣，全然不顧安危，似乎想拼個兩敗俱傷，連連驚呼：「妹妹快走！快走！」

老太婆時而以菜刀抵擋，時而巧妙閃躲，應付得十分輕鬆，冷笑道：「為了一個臭男人，這樣拼命，值得麼？等我把他變成公公，或是燉成肉湯，妳就會清醒了！」一個彎身，避開褚寒依的匕首，順勢抓起馮道的頭髮，將他整個人提起，在半空中急轉圈子，去抵擋褚寒依的刀刺，馮道頭皮痛得快流出淚來，整個人天旋地轉，七葷八素，忍不住大叫：「喂！妳這瘋婆子！快放下我！」

老婆婆這般提著一個大男子甩圈，就像提一隻小雞般輕鬆，閃身移動間，步履輕盈有如鬼魅。褚寒依連出幾道搏命殺招，半點也刺不到她，反而險險刺中馮道要害，不禁嚇出一身冷汗，只得停下攻擊，好言求懇：「婆婆，如果有男子曾經傷害妳，關他什麼事呢？方才妳落河，還是我救了妳，求求妳行行好，放了他吧！」

老婆婆咬牙切齒道：「天下男子皆壞人，不是負心薄倖，就是花心色胚，再不然就是掀起戰禍，殘殺老弱婦孺，總之這世上會這麼混亂，民不聊生，全是男子為了一己私利造成的！全天下的女子都應該團結起來對付他們，就算要吃他們的肉、喝他們血、刮他們的骨都不為過！妳是個好姑娘，應該與我一起消滅這世上的禍源才是！」

褚寒依嘆道：「天下男子那麼多，妳殺得完嚒？」

老婆婆哼哼一笑：「殺不完，就慢慢殺，一天殺十來個，也不錯！」

褚寒依急道：「別的男子怎麼樣，我不管，反正妳就是不能殺他！」

老婆婆道：「為什麼不能殺他？妳和他究竟是什麼關係？」

褚寒依道：「是朋友！」

馮道急道：「是夫妻！」

兩人同聲出口，褚寒依一愣，哼道：「誰跟你是夫妻？」

老婆婆道：「不是夫妻便好辦了！看在妳好心扶我回來的份上，倘若他真是妳夫君，我還可饒他一命，既然不是夫妻，哼哼！我殺了他，也與妳無關。」

褚寒依情急之下，只好承認：「是夫妻！」

老婆婆冷笑道：「妳方才說不是夫妻，現在又說是夫妻，以為我老眼昏花，就來騙我嚒？」

褚寒依見馮道滿臉蒼白，幾乎沒有血色，心中不忍，又道：「是夫妻，還未過門！」

老婆婆哈哈一笑，道：「一個天仙美人配一個鄉巴佬？怎麼可能？」

馮道哼道：「怎麼不可能？我……」

老婆婆未等他說完，便對褚寒依道：「妳明明不喜歡他，為了救他，才委屈自己，果然是有情有義的好姑娘！」說著忽然狠狠打了馮道一巴掌，打得他頭昏腦脹，呸道：「你這隻癩蛤蟆想吃天鵝肉！有老婆子在，你休想！」

褚寒依急得跺足，道：「妳這人怎麼不講理？我都承認是未婚夫妻了，妳還打他？」

老婆婆哼道：「小姑娘心疼了？」又打了馮道一巴掌，道：「妳這小姑娘心地挺好的，不要為壞人求情！我瞧這小子一臉花心色胚，定是常常惹姑娘生氣，既然還未過門，這種人不嫁也罷！」

褚寒依急得不知如何是好，衝口道：「他雖然傻不楞登的，卻是個大大的好人！」

馮道心中一愣：「竟說我傻不楞登？還有沒有天理？」正想反駁，還未開口，又被老婆婆打了一腦袋，打得他臉腫嘴歪，吐不出半句話來。

老婆婆冷哼道：「好人？我呸！這世上哪有好男人？倘若真有一個，就非金匱盟主不可！其他男人全是狗屁！」

褚寒依一愣，問道：「妳為何提起金匱盟主？妳知道他？」

老婆婆哼道：「我受過他的恩惠，自然知道他！」又勸道：「像姑娘這麼俊俏的人才，就應該匹配家財萬貫、心志高遠，能掌握天下大局，對妳又一心一意的富貴公子，而不是和一個窮苦潦倒、花心膽小的鄉巴佬在一起！」

褚寒依暗想：「她話中之意是說金大哥才是良配，她又怎麼知道金大哥對我……」靈光一閃，怒問：「原來妳是金匱盟的人？是金無諱派妳來為難我們的？」

老婆婆哼道：「以盟主的能為，想逼迫妳還不容易嚒？可他為什麼要離開妳？因為他是正人君子，對姑娘愛護有加，才捨不得為難妳一絲一毫！但老婆子看不得一朵鮮花插在牛糞上！這傢伙給盟主提鞋都不配！」

褚寒依怒道：「我喜歡誰、要嫁誰，自有主張！不用妳來囉唣！」望了馮道一眼，又罵道：「他再有萬般不好、花心薄倖，也只關係我一人，又關妳什麼事？要妳多事！妳快放了他！」

馮道忍不住插口道：「我幾時花心薄倖、萬般不好？我覺得自己好得很！」

「你閉嘴！」兩個女人一老一少齊聲道。

老婆婆嘿嘿一笑，道：「妳也覺得他不好了！這熱水已經滾開，可以將臭小子下鍋了，待會兒分妳一碗熱騰騰的鮮肉湯！」

褚寒依急喝道：「妳快放人！否則我對妳不客氣了！」

老婆婆冷笑道：「妳打也打不過我，要怎麼對我不客氣？」

馮道無奈道：「妹妹，妳不是她對手，別理我了，還是快走吧！」

褚寒依心一橫，拿起銀針抵住自己的頸脈，冷聲道：「我是打不過妳，但妳若殺他，我便自盡！我瞧妳怎麼跟金無諱交代？」

一瞬間，馮道彷彿見到當年被徐知誥逼殺，褚寒依捨命相救的情景，他如何還能再承受一次，不由得激動大喊：「妹妹，不要！不要！我求求妳快走……」

老婆婆想不到褚寒依如此決絕，雙眼微微一瞇，冷冷打量她許久，道：「妳居然願意為了他捨命？」

褚寒依也吃了一驚：「我怎會……為了這沒良心的傢伙捨命？」望了望馮道，不由得紅了臉，心中想道：「我固然是擔心他的安危，但當日在桑乾河畔，我聽見他的未婚妻曾為他捨命，心中一直不服氣，今日忍不住也依法施為，我……」她不敢再往下想去，心中卻有一道聲音隱隱迴響：「我希望他也一輩子把我刻在心上……」這麼一想，更是羞得滿臉通紅，好半晌，才支支吾吾道：「上天有好生之德，我……不過是想救人而已！」

老婆婆把馮道大力拋向空中，褚寒依驚呼一聲，不由自主地抬頭望去，只這麼微微分神，老婆子身形幻移，已搶近褚寒依身邊，伸指點向她的穴道。

「啊！」待褚寒依驚覺不對，想斜身閃退，老婆婆已對著她手肘、手腕、肩頸連下三指，勁力奇詭，瞬間褚寒依整隻手臂酸軟無力，垂了下來，指尖的銀針也跟著掉落。老婆婆緊接著再下三指，點向她前胸、後腰、小腿三處穴道。褚寒依全身酥麻，整個人軟軟倒落，老婆子捨不得她跌傷，連忙接抱住她，安放在地上，全然不理會從空中掉落的馮道。

「碰！」馮道整個人重重摔在地上，不禁低呼出聲：「唉喲！臭婆娘！」

老婆子將兩人堆放在一起，又拿一條粗繩將褚寒依綑起，道：「老婆子不想殺妳，妳這小娃娃卻讓人不省心！」待綑得嚴實了，才走出小木屋，去看灶上的大鍋熱水，一邊加調味料，一邊嘿嘿笑道：「加了老婆子獨門的五味粉，可去掉臭男子的腥羶味，這湯肉就會變得又鮮又甜了，保證美味無比，妳喝了一碗還想再喝！」

馮道望著褚寒依嬌美的臉龐，與自己靠得如此親近，不由得輕輕一嘆：「妹妹，妳在意我，我心中很歡喜，但要妳這麼犯險，我又捨不得，待會兒不管發生何事，妳千萬、千萬別再傷害自己了！」

褚寒依無暇理會他的款款傾訴，一心只想怎麼脫險，低聲道：「我此刻悄悄運氣，打通穴道，等她一靠近，我便射她要穴，將她制伏了！」

馮道好言勸道：「她要殺的是我，不會為難妳，妳若能行動，還是快快離去吧。」

褚寒依氣惱道：「你別再說這種傻里傻氣的話了！都怪你愣頭愣腦的，才會被老婆子欺騙，倘若是金大哥那般聰明的人，就絕對不會上當！」

馮道心中不是滋味：「從前妳還覺得我挺聰明的，才幾日不見，就口口聲聲罵我是傻蛋了？」哼道：「妳怎知那個什麼天下第一大好人的金盟主不會上當？」

褚寒依哼道：「金大哥不只是好人，還很聰明，總之比你好千倍百倍！」

老婆婆走了進來，將褚寒依和馮道兩人翻來覆去檢查一番，見繩索未鬆開，滿意道：「你倆不必想逃走，再怎麼掙扎都是沒用的！」又搬來一座磨刀石架，在架前坐了下來，從面盆裡灑了些水在石台上，雙手持著一把大菜刀，在石台上磨了一遍又一遍，磨刀聲嗤嗤長響，迴蕩在小小黑暗的密室裡，彷彿閻王的催命聲，催得兩人心裡發慌，卻完全無法可想。

老婆婆拿起菜刀仔細觀看，見燭火映在刀鋒上，閃出粼粼光芒，十分滿意，笑道：「這刀磨好啦！雖然差強人意，但要把一個大活人削成千百片，還是可以的！」

馮、褚兩人經歷幾番大風大浪，遇過多少暴君悍將，都能設法脫出險關，未料竟會栽在一個不知名的怪老婦手裡，但覺這情景比當時遇見楊師厚還更可怖，卻實在無法可想。

老婆婆一手狠狠抓起馮道的頭髮，一手拿起菜刀在他咽喉閃劃一下，褚寒依嚇得花容失色，驚呼：「妳別殺他！」馮道卻已嚇得說不出話來，只臉色蒼白，額冒冷汗，過了一會兒，感到頸間微微滲出一絲血絲，才知道老婆婆的刀只輕輕劃破表皮。

褚寒依急得淚水在眼中打轉，顫聲道：「妳究竟想要做什麼？我全答應妳……只求妳別傷害他……」

老婆婆哼道：「別哭啦！妳為這小子流眼淚，值不值得？」

褚寒依嗚咽道：「不值得！金大哥千好萬好，我都知道，這臭小子傻不楞登，還負心薄倖、四處勾搭，當真連金大哥的一根寒毛也不如！」

老婆子很滿意地點點頭，微笑道：「小姑娘終於開竅啦？很好！很好！」

馮道原本見褚寒依為自己流淚求情，當真感動萬分，誰知下一句竟把他貶得一文不值，不由得瞪大了眼：「妳說我傻，罵我負心也就罷了，竟說我不如人家一根毛？」不服氣道：「姓金的傢伙究竟有多好？被妳倆誇成一朵花？叫他出來瞧瞧！」

老婆婆冷笑道：「你這螢螢之火還想與皓月爭輝？盟主一出來，羞也羞死你了！」

褚寒依也不理會馮道，又哭道：「他就是個傻小子……什麼也不懂，婆婆大人大量，別跟他計較了！我不能讓他死，他死了，我……我……」狠狠瞪了馮道一眼，又道：「總之，求婆婆瞧在我面子上，放這傻小子一條生路……」

老婆婆看她哭得梨花帶淚、楚楚可憐，心中一軟，道：「也別說老婆子無理！瞧在妳揹我回來的份上，我就給妳三條路選！」

褚寒依見有活路可選，連忙道：「婆婆請說，我一定照辦。」

老婆婆道：「第一條路，就是妳回到盟主身邊，從此不見這小子，我便放他好好離去，不傷他一根毛髮，但只要日後妳敢見他一面，我便生生刮了他！」

馮道心中低呼：「完了！妹妹肯定選這條！」卻見褚寒依緊緊抿著唇，不搖頭也不點頭，不說「是」，也不說「不」。

老婆婆道：「第二條路，既然他是妳未婚夫，那麼你們就在這裡拜堂成親，做一對真夫妻，我也可以放你們離去……」

馮道驚喜道：「這個好！多謝婆婆成全！」

老婆婆瞪了他一眼，又對褚寒依道：「但離去之前，每人吞服一顆毒藥，一年之後，你們一起毒發身亡，同生共死，由此證明你們真是恩愛夫妻，情比金堅！」

馮道咋舌道：「這個不必選了！我和她一點關係都沒有！」

褚寒依聽見馮道怕吃毒藥而撇清關係，心中一酸，淚水不爭氣地在眼底打轉，恨聲道：「他說得不錯！我們一點關係也沒有！」

老婆婆望著褚寒依，冷笑道：「既然你二人都這麼說，那太好了！妳誰都不必選，就自行離去，半點也不用為難，他是死是活，都與妳無關。」

褚寒依心中一顫，暗罵自己太衝動了，連忙問道：「那他會怎麼樣？」

老婆婆嘿嘿一笑道：「水都滾開了，妳說會怎麼樣？」又對褚寒依啐道：「別再囉嗦了！我給妳一柱香時間考慮！」

馮道說道：「我……」一句話還未吐出，老婆婆已指尖施力，點住他的啞穴，哼道：「不讓你說話，免得你用三寸不爛之舌蠱惑小姑娘！」說罷快速點了一柱香，便飄然離去。

馮道不能說話，只怔怔地望著褚寒依。褚寒依卻沒有看他，美眸只盯著因為打鬥不小心掉落在腳邊的玉笛，心想：「金大哥曾說無論我遇到什麼困難危險，都可以吹這玉笛向他求救，倘若我能拿到這玉笛，設法吹響它，便有救了，偏偏我手腳都被綁住……」她見窗外一片漆黑，又想：「這荒郊野嶺的，連個人影也不見，金大哥真會聽見笛聲趕來麼？他來了之後，又該怎麼辦？」

她感到金無諱若是來了，雖能解決一時的難題，自己卻會陷入一個無形卻更複雜的難題裡：「我求金大哥出手解救這傢伙，他雖不會介意，我心裡卻會覺得虧欠，日後相處起來，再不能隨心所欲……」又問自己：「我為什麼覺得向金大哥求救，就是欠他人情？」漸漸地，她明白到一件事：「那是因為我心中與他生份，沒把他當自己人，甚至……我自知無法償還這份心意……」

她望了馮道一眼，心中又氣又惱：「老婆婆說的不錯，這傢伙花心薄倖，登徒子、壞色胚，有什麼好？他樣樣不如金大哥，我恨不得殺他一千遍、一萬遍，可……每每到了關頭，我都下不去手，就連別人要殺他，我也捨不得……」心中一嘆：「罷了！我與這傢伙糾纏許久，總該有個了斷，死就死吧！就算有一年快樂，也是好的……」

她終於抬起頭凝望著馮道，心想：「他方才聽到要吃毒藥，就急著與我撇清關係，我想與他同生共死，或許他還不樂意，他寧可活著……」又想：「只要我答應和金大哥在一起，不再見他，他就能活著……」眼看一柱香燃到了底，她心中柔腸百轉，卻始終下不了決定。

馮道見她神色一忽兒柔情萬千、一忽兒恨意嫉火，不知她心裡想什麼，不敢也不能吭聲。

老婆婆已拿著大菜刀走進來，道：「小姑娘，妳想好沒有？」

褚寒依道：「婆婆，妳先解開他的啞穴，我想問他一句話。」

「好吧！」老婆婆伸指解開馮道的啞穴，馮道憋了滿肚子情意、焦急，啞穴一解，衝口道：「妳想問什麼？我全告訴妳！」

褚寒依淒然道：「我只問你一句話，你想死還是想活？」

老婆婆插口道：「這不是廢話嚒？好死不如賴活，能活著，哪有人想死？」

馮道卻明白褚寒依的意思：「倘若我答應從此不再見她，便能活著，但若是與她成親，便是自找死路，她明明可以活著，卻還要問我的意願，她這是在問我願不願意娶她，與她同生共死……」他心中萬分感動：「妹妹對我情深義重，可偏偏性子倔強，還在生我的氣，連說話都讓人摸不透，倘若我笨了點，聽不出她話中含意，豈不是又釀成誤會？但如果我真的回答想與她一起，又會害了她的性命……」

老婆婆見馮道支吾不答，不耐煩道：「想死想活，就一句話！你這大男人怎麼婆婆媽媽做不了決定？」

褚寒依心中一嘆：「他果然寧可活著，也不願與我一起快快樂樂度過一年……」道：「婆婆，妳別再逼他了，妳放了他吧，我答應妳從此不再……」

馮道急插口道：「這個問題我不知怎麼回答，我只知道活要活得痛快、死須死得安然，倘若活的時候心有勉強；死的時候心有遺憾，那麼來這人世一遭，就枉費了！」

褚寒依一愣，咀嚼著他的話：「活要活得痛快、死須死得安然……我如果今日勉強自己，還能活得痛快、死得安然麼？」

老婆婆不耐煩道：「妳說只問一句，你們卻說了不只十句，到底做好決定沒有？」

馮道深情望著褚寒依，道：「倘若妳真心喜歡姓金的傢伙，我無話可說！但若是為救我性命，才勉強自己去委身那個什麼盟主，不與我見面，那麼日後我便自己去找妳！」

老婆婆「呸」了一聲，道：「你想見她，還得先過我這一關！」

馮道說道：「老太婆，這一回我是沒有提防，才會著了妳的道，但日後妳想殺我，也沒那麼容易！妳一次殺不死我，我便去見她一次！妳兩次殺不死我，我便去見她兩次！妳一輩子殺不死我，我一輩子都去見她！妳為了那什麼盟主來害我，只會污損他的名聲，讓他變成強搶民女、欺男霸女，拆散良緣的大惡人！」

老婆婆一愣：「我這明明是為盟主好，怎麼是毀損他的名聲？」惱羞成怒之下，「啪！」狠狠打了馮道一巴掌，呸道：「你竟敢說盟主的壞話，瞧我不整死你？」

馮道被打得臉頰紅腫，語音嗚咽，卻還是用力張口怒斥道：「創會之初，滿口仁義道德，等勢力一大，掌握了權力，就忘記初衷，反過來欺壓良民，變成自己曾經想推翻的惡人，這樣的幫會與那些奸藩惡霸又有什麼兩樣？甚至是更加惡劣！」

老婆婆道：「這是我自己的作為，關盟主什麼事？你要敢再罵他，我先拿毒藥抹爛你的口舌！」

馮道暗哼：「我身上有神仙鳥，才不怕妳的毒藥呢！」靈機一動，又想：「倘若我假裝被毒死，她就不會為難妹妹，更不會來割我的肉煮湯，畢竟中毒的肉不太好吃，指不定還教她拉肚子呢！」便大聲道：「倘若金匱盟主自己是好人，卻管不住手下惡行，也是無能之輩！」

老婆婆被馮道這麼一訓斥，忽然愣住，一時沉默無言，馮道為激怒她，更氣憤大喊：「妳這惡毒老太婆，有什麼毒藥盡管拿出來！妳有幾顆我吃幾顆！我全吃下，總好過一生受相思之苦！」

「你……你……」褚寒依見馮道似全然豁出去，吃了一驚，著急道：「你胡說八道什麼？你怎麼自討毒藥吃呢？」

老婆婆嘿嘿一笑：「你想死，我就讓你死個痛快！」說罷一手用力抓起馮道的頭髮，另一手捏開他的口，道：「我原本打算饒你一年性命，只餵一顆毒藥，現在你自己找死，這七顆毒藥一口氣吃下去，立刻腸穿肚爛，讓你求生不能、求死不得，慢慢折磨致死！」

褚寒依眼看老婆婆就要把毒藥丟進馮道口裡，急呼：「妳別殺他！我決定了！」老婆婆手勢頓止，道：「妳想怎麼選？」

褚寒依凝望著馮道，對老婆婆說道：「我可以去待在金大哥身邊，可他日後若是來找我，我卻是不能不見他，這樣就是欺騙了妳。」

馮道幾乎不敢相信自己的耳朵，心中激動，顫聲道：「不要緊！她是個惡婆娘，是她先欺騙了咱們，為保性命，咱們騙她一次也無妨，以後咱們還是繼續見面……」

褚寒依又輕聲說道：「我雖可以欺騙老婆婆，卻不能欺騙金大哥……」她說話的聲音極輕、極輕，就像這些話只是喃喃自語：「更……不能欺騙自己的心……」

馮道忽抬頭對老婆婆說道：「別囉嗦了！那毒藥，我一顆、她一顆，我倆就成婚入洞房，做一年快快樂樂的夫妻！」

兩人四目相望，頓覺得心意相通，再無需任何言語。

老婆婆哼道：「你們自己選的，就莫要後悔！」餵了兩人各一顆毒藥，便恨恨離去。

馮道見老婆婆出去，連忙安慰道：「妹妹放心，我絕不會讓妳死的。」

褚寒依卻感到萬分沮喪：「我待在金大哥身邊時，他總是把一切安排得好好的，讓我無憂無慮，我以為從此可忘了這傢伙，想不到……到頭來，我倆還是糾纏在一起！原來這傢伙才是最惱人的毒藥！」

馮道見她臉色蒼白，以為她擔心毒藥一事，又喚道：「妹妹！妹妹！妳聽我說……」

褚寒依想到自己竟然喜歡這傢伙，氣惱道：「你別說了！都是你害的！」

馮道一愕：「方才明明好好的，怎麼又生氣了？」只好噤聲不語。

過了好一會兒，老婆婆拿了兩套紅衣服進來，一邊為兩人分別簡單地披穿上，一邊說道：「外邊的喜堂我佈置好了，你們穿好喜服，就可以拜堂成親，你們已經吃了毒藥，別想耍什麼花樣。」接著一手一個，把兩人提起，向外邊走去。

只見客廳前方果然佈置好一個簡單的喜壇，壇上兩支大紅花燭，牆面貼著一個大大的喜字，喜字下還擺放幾碟果乾。

老婆婆道：「這亂世荒年，匆促之間，也買不到什麼喜慶的東西，好在你二人成親也不算喜事，一切從簡，有我老婆子作見證就可以了。」將兩人像木偶般擺弄好，一邊啞聲高喊：「一拜天地、二拜高堂，夫妻對拜。」一邊強迫兩人行禮磕頭。

折騰了好一會兒，老婆婆露出難得的笑容，拍手道：「好啦！大功告成，老婆子第一次幫人證婚，就是為了你倆奔波，你二人可真有福氣！」

兩人見她自得其樂，只能相對苦笑。老婆婆又將兩人提起，走進臥室，放在狹小的木床上，讓兩人並肩躺好，又伸手抓住他們身上的繩索，以內力輕輕震碎，道：「待會兒穴道會自動解開，你們就在這裡洞房！老婆子會守在門外，你們別想耍什麼花樣！」說罷再次飄然而出，離去時，順手鎖上了門。

兩人並肩躺在狹小的床上，一時沉默無言，月光從窗外微微透了進來，桌上紅燭火映照在褚寒依雪白晶瑩卻微染紅暈的臉上，有如瑰雲彤霞，實是麗色無雙。馮道身子不能動彈，只能微微側首，見到她嬌羞無邪的模樣，不知是毒藥發作，還是佳人太美，他只覺得整個人都暈乎乎，全身酥軟軟的，傻傻笑道：「妹妹，我想不到歷經千辛萬苦，真能與妳成親，雖然是被逼的，可是我心中好歡喜，就算吃了毒藥，只有一年，也歡喜得快要飛天了……人家說飄飄欲仙，大概就是這滋味吧……」

褚寒依心中正盤算如何脫身，聽他在耳畔細訴情衷，目光微微瞥去，又見他癡癡地凝望自己，一抿朱唇，恨聲道：「你別痴心妄想了！這件事作不得數的！我是為了救你，才暫時敷衍她。我與她正面衝突，實在打不過，只好等穴道解除之後，騙她靠近前來，再偷施暗算。我的細針悄然無聲，她一定提防不了！等我逼她拿出解藥，咱們就各奔東西，各走一方，別再糾纏了！」

馮道嘆了口氣，道：「這回妳肯捨命救我，我真是萬分感激，我思來想去，對救命恩人最好的報答就是以身相許！」

褚寒依見他一本正經，以為他要說什麼，想不到竟是「以身相許」，不由得又好氣又好笑：「我才不要你的臭身子呢！」

馮道見她怒中含笑，便知道她拿自己沒轍，笑嘻嘻道：「妳當眾承認是我娘子，現在想抵賴也來不及了！」

褚寒依瞬間羞紅了臉，嗔道：「我幾時當眾承認啦？就只是當著老婆婆一個人面隨便說說而已！」

「此言差矣！」馮道說道：「妳明明當著我、老婆婆、妳自己，還有外面的烏鴉、蟲子、青蛙，滿天星斗、天上月娘許下諾言！這天地都為我們作證，妳還想抵賴？」

褚寒依囁嚅道：「那……那只是權宜之計！」

馮道歡喜道：「說到底，妳還是捨不得我死去，才會一心想救我，與我同生共死，還親口承認是我的娘子！」

褚寒依想到方才為了救他，什麼心裡話都說出口，還著急得哭了，一時又羞又惱，急道：「我……我已經有心上人了！」她怕馮道不肯相信，又重覆宣告：「對！我已經有心上人了！不只是你有郢王妃，我也有金匱盟主，人家溫柔專情、聰明體貼，可不像你！」

馮道「唉喲！」一聲，道：「咱倆才剛成親，此刻還是洞房花燭夜，妳就不守婦道！心裡老想著別的男子！」

褚寒依啐道：「你嘴巴不乾不淨！真不該救你！」

馮道問道：「我嘴巴怎麼不乾不淨了？」

褚寒依哼道：「你誣衊我不守婦道，毀我名節，還不是不乾不淨了？」

馮道「哦」了一聲，笑道：「原來『不守婦道』是誣衊，這麼說來，妳對我可是一心一意囉？」

「你……」褚寒依一時不知如何反駁，嗔道：「你總是滿口胡話，我不和你說了！」

兩人靠得如此之近，馮道心中濃情蜜意，怎捨得放過這大好機會，努力嘟起嘴唇，使勁移近褚寒依頰邊，輕輕啜了一下，褚寒依怒道：「你要敢再碰我一下，我便殺了你！」

馮道無所謂道：「反正我倆都活不久了，死在妳手中也比腸穿肚爛好！」眼看芳頰近在嘴邊，心動難忍：「我費了好大力氣才能靠近她，不多親兩下，著實可惜！」又想：「我看見妹妹的臉頰，想親一親，就像啄木鳥看見樹幹，總會不由自主地想啄個兩下，乃是出於本能……」忍不住又嘟長了嘴，像啄木鳥般連啄她臉頰兩下。

褚寒依怒道：「我以為你是正人君子，想不到你是小人！」

馮道說道：「孔老夫子都說：『飲食男女，人之大欲存焉』，妳是我妻子，我心裡愛妳、戀妳，想要抱抱妳、親親妳，乃是人之常情，怎麼是小人了？」又努力側轉身子，伸臂攬住了她，想要一親芳澤，褚寒依眼睜睜看著他輕薄自己，卻無法動彈，氣得直呼：「你……你……你再亂來，我定要將你千刀萬剮！」

馮道幾番偷襲成功，心中歡喜，笑道：「別人要將我千刀萬剮，妳都捨不得，現在卻說要自己動手，好啊！我便任妳宰割！但在這之前，妳可不可以回答我一些問題？」

褚寒依哼了一聲，沒有回話，馮道又道：「我知道妳一直在生我的氣，可妳到底在生什麼氣？」

褚寒依想不到自己糾結多年的心事，他竟絲毫不在意，簡直氣炸了：「你自己做的好事，居然有臉來問這個問題？」

馮道但覺丈二金剛摸不著腦袋：「我做的好事挺多的，妳是指哪一件？」

褚寒依想到洞穴裡的事，如何說得出口？一下子滿臉通紅，羞怒道：「你欺侮人家，竟然轉身就忘了？」

馮道更是莫名其妙，道：「倘若我真欺侮妳，我應該會記得啊！可……」一句話未說完，褚寒依已氣得雙眸含淚，恨聲道：「你欺侮人家，還不承認？」

馮道誠懇道：「倘若我真有得罪，還請見諒！但我實在不知道自己做錯什麼，懇請妹妹賜告。」

褚寒依見他一臉莫名，更加生氣，怒罵道：「你明明有意中人，卻來求親，胡攪蠻纏，是不是登徒子、負心漢？」

「負心漢？登徒子？」馮道想了想，更加不解：「這兩個意思好像不大一樣，妳究竟是氣我負心，還是惱我癡纏？」

褚寒依哼道：「有什麼不一樣？」

馮道認真解釋：「當然不一樣！倘若妳當我是『登徒子』，就是厭惡我糾纏妳，我自該離得遠遠的；倘若妳當我是『負心漢』，就是擔心我不愛妳，喜歡別的女子，那我就好好疼愛妳，這兩種做法可是全然相反……」

「我……」褚寒依一時回答不出，只覺得委屈，再也忍不住嗚嗚咽咽抽泣起來：「反正……你就是壞蛋！」

馮道一見她哭了，心登時軟了，連忙好聲央求道：「好妹妹，別哭了，妳要殺要剮，我都隨妳便，只求姑奶奶妳別再哭了……」

褚寒依壓抑許久，忽然爆發出情緒，簡直一發不可收拾，聽馮道這麼軟語相憐，更覺得自己萬分可憐，忍不住放聲大哭，含含糊糊說道：「你在洞穴裡……那樣……那樣對人家，還裝得跟沒事人似的……你還不是登徒子、負心漢……」

「在洞穴裡……」馮道迷亂間，似找到一點頭緒：「難道她說的是那一日，我為她解毒？」連忙好聲安慰：「妹妹別生氣，當日我為了解毒，不得已才解開妳的衣襟，是……是有些不妥，但實在是迫於無奈，如有得罪……」

褚寒依聞言，更是氣得一通亂罵：「你輕薄人家，還說無奈？你是有多無奈？你這個登徒子、負心漢、衣冠禽獸！人面獸心……」

馮道見她哭得傷心，嚇得手足無措，支吾道：「不是！不是！我不無奈，我歡喜得很……不！不是歡喜！我是說我情不自禁，才忍不住親了妳一下，這個……那個……沒有無奈，一點都不無奈，是萬分樂意的……」

褚寒依聽到「萬分樂意」，更是火冒三丈，邊哭邊罵：「你根本就是衣冠禽獸！人面獸心！登徒子、負心漢……」

馮道嘆道：「我是偷偷親了妳一下，但咱倆從小就訂了親，又兩心相許，親熱一下，不是這麼嚴重吧？」

「怎麼不嚴重？」褚寒依氣得直嚷嚷：「你在洞裡胡作非為，豈只是親一下而已？然後就一走了之，還說不嚴重？」

馮道連忙解釋：「我沒有存心輕薄，更沒有一走了之！」

褚寒依更加氣惱：「我醒來時，你已不見，還說沒有一走了之？」

馮道當時擔心她會殺害自己，才躲到洞外的草叢裡，想不到被她誤會一走了之，連忙道：「不是！不是！我沒有離開的意思，是怕妳……」心想：「總不能說我怕妳會殺了我吧？」一時不知怎麼解釋。

褚寒依見他支吾不答，氣得打了他一巴掌：「你還抵死不認？」

馮道連忙抱緊了她，好言相哄：「我認！我認！妹妹這輩子都是我的人了！不對！

不對！我這輩子都是妳的人了！隨妳整治！」

褚寒依哭道：「你說隨我整治，卻避不見面……」

馮道冤枉道：「我去三笑齋好多次，明明是妳避不見面……」話未說完，又挨了一巴掌，只不過褚寒依心中也知道是自己不見他，這一巴掌便打得輕些，又哭道：「我說不見，你便真的不見，你還不是故意的？」

馮道委屈巴巴道：「妳說十步之內就要殺了我，妳讓我怎麼辦？」

褚寒依哭道：「你不是最多鬼點子嚒？不會想辦法嚒？總之你就是故意不見！你害我被千荷笑話，說我根本不想殺你，這全是你害的！」

馮道咕噥道：「千荷姑娘怎能說實話呢？真是不給妳面子！」

「你……你……」褚寒依羞急道：「我簡直快被你氣死了！你別以為我心裡有你，就可以像對待別的姑娘一樣，任意親近、任意欺侮！」

馮道冤枉道：「什麼別的姑娘？我心裡從頭到尾、自始至終、永永遠遠只有妳一個……」

褚寒依氣道：「你胡說！你騙人！你根本始亂終棄……」

馮道柔聲相哄：「不棄！不棄！」

褚寒依委屈道：「你還不認？你明明糾纏羅嬌兒……」

馮道怕再挨巴掌，連忙攬抱住她，嘆了口氣道：「唉！我把羅嬌兒當小妹子一般看待，心中疼惜可憐她，倒不是喜歡她……逝者為大，妹妹也毋須再與她計較了。」

褚寒依恨聲道：「一個羅嬌兒不夠，還招惹郢王妃！」

馮道心中叫苦：「那一日，我確實不應該……」

褚寒依又道：「你被劉守光關入大牢，大家著急得不得了，都不顧生死去救你，後來他們都說你被李小喜害死了，可是我不相信，還一直尋找，誰知你卻抱著郢王妃風流快活，然後……然後……你帶著她……就這麼抛下我，一走了之……」說到後來，滿懷委屈如洪水傾洩出來，越哭越傷心。

馮道連忙哄道：「妹妹別哭！當日我被劉守光關入大牢，過了一段非人的生活，好不容易逃脫，之後，我有太多事情需要處理，又怕連累妳，因此暫時躲了起來，至於郢王妃……」長長嘆了口氣道：「我從小就與她相識，她身世淒苦，我卻無能為力，那一日我潛入洛陽宮，是因為……」心想當此之際，即使洩露天機，也必須說出實話，否則誤會一輩子也解不開了：「我知道朱全忠將死，郢王妃也命不久矣！我雖知道天命不可更改，仍想盡力助她脫險，因此才抛下妳，妹妹，我對不起妳，可我想救她性命，倘若救不得，至少也送她最後一程……」輕聲一嘆：「後來我回頭去找妳，已經找不到人了。」

褚寒依想不到竟是這個原因，終於漸漸停了淚水，問道：「你說的可是實話？」

「自然是真的！」馮道柔聲說道：「今日我們成親，雖是糊裡糊塗的，但我心中好生歡喜，不如咱們就順勢……」褚寒依一下子臉紅過耳，一句話也答不出。

「那個……」馮道見她不吭一聲，不知她心意如何，支支吾吾道：「就是那個……妳說究竟怎麼樣？」

大唐禮教原本寬鬆，此刻又遇上戰亂，人人不知是否還有明天，男女關係更是隨意，只要喜歡，也等不上三媒六聘，但馮道自視儒生，向來以禮相待，不敢過分，如今經過幾番生死，終於雨過天青，他心情激動，忍不住就道：「我……我……我是說……我今年已二十好幾了，還沒替馮家添個子嗣，咱們不如就順勢……有個胖小娃……」低了頭想去親吻芳唇。

褚寒依忽然意識到自己的穴道解了，一把推開他，低呼道：「咱們能動了！」這木床十分狹小，馮道正是滿懷柔情，被這麼用力一推，冷不防滾下床去，「碰！」一聲，跌得好不疼痛，只能揉了揉屁股，嘆道：「唉！妳都打我好幾回，當然能動了！」

褚寒依方才哭得傷心，竟未注意到穴道已解，瞧他跌得狼狽，忍不住拍手歡笑：「誰教你存壞心眼，欺侮人家呢！」

馮道功虧一簣，又跌得疼痛，實在懊惱，但見她破涕為笑，如明珠燦爛，又心神蕩漾，說不盡的歡喜，心中暗嘆：「明明是我被揍得這麼慘，卻說我欺侮她，這世上到底還有沒有天理啊？馮道啊馮道，你這輩子誰也不怕，偏偏怕這隻小母虎！」

褚寒依從床上坐起，一斂笑意，故意板了臉色，道：「今日之事，做不得數，我還得好好觀察，才能知道你是不是登徒子？」

馮道低呼：「咱們費這麼大勁，好不容易才拜完堂，怎麼不做數？難不成妳想始亂終棄，欺騙良家小兒郎的感情！」

褚寒依噗哧一笑，又哼道：「只有你欺騙人，誰騙得了你？」忍不住暈紅了臉，羞聲道：「沒有三媒六聘，也沒有稟告父母！你想隨意待我，我阿爺阿娘可不會同意！」

馮道重新爬上了木床，貼近她耳畔，低聲問道：「倘若孫明府同意婚事，妳便隨了我，是吧？」

褚寒依橫了他一眼，不置可否，只道：「此刻不忙說這事，咱們先想辦法脫身再說！」

「還脫什麼身？」馮道悠然道：「老太婆早就離開了！」

「什麼？」褚寒依驚呼：「你怎知道她走了？」

馮道說道：「我耳朵靈得很，外邊沒有半點聲音，她自然是走了！」

褚寒依連忙跳下床，貼耳在門板上傾聽，外邊果然一片靜悄悄，急道：「你知道她要走，怎麼不攔她？只顧著……顧著……作弄人家……」說到最後一句，不由得又紅了臉。

馮道哼道：「莫說我方才被點了穴，就算四肢靈動，她武功這麼高明，我也攔不住。走了才好！免得這瘟神又來整治我！」又壞笑道：「咱們自個兒在這裡，沒有人來打擾，豈不更好？」

褚寒依急道：「你滿腦子壞思想！她這麼一走，咱們到哪裡找解藥？豈不是死定了？」想了想，便拿起牆邊的一根木棍，用力砸開被鎖住的房門，奔了出去。

馮道一邊趕緊跟上，一邊呼喊：「妹妹，妳去哪裡？她人走遠了，追不上了！」卻見褚寒依奔到了廚房，東張西望，馮道關心道：「妳找什麼呢？我也幫妳找！」

褚寒依在灶邊的角落撿起一支玉笛，歡喜道：「幸好沒丟失！」她將玉笛貼近唇邊，正打算吹奏，馮道卻一把抓住玉笛，阻止她的行動，蹙眉問道：「這是什麼？」

褚寒依將玉笛從馮道手中狠狠抽了回來，緊緊握在手裡，似護住寶貝般，哼道：「這是金大哥送我的東西，老太婆這麼崇拜他，咱們若是想要解藥，只能請金大哥出手，逼老太婆交出解藥了……」

馮道哼了一聲：「金匱盟主為什麼要送妳玉笛？無事獻殷勤，非奸即盜！」

褚寒依跺足道：「你胡說什麼呢？金大哥真是個好人！」

馮道不服氣道：「不必倚靠他！我敢吃毒藥，自有法子解毒！」

褚寒依急道：「你別逞強了！等毒性發作就來不及了！我還是快快通知金大哥……」

「我從不逞強。」馮道插口道：「我身上有一隻七彩神仙鳥，它不只會殺人，還會解毒。」

褚寒依嬌嗔道：「原來你早有打算，害我擔心得要命！」

馮道笑嘻嘻地攬抱住她，道：「我早知妳最關心我了！」

褚寒依想到自己被逼得吐出心意，臉上一紅，懊惱道：「早知你這麼壞心，我便不理你了！」

馮道笑道：「現在我可知道了，就算我再壞心，妳也捨不得我！」

褚寒依柳眉微蹙，輕輕推開他，低聲道：「你身上有神仙鳥，我卻沒有……我還是得找金大哥幫忙……」

馮道握了她的手安慰道：「放心吧！我們都不會死！」

褚寒依不解道：「為什麼？」

馮道微微一笑，道：「我猜那老太婆只是嚇唬我們而已，她給我們吃的，根本不是什麼毒藥！」

「什麼？」褚寒依愕然道：「你怎麼知道？」

馮道解釋道：「如果有毒物進入我體內，七彩神仙鳥會激烈反應，可現在它一點動靜也沒有，那老婆子要不是嚇唬咱們，就是下毒的本事太差！」

褚寒依想了想，猶不放心：「她這麼做，究竟是為什麼？」

馮道笑道：「或許她是想撮合我們的好事，要真是這樣，我應該好好感謝她才是！」他聽出四下無人，忍不住又伸出手臂，想要去摟褚寒依的纖腰，褚寒依卻是臉色一冷，向前走到窗邊探了探天色，見夜黑風寒，道：「咱們先歇一會兒，天一亮就啟程。」

馮道訕訕然地收回了手，道：「折騰一晚，確實累了，先好好休息再說。」

兩人回到臥室裡，見只有一張小木床，馮道笑咪咪地正要開口，褚寒依已板著臉，道：「我睡床，你睡地上。」

馮道臉上的笑意瞬間僵住，委屈巴巴道：「這寒冷雪天，睡地上也太冷了吧？妳不是這麼狠吧？」

褚寒依心中好笑，又道：「你可以睡木床，但須保證一動也不動。」

馮道連忙舉手對窗外月亮認真起誓：「倘若我有非份之舉，便教我一輩子侍候褚姑奶奶！任其打罵，不敢頂嘴，永遠忠心不貳！」

褚寒依忍不住噗哧一笑，輕聲啐道：「連起誓也這麼不正經，誰會相信？」說罷不再理他，逕自躺到小木床的一邊。

馮道見另一邊空位容得下自己，歡喜地爬上了床，安安份份地躺著，但溫香軟玉在旁，卻不能親近，教人如何忍得？便低聲道：「這蠟月冬雪，寒氣侵體，木床又小，翻個身就跌下去了，不如……咱們還是抱一起取暖吧？免得著了涼！」

褚寒依不禁心口怦怦跳，瞬間面紅過耳，卻不敢吭聲，只假裝已經睡著。

馮道見她沒有出言反對，歡喜難言，便輕輕伸臂摟住了她，兩人雖一動也不動，其實心思紛亂，都是閉了眼睛清醒著，直挨到天亮。

清晨的曙光透窗照了進來，褚寒依見馮道睡得正沉，便小心翼翼拿開他的手臂，翻身而起，來到庭院裡，她心思紛亂，感到兩人忽然重逢，昨夜發生的一切，都像做夢一般。她找了庭院的桌椅坐下來，怔怔望著天空，見茫茫雲雪漸漸消散，就好像自己的心情一般，忍不住拿起頸間的木偶墜鍊，端視了一會兒，心想：「金大哥對我一片真心，我以為自己能忘了『他』，也下定決心忘了『他』，誰知轉個身又遇上了……」她拿下木偶墜鍊放在桌上，再揀起一小截木塊，拿起匕首一刀一刀刻劃著，彷彿在體會著金無諱當時為自己刻劃小木偶的心情。

「哇！」正當褚寒依刻得渾然忘我時，馮道忽然出現，在她身後大呼一聲，褚寒依嚇了一跳，低呼一聲：「唉喲！」手一滑，竟刻壞了！

褚寒依橫了他一眼，哼道：「幼稚！」

馮道走過來彎下腰，探首望向她手裡的小木偶，好奇道：「妹妹在刻什麼呢？我瞧瞧！」一見桌上放著一條俠女造型的木偶墜鍊，驚奇道：「這小娃娃挺像妳的……」

褚寒依連忙將小墜鍊搶了回來，放入懷裡，馮道嗅出一絲不對勁的氣味，道：「誰送的？」

褚寒依哼道：「不關你的事！」

馮道又問：「那妳手上那個呢？刻給誰的？」

「你啊！」褚寒依把刻得不完全的小木偶塞給他，馮道正自歡喜，卻聽她悻悻然道：「雖然刻壞了，有些醜，但和你長得就像了，如果刻得太俊，反而就不像你了！」

馮道望著手中刻壞的小木偶，心中竊喜：「是挺像我的！倘若沒有刻壞這一刀……」忍不住問道：「如果刻得好，會像誰呢？」

「像……」褚寒依哼了一聲，道：「才不告訴你！」便轉身向外走去。

馮道低聲咕噥：「妳不說我就不知道嚒？還不就是那個什麼天下第一大好人……妳連人家長得帥不帥都不知道，還刻他呢！說不定就是個斜眼歪脖子！」他將刻壞的那一刀以指尖遮住，左看右看，不由得喜道：「無論有沒有這一刀，我覺得都像我……」

「趕路了！」褚寒依大步向外走去，高聲呼喝，似乎心情很好。

馮道連忙跟了過去，問道：「妳這麼急著趕路，要去哪兒？」

褚寒依道：「回幽燕！」

馮道愕然問道：「為什麼要回幽燕？」

褚寒依一抿唇，道：「金大哥說幽燕快要滅亡了，我得趕回去瞧瞧。」

馮道哼道：「又是金匱盟主！」

褚寒依哼道：「你不知道，金大哥真的很神奇，我去參加了他的富貴宴，所有人都對他佩服得五體投地……」

馮道哼哼兩聲，頗不以為然：「劉守光這麼胡作非為，幽燕遲早滅亡，何必要他說？」雙臂大張伸了懶腰，打了一個哈欠，意興闌珊地道：「幽燕滅亡也不會在這一、兩天！早知道，我就多睡一會兒。」

褚寒依道：「那你在這兒慢慢睡吧！我先走了！」

馮道心知她擔憂大安山情況，道：「放心吧！劉仁恭原本就將大安山宮殿設計得極為隱秘，只留一條盤山迴廊的通道，前些時候我已傳信給劇可久，讓他帶著大家利用樹叢、石塊將通道入口遮掩起來，這樣一來，就算有亂兵跑到山林裡，也找不到上山的路。」

褚寒依歡喜道：「原來你什麼都安排好了！」想了想，又道：「可我阿爺阿娘還在山上，我許久沒見他們了……」

馮道英眉一揚，笑道：「妳是急著想拜見阿翁、阿家，也急著教我拜見泰山、泰水吧？」

褚寒依一愣：「什麼泰山、泰水、阿翁、阿家？」

馮道取笑道：「好不容易在外頭尋得如意郎君，還私下拜了堂、成了親，自然要趕緊回家稟報阿爺阿娘啊！」

「你找死！」褚寒依隨即明白他在笑話自己著急嫁人，羞得揚臂打去一巴掌，馮道一個閃身躲過，見褚寒依又追打過來，他趕緊施展「節義」身法逃之夭夭，連聲大呼：

「謀殺親夫啊！救命啊！來人啊！仙子謀殺親夫啊！」

兩人這麼打打鬧鬧一陣，褚寒依輕功雖好，卻始終追不上馮道，聽他滿口胡言亂語，羞臊得幾乎想找個地洞鑽進去：「幸好這山林杳無人跡，才沒教旁人聽見，否則可不羞死人了……」為免他再大聲嚷嚷，只好放棄，氣得跺足道：「我不理你了！」便逕自奔了出去，到前方的樹林大聲呼喊，召回自己的馬兒。

馮道趕緊回頭跟了過去，見褚寒依已騎在馬背上，生怕她會丟下自己一走了之，連忙足下一蹬，也跳上馬背坐到她身後，貼近她耳畔道：「好心的娘子，我被老惡婆折磨許久，全身疼得厲害，又睡不飽，實在走不動路，妳大發善心，載我一程吧！」

褚寒依哼道：「跑得這麼快，還走不動？」用力一扯韁繩，想把馮道顛下馬去，那馬兒忽然發蹄前衝，馮道反應極快，立刻伸臂攬住她的纖腰，笑嘻嘻道：「妳這輩子別想甩開我！」

褚寒依見他耍無賴，又不能趕他下去，只得板了臉悶聲道：「我只載你到前方市鎮，你可得另買一匹馬。」卻忍不住唇角微微揚起，心裡泛起了甜蜜。

馮道從後方伸手一扯韁繩，那馬兒便朝故鄉的方向奔去。

樹林中走出兩個人並肩而立，望著逐漸遠去的馮道和褚寒依，其中一人道：「阿寶，妳的易容術越發厲害了！」竟是阿金。

另一位則是折騰兩人的老婆婆，她一手揭下臉上的老面皮，輕輕嘆了口氣：「我瞧主人很喜歡褚姑娘，為什麼要把馮道的消息傳給她？」

阿金道：「主人只讓妳悄悄引導褚姑娘和馮道重逢，妳卻自作主張，將他們兩個折磨得這麼慘，就不怕主人生氣嚒？」

阿寶哼道：「我安排這一齣戲，原本是想讓褚姑娘看清馮道那傢伙的德性，他膽小、懦弱，根本就比不上主人！」

阿金嘆道：「可褚姑娘卻選了那傢伙！」

阿寶氣憤道：「她眼睛長得那麼美，誰知竟是有眼無珠！」

阿金又嘆了口氣：「他倆人這一成親，主人肯定很傷心了！」

阿寶道：「所以我才要痛揍他一番，為主人出口氣！」

阿金道：「妳太任性了！」

阿寶哼道：「如果褚姑娘不在乎馮道的死活，我還會少揍那傢伙一些！」

阿金嘆道：「可是褚姑娘是在乎的，在危急時刻，她沒有吹笛子求救，反而承認是馮道的妻子，主人那麼好的人，一定會成人之美的！這一來，主人就真的失去褚姑娘了！」

阿寶沉默片晌，忽然道：「雖然褚姑娘沒有選擇天下第一好的主人，有些遺憾，可是……到後來，我好像也可以理解褚姑娘……」

阿金驚奇道：「為什麼？難道這世上還有人比得上主人？」

「這世上自然沒有任何人可與主人相比！」阿寶搖搖頭，道：「可是馮道說了一番話，讓我再也下不了手！」

阿金好奇道：「他說了什麼？」

「他說，」阿寶回想著馮道說過的話，像說給自己聽般，喃喃重覆著：「金匱盟如果勢力一大，就忘記初衷，反過來欺壓良民，這樣豈不是變成自己曾經討厭的惡霸？」

阿金用力點點頭：「他說得很有道理，難怪妳再也下不了手！」

阿寶望著已遠去成點的兩人身影，輕輕一嘆：「倘若褚姑娘先遇見主人，自然會成就一段良緣，偏偏她先遇見了那個人！如果主人和馮道相遇，不知會如何？」

九一三・四　手揮白楊刀・清晝殺仇家

友珪以簒逆居位，群情不附。會趙岩至東京，從帝私宴，因言及社稷事。帝以誠款謀之，巖曰：「此事易如反掌，成敗在招討楊令公之手，但得一言諭禁軍，其事立辦。」巖時典禁軍，還洛，以謀告侍衛親軍袁象先。帝令腹心馬慎交之魏州見師厚，且言成事之日，賜勞軍錢五十萬緡，仍許兼鎮。慎交，燕人也，素有膽辨，乃說師厚曰：「郢王殺君害父，簒居大位，宮中荒淫，靡所不至。洛下人情已去，東京物望所歸，公若因而成之，則有輔立之功，討賊之效。」師厚猶豫未決，謂從事曰：「吾于郢王，君臣之分已定，無故改圖，人謂我何！」慎交曰：「郢王以子弒父，是曰元兇。均王為君為親，正名仗義。彼若一朝事成，令公何情自處！」師厚驚曰：「幾誤計耳！」乃令小校王舜賢至洛，密與趙岩、袁象先圖議。時有左右龍驤都在東京，帝偽作友珪詔，遣還洛下。先是，劉重遇部下龍驤一指揮於懷州叛，經年搜捕其黨，帝因遣人激怒其眾曰：「郢王以龍驤軍嘗叛，追汝等洛下，將盡坑之。」翼日，乃以偽昭示之。《通鑑考異》：《梁太祖實錄》：「丙戌，東京言龍驤軍準詔追赴西京，軍情不肯進發。」實友珪征之，非友貞偽作，但激怒言坑之耳。諸軍憂恐，將校垂泣告帝，乞指生路。帝諭之曰：「先帝三十餘年，經營社稷，千征萬戰，爾等皆會從行。今日先帝尚落人奸計，爾等安所逃避。」因出梁祖禦容以示諸將，帝歔欷而泣曰：「郢王賊害君父，違天逆地，復欲屠滅親軍，爾等苟能自趨洛陽，擒取逆豎，告謝先帝，即轉禍為福矣！」眾踴躍曰：「王言是也。」皆呼萬歲，請帝為主，時偽鳳曆元年二月十五日也。《舊五代史・末帝紀上》

大梁在朱友珪的治理下，人心浮躁、風雲暗湧，朱友貞認為機會來了，便派人到地方將領身邊，放出消息說先帝死得蹊蹺，有志者不該忘卻先帝提攜之恩，應出師伐逆，擁護正統，以慰先帝在天之靈，只要得知對方不滿朱友珪，朱友貞便會親自出面，私下與對方接觸，以鴨子划水的方式慢慢收羅人馬，取得支持。

這一日，朱友貞眼看大梁越來越混亂，手中又有了初步進展，便設下酒宴，秘密召來心腹將領趙岩和袁象先商量對策：「如今已有不少人支持我，我決定起兵討逆，你們以為何時是最好的時機？」

趙岩是朱友貞的姐夫，身居右衛大將軍，袁象先是朱友貞的表兄，擔任左龍武統軍兼侍衛親軍都指揮使，兩人都手控京城一部份禁軍，是朱友貞的人馬中最接近朱友珪並且有機會擊殺他的人。

袁象先婉言勸道：「咱們跟均王同心一志，都想為先帝報仇，但事關重大，不成功、便成仁，絕不能急躁！畢竟這段時間下來，營妓兒已收買了大部份朝臣，雖然您也收羅了一些人馬，但大多是地方將領，非但距離遙遠，他們是不是真心支持，還難說得很，這些武將說翻臉就翻臉，說不定事到臨頭，忽然就倒戈了！以咱們現有的力量，是絕對無法抗衡朝廷兵馬的！」

朱友貞焦急道：「這事絕不能再拖下去！你們也看到了，營妓兒倒行逆施，惹得天怒人怨，那些地方將領越鬧越厲害，等到大梁真的四分五裂，就來不及了！你們快想想辦法，看如何能一蹴而成？」

三人絞盡腦汁，怎麼也想不出如何以小博大，反敗為勝的方法。

直到天濛濛亮，三人喝了許多酒，都醉得伏在桌上昏睡。朦朧之中，趙岩忽然靈光一閃，拍桌而起，兩人都被驚醒過來，朱友貞原本煩躁，又被打斷睡意，不悅道：「你做什麼？」

趙岩笑道：「均王莫怒，這件事其實易如反掌！」

聽到這句話，朱友貞立刻清醒過來，連忙問道：「什麼意思?你快快說來！」

趙岩道：「咱們一心想著到處收羅人馬，自是曠日費時，而且人一多，心思就亂，變數也多，」指了指腦袋，道：「所以咱們應該轉換個念頭，只要找一個大勢力支持就可以了！」

朱友貞啐道：「最大勢力莫過於皇帝，難道營妓兒還會支持我來殺了他自己？」

趙岩哼道：「先帝在時，眾將都俯首帖耳，他自然握有最大軍權，那營妓兒是個什麼東西？哪有本事掌控各大軍頭？倘若他真有本事，就不會鬧得亂紛紛了！」

朱友貞沉吟道：「你的意思是……」

趙岩微笑道：「其他將領再怎麼鬧騰，都未必管用，掀不起大風浪，這件事成敗，其實只關係到一個人……」

袁象先低呼：「你是說楊令公？」

「不錯！」趙岩沉聲道：「只有他，才是真正有能力左右整個大梁局面的人！只要他一句話傳至禁軍，事情立刻就成功了！」

「一句話傳至禁軍，就能推翻皇帝？原來他的勢力已經大到這個地步，我竟未留意……」朱友貞忙著朝廷爭鬥，幾乎把遠在魏州的那頭雄獅給忘了，聽趙岩這麼一說，心底不禁生出一陣寒意，這意謂著楊師厚一句話就可以支持任何人當皇帝，當然也可以殺掉任何皇帝！想到楊師厚驕悍老辣的威勢，自己要去應付他，簡直就像是小雞對上大鷹，他忽然明白兄弟兩人的爭位戰，在楊師厚眼中根本是一場兒戲，心口不禁怦怦而跳，宛如擂鼓：「他真會支持我麼？這樣會不會驅狼引虎？」

正當朱友貞還猶豫要不要引虎入室，楊師厚已經果斷地給出了答案！

他聽從張彥實際上是金匱盟主的建言，在「銅雀驛」誘殺潘晏，以迅雷不及掩耳之速併吞了魏博天雄軍，這消息在大梁朝廷炸出一道晴天霹靂，不只朱友珪、朱友貞兩兄弟嚇得魂飛魄散，就連遠在河東的李存勖、自顧不暇的劉守光都感到震撼，互相較勁的各方人馬恍然驚覺，原來楊師厚只要動一動手指，就足以翻覆大梁根基，大梁王朝如果瞬間變成大楊王朝，也不足為奇！

楊師厚出身貧農，為了出人頭地，年少時投靠殘暴的河陽節度使李罕之，苦熬多年，始終是個小兵，最後被李罕之當成棄卒般，和一百多名士兵打包成禮物，轉送給李克用；李克用偏重沙陀人，手下猛將又多，楊師厚仍不受重用，最後甚至是犯罪逃跑，才投奔至朱全忠帳下。

朱全忠是天下第一懂得識才用才的梟雄，立刻提拔了楊師厚，讓他發揮所長！

為著這一份提攜之恩，楊師厚每一次在戰場上都拼盡全力，以勝戰回報主上，他曾在青州之戰，一人力抗王師範和王景仁兩大名將，殺得王師範帶著十萬大軍棄械投降，而南方名將王景仁則靠著副將率五百親兵拼死掩護，才得以逃脫。這一戰，楊師厚因為替朱全忠的愛侄朱友寧報了大仇，被加授檢校司徒、武寧節度使、行營馬步都指揮使；他也曾在趙匡凝叛變時，一路追殺，像秋風掃落葉般，一口氣襲捲襄、唐、鄧、復、郢、隨、均、房八州，逼得趙匡凝拋家燒屋，倉惶逃竄，躲入淮南避風頭，他因此再被擢授襄州節度使。

接著朱全忠殺了王師範全族，導致劉知俊生出兔死狐悲的恐懼，決定帶兵投靠李茂貞，搶佔長安，當時朱全忠剛剛稱帝，如果丟失長安，不免讓世人譏笑他連前朝京城都鎮不住，朱全忠為保住顏面，火速命楊師厚擔任西路行營招討使，率領康懷貞、劉鄩、牛存節、朱友謙等大將出發，誓必搶回長安。

劉知俊也是以戰無不勝、勇冠三軍著稱，有著開鋒先道的「劉開道」名號，一遇上楊師厚的大軍，只能逃之夭夭，楊師厚不只抓了劉知俊的弟弟，更是輕易取回長安。

同時間，有戰神稱號的李存勖聽說劉知俊投降李茂貞，正搶佔長安，立刻率周德威、丁會、符存審等猛將引兵南下，強攻晉州，力圖策應劉知俊。

楊師厚也不向朝廷請求支援，瞬間逼退劉知俊，取回長安後，又火速掉頭趕往晉州，乾淨俐落地突破晉軍控扼的「蒙坑」險地，令李存勖鎩羽而歸。

潞州之戰後，梁軍從柏鄉、蓚縣一路大敗，就連朱全忠也落荒而逃，只有楊師厚的軍隊堅挺住，硬是攻下棗強，甚至還趁機渡過漳河，站穩邢州，將大梁東北方守得有如銅牆鐵壁。

只要有楊師厚在的一天，河東軍就別想越雷池一步！就在李存勖一籌莫展時，忽聞孫鶴被殺、馮道入獄，他決定改變戰略，不再與楊師厚正面硬碰，而是將茅頭轉向倒楣的劉守光，待攻克幽燕之後，再由西、北兩路夾擊大梁。

楊師厚一路從山南東道節度使，加檢校太保、同平章事、加檢校太傅，兼潞州行營都招討使、加封檢校太尉等等，不只三公官帽盡收入囊中，到最後，甚至已沒什麼官位可晉升，朱全忠就只能多賜封地，加授陝州節度使、滑州節度使、西路行營招討使。

就這樣，楊師厚的勢力越來越大，身為大梁戰無不勝的老將，手控六州財賦、掌握重兵大權，就連宮中禁衛、各藩鎮將領也多是他的舊屬、學生，只要他一句話，就能調動大梁境內大多數的軍隊！

朱全忠在時，楊師厚感念知遇之恩，不曾動過異心，朱全忠一死，他便是天不怕、地不怕，如今再吞下最強悍的魏博軍，更是如虎添翼，連皇帝都敢殺！倘若他於此時造反，朱友珪就只能拱手讓出寶座，授首就戮，大梁便要改朝換代了！

誰都看出楊師厚侵吞魏博天雄軍只是第一步，是試探朱友珪的底限，若無人可制止，再下一步，就是兵指京都了！

朱友珪聽到消息，簡直嚇壞了，他輾轉反側、坐立難安，想要派兵討伐，又怕討伐軍的將領首先就反過來擊殺自己，只得連夜召回朱友貞，與眾臣共商對策。

朱友貞原以為只要扳倒朱友珪，憑著自己是先帝嫡子的身分，輕易就能登上皇位，重掌大權，但聽聞楊師厚侵吞魏博的消息，瞬間明白了一件事，袁象先說得不錯，這些藩鎮老將未必真的忠於自己，他們個個手握強兵，隨時可能變節，倘若不能找到真正降服他們的辦法，就算搶到帝位，也不過是將自己變成一塊俎上肉，任群雄淩遲罷了！

形勢比人強，在絕對的武力之前，什麼奇技淫巧多不管用，眾臣想了幾天幾夜，也只能想出單獨召楊師厚進京，埋伏高手於殿中，再暗施突襲的老方法，但要用什麼法子召楊師厚入京，眾人已是煞費腦筋，偏偏又傳來壞消息，李存勖聽聞朱全忠死訊。楊師厚併吞魏博天雄，見獵心喜，趁著大梁內亂，立刻率軍入侵魏州北境。

可楊師厚絕非等閒之輩，他一邊整頓剛收編的天雄軍，一邊帶兵迎敵，在「唐店」一帶大殺晉軍，斬敵五千，還俘虜了一幫將領，再度重挫李存勖的銳氣！

這等威風真是令大梁朝廷又喜又怕，朱友珪更是寢食難安，李振勸慰道：「這是一件好事，不只阻止了河東進犯，更是召楊師厚進京的好藉口！」

朱友珪恍然大悟，立刻頒布詔書至魏州：「北邊軍情緊張，朕欲重新調度兵防，想與老將軍當面商議。」

楊師厚原本就瞧不起朱友珪是個楞頭青，接到詔書，更覺得可笑至極，便大大方方準備前往洛陽，他的心腹大將王舜賢認為宴無好宴，連忙勸阻：「萬一陛下在京城動手，令公遠離軍鎮，沒有支援，豈不危險？」

楊師厚此時正是意氣風發，聞言不由得冷笑：「朱友珪就是隻無牙老虎！平時張牙舞爪，看似兇暴，其實連個屁膽也沒有！本帥就是光禿禿地站在他面前，讓他拿著刀子砍，他還不知道怎麼下手呢！我偏要兩手空空地進京，瞧他能拿我怎麼辦？」

眾將都笑了起來：「令公說得不錯！他是出了名的無牙老虎！」

楊師厚精光一湛，沉聲道：「看在先帝的面子，本帥就給他一次機會，我也做一回無牙老虎，任憑他處置！他要真敢動手，我就真心服了他！」說罷便召集手下軍兵，從中挑選一萬多名最精悍的勇士，隨他飛渡黃河，直奔洛陽。

朱友珪聽到楊師厚率大軍壓臨京城，當真是嚇得渾身發抖，雖然城中兵馬遠不只一萬，但他就是沒法不害怕，因為大梁部隊中，即使是龍驤、神威等精兵，都曾慘敗在河東軍手中，唯獨銀槍效節都至今仍屹立不倒，未嚐過敗績，李存勖不敢染指魏博、強攻河北，全是礙於這支天將神兵。

楊師厚率兵抵達洛陽，果然信守對自己的承諾，將軍隊留在城外，只帶著十幾名部屬入城覲見皇帝。

朱友珪大喜過望，連忙命殿中埋伏的高手全數撤退，盛情款待楊師厚，不只嘘寒問暖，讚揚對方是大梁柱石，還賞賜巨萬財物，頒布制書，正式任命楊師厚為天雄節度使、檢校侍中，調羅周翰為宣義節度使。

楊師厚領命之後，微笑出城，果然沒有發難。而朱友珪登上高臺，目送那一片銀光閃閃的軍隊，直到他們絕塵而去，完全沒有回頭，他才真正鬆了一口氣，以為高官厚祿的獎賞再一次發威，卻不知已經錯失降服雄獅的機會。

李振看在眼裡，扼腕浩嘆，文臣議論紛紛，武將更是當做笑話看。

朱友珪好不容易當上了皇帝，以為終於能揚眉吐氣，想不到在功臣宿將面前，仍須唯唯諾諾，心中感到萬分窩囊，卻又無可奈何。從前尚有張曦可傾訴煩憂、共商對策，如今他身為帝王，一見到張曦，就想起她曾獻身父親，既覺得朝臣在背後嘲笑自己的皇后，又彷彿父親的怨魂會來糾纏，因此雖然信守承諾，封了張曦為后，卻避而遠之。

張曦與馮道分別之後，回到宮中，見朱友珪冷落自己，更堅定心志要使大梁崩垮，便主動廣召佳麗，充實後宮。朱友珪心情煩悶，見身邊美女如雲，索性對大臣閉門不看、掩耳不聽，只關在內殿溫柔鄉中，過著紙醉金迷，比朱全忠更荒淫的生活。

張曦獨守清寂的內宮，冷眼看大梁王朝爆發一樁樁危機，不曾出計相輔；放任夫君貪歡享樂，混亂朝政，也不曾出言規勸。短短數月，大梁就已是軍心動蕩、民怨沸騰，這股怨氣就像悶燒在大鍋裡的熱氣，雖然還未引發巨大災禍，卻已經滾滾難止，無聲無息地燒向京城了。

朱友貞原以為朱友珪會與楊師厚火拼一場，便可坐收漁翁之利，哪知朱友珪連動手也不敢，竟恭恭敬敬地縱「獅」歸山！眼看外有李存勖與王鎔、王處直三藩結盟，步步進逼；內有楊師厚矜功自傲、擁兵淩主，大梁王朝危如累卵，此刻他處境之嚴峻，實不亞於當年李存勖喪父時所面臨的挑戰，他雖焦急如焚，卻實在束手無策，忍不住來到宣陵，祭拜雙親，一吐憂悶。

張惠為免朱友貞太早捲入是非，從小把他帶在身邊教養，因此母子感情十分要好，朱友貞才踏入上陵準備謁拜祭祀，心中就激動難已，雙膝一跪落，淚水瞬間湧了出來，咬牙切齒道：「母親，妳可知道，那天殺的狗賊，竟然殺了父皇！」這一吐意，再忍不住痛哭失聲：「如今楊師厚要造反了，孩兒武功打不過他，戰場對決是更加不行了，那營妓兒手握朝廷大軍都不敢妄動，我一個文弱儒將又能如何？孩兒還未替父親報仇雪恨，大梁江山就要被外姓掠奪了，你們好不容易打下的江山要易主了，母親，妳快教教我，究竟該怎麼辦？」

他原是文儒出身，自小養尊處優，不曾經歷險患，因此在淮南水戰時，受到趙匡凝的迫害，才會忍不住大哭起來，之後年歲漸長，又手握軍權，歷練多了，意志早已變得剛強，心思也變得深沉，即使被眾人嘲笑軟弱愛哭，他也不辯駁，反而一裝到底，故意在兩位爭權的兄長面前示弱。如果說，朱友珪承襲了朱全忠凶暴荒淫的一面，無疑地，他就繼承了父親狡猾的那一面。

朱全忠去世後，他為了保命，苦苦壓抑情緒，不敢掉一滴淚，甚至常在朱友珪面前表態支持。他堅心隱忍、步步為營，只為奪權復仇，這是第一次他將親信侍衛都安排在外圍，自己到雙親靈堂前放聲大哭，直哭到滿懷情緒都發洩出來，哭得累倒在地上，乾脆直接縮身而睡。

迷夢之間，彷彿看見母親溫柔地安慰自己：「當年我將你託付給楊將軍，便是防著你年少躁動，如今你已經長大了，懂得隱忍內斂，母妃很欣慰……」

「阿娘……」朱友貞一見到母親，忍不住又噎噎地哭了起來：「可是楊師厚變了……誰也制不住他了……」

張惠安慰道：「楊將軍有大本事，本事越大的人，越是心高氣傲，自然誰也管不住，除了你父皇，他對誰都不服氣！」

朱友貞在睡夢中痛哭道：「可是父皇死了！被營妓兒害死了……沒人管得住楊師厚，父皇好不容易打下的王朝完了……」

張惠輕輕一嘆：「你不是曾拜在楊將軍門下嚒？」

朱友貞心想楊師厚這樣一位鋼鐵雄心的老將，若有意爭權，怎會在意那一點師徒之情？忍不住又哭道：「他野心極大，才不會顧念師徒情份呢！他一旦篡位，必會屠盡朱氏血脈，我和弟弟們的死期到了……」

張惠柔聲道：「當年他肯收你為徒，也不是為了師徒之情……」

「阿娘，妳是說……」朱友貞迷迷糊糊間，忽然想起原由，歡喜道：「他明明手握重兵，至今仍不敢竄位，原來如此！原來如此……」

「我明白了！」他大叫一聲，從睡夢中驚跳而起，一邊又哭又笑，一邊拍打自己的腦袋：「你竟然把這麼重要的事給忘了！」

楊師厚常年在外征戰，後來長駐魏州，而朱友貞原本就不喜歡楊師厚管束著自己，去了開封之後，逍遙快活，又忙著穿梭於兩位兄長之間，便刻意將這個師父拋諸腦後，因此兩師徒已多年不見了。

最近發生一連串的風暴，朱友貞驚慌忙亂，更是全然忘記自己還握有一個重要籌碼，直到支撐不下去，在睡夢中與母親訴苦，那潛藏的記憶才浮現出來。

趙岩守衛在殿門，遠遠見到他又哭又笑，擔心他因為壓力太大而神智失常，連忙奔過來，急喚道：「均王！均王！你怎麼啦？」

朱友貞卻是哈哈大笑，身軀一挺，精光湛亮，道：「備馬！咱們去見楊師厚！」

趙岩一愣：「見楊令公？就咱們倆個？」心想：「朱友珪手握幾萬禁軍，一見楊師厚，仍乖得像小貓，一動也不敢動！你就這麼前去，簡直就是自投羅網！萬一他把你大卸八塊，豈不是完了？」但見朱友貞神情堅定，不似說笑，也只好把話吞了回去，連忙命人把馬兒牽過來。

「走吧！」朱友貞一個飛身上馬，用力一扯韁繩，毫不猶豫地直奔魏州，前方的重重陰霾彷彿在一瞬間全然破開，展開了一片廣闊的新天地！因為這一刻，他終於明白當年母親是如何用心良苦地宣稱不准他接位，好保住他的性命，又在關鍵時候，留給他這個最有利的籌碼，他對母親的高瞻遠矚、深謀遠慮，實在佩服得五體投地，因為楊師厚再怎麼強橫，卻唯獨會聽命於他！

魏州軍府，楊師厚正在思索新收的魏博天雄軍與原本的銀槍效節都要如何搭配，才能達到最好的戰鬥力，守衛忽來稟報：「令公，均王親自來拜會，已在府外等候！」

楊師厚冷冷一笑：「他在外頭折騰半天，到處招兵買馬，這一刻走投無路了，才終於想起老夫！」語音一沉，哼道：「說本帥不在，就讓他等著！」

過了一日，楊師厚始終沒有接見朱友貞，守衛又來稟報：「馬慎交求見。」

這馬慎交曾在楊師厚帳下做主簿，頗有膽識與辯才，從前楊師厚常問計於他，對他印象不錯，後來把他送給朱友貞，表面上是照看年幼無知、不諳世事的少主，其實也算是監看朱友貞的作為，但隨著楊師厚與朱友貞分別多年，他與馬慎交也許久不見了，濃眉不禁微微一蹙，沉聲道：「讓他進來。」

馬慎交進來後，先向楊師厚恭恭敬敬地行了禮。楊師厚冷冷瞧了他一眼，哼道：「你是來探望本帥，還是替人當說客？」

馬慎交微笑道：「卑職首先是來恭喜令公收了天雄軍！」

「恭喜？」楊師厚冷笑道：「你裝什麼蒜？本帥一旦收下魏博，你主子怕是連覺都睡不安穩了！」

馬慎交笑道：「令公收下天雄軍，天下有許多人都會睡不安穩，例如河東晉王、大燕劉皇帝，還有洛陽那個皇帝，至於均王，他是令公的徒兒，只有替您歡喜。」

楊師厚輕輕一哼：「這會兒倒想起是我的徒兒了！」又啐道：「聖上就是聖上！什麼叫『洛陽那個皇帝』？你又不是娘兒們，說話別這麼棉裡藏針的！」

馬慎交壓低聲音道：「洛陽那位不得人心，令公權傾天下，難道不想取而代之？」

楊師厚精光湛爍的眼微微一瞇，打量著馬慎交好半晌，才微笑道：「你這傢伙，為了替均王探口風，真是連命都不要了！你是不是吃了熊心豹子膽，才敢問出這番話？」

馬慎交被他笑得心裡發毛，誠惶誠恐地道：「卑職雖是替均王探口風，更是真心為令公著想，才冒險前來請教。」

楊師厚笑道：「說吧！你怎麼為我著想？我就瞧你能說出什麼意思來！」

馬慎交低聲道：「均王有意取代『洛陽那個皇上』，他曾是令公的徒兒，想先來問過師父的意思，看此事可不可行？」

楊師厚哈哈一笑，道：「我說不可行又如何？難道他真會罷手？」

馬慎交臉上糾結成一團，為難道：「均王心意已決，斷然不會罷手，倘若令公有意自立，那麼……」

楊師厚濃眉一揚，冷聲道：「他有膽量與我作對麼？」

馬慎交道：「均王敬重師徒之情，絕對不想、也不敢與您為敵，但亡父之仇不能不報，他身為朱氏正統，就算明知千難萬險，也必須撥亂反正，維護大統，否則將淪為不肖子孫，非但千秋萬世受人唾棄，死後也無顏面見父母，這等大罪，均王是萬萬承擔不起的！倘若令公真有意取大梁而代之，那麼為著父母之恩，他只好親自上門，拜謝令公曾經的教導，與師門斷絕之後，才敢與令公為敵！」

他話中一再提及「父母之恩」，其實也是提醒朱全忠夫妻對楊師厚的知遇之恩，楊師厚如何不明白？微微一笑，道：「從前瞧他哭哭啼啼的，想不到經過一番歷練後，倒比那朱友珪更有見識、也更有膽量了！」

馬慎交小心翼翼地再一次確認：「均王想知道令公心意如何？才好拿捏自己的分寸。」

楊師厚卻是哈哈大笑：「皇帝有什麼好當的？什麼人穿什麼衣、放什麼屁，都是天注定！我楊師厚天生會打仗，不會當皇帝，早有自知之明！對我來說，打仗就像吃飯拿筷子般容易，我敢說論打仗，天底下沒人打得過我，但論到當皇帝治國，本帥沒耐心搞那些文謅謅的東西，成天擔心身邊人的陰謀算計，最後只敢關在皇宮內殿這個鳥籠裡，在娘兒們堆裡找威風，這算什麼？真正的英雄是在沙場上一夫當關，連敵人都敬服你，至於窩囊皇帝，誰愛誰當去！」

從朱全忠後期的病態，他就看透了一件事，人情義理都是假的，皇位龍座也是虛的，只有手中的軍權才是真的！他不會放縱自己去貪圖享樂、沉溺美色，以至弄得年老體衰，軍權旁落，連命都丟掉，只有馳騁沙場，征服群雄，他才能感受到生命的成就與痛快！

馬慎交是個聰明人，恭敬道：「卑職明白了，會盡快將令公的意思轉達給均王知道。」便告辭離去。

第二天，馬慎交帶著朱友貞的誠意來了：「既然令公無意帝位，均王懇請令公瞧在師徒情份上，出手相助，成事之日，願賜勞軍錢五十萬緡，令公手中的藩鎮一個也不會少！」

楊師厚笑了笑，道：「身為人臣，我的地位也差不多到了極致，再多，也不過是在家裡多擺幾頂官帽，裝飾裝飾罷了！五十萬緡的軍費雖然不少，但我若是跟洛陽那位開口，你說他會不會給？就算賣血刮肉，他也得給本帥湊齊了！本帥又不是傻子，已經有一個這麼聽話的皇帝，何必放著好日子不過，聽人家鼓動幾句，就冒著生命危險陪人家造反？皇帝是誰，對我有什麼差別？最多，我可以答應，均王鬧騰的時候，我兩不相幫，至於是成是敗，就看兄弟各自造化！」

楊師厚雖說不會造反，這番話卻十足帝王口氣，頗有當年朱全忠看劉守文、劉守光兩兄弟內鬨，等著收取貢禮，再封賜領地的氣勢。

馬慎交雖碰了軟釘子，卻不氣餒，這一回他乃是有備而來，搖頭道：「令公這句話，風險大矣！卑職曾說是為令公著想，才前來致意，還請聽我為您分解形勢。」

楊師厚斜睨了他一眼，冷笑道：「你便說說看！」

馬慎交道：「郢王為了奪權篡位，不惜犯下殺君弒父的滔天惡行，實在是天理難容，許多人瞧在眼裡，嘴上不說，心裡卻是明明白白的，倘若郢王登基之後，奉公正己、勵精圖治，倒也罷了！偏偏他暴虐荒淫，靡所不至，弄得人情已去，他是自己找死，神仙也救不了！但令公辛辛苦苦守護的江山，難道要放任他蹧蹋嚒？

先帝枉死，誰的心中不是憋著一股氣？只不過是礙著河東步步進逼，大家同在一條船上，才暫時偃旗息鼓，不便發作，可郢王再這麼胡搞下去，弄得大船將要沉沒，您說這幫老將為保自身，會不會揭竿而起，各自造反？到那時，大梁四分五裂，您再要出來一個個收拾，可就累了，更別說還須防著晉王趁機突入呢！」

這一番話確實打動了楊師厚，他微微思索，沉吟道：「郢王弒君逆反時，我沒有立即討伐，現在君臣名份已定，我才剛剛得到豐厚的賞賜，就立刻改變主意派兵討伐他，你說，人家會怎樣看我？」

馬慎交道：「大家並不同意郢王，尚不發作，只是在等待一個時機，一個頭頭出來帶領，倘若令公有意，自是眾望所歸，令公既然無意，那麼均王原本就是嫡子，又打著為君父討伐逆賊的名號，正名仗義，也是人心所嚮，許多人都已經暗中允諾，要擁護他繼承大統，這件事如今已是箭在弦上，隨時待發！

令公既想當個霸王將軍，何不做個順水人情，助均王一把？將來他登基之後，必會念你輔君討逆之功，天下人也會更敬重您。反之，您今日拒絕了他，等他真的消滅逆賊，登上帝位，日後想起這件事，成了君臣之間的一根刺，令公又該如何自處？縱然您權大勢大，難道要天天跟皇帝角力？那滋味終歸是不好受的！」

「憑他也配跟本帥角力？」楊師厚目光一沉，如老鷹覷準獵物般，狠狠盯著馬慎交，彷彿要他把這狠厲的眼神傳達給朱友貞般：「本帥不想當皇帝，卻偏要當個逍遙的霸王將軍，當皇帝頭上懸著的利劍，瞧著皇帝日日心驚膽顫，給我噓寒問暖、鞠躬哈腰，奉送財寶，這才痛快！不要說本帥不念師徒之情，均王當得了這個窩囊皇帝，再來與本帥談條件！」頓了一頓又道：「這一點，洛陽那位倒是做得不錯！倘若均王不能給出一個好答案，你也不用再來了！」

「窩囊皇帝？」朱友貞得到楊師厚的答案，目光一沉，恨聲道：「老傢伙還真是貪得無厭……」

趙岩連忙勸慰道：「均王莫怒，楊令公已經老了，又能囂張幾年？但均王還年輕，先忍一口氣，讓他幫你奪回江山，穩定軍心，日後再慢慢角力。」

朱友貞道：「姐夫說得甚是！本王忍了十多年，什麼不能忍？大不了，與他比命長！」便派馬慎交再去傳話。

第三天，馬慎交又出現了，楊師厚也好奇他還能變出什麼花樣，便允許他入府。

馬慎交道：「均王曾拜您為師，自古尊師之道，乃是『一日為師，終身為父』，日後均王若登基，您就不只是太師，他更會尊您如太上皇！」他拿出一份朱友貞的親筆信恭敬呈上，道：「這是均王親筆信函，將來令公可憑此為證，若均王稍有不敬，您可以馬上昭告天下。」

楊師厚聽到「太師、太上皇」，有些心動了，收下密函，微笑道：「這才有些樣子！」

馬慎交趁勢道：「敢問令公願出幾萬兵馬相助？」

楊師厚冷冷橫了一眼，道：「你說呢？」

馬慎交道：「均王的意思是多多益善。」

楊師厚不由得一股怒火沖起，冷聲斥道：「他以為自己是韓信點兵嚒？還多多益善！倘若大動兵馬，洛陽那邊豈不是立刻就發現了？萬一雙方大戰起來，重創大梁元氣，剛好讓李小兒撿便宜！你們造反，是恨不得全天下都知曉大梁內亂了？」

「這……」馬慎交萬萬想不到楊師厚收了朱友貞的密函證據，卻不肯出兵，急得額上冒汗，小心翼翼問道：「卑職駑鈍，不明白令公的意思，還請您明示。」

楊師厚怒火未熄，懶得回答他，只問道：「只有這封密函，沒別的東西了？」

馬慎交恍然大悟，連忙拿出一個錦囊，問道：「令公說得是這個？」

楊師厚不待他說完，便夾手奪過，打開一看，囊中有一張紙條，上面只寫著「忠義」兩字，什麼也沒有，楊師厚氣得將紙條揑成一團，丟棄一旁，罵道：「小狐狸！」

馬慎交不明所以，還來不及詢問，楊師厚已一把抓起他的衣襟，冷聲道：「你去告訴他，我是個老頭子了，再活也不過幾年，他揑著我的救命符有什麼用？可他正當年少，倘若我把這封密函交給朱友珪，你說會怎麼樣？他不肯交出錦囊，大不了兩敗俱亡，便宜了朱友珪和李存勖！」

「師父誤會了！」朱友貞英眉一揚，一派瀟灑地走了進來，微笑道：「當年母妃用天機妙算寫下三道錦囊，說要救您脫出三次死關，保您一生平安……」

因為前兩個錦囊的死關都已經應驗，而楊師厚也憑著張惠給的錦囊妙計脫險，因此他深信不疑，並承諾張惠會盡心輔佐朱友貞，一生為臣，不得另投他主，也不會竄位為王。張惠為防楊師厚倚仗軍權，欺凌幼主，便把第三道錦囊交給朱友貞保管，以備不時之需。

楊師厚雖沒有謀位之意，心裡卻一直存著疙瘩，總覺得自己不知何時會遇上第三道死關，還來不及跟朱友貞拿回脫身妙計就遇害了，因此他一生雖戰無不勝、位高權重，卻無妻無兒，不想有什麼牽掛，只圖人生快活！如今年事已高，對生死之事漸漸看開，卻還是好奇這困擾了他一生的第三道錦囊究竟寫了什麼，見朱友貞忽然現身，哼道：「我以為你躲著不敢見我，只敢派一個辯士來說三道四！」

朱友貞冤枉道：「明明是師父嫌棄徒兒不肖，不肯接見，卻說我躲著您？」

楊師厚心想確實是自己拒見他，便沉了臉道：「既然如此，你又擅自進來？」

朱友貞微笑道：「我怕師父誤會徒兒的心意，就算拼著挨師父的罵，也得進來跟您老人家解釋清楚。」

楊師厚道：「你口口聲聲說誤會，便解釋來聽聽吧！」

朱友貞正色道：「錦囊中確實只有『忠義』二字，不是徒兒故意要欺瞞。」又懇切道：「從前我年少不懂事，不能體會您為大梁奉獻一生，勞苦功高，還時常挾著錦囊的機密跟您炫耀，以至這錦囊成了咱們師徒之間的心結！徒兒今日前來，是誠心懇請師父相助，自不會對您再有任何隱瞞，日後我若能報了大仇，登基為帝，就如我信函所言，一生敬您如師如父，絕不食言！」

楊師厚見他說得誠懇，不禁有些動容，又重新揀起那張紙條，看了又看，確認是張惠的筆跡，忽然有些明白她的用意，瞬間內心沖起一陣陣激動：「原來如此！原來如此……哈哈哈！」他忍不住大笑起來，笑聲中有幾許狂放，也有幾許解脫，更有幾許滄桑：「賢妃真是好手段啊！」

朱友貞原本可拿著錦囊繼續要脅楊師厚，但怕楊師厚決意拼個漁死網破，思來想去，他決定冒險拿出錦囊，誠意化解兩人心結，希望能打動這位心如鋼鐵的老將相助自己，此刻見一向沉穩的楊師厚像忽然掙脫鐵鍊束縛的猛獅般，神情狂放，口中似對母親頗有恨意，不禁有些後悔自己太魯莽了。

楊師厚從原本懷疑紙條的真實性，到憤怒自己受騙上當：「賢妃早看出我會大權在握，為保朱氏江山，就設下這錦囊妙計誆騙我，讓我不敢妄動……我這一生，無妻無兒，孑然孤獨，無人送終，全是拜這毒婦所賜！」又想：「我不想當皇帝，是因為我無子嗣傳承，一代皇帝有個屁用？倘若沒有這道錦囊束縛，我必會娶妻生子，我……還會對朱家如此忠心麼？」

他心裡知道答案，這一切都將改變了：「朱友貞一直以為第三道錦囊是他的保命符，遲遲不肯拿出來，卻因此誤打誤撞，成全了我的忠義！倘若他早早拿出來，我看見『忠義』兩字，會以為根本沒有第三道死關，就開始放縱妄為，或許不必等到先帝去世，就貿然發動兵變……」忍不住又想：「先帝離世之前，疑心病重，殺了許多功臣宿將，唯獨沒有對我動手，甚至把六州都交給我，讓我獨享大權，尊榮無比，那是因為我一直忠心耿耿，不曾表現過一點異樣，否則我腦袋早就不保了……這一切歸根結底，竟是因為我沒有子嗣！

所以，賢妃這『忠義』兩字，救我脫出第三道死關，並不是欺謊！她雖害我無子無嗣，卻也讓我保住性命、享盡榮華，她於我……究竟是恩還是仇？」

朱友貞見楊師厚神情恍惚，不知他在想什麼，心中忐忑不安，只能放輕聲音，好言道：「母妃曾說將軍一生都貢獻給了大梁，當初她要我拜您為師，就叮囑我要好好孝敬您，不可有負……」

楊師厚內心波濤來回衝擊無數次，漸漸明白了張惠的苦心和「忠義」兩字的深意：「她怕我被先帝的疑心給斬了，又知道我為了大梁，一生無子無嗣，是以留了這個孩兒給我，讓他敬我如師如父，為我送終……」他抓住朱友貞雙臂，仔細凝望，這一剎那，彷彿真是看著自己久違重逢的孩子般，越看越愛憐，心中不勝激動，忍不住紅了眼眶，許久許久，才放開朱友貞，拍了拍他的肩，哽咽道：「放心吧！只要師父一句話，這件事就成了！」

朱友貞雖不知楊師厚的態度為何大起大落，卻可看出他已然放下嫌隙，是真心願意相助自己，不由得大喜過望，雙膝一跪，伏叩於地，恭恭敬敬地行了師徒之禮，道：「徒兒多謝師父成全！」

楊師厚心知今日這一跪之後，朱友貞就是君上了，以後再也不會向自己跪拜了，便大方受這最後的師徒之禮。

為免打草驚蛇，楊師厚並沒有派出數萬軍隊相輔，只告訴朱友貞，想要謀殺皇帝，地方將領緩不濟急，宮中禁軍才是最有用的。如今已有趙岩和袁象先掌握一部份禁軍，只要他再派出心腹大將王舜賢隨朱友貞返回洛陽，打點宮中其他禁軍，便可成事，萬一真有意外，他已經傳令屯駐在滑州的朱漢賓準備接應。

朱友貞聽楊師厚只願派一人去打點宮中禁軍，心中擔憂兵力不足，返回開封後，便打算從自己的地盤，再物色一支可信任的軍隊充作內應。

此時剛好發生一件事，駐紮在「懷州」的三千龍驤軍以劉重遇為首，起兵叛變，他們劫持原本的將領劉重霸，以討伐弒君逆賊的旗號，四處燒殺搶掠，殘害百姓。

朱友珪見對方居然公開宣揚自己是弒君逆賊，若再隱忍，豈不是被坐實了罪名？震怒之下，連忙派東京馬步軍都指揮使霍彥威、左耀武指揮使杜宴球前去討伐，霍彥威也不負所望，平定了叛軍，在鄢陵捉住劉重遇，將其斬首，誅滅九族，暫時平息了風波，但朱友珪擔心這謠言一旦擴大，會對自己的皇位更加不利，於是一邊搜捕叛黨餘孽，一邊將駐紮在開封的龍驤軍調回洛陽。

朱友貞得知消息，立刻抓住機會，派人到軍營裡放出謠言，說：「皇上已經誅滅了懷州龍驤軍，現在又要召開封龍驤軍入京，其實就是要誘殺你們，將所有龍驤軍一網打盡！」

開封龍驤軍聽到懷州龍驤軍造反，已是人心不穩，哪裡聽得了這挑撥離間的話？一時躁動不安。朱友貞接著又向朱友珪密報：「開封龍驤軍因為不滿懷州龍驤軍被誅滅，正密謀造反！」

朱友珪召回開封龍驤軍，原本只是想把軍權控制在手裡，以防萬一，聞言既憤怒又不安，對這四面楚歌的景況，他第一次感受到身為帝王誰都不可信任的恐懼：「龍驤軍是最親信的老部隊，都想造反，還有誰可以相信？」望著朱友貞誠摯的眼神，不禁慶幸還有這個親兄弟對自己忠心耿耿，遂握了朱友貞的手，懇切道：「幸得你密報，朕才能有所防範！三弟，為兄沒有虧待你，咱們兄弟可得一條心，共度難關，保住父皇留下的江山！」

朱友貞道：「皇兄放心，我在開封日久，熟知各軍隊的習性，我會監視他們的一舉一動，隨時向你稟報。」

朱友珪想了想，又問：「你以為該如何處置龍驤軍？」

朱友貞咬牙道：「如今江山飄搖，絕不能縱容亂臣賊子，他們既有反意，就應當斬草除根！」

朱友珪才丟掉河中，實在不想屠滅龍驤軍這樣有戰鬥能力的老部隊，心裡還想著招安，沉吟道：「但龍驤軍還未動作，這麼一來，豈不是枉殺無辜？會惹得軍心不安。」

朱友貞慫恿道：「等他們動作就來不及了！皇兄只要隨便安個罪名給他們，便是罪證確鑿，誰還敢說話？」

朱友珪又道：「或許可以賞賜他們，好化解敵意……」

朱友貞道：「皇兄，這段時日，你已賞賜多少財寶了，可還是有人要反你，野心狼子是永遠餵不飽的！前不久，咱們已輸掉河中，此刻你應該樹立王威，讓他們不敢挑釁，若是一味縱容退讓，只會讓大家都覺得可以胡作非為，到那時，大梁四分五裂，就讓李小兒有機可趁了！」

朱友珪從小憋屈慣了，為了王朝穩定，想到的方法盡是隱忍以安撫眾臣，但其實他性情暴躁，長久下來，早就憋了滿肚子火，恨不能大開殺戒展現帝王之威，聽朱友貞句句打中心坎，終於決定：「你說得對！朕可以下令誅滅開封龍驤軍，但萬一對方拼死反撲，可是危險得很哪！」看了朱友貞一眼，又道：「你以為該由誰去執行這任務？」

朱友貞心知他在暗示自己，英眉微蹙，面色為難，掙扎許久，才咬牙道：「都是皇兄恩寵，友貞才有今日地位，為保我朱家大業，小弟不惜烈火焚身，也要為您執行這個任務！」

朱友珪見朱友貞願意接下這個艱難的任務，很是高興，拍了拍他的肩，笑道：「朕有你這個好兄弟，王朝可安矣！」

朱友貞又道：「為免打草驚蛇，請皇兄切勿洩漏此事，只要給我一道密令，容我用一點時間暗中佈署，待一切妥當，我會殺亂臣賊子一個措手不及！」

「好！你想得很周到，我便下一道密令，讓你方便行事！」朱友珪自認十分恩待朱友貞，也相信這位向來膽小的兄弟必會感激涕零，安安份份做他的王朝柱石，卻不知這一切危機，都源於朱友貞的煽風點火！

朱友貞連夜趕回開封，一邊將皇帝的誅殺令傳給龍驤軍看，一邊含淚哽咽道：「先帝創業三十餘年，經營社稷、征戰沙場，都有龍驤軍隨行，你們一向是先帝最信任的侍衛親軍！可朱友珪那賊子暗殺先帝之後，心中有虧，便視你們如寇讎！懷州龍驤軍就是想為先帝報仇，才遭到屠滅！如今你們不肯入京，他便下了暗殺令，但諸位都是我大梁功臣，本王實在下不了手，如果要本王屠戮功臣，不如讓他先殺了我吧！」

開封龍驤軍被安上莫須有的罪名，既氣憤又不安，激動道：「均王冒死通知，末將感激不盡，請均王代為上稟，說我們並沒有反叛之心。」

朱友貞咬牙切齒道：「他連生父都敢下手，先帝尚且落入他的奸計，你們又怎能倖免？」

龍驤軍痛哭流涕道：「那該怎麼辦？請均王給咱們指點一條活路！」

朱友貞拿出父親的畫像激勵眾將領，道：「賊人殺害君父，違天逆地！現在還想屠滅親軍，本王豈能坐視他敗壞朝綱？我一定要為先帝報仇，你們有誰願意隨我起事？」

龍驤軍大聲道：「我們受先帝提攜，才有今日富貴，我們都願追隨均王，討回先帝血仇！」

朱友貞大聲道：「好！起事之日，大夥便隨我一起殺進洛陽，擒殺逆豎，以慰先帝在天之靈，大家便能轉禍為福！」

龍驤軍歡呼道：「我們願隨均王討回先帝血仇，擁護均王繼承大統！」

朱友貞憑著兩面手法，輕易收羅了龍驤軍的支援，便派人通知在洛陽的趙岩、袁象先可以起事了。

朱友珪只顧縱情享樂，渾然不知禁衛軍已經開始磨刀霍霍，才短短八個月，洛陽宮廷彷彿被咀咒般，再次掀起至親相殘的驚濤駭浪了。

月黑風高的深夜，袁象先和王舜賢拿著楊師厚的手令，悄悄進入禁軍大營，打著為先帝復仇的旗號，輕易調動傅暉等人所率領的數千禁軍，一路毫無攔阻地闖入皇宮，直奔內殿。

朱友珪還窩在美人堆裡沉睡，恍惚中似聽見金戈交擊的吵雜聲，接著吶喊廝殺聲震天作響，令他全然驚醒過來，抓了外衣就跳下床，不管身邊驚惶無助的女子們，衝奔向外。

朱友珪到了外殿，剛抓了一柄長劍在手，控鶴都指揮使已衝了進來：「陛下，不好了！右衛大將軍、左龍虎統軍聯合造反，殺向長生殿了！」

「什麼？」朱友珪急得破口大罵：「你們為何讓人闖了進來？快召人救駕！」

「沒有人，只剩下我們控鶴都幾百人！」控鶴都指揮使率領一批死忠侍衛保護著朱友珪往外衝，一邊道：「滿城都是叛軍……」

朱友珪急道：「怎麼會這樣？」

控鶴都指揮使道：「末將已讓人在北城外備了快馬，只要突破重圍，趕到那裡，陛下就能離開危地了！」

朱友珪在控鶴都的保護下，疾奔至十字路口，只見一邊可直達北城，一邊是通往後宮，他心念一動，道：「去後宮！」話聲甫落，便有黑壓壓的叛軍湧了過來，眾侍衛一邊抵擋，一邊喊道：「陛下，太危險了！此刻再不趕去北城，叛軍就過來了，會來不及……」

沿路上，守衛朱友珪的親軍已經血戰成河，屍橫遍野，雙方人數相差太多，很顯然宮中許多禁軍不是反叛了，就是袖手旁觀，朱友珪心中一涼，知道大勢已去，生死關頭，他必須做下決定，一咬牙，哽咽道：「去後宮！找皇后！朕要帶她走！」

眼看敵軍洶湧而來，控鶴都指揮使心知不敵，以一人血肉之軀奮力擋住十多柄利刀，嘶聲喊道：「陛下，來不及了！您快走！北城外已經備了馬……」他一句話未說完，已在亂刀砍殺下，倒臥血泊中。

前一刻朱友珪還躺在眾美女間嬉戲，大難來臨時，他毫無眷戀地拋下她們，可這一刻，他心中卻有個執念，無論是生是死，他都要和貞娘在一起！曾經他的懦弱，造成夫妻之間巨大的裂縫，這個他生命中唯一深愛過、卻也傷得最深之人，他一定要見她最後一面！

朱友珪只剩下孤身一人，還有寥寥無幾的親軍，他奮起長刀，閉了眼往前衝，只希望奇蹟出現，能衝破黑壓壓的人群……

忽然間，一陣劍光閃動，如飛燕迴旋，劈飛十多顆頭顱，為朱友珪殺出一條血路，正是馮廷諤趕到了！

後宮之中，張曦聽見叛軍作亂，為免受辱，冷靜地在寢殿裡懸了白綾，緩緩踏上小凳，準備自盡，忽然「碰！」一聲，室門被撞開，她幽幽地回過頭去，見到滿身傷血的朱友珪，她沒有任何震驚，只心裡滑過一絲悸動，輕輕說了聲：「你來了？」那聲音輕得不像生離死別，只像是尋常問暖，因為心中的那一絲悸動，已來得太遲、太遲了……

朱友珪見到此情此景，再也忍不住淚如雨下，哽咽道：「是，我來了！」蹣跚地衝奔過去將她從椅凳上抱了下來，緊緊地抱在懷裡，哭道：「貞娘，我來了，我來帶妳一起走！」

馮廷諤連忙道：「陛下，快走吧！有話日後再敘！」

朱友珪顧不得張曦意願如何，用力拉扯著她，與馮廷諤一起衝出殿門，直奔往北城，卻見叛軍如潮水洶湧過來，控鶴軍一個個倒落，最後只剩下他們三人，被一路逼至北城宮牆的角落，眼睜睜看著城門就在附近，卻無法衝過去。

馮廷諤將朱友珪和張曦護在角落裡，獨自一人面對外邊，拼命砍殺衝湧過來的士兵。眾人見他悍勇，一時緩了攻勢，只以車輪戰不斷消耗他的體力。

任憑馮廷諤飛燕劍法再快，再赤膽忠心，這一次也無能為力了，即使他砍到全身麻木，彷彿血肉都不是自己的，也無法為主上再殺出一條生路。

朱友珪見宮城太高，無論如何也翻不過去，他忽然想起當日跪在長生殿前，受父親的鞭刑酷罰，就覺得這座血腥的宮城是吞人的巨大怪獸，如今它真的吞沒了他們夫妻的命，最後這一刻，他終於想通了事情發展至此，得利的是朱友貞，一切皆是這個貌似人畜無害、手足情深的兄弟所謀劃的！

他淒然一笑，對馮廷諤道：「朕一生孤苦，卻有你這個好兄弟！你雖不是至親，也不擅奉承，卻比任何人都忠心，朕不想受朱友貞那賊子的羞辱！朕要你再效忠最後一道王命——殺了朕和皇后！至於你，有本事便逃命去吧！」

馮廷諤不禁紅了眼眶，哽咽道：「是！」劍尖瞬間向後，一連兩刺，精準地刺入張曦和朱友珪的肚腹，下一瞬間，又抽回劍刃向前，繼續抵擋強敵。

朱友珪抱著張曦委頓下來，淒苦道：「貞娘，這一次，我真的沒有拋下妳，我與妳同生共死了，妳原諒我好不好？但願來世我不生於帝王家，只願與妳結成平凡夫妻，好不好？」這是他第一次如此溫柔地傾訴心聲。

張曦脈脈凝望著他，心中只輕聲道：「你我本是宿仇，無奈相遇，又何苦言情深？只願來世永不相見，你不需錯付真心，我也不必虛擲年華……」便緩緩闔了眼。

朱友珪直到死，都沒有等到她的一句承諾與原諒。

馮廷諤，沒有人知道他從哪裡來，要往哪裡去？與朱友珪有什麼淵源？只知道他一直是朱友珪的影子，即使朱友珪登上大位，沒有賞賜他高官厚祿，他依然甘心生死相隨，直到這一刻，正身結束了，影子自然也該消沒了！他沒有試圖飛上高牆逃走，只堅毅沉默地以飛燕劍往脖子一抹，上窮碧落下黃泉地追隨主上去了，因為朱友珪的去向，就是他人生唯一的方向！

鳳曆元年二月，後梁第二位皇帝朱友珪窮途末路，攜張皇后死於洛陽宮城北牆角落、馮廷諤的刀下，時年二十九歲。

這一場變亂很快結束了，趙岩尋到傳國玉璽，立刻送往東京開封，恭請朱友貞回洛陽即位。朱友貞一方面擔心洛陽禁軍中還有朱友珪的餘孽，另一方面又覺得朱友謙已倒向李存勖，而河中距離洛陽太近，因此決定把京城東移，改在自己熟悉的地盤開封登基，遂下詔宣告：「開封乃是先帝興起大業之地，居天下之要衝，國家藩鎮也多設在東邊，要調兵遣將相對便利，洛陽位置實在不如開封，你們若真心擁戴本王，即位大典就應該設在東京，待蕩平賊寇、天下一統之日，本王自會前往洛陽宗廟祭奠。」

是月，朱友貞在東京開封即位，去鳳曆年號，恢復乾化三年，為了表示自己師出有名，他澄清朱友文並非弒君凶手，恢復其官職爵位，追廢朱友珪為庶人，並追封母親張惠為元貞皇后，最重要的是，封楊師厚為鄴王，加封檢校太師、中書令，之後所有詔書都不敢直呼楊師厚名諱，凡事必先請示他，直把楊師厚尊奉為太上皇！

大梁境內終於穩定下來，楊師厚在年老之際登上巔峰，便驕狂放肆了起來，他以豐厚的賞賜、精良的裝備吸引勇士們加入，不斷壯大銀槍效節都，再率領大軍掠奪邊境城鎮，直到滿載豐收，搶無可搶，才縱馬而歸。他瀟灑快意，卻苦了邊境百姓，偏偏守將們都奈何不了他；有時楊師厚懶得搶劫時，便乾脆向朝廷索求賞賜，朱友貞身為堂堂大梁皇帝，只能畢恭畢敬，咬牙答應，一樣奈何不了他。

九一四・一

浮雲在一決・誓欲清幽燕

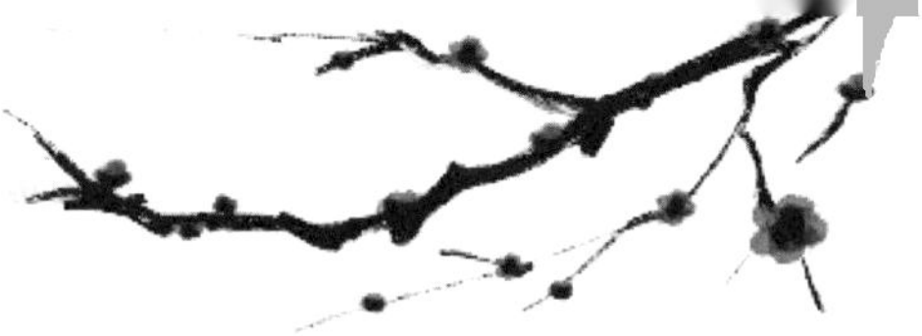

> 明年，晉遣周德威將三萬人，會鎮、定之兵以攻燕，自祈溝關入，其澶、涿、武、順諸州皆迎降。守光被圍經年，累戰常敗，乃遣客將王遵化致書於德威曰：「予得罪於晉，迷而不復，今其病矣，公善為我辭焉。」德威謂遵化曰：「大燕皇帝尚未郊天，何至此邪？予受命以討僭亂，不知其佗也。」守光益窘，乃獻絹千匹、銀千兩、錦百段，遣其將周遵業謂德威曰：「吾王以情告公，富貴成敗，人之常理；錄功宥過，霸者之事也。守光去歲妄自尊崇，本不能為朱溫下耳，豈意大國暴師經年，幸少寬之。」德威不許。
>
> 守光登城呼德威曰：「公三晉賢士，獨不急人之危乎？」遣人以所乘馬易德威馬而去，因告曰：「俟晉王至則降。」晉王乃自臨軍，守光登城見晉王，晉王問將如何？守光曰：「今日俎上肉耳，惟王所為也！」守光有嬖者李小喜，勸其毋降，守光因請俟佗日。是夕，小喜叛降於晉軍。明旦，晉軍攻破其城，執仁恭及其家族三百口。《新五代史·卷三十九·雜傳第二十七》

大梁乾化三年，同時也是大燕應天三年，桃月春暖，原本應是姹紫嫣紅的錦繡風光，可憐幽燕卻被周德威大軍圍成血色山河，只剩一座殘破孤城。

劉守光無心欣賞滿庭春色，只不安地在內殿走來走去，心急如焚地等待消息：「幾個月過去了，大梁消息一變再變，到底怎麼了？我不過是學李世民來個弒兄囚父，朱友珪真他奶奶的，竟比我倆還狠，連親生阿爺都敢一刀宰了，他再不來救兵，我這個大燕皇帝也玩完了！」

「不好了！陛下，大事不好了！」李小喜再一次連滾帶爬地滑跪到劉守光面前。

劉守光氣吼道：「現在還不夠糟嚒？還能有什麼更壞的消息？你若沒好消息，就不用來見朕了！」

李小喜委屈道：「臣也盼有好消息，可……」下面的話卻是不敢再說出來。

劉守光簡直快氣瘋了，又斥道：「你幹什麼結結巴巴的？還不快快說來！」

李小喜一口氣道：「朱友珪被他弟弟殺了！大梁又換皇帝了！眼下朱友貞剛當上皇帝，忙著鎮住一幫老將，實在無暇他顧……」

「什麼？」劉守光驚得圓目大瞪：「朱友珪死了？梁軍不來了？咱送了那麼多財寶，梁軍卻不來了？」

李小喜用力點點頭，劉守光暴喝怒吼：「朱友珪怎麼不守信用，說死便死了？他有那麼多軍兵，怎麼會死了？難道他的兵都不中用，像元行欽、高氏兄弟那幫狗賊，都背叛主上了嚒？他才剛剛當上皇帝，都還沒享受夠，怎麼能死……」他發狂似地怒罵一通後，再也忍不住癱軟跌坐在椅上，雙手摀臉，嗚嗚咽咽哭了起來，因為朱友珪的死深深震撼著他的心，令他生出兔死狐悲的恐懼，意識到就算當了皇帝也不能長保康泰，即使手擁千軍萬馬，也可能在一瞬間消逝如煙。

李小喜不知如何安慰，只能輕聲喚道：「陛下！陛下！您莫傷心，咱們總能想出辦法的。」

劉守光一邊哭，一邊喃喃問道：「小喜，你說、你說，我該怎麼辦？」

「如今……」李小喜苦著臉道：「只能向晉王求……和了。」他原想說「求饒」，話到口邊，機伶地把「求饒」改成「求和」了。

可劉守光還是十分氣憤：「你要朕向李小兒求和？朕顏面何存？」

李小喜好言道：「那越王勾踐不也臥薪嚐膽，給吳王夫差做了三年奴僕嚒？」一句話未說完，劉守光已勃然大怒：「給敵人做奴僕？這『夠賤』還真夠賤！難怪他阿爺給他取了這名字！」

李小喜輕聲解釋：「他是『勾踐』，不是『夠賤』，他這麼屈辱，是為了修養生息，欺騙吳王夫差，後來他真的打敗吳國，成了春秋五霸之一！陛下，一時的隱忍，是為了換取將來的成功……」

劉守光一揮手，道：「我管他什麼賤？朕乃堂堂大燕皇帝，絕不去給沙陀小蠻子捧洗腳水！」

李小喜耐心勸說：「您也不必去做奴僕，只是送一點禮物給晉王，拖延一些時間，支撐到大梁局勢穩定，到那時，朱友貞一定會派大軍前來，咱們就可以聯合梁軍一口氣反攻，殺得沙陀小蠻子落花流水。」

劉守光聞言，但覺是好計，伸手抹去臉上殘留的淚水，歡喜道：「不錯！以前咱們靠裝龜孫子這一招，總能把李克用耍得團團轉，相信他兒子也聰明不到哪裡去！」想了想，卻又捨不得送出財寶，道：「咱們先賣個口頭便宜，不忙送禮！」但覺得自己省下了禮物，十分聰明，便召來客將王遵化，讓他送信給周德威。

劉守光在信中十分謙卑，說：「我實在是生病了，才會糊裡糊塗聽信臣子所言，去得罪晉王，迷途不知悔改。如今身子還病著，就一心想著要向晉王認錯，希望得到他的原諒，聽說周將軍最得他的信任，請替我向晉王美言幾句。」署名不敢再稱「大燕皇帝」，而是「燕王」。

周德威性情剛硬，不吃劉守光這一套，對王遵化冷笑道：「大燕皇帝不是應該去南郊祭天，祈求戰事勝利麼？怎麼來跟我這個大老粗低聲下氣？周某既受晉王之命，討伐僭亂逆賊，不徹底殲滅，絕不罷休！讓劉守光別想胡亂攀扯關係！」

這件事反而讓周德威知道幽州城快撐不住了，攻擊更猛，劉守光見情況更糟，不得不忍痛獻出布絹千匹、白銀千兩、錦緞百匹，又派部將周遵業去對周德威說：「人生在世，誰都可能成功，也可能失敗，富貴成敗，不過是人之常情！我今日既然敗了，願向周公求情，請你同情落難者的處境，向晉王獻言說：『守光去年妄自稱帝，只是不想臣服朱賊而已，哪想得到竟因此得罪晉王？還勞煩他派大軍來圍攻一年多，如今守光深切悔悟，請求晉王寬宥我的過錯。能夠賞賜立功者，原諒犯過者，這才是霸主的胸懷！』」

劉仁恭屢屢背信棄義，以至李克用含恨而終，周德威對劉氏父子之痛恨，不亞於李存勖，見劉守光又來裝可憐，氣憤地直接回絕，更派兵日夜強攻！

劉守光好話說盡，禮也送了，敵人卻變本加厲，他貪逸享樂慣了，如何承受這龐大的壓力？終於清醒了，願意面對這殘破失敗的現實，便召來李小喜，慘然道：「不如我投降吧！我聽說晉王胸襟寬大，對降將十分包容，我好好懇求，或許他會大發慈悲，饒我一命……」

李小喜望著劉守光狼狽的模樣，知道這城池是真的守不住了，心中忽生一計，連忙勸道：「您是真命天子，怎麼可以投降？李小兒恨老節帥入骨，一旦開門投降，肯定饒不過你！不能投降，萬萬不能投降！」

劉守光也知道自己落到李存勖手中，多半是死路一條，這才寧戰不屈，聞言急得跳起身，用力抓住李小喜雙臂，嚎哭道：「降與不降，都是死路一條，我該怎麼辦？小喜，你說說，我究竟該怎麼辦？」此刻他已全然沒有帝王威嚴，只像是個手足無措的孩子。

李小喜好言安慰：「陛下，您別著急！這樣吧，您先假意投降，鬆懈他們的防備，最多五日，小喜一定為您安排好一切，讓您可以趁夜逃走。」

劉守光就像溺水之人終於抓住一根浮木，這才安靜下來，抹了眼淚，道：「好！小喜，就這麼辦！你總能為朕想出好主意！」

有了出逃計劃，劉守光心中稍安，便依李小喜的建議，登上城樓喊話：「周總管，您乃是賢達人士，我三番兩次請求您在晉王面前為我進言，您為什麼不能急人之困，幫人化解危難呢？」

周德威懶得與他對話，只問道：「一句話，降不降？」

「我可以降！」劉守光派人將自己的寶馬牽出城，去和周德威的馬匹交換，以示誠意，又道：「但再怎麼說，我也是一介大王，投降之事不能草率，必須等晉王親自前來受降！」

周德威聞言，火速遣人趕回晉陽通知李存勖。李存勖正與張承業研究如何應對大梁變局，並指揮各路晉軍攻城掠地，聽到傳報，立刻放下一切，飛馬趕至幽州城下。劉守光得到傳報，也依約定登上城樓。

李存勖傳聲道：「聽說你非要見本王才肯投降？本王已經來了，你待如何？」

劉守光朗聲道：「如今守光只是一塊砧板上的魚肉，就任憑晉王處置吧！但還請寬限幾天，讓我將城中整理一番，好恭迎大王。」

「好！本王也不在乎多等這幾天！」李存勖於是回到軍營裡，耐心等候。

是夜三更，李小喜終於安排好逃生路線，準備以馬車送劉守光悄悄出城，為免引人注意，劉守光不敢多帶財寶和其他族人，只攜了李氏、祝氏兩位妻子，劉繼珣、劉繼方、劉繼祚三個兒子和幾貫銅錢。

臨行前，劉守光握著李小喜的手，感動道：「滿朝文武逃的逃，降的降，哪有一個忠心臣子？小喜，朕今日總算看清了，只有你一直陪在朕身邊，是真正的赤膽忠臣！」又從懷中拿出一把鎖匙交予李小喜，道：「朕只是一時落難，並非真的山窮水盡，府庫中還有一些財寶，你先幫朕好好守著，將來要做為起兵之用。我這就去外邊招兵買馬，等一切備妥，必召你回來擔任三公！」

李小喜望著手中鎖匙，驚喜得說不出話來，連忙跪下叩謝聖恩：「陛下放心，小喜一定堅守府庫，等陛下率兵回來。」

劉守光點點頭，不敢再逗留，便和家眷上了馬車，馳向不可知的前方。

李小喜望著遠去的馬車，心中思索：「明日既要開城投降，可不能兩手空空，得要有貢物，才能顯出誠意，守城將領能獻上一整座城池、數千士兵，我李小喜又有什麼可貢獻的？財寶是萬萬不能上貢的，當然只有……」嘴角漸漸露出一抹詭異的冷笑：「瘋狗，你就逃亡吧！老子如果任你自己投降，還能在新主子面前撈到什麼好處？從前都是你把我踩在腳底下，今日風水輪流轉，輪到你做我的腳踏板，換取我的榮華富貴……」

他心中升起一股報復的快感，便轉身奔向河東軍營，一路籌謀著：「天下的主子都喜歡好聽話，沙陀蠻子也不會例外！憑我李小喜的拍馬手段，還怕不能連升三級？說不定這麼一路升上去，真能成為李三公呢！哈哈哈！哈哈哈！」他越想越歡喜，忍不住笑了出來：「一旦瘋狗死了，天底下再沒有人知道大安山的秘密，等風聲過去，我再回來逼問劉仁恭！李小喜，你簡直太聰明了！」

河東軍營主帥帳幕中，燭火熒熒，李存勖一手撫摸著李克用留下的金箭，一手拿著酒囊獨自大口喝酒，興奮得難以入眠：「父王交代的三件事，已成其一，我總算沒有辜負他的期許！相信父王在天之靈，看見我收復幽燕，定會十分欣慰……」

他喝得微醺，耳畔似迴蕩著「百年歌」和李克用的問話：「十年後，有誰能接替本王的志業？」便大聲答道：「我！父王不用擔心，孩兒已經完成第一箭了！」眼前又似浮現李克用的身影，哈哈大笑：「此子類我！飛虎子後繼有人了！二十年後，果然是亞子代我征戰天下了！」

李存勖又喝了一大口酒，瞬間，目光一沉，指掌緊緊握住那支金箭，握得指節都發白，悲恨想道：「昔日劉氏父子欺我父王，以至他傷鬱而逝，今日我攻下幽燕，必要血刃仇敵！我曾答應過那個人要饒了幽燕百姓，但那對狗父子……父王，您等著，孩兒必拿他們的人頭來祭奠您！」

「報！」帳外傳來一聲呼喝，打斷了李存勖的心思：「大王，有一位幽燕使者說自己是劉守光的心腹，要稟奏重要軍情。」

「這麼晚了，劉守光還派人過來，莫非是知道自己命不久矣，要來談條件？」李存勖心中冷笑：「他也太小看本王了，莫說派一名使者來求情，就算天帝親自過來，本王也不買帳！」

他想看看劉守光究竟搞什麼把戲，便放下酒囊，逼自己清醒過來，待整好衣衫，坐上主位，才道：「讓他進來！」

一名身穿尋常布衣、頭戴布巾的男子，神情鬼祟地走了進來，不只雙手拉著頭布企圖遮掩面貌，目光還左瞟右移，顯然在觀察四周環境，不想讓人認出他的身分。

李存勖一見此人形貌，心中已然不喜，暗哼一聲：「猥瑣小人！劉守光的心腹都是這等人物，難怪要滅亡！」正要開口喝斥，那人已噗地一聲跪倒在地，痛哭流涕：「求大王救救小人的性命！小人日後願效犬馬之勞，任憑大王驅策！」

對方忽來這一招，李存勖倒是有些意外，微微一愕，隨即冷聲道：「你深夜求見本王，究竟有什麼事？快快說來！」

這人萬分誠懇地叩了三個響頭，伸袖拭淚道：「小人李小喜，長年跟在劉守光身邊，雖沒有大本事，卻也立下許多汗馬功勞，後來劉守光妄想稱帝，小人以為這是得罪了晉王，萬萬不可，便出言反對，但劉守光一意孤行，還把所有反對的人都處死了……」

李存勖早已摸清李小喜的底細，見他滿篇廢話，心中大感厭煩，冷哼道：「那你怎麼沒死？」

李小喜一愣，心想自己為了拍馬屁，把謊話說得太過了，急急解釋道：「那是因為……因為馮道……對了！是因為馮道替小喜求情。」他忽然想起馮道曾赴河東幾次，或許可利用這層關係，幫助自己升官發達。

李存勖聽見「馮道」兩字，不由得心中一凜，微微蹙眉。李小喜最善察言觀色，知道自己押對寶了，得意笑道：「小喜和馮道可是最好的兄弟！」

李存勖曾聽李嗣源回報，說幽州士子曾聯名上書解救馮道，但最後被劉守光逼得大逃亡，而馮道就像人間蒸發般，從此不見蹤影，眾人都猜他已經被劉守光殺害了。

河東將領與馮道多有交情，談及此事，無不扼腕喟嘆。張承業更是恨悔莫及，恨自己沒有用強硬手段將馮道留下，每每想起都鬱鬱寡歡、暗暗拭淚，過了好長一段時間，才漸漸平復心情。

兩年了！忽然再次聽見「馮道」這名字，李存勖心中不由得一刺，一股深深遺憾沖湧上來：「倘若他還在，天下局勢會不會改變？或許我的霸業能更快成就……」他不願在李小喜面前流露半點鬱色，只眼神一沉，喝道：「別再廢話了！你說的重要軍情究竟是什麼？」

李小喜恭敬道：「小喜知道晉王最仁民愛物，就勸劉守光趕快投降，要顧惜百姓，別弄得生靈塗炭，他卻等到情勢糟透了，才肯放手。今早他答應要好好迎接晉王入城，到了晚上，卻摸黑逃走了！」

「你說什麼？」李存勖驚怒得拍案站起，喝問：「劉守光逃走了？」殺死劉氏父子的意義不亞於拿下幽燕的重要性，那是他對父親的承諾！

李小喜被李存勖的威怒嚇了一跳，不禁結巴起來：「小人……小人……拼命勸阻，說不可失信於晉王，他卻痛揍小人一頓，您瞧，我這一身傷！」撩起衣袖，露出臂上的瘀青，道：「小人實在攔不住，又知道您一心想抓他，便趕緊前來通報，小喜真是一心為晉王著想！」說罷連叩三個響頭。

李存勖聽出李小喜話裡有話，微瞇起雙眼打量他，問道：「你知道他逃往哪裡了？」

李小喜不直接回答，只道：「小喜從前跟在劉守光身邊，自然知道他的習慣。」吞了口唾沫，又道：「如今幽州已準備投降，小喜明日會好好打開城門，恭迎王軍入城，也會一心效忠晉王，只希望晉王能夠賞識小喜，給卑職一個報答大恩的機會。」

李存勖恍然明白：「他這是拿劉守光的下落來討要官位了？」冷笑問道：「你知道本王一心想抓住劉守光？」

李小喜抬頭微笑道：「當年劉仁恭背叛老晉王，您一定恨他入骨，父債子償，你自然想抓住劉守光，所以小喜已經派人去抓他了，相信很快就能抓回來，到時候，晉王想將他千刀萬剮，也不必髒了您的手，小喜可以代勞，為您解恨……」

李存勖卻是勃然大怒，喝斥道：「李小喜，你聽好了，本王不受人威脅，也不會用你這賣主求榮的卑鄙小人！本王明日就貼出黃金百兩、官升三級的懸賞，就算掘地三尺，也會找出劉守光那狗東西！」隨即對外呼喝：「來人！」

匡衛都指揮使李建及於柏鄉一役，率兩百人血戰橋頭，阻擋數萬梁軍無法渡橋到鄗邑平原，立下大功，因此被李存勖提拔上來，成為鴉兵軍首，護衛晉王的安全。

此刻乃非常時期，李建及見敵方使者來訪，不敢掉以輕心，一直親自守在帳外，忽然聽到李存勖召喚，快步走進帳中，行禮道：「大王有何吩咐？」

李存勖冷聲道：「劉守光逃了，快派人去追！另外把這人押下去，待捉到劉守光，一併處斬！」

李建及立刻召來兩名鴉軍，從左右兩側把李小喜緊緊夾住，硬是拖拉出去。李小喜也算身有武功，卻像被鐵筷夾住般，竟是動彈不得，他萬萬想不到李存勖會如此生氣，自己非但錯過了黃金百兩、官升三級的機會，還被下了死令，他實在不知道自己哪裡做錯了？只嚇出一聲冷汗，瘋狂大叫：「晉王息怒！晉王！小喜對您真是一片赤忱……小喜……」

李建及對鴉軍道：「把他關押到俘虜營裡！」

李小喜正被狠狠拖拉出去，驚慌之中，聽到「關押」兩字，忽然想起保命機會，再不顧一切瘋狂大叫：「劉仁恭！劉仁恭！我知道他在哪裡，你懸賞找得到劉守光，卻找不到劉仁恭！全天下只有我一人知道他被關在哪裡！如果你殺了我，就算翻遍河北，也休想知道他的下落，你這一輩子都別想報仇！」生死瞬間，他不得不放棄大安山的秘密，把劉仁恭抖了出來。

「慢著！」李存勖實在恨惡李小喜，但面對劉仁恭這誘餌，卻不得不低頭。鴉軍又把李小喜拖了回來，李存勖深吸一口氣，沉聲問道：「你說劉仁恭沒跟劉守光一起跑？」

李小喜哼道：「那是當然！他父子已成仇人，劉守光怎會帶他逃跑？」

李存勖恨聲道：「倘若你敢欺騙本王，我便將你凌遲處死！」

李小喜想到孫鶴被凌遲的慘狀，驚出一身冷汗，連忙道：「小喜的命已捏在你手裡，就算有天大的膽子，也不敢欺騙您。」他見李存勖厭惡自己，留在河東已無前途，心想：「我定要狠敲你一筆當做補償！」遂大膽開出條件：「晉王金口玉言，一言九鼎，只要你答應饒小喜一命，永不追殺，給一份親筆手諭，並且賞賜黃金百兩，小喜便帶你去見劉仁恭。」

「好！」李存勖雖厭惡李小喜，也知道他只是跳梁小丑，並非什麼重要人物，道：「只要能見到劉仁恭，本王便答允你的條件！一言既出，駟馬難追！」

李小喜鬆了口氣，道：「明日午時，我會打開城門，待晉王安頓兵馬後，就帶您去捉人！」說罷悻悻離去，連行禮告辭也省了。

隔日中午，李小喜果真信守承諾，下令打開城門，幽州軍兵早知這兩日要投降，卻不知劉守光已逃走，只以為李小喜是奉命行事，因此無人阻擾。李存勖率領大軍威風凜凜地進駐幽州，順順利利地接掌政權，並捉拿了劉仁恭家族三百餘人。

李小喜已經把萬貫家產、府庫財寶都藏好了，心知河東將領不喜歡自己，再待下去，恐怕小命不保，便想拿黃金百兩當做盤纏，先躲到南方，等風頭過去，再悄悄回來取出財寶，於是主動去拜見李存勖。

李存勖迫不及待想親手抓住劉仁恭，便召來李建及和幾名鴉軍親衛一起前去。

這段時期，由於幽燕戰事緊迫，劉守光和李小喜已無暇顧及大安山地牢的情況，牢獄長便帶著一幫獄卒在地牢門口搭起營帳，用山中果樹、小獸、游魚自給自足，也餵養牢裡的劉仁恭，直到李小喜帶著李存勖等人前來，介紹晉王已成為新大王，眾人才知外邊已經變了天，心中甚是驚駭，連忙向李存勖下跪行禮。

李小喜拿出鎖匙，打開地牢鐵門，道：「晉王要隨我進來嚒？」

李存勖點點頭，讓他領路在前，自己和親衛跟隨在後，眾人踏著石梯一路下到地底，左彎右拐，來到囚牢深處，李小喜指著最裡面的囚籠，道：「喏！那老傢伙就是劉仁恭！」

李存勖見這地方陰森可怖，怕裡面藏有陷阱，對李小喜道：「你進去，把劉仁恭提出來！」

李小喜心中冷哼：「原來晉王也有害怕的時候！」朗聲道：「我這就進去抓人！但晉王，您是大人物，抓到人後，請不要忘了對小喜的承諾！」便大搖大擺地走了進去。

這段時間，外邊起了翻天覆地的變化，劉仁恭卻渾然不知，仍悠悠哉哉過著山中無甲子，寒盡不知年的日子，乍見到李小喜惡狠狠地打開囚籠，走了進來，有些驚駭，連忙喝道：「你想做什麼？你殺了孫鶴和馮道還不夠，還想來殺我嚒？不要忘了，我死了，你們就什麼都得不到了！」

這段話就像晴天霹靂般，轟然打在李小喜身上：「完了！」

李存勖心中一震：「原來馮道竟是死在這小人手中……」一時怒火沖燒，喝道：「李小喜！你給我滾出來！」

劉仁恭聽那呼喝聲有些不對勁，問道：「外邊是誰？」

李小喜罵道：「老傢伙，臨死還要害人，老子也不讓你好過！」便狠狠揍起劉仁恭。

劉仁恭原本廢了武功，又被折磨了好幾年，早已氣虛力空，李小喜這一番狠揍，只痛得他委頓在地，無力反抗。

李存勖再一次呼喝：「李小喜！你還不滾出來，信不信我現在就殺了你！」

李小喜不得不解開劉仁恭的鐵鍊，將他硬生生地拖出去，丟到李存勖面前，道：「人在這裡了！」

劉仁恭只見過李存勖孩童模樣，認不出眼前的威武英雄，再加上長年待在黑暗之中，老眼昏花，不由得微瞇雙眼，打量著李存勖，問道：「你是誰？不肖子呢？」

李存勖一把提起劉仁恭的衣襟，恨聲道：「要你命的人！」

劉仁恭見他虎目炯炯、精光暴射的模樣，眼前彷彿浮現李克用的臉與之重疊，嚇得大叫：「你……你是飛虎子？你怎麼還活著？你是人還是鬼啊？」他性子流氓無賴，並不怎麼害怕惡人，卻因為修道之故，十分敬畏鬼神，如今在黑暗中待久了，忽見到李克用重生，就害怕是鬼魂來索命！

李存勖不知他是真瘋還是假瘋，一把將他丟在地上，吩咐李建及：「將他押走！」

劉仁恭瞥見李小喜跪在一旁，急呼道：「劉守光呢？那不肖子在哪裡？我要見他！他阿爺快死了，他還不來救我？李小喜，快去通知你主子，要是我死了，他損失可就大了，你擔待得起嚒？」李小喜自身難保，又哪裡顧得了他的死活？

兩名鴉軍一起架住劉仁恭，用力拖了出去。地牢通道裡只餘劉仁恭發瘋似的喊叫聲不斷迴盪：「飛虎子！我不是故意要背叛你的！我真不是故意的！你饒了我吧！別拘我的命！」

李小喜早就嚇得撲跪在地，頻頻叩首求饒，面對李存勖冰冷如刀的眼神，他知道自己萬難活命，不敢再耍弄詭計，只能硬著頭皮誠實道：「啟稟晉王，馮道真不是我殺的，他是升仙了！」指向劉仁恭對面的囚籠，道：「那裡留有一行字，可以證明！」

李存勖抓起李小喜進入囚籠裡，李小喜指著牆面上那行「小馮子升天做神仙去也」的小字，道：「你瞧，我沒撒謊吧！」

李存勖壓根不信這鬼話，咬牙切齒道：「你一再戲耍本王，是怕死得不夠痛快嚒？」

李小喜感到眼前之人雖不像劉守光暴虐，卻更加可怕，是真正會要了自己的命，全身不由自主地顫抖了起來，連連叩首道：「晉王息怒，小喜……小喜……真沒有說謊！再怎麼說，小喜也交出了劉仁恭！我還可以免費奉送劉守光逃跑的路線，只求晉王能夠解恨，饒小人一命，小人……小人……」一咬牙道：「那百兩黃金也不要了！」

李存勖一把將李小喜提了出去，氣沖沖地丟在牢獄長面前，喝問：「馮道從前也關在這裡？人呢？」

牢獄長面對李存勖的威勢，不敢有半點隱瞞，心想自己可趁機在新大王面前表現，連忙道：「從前馮道確實關在這裡，但兩年前，也就是百日期限前幾天，李小喜趁著深夜悄悄進來，把馮道提出去處死，隔天士子們來討人，李小喜就把所有罪名都推到士子頭上，說他們劫走了人，導致士子們大逃亡！」

「完了……」李小喜知道自己已陷入萬劫不復的深淵，從來都是他陷害人，第一次他感到被人冤枉、百口莫辯是何等痛苦，他更恨自己為何不早早逃走，卻一再貪心地留下來，才造成這結果，可惜悔之晚矣！

河東將領得知馮道被李小喜害死，都氣憤不已，李嗣源與張承業最是難過，李存勖雖半聲不吭，但眾人都知道李小喜死定了！

數日之後，在重金懸賞下，終於傳來好消息，一掃河東眾將心中的鬱氣！

劉守光和妻兒想逃往滄州，卻因長年在宮中享樂，不識外邊情況，竟迷了路，走到「燕樂」縣城，因戰爭荒廢，他們幾日都找不到東西吃，劉守光擔心河東軍追來，便讓妻子祝氏到農家乞討食物，那一戶農家夫婦見祝氏說話無知，竟討要飯菜肉糜，完全不知民間疾苦，心中奇怪，便詢問她是哪裡人氏，祝氏因為久居深宮，不知世情險惡，毫無防備地據實以告，那農戶心中痛恨劉守光的殘暴，遂向上舉報，劉守光一行人立刻被逮住，送往幽州城。

李存勖在劉守光的皇宮內大肆犒賞三軍，論功行賞，周德威被記為首功，授予檢校侍中，相當於宰相之位，並擔任盧龍節度使，鎮守幽州，統管河北一帶，以防止北契丹、南大梁這兩大強敵隨時會派兵搶奪。

當慶祝已近尾聲，眾軍都得到應有的賞賜，正興高采烈時，劉守光被押到陣前，失魂落魄地跪著，李存勖故意戲弄他道：「你不是河北的主人大燕皇帝嚒？怎麼本王前來幽州拜訪，你卻像落難狗般，急匆匆逃走呢？」

劉守光知道自己落在李存勖手中，萬難活命，想到自己總是殘忍地凌虐人致死，怕李存勖也來虐殺自己，一咬牙，叩首道：「你賜我一死吧！」

李存勖冷哼道：「你父子壞事做盡，想死，豈有這麼容易？」又呼喝道：「來人！把他們套上枷鎖，押上刑車，讓他們一路被世人唾棄回晉陽！」河東軍都歡呼叫好。

李存勖把幽燕交予周德威，在一切安置妥當後，便啟程返回晉陽，途中大軍路過趙國，王鎔為感謝李存勖的援助之情，特意大設酒宴招待，眾人正喝得高興時，王鎔忽然說道：「聽說大王這次不只大破燕軍，還活捉劉氏父子，我可以見見他們嚒？」

李存勖笑道：「當然可以！」遂命人將劉守光父子帶來席上同坐。

劉仁恭、劉守光餓了許久，被請到酒席上，一見到美食佳釀，立刻像秋風掃落葉般，將幾盤菜肴一掃而淨。他們明明是階下囚，卻不知節制、毫無廉恥，眾人對他們父子臉皮之厚都嘖嘖稱奇，忍不住停下手中銀箸，觀看他們究竟能吃到什麼地步。

劉仁恭一點也不以為意，反而大聲吆喝：「趙王，你也太小氣了！想當初咱倆也算生死患難，一起抵抗過梁晉，你要請客，怎麼只備這一點酒菜？教人吃都吃不飽！還不快快補上好酒好菜！」

王鎔臉色有些尷尬，道：「晉王在這裡，你怎可如此無禮？」

劉仁恭哈哈大笑道：「你想依靠他，才要苦苦巴結他，老子卻不必使這些虛招！難道我對他有禮，他便會饒我性命？橫豎是個死，我何必藏著掖著？為何不吃個痛快？」一邊繼續嚼著肉塊，一邊呼喝：「王鎔，還不快上酒菜？」

劉守光沒有劉仁恭的豪氣，只是餓壞了，逮著機會就狼吞虎嚥，連開口說話也沒空。

王鎔見一介梟雄淪落至此，不勝感慨，嘆道：「你難道連臉皮也不顧了？」

劉仁恭哈哈大笑，指著自己的臉頰，道：「臉皮一斤值幾兩？難道為了這張薄薄臉皮，就自損肚皮？我劉窟頭可沒那麼蠢……」又轉向李存勖嘲諷道：「你老子就是太顧面子，才會被活活氣死！他永遠不明白朱全忠和我都一樣，就是無賴！只要能達到目的，再卑鄙的事，我們都幹得出來！」

李存勖聽他嘲笑父親，一雙精眸如寒刃般射向劉仁恭，雙手緊握拳頭，幾乎就要發作，劉仁恭卻蠻不在乎，仍自顧自地一邊吃喝一邊笑道：「你生氣有什麼用？有本事現在就殺了我，好消你心頭之恨！」

王鎔連忙向李存勖敬酒賠罪：「我不該讓他們上來，擾了晉王的興致。」

此時剛好上了一道「蓮子豬心湯」，李存勖望著渾圓的豬心，憤憤想道：「這豬狗不如的東西，我定要取他的心來看看究竟是黑還是白……」忽然靈光閃過，瞬間眉頭一舒，放開拳頭，笑了笑，道：「無妨！這也讓本王開了眼界，知道世間無恥之尤，究竟是什麼樣的嘴臉！大夥兒就當是欣賞猴戲吧！」

眾將領見李存勖一句笑語化解尷尬，都哈哈大笑起來，爭相嘲笑劉氏父子：「不如你們比拼看看，誰更無恥，能吃得更多？」劉氏父子卻也不在乎，依舊我行我素。

宴席結束，河東軍啟程返回晉陽，李存勖派人將劉仁恭父子、劉守光的妻兒，還有李小喜一起押到雁門，在李克用墓前築了一座祭壇，將劉仁恭像頁豬般五花大綁，仰躺在祭壇上。

劉仁恭曾是一方之霸，此刻卻淪落如畜牲，實是萬分羞辱，他氣得不斷掙扎大叫：「李小兒，你究竟要做什麼？把我綁在這裡算什麼？老子敗了無話可說，你就痛痛快快給我一刀，咱們就算倆清了，你這麼羞辱老子，算什麼好漢？」

李存勖卻不理會他，只神情肅穆地走上祭壇，對著父親靈位恭敬上香，接著打開一封信柬，朗聲唸道：「今公仗鉞控兵，理民立法，擢士則欲其報德，選將則望彼酬恩。己尚不然，人何足信！僕料猜防出於骨肉，嫌忌生於屏帷，持干將而不敢授人，捧盟盤而何詞著誓！」❶

劉仁恭聽到這段話，第一次從內心深處生出一陣寒顫：「這……這是……」掙扎間，微微抬頭，目光正好與李克用靈位相對，就好像對方正厲厲瞪視著自己：「李克用曾說我恩將仇報，將來一定會禍起蕭牆、骨肉相殘……他竟然一語成讖了！」

只聽李存勖繼續唸道：「父王，當年你寫下這封信，警告劉仁恭說：『信義乃是立世之根本』，其中深意振聾發聵，可惜畜牲聽不懂人話，竟一再背叛侵掠我河東，他自以為比別人聰明，並不能體會您才是真知灼見、高瞻遠矚，一早就看透了他的結局！」

「他說得不錯……」剎那間，劉仁恭腦中湧出許多念頭：「李克用雖然傷鬱而逝，但他堅守信義，因此養出一個好兒子，就算死了，他兒子都牢牢守住承諾，誓死光大河東，為他報仇。而我……樹立了狡猾無信的榜樣，我兒子也有樣學樣地背叛了我！以致我們父子落到如此下場……我和他，究竟誰才是真正的贏家？」這一剎那，他才深刻體會到被親信背叛的痛苦，也才明白李克用那封書信的深意：「孫鶴直到死，都想解救我，還派馮道前來！我原本有機會逃走，可是我自己喜歡背叛別人，因此也無法相信任何人，就輕視孫鶴的忠義，也不願隨馮道離開……」

李存勖續道：「父王，這畜牲既然沒心沒肺，孩兒就剖開牠的肚腹，看看牠那一副骯髒醜陋的皮囊裡，是不是真的一點良心也沒有？」

劉仁恭驚駭想道：「他……竟想把我開膛剖腹，活摘心房！」

但令他最害怕的事還在後頭，李存勖又道：「父王，孩兒用牲禮來宰殺這頭畜牲，祭奠您！待孩兒把牠送到九泉之下，您就可以親手教訓牠，讓牠懂得尊敬您！」

劉仁恭迷信修仙，對死後之事特別在意，李存勖這一番話徹底擊碎了他的意志，想到自己淒慘的下場完全被李克用料中，死後還要淪入畜牲道，面對李克用的懲罰，令他驚恐萬分，徹底崩潰：「我這一生榮華富貴都不缺，可幾時有過一點安心？我的靈魂早已被罪惡吞噬，再怎麼苦修也沒有用，我祈求長生，其實……只是不想死後淪入地獄……」生前一幕幕如放影般浮現、流逝，最後一幕是李克用拿著一把尖刃，狠厲地對著他心口，更有大安山宮殿千千萬萬無辜枉死的冤魂、河北餓死的百姓，一齊在地獄呼喚著他，等著報仇……

「行刑！」李存勖大喝一聲。

「啊——」劉仁恭發出撕心裂肺的慘叫。

天地彷彿變得陰森幽暗了，只有執刑者的刀尖閃著耀眼的光芒，狠狠刺入劉仁恭的胸口，噴灑出驚心動魄的鮮血，那刀尖仍不停止，一直往下，劃開了肚腹，那淒厲恐懼的呼喊聲也不斷迴盪在祭壇上，令聞者毛骨悚然。

執刑者雙手用力撥開劉仁恭的胸口，探手入內，抓住那一顆活跳跳的心臟，猛力扯出，高舉過頂！

河東軍響起一陣歡呼，執刑者將那顆心臟放在托盤上，呈給李存勖。

李存勖將第一支金雕箭也放在托盤上，一起呈到李克用靈位前，恭敬道：「父王，孩兒今日終於完成您交代的第一件事，滅了幽燕，也為您報了血仇，願您保祐我河東壯盛，順利掃滅大梁，待我挖出朱賊屍首，再向您祭奠！」

劉守光看著父親的心臟被活生生、血淋淋地取出，身子還不停扭動，口中發出淒厲哀嚎，嚇得魂飛魄散，忍不住嚎啕大哭起來：「我……我聽說晉王都善待降將，守光也有一些本事，為什麼……不赦免我來為您效勞？您要成就霸業，我……願為馬前卒，供您驅使！」

兩個妻子受不了劉守光的窩囊樣，罵道：「這樣苟活著有什麼意思？留著讓人嘲笑嗎？我們寧願一死！」

李存勖冷笑道：「劉守光，你的妻兒都比你有勇氣！」便命人一刀殺了她們。

劉守光嚇得止了哭聲，他知道自己真的死期已至，再沒有任何轉寰餘地，顫聲道：「我知道落在你手裡，是必死無疑，說什麼都沒有用了！只不過我心裡有一點遺憾，我會淪落到這個地步，都是李小喜這個小人在一旁攛掇，他勸我不要投降，趁夜逃走，想不到他利用這事來出賣我，他不先死，我到了九泉之下，都不會瞑目！」

李小喜原本還想求饒，聞言大怒，破口罵道：「你囚父殺兄，姦淫父妾，難道也是我叫你做的？」

「李小喜！你居然敢對我這麼說話？」在劉守光眼中，李小喜就是一隻狗，見這狗不只反咬自己，還敢狂吠，當真是可忍，孰不可忍，雖被五花大綁，也激動地用頭、肩去撞對方。李小喜也不甘示弱，兩人撞成一團。

眾人看著這場鬧劇，不禁暗暗搖頭。李存勖喝道：「夠了！你們要吵，等下去閻王殿再吵吧！」

兩人被這威勢一嚇，都停了下來，李存勖嘲諷劉守光道：「看在你是大燕皇帝的份上，我就遂了你心願，先殺他，等你到地下，就有人服侍你了！」說罷刀光一閃，不等李小喜抗議，已斬下他的頭顱。

李小喜的鮮血噴濺到劉守光的臉上，頭顱滾到他的面前，一雙眼還狠狠相瞪，透露著到死都不甘心，正等他一起下地獄的怨恨！

劉守光望著那一雙眼，激動咆哮：「好！好！李小喜，你這個小人終於先我而死了！」又抬頭瞪著李存勖，大聲道：「你跟我其實是同一種人！驕狂自負、好大喜功，但願你夠聰明，能明辨忠奸，不會誤信小人，否則我劉守光今日的下場，就是你明日的結局！」

李存勖自信笑道：「本王聰明絕頂、蓋世無雙，眾心歸服，乃是真正的天之驕子，豈會像你一樣蠢不自知？」

劉守光望著這個年輕朝氣、統領萬軍的新王，心中實在不甘：「他與我一樣年紀，為何今日成就的是他，被殺的卻是我？上天何其不公！」便大喊道：「李存勖，你雖然樣樣勝過我，但有一樣，你永遠也比不上——大燕王朝再短，我劉守光再任性、再無恥，總是憑自己的本事坐上皇位，過了一把皇帝癮！但你想裝孝子，就不能違背你父親對大唐的誓言！你這個沙陀蠻子要不是打著復唐旗幟，中原豪傑誰會為你效力？你敢對他們說你想要當皇帝嚒？到時候，看還有誰會支持你？你打下的江山再多，也不過是為李唐子孫作嫁……」

這番話直刺李存勖內心最深的糾結與痛惡，令他勃然大怒：「死到臨頭，還敢口出狂言！」說罷刀光狠狠一揮，結束了短短兩年的大燕王朝。

乾化四年正月，馮道第一位正式侍奉的殘暴皇帝劉守光就此歸天！

「天道虧盈而益謙，地道變盈而流謙，鬼神害盈而福謙，人道惡盈而好謙。」❷

乾化五年，三月春暖，天地萬物明媚如常，人間起落卻是變幻莫測。

曾經擁有三十萬大軍的幽燕王朝徹底消失在歷史的長河中，世人幾乎忘了它的存在，而大梁雄獅楊師厚囂張馳騁的日子也不長久，不到兩年時間，他就把福氣揮霍殆盡，溘然辭逝了！

朱友貞在朝堂上，面對文武百官痛哭流涕，悲慟萬分地表揚：「楊太師一生恪盡職守，忠君報國，震懾敵軍使其不敢南下半步，實乃我大梁鎮守河朔之長城，其豐功偉業，赤膽忠心，堪為天下表率，可惜天不假年，朕痛失良臣，慟惜難言，決定輟朝三日，以示哀悼。」

就在大梁休朝三日，百官悲戚、滿城追思之際，大梁後宮卻足足狂歡了三日！

朱友貞一回到後宮，但覺頭上那柄懸劍被拿掉了，終於可以大施拳腳，一展帝王威權，實是歡喜難言，立刻設下酒宴，召來趙岩、袁象先、張德妃的四名兄弟張漢鼎、張漢傑、張漢倫、張漢融等心腹一起通宵慶賀。

宴席之中，朱友貞想到楊師厚這麼一死，留下偌大的軍團該由誰來接管，著實頭疼：「銀槍效節都也就罷了，不過近萬人，素來奉守軍令，由幾個副將中挑選一人接任即可。但魏博天雄軍卻十分麻煩，他們最是驕悍，動不動就殺了藩帥，與朝廷作對，也只有父皇和楊師厚鎮得住他們，如今楊師厚已逝，你們以為朝廷中還有哪個大將足夠分量，可以壓制住這一幫悍兵？」

袁象先道：「如果派弱勢將軍前去，只怕沒三天就被魏博軍給宰了，若是派一個強悍將軍前去，難保不會成為楊師厚第二！」

「最糟的是，」趙岩道：「這位強悍將軍很可能獨立出去，成為一方之霸，再掉轉槍頭來與朝廷作對，那豈不是用咱們的軍餉養出一個大敵人！」

朱友貞想到當年唐昭宗李曄就是用朝廷軍餉養出一個又一個勁敵，終於丟掉大唐，更覺苦惱，道：「這事確實兩難，難道朕身邊就沒有一個又強悍又忠心的大將？」見眾人無法回答，嘆道：「強悍將軍不行，弱勢將軍也不行！還有什麼法子可解決這事？」

趙岩靈機一動，道：「天雄軍敢如此囂狂，是因為魏博佔據澶、衛、相、魏、貝、博六州，地廣自然兵強，陛下何不趁這機會將六州切割為兩藩，由兩位將軍分別統率，以削弱軍權？」

朱友貞一愣，道：「自大唐以來，從沒人將魏博六州分割為兩藩，你們以為如何？」

眾人無法評估這法子是好是壞，一時沉吟未答，趙岩自認這主意絕妙，笑道：「陛下，大唐就是不懂這層道理，才弄至亡國！」見朱友貞猶豫，又勸道：「魏博就是塊膿血，若不盡快下手清除乾淨，必會重新生瘡，等裡面的將領開始爭權，鬧至不可開交，要再收拾，就麻煩了！」

其他人聞言，紛紛贊同：「魏博之事確實不能再拖延，如何處置，還請陛下定奪。」

朱友貞心想事情緊急，又沒有更好的方法，道：「那便依計行事吧！」

宴會後，當即下詔，將魏博南部的澶、衛、相三州分割出去，增置昭德軍，由宣徽使張筠擔任昭德節度使，駐在相州；至於魏博北部的魏、貝、博三州，仍為天雄軍，由平盧節度使賀德倫擔任天雄節度使，駐在魏州，又將原本魏博的將士、府庫資財都一分為二，一半撥給昭德軍。

朱友貞以為如此分割，削弱魏博統帥的軍權，從此可高枕無憂，殊不知這一舉動，竟為大梁埋下更快滅亡的禍根！

如果說楊師厚之死，還有人比朱友貞更歡喜，就莫過於晉王李存勖了！

拿下幽燕的李存勖，已是說不盡的意氣風發，宛如上蒼眷顧的寵兒般，再度得到楊師厚病逝的喜訊，李存勖同樣擺設了酒水，只不過他心中敬重這位憑著實力雄立一方的宿敵，乃是真心誠意地舉杯遙祭楊師厚，示禮之後，便要開始大展身手，他積極策劃一連串佈署，準備調動大軍飲馬黃河，問鼎中原！

江山代有人才出，一代新人換舊人，隨著不老傳奇、一代雄獅的凋逝，風雲奇兒、大梁新主的野心登場，新一頁的梁晉爭戰即將展開，天下局勢也更加詭譎動蕩了！

（註❶：「今公仗鉞控兵……盟盤而何詞著誓！」此書信乃李克用責備劉仁恭背信棄義的原文，其含意於《奇道》卷一《好鳥集珍木‧高才列華堂》章節中已有解釋。）

（註❷：「天道虧盈而益謙……人道惡盈而好謙。」出自《易經》。）

九一五・一　王侯象星月・賓客如雲煙

是時，朝廷既分魏博六州為兩鎮，命劉鄩統大軍屯於南樂，以討王熔為名，遣澶州刺史、行營先鋒步軍都指揮使王彥章領龍驤五百騎先入於魏州，屯於金波亭。詔以魏州軍兵之半隸於相州，並徙其家焉。又遣主者檢察魏之帑廩。既而德倫促諸軍上路，姻族辭決，哭聲盈巷。其徒乃相聚而謀曰：「朝廷以我軍府強盛，故設法殘破，況我六州，歷代藩府，軍門父子，姻族相連，未嘗遠出河門，離親去族，一旦遷於外郡，生不如死。」三月二十九日夜，魏軍乃作亂，放火大掠，首攻龍驤軍，王彥章斬關而遁。遲明，殺德倫親軍五百餘人於牙城，執德倫置之樓上。有效節軍校張彥者，最為粗暴，膽氣伏人，乃率無賴輩數百，止其剽掠。是日，魏之士庶被屠戮者，不可勝計。《舊五代史・卷八》

先是，莊宗嘗於帳中召程草奏，程曰：「叨忝成名，不閒筆硯。」由是文翰之選，不及於程。時張承業專制河東留守事，人皆敬憚。舊例，支使監諸廩出納，程訴於承業曰：「此事非僕所長，請擇能者。」承業叱之曰：「公稱文士，即合飛文染翰，以濟霸國，嘗命草辭，自陳短拙，及留職務，又以為辭，公所能者何也？」程垂泣謝之。後歷觀察判官。《舊五代史・卷六十七》

秋，七月，晉人夜襲澶州，陷之。刺史王彥章在劉鄩營，晉人獲其妻子，

待之甚厚，遣間使誘彥章，彥章斬其使，晉人盡滅其家。晉王以魏州將李巖為澶州刺史。《資治通鑑·卷二六九》

春去秋來，滾滾江水送走多少風流人物；天高雲淡，蒼蒼大道只餘一介書生孤影獨行。

他昂首挺胸地騎在馬背上，沿著「汾水」河畔緩緩前進，滿臉春風得意，好似人間已沒有戰亂，萬物都在歌頌太平，就連水中游魚也能感受到他渾身都充滿了喜氣。

不一會兒，書生來到晉陽王府前，跳下馬背，笑盈盈地往前走去，向侍衛行禮問安：「侍衛大哥，你好啊！我想求見監軍。」

「你……你是……」那侍衛指著他，驚詫得幾乎說不出話來：「我是白日見鬼了嚒？」

那書生拍拍自己紅潤潤的臉頰，笑道：「有我這麼英俊的鬼嚒？」

那侍衛吃驚過後，歡喜得哈哈一笑，立刻領他進入王府，來到「宣光殿」門口等候，又小聲叮嚀：「都監正忙著，你先在門口等一會兒，免得撞到火寮上！」

書生還不明白這話是什麼意思，殿內已傳來一陣訓斥聲：「你堂堂范陽盧氏子弟，榮登進士第，以名門高士自詡，就應該飛文染翰，輔佐大王成就霸業、安治天下，結果大王命你起草文書，你說你文采短拙，不熟筆硯，現在讓你打理帳目，你又算不清楚，弄得一塌糊塗，你到底能做什麼事？」竟是一向說話輕聲細語，溫文儒雅的張承業正在大發雷霆。

底下伏跪著一名錦繡華服的男子，慚愧得滿臉通紅，委屈巴巴地哭道：「程真的不擅打理帳目……還望都監恕罪，倘若委派另一職務，我一定盡心盡力把它做好……」正是河東度支使盧程。

張承業見他一付愚蠢樣，竟還想討要別的官位，正想破口大罵，門外卻探出一顆腦袋，嘻嘻笑道：「公公，許久不見，您仍是老當益壯啊！這聲音大得滿城都聽見了！」

張承業一愣，但覺自己眼花了，不由得呆愣半晌，一股怒氣瞬間化成千重浪，在心底不斷衝擊，震得身子都微微顫抖，眼眶也濕潤了，忽然間，他身影一閃，兩指飛快夾住書生的耳朵，將人硬生生拖進殿內，那書生痛得大呼：「饒命！饒命！」

「好啊！你這臭小子！」張承業一股怒火正無處發洩，竟有人自投羅網，正好一陣拳打腳踢，只打得窮書生唉唉求饒。

盧程見狀，嚇得幾乎破膽：「我不過算錯了帳，都監就這麼大火氣，倘若這傻子不闖進來，我豈不是要被他揍扁了？」不禁萬分慶幸：「幸好我有范陽盧氏的招牌保著，都監不敢打我，只好把氣撒到別人身上，這小子糊裡糊塗做了我的替罪羊，我還是快快溜之大吉吧！」連忙手腳並用，小心翼翼地往後爬退出去。

張承業何等敏銳，豈不知盧程的行動？只不過他實在不想放脫手中這隻兔崽子，只好任盧程離去，一邊繼續痛揍臭小子，一邊對盧程罵道：「把帳本也拿回去！明日午前，你再交不出帳目，就算你從叔、堂兄全出面，也保不了你！」

盧程如獲大赦，嚇得趕快起身，撿回帳本，灰溜溜地逃離災難現場。

張承業大大出了一口氣，這才放開手，氣喘吁吁地坐下，喃喃罵道：「臭小子！咱家聽說你被劉守光處以極刑，死在牢獄裡，不知掉了多少眼淚，想不到你居然還活著！既然活得好好的，為何不來跟咱家打個招呼？你這臭小子，真是沒良心……」想到傷心處，忍不住擦拭著濕紅的眼眶，嗚嗚哭了起來。

這世上能讓張承業掉淚的書生只有一人，自然就是馮道，他見老人家哭得情真意切，心中萬分感動與內疚，雖被揍得全身疼痛，仍是彎腰垂首，恭恭敬敬行了一個大禮，誠懇道：「小子罪該萬死，連累公公傷心，今天特來請罪，任由打罵，絕不敢逃走。」

張承業一口怒氣還未發盡，又斥道：「臭小子就會討好！以為這樣，咱家就會輕易饒了你嚒……」正要舉掌再一次打向馮道的腦袋，卻見他雙手高舉過頭，呈上一本薄薄書冊，封頁上竟然寫著《星象篇》！

張承業一隻枯瘦的手掌頓時停在半空，微微顫抖起來，又呆愣好半晌，才顫聲問道：「這……真是失落許久的那個……東西？」

「不錯！」馮道抬起頭，嘻嘻一笑道：「就是那個東西！」

「好小子！」張承業豁然站起，一把抱住馮道，老淚縱橫，又哭又笑：「有你的！竟然真被你找到了！臭小子，幹得好！」歡呼雀躍了好一會兒，又對外邊的僕衛呼喝道：「來人，『飛雁亭』備酒！」接著大手一把拽起馮道，連拖帶拉地走向外邊花園裡的涼亭。

金風颯爽，桂花飄香，飛雁涼亭內，兩人久別重逢，一邊喝著小酒，一邊聊起別來情由。

張承業一雙老垂卻精利的眼睛在馮道臉上掃了一遍又一遍，哼哼笑道：「小子，你今日看起來很不一樣！」

馮道被看得心裡發毛，捏了捏自己的臉頰，問道：「怎麼不一樣？」

張承業嘆了口氣：「很多年了，你眼裡失去原本的光采……」隨即又哼哼一笑：「可今天不一樣，你兩隻眼睛都閃著星星，臉色紅撲撲的，就連被慘揍一頓，還笑得合不攏嘴，活像個傻子般，誰瞧不出你這傢伙有喜事啊？」

馮道被取笑得紅了臉，連忙更用力捏自己的臉頰，又眨了眨眼，想把眼中的星星掩去，還是掩不住滿臉笑意，咕噥道：「哪有這麼明顯？」

張承業啐道：「只要不是瞎的，都瞧出來了！你這臭小子，去哪裡風流快活啦？還不快快從實招來！」

馮道靦腆地笑了笑，小小聲道：「就成個親而已……」

「成親？」張承業一愣，驚呼道：「臭小子，成親也沒有通知咱家？」幾乎又要伸掌打去。

馮道連忙舉酒賠禮道：「河東軍務繁忙，我這點小事倉促成就，又遠在幽燕，實在不敢勞煩您走這一趟。」

張承業惋惜道：「最近大王連連征戰，咱家確實忙不過來，真是可惜了，沒親眼瞧見你這傻小子當新郎官。」隨即喝了酒，哈哈一笑道：「是哪個女子想不開，竟然自投羅網？」

馮道摸了摸腦袋，笑得既尷尬又甜蜜：「從來沒有別人，就是最凶悍的那一個！」

張承業取笑道：「你不是說人家不認你，怎麼？是終於拐騙到手，還是學沙陀那樣，直接搶親了？竟沒通知一聲，好讓咱家派兩撥兵馬去助你？」

馮道哈哈一笑，道：「娶親當憑自己的本事，哪敢勞動河東兵馬？」

那日馮道和褚寒依被阿寶惡整後，便相偕一起返回大安山。馮道先將褚寒依送回去，孫師禮夫婦好不容易見著愛女，歡喜之餘，立刻設了簡單的家宴招待馮道。席間，馮道抓住機會表示孫府招親時，自己是唯一解開謎題之人，如今已得到張承業的青睞，準備前往河東就職，可以給妻子一個安穩的生活，希望孫家能夠履行婚約。

自從孫鶴去世後，孫師禮便帶著一家老小躲在大安山中，雖然他幫著劇可久治理大安山難民，暫時無虞，但失去官位，又爆發幽晉戰爭，令他對世道動蕩憂心忡忡，不知將來要怎麼過下去，忽見這上門女婿竟有張承業罩著，心知他將來必會飛黃騰達，自是笑得合不攏嘴，滿口答允，褚寒依想不到馮道真開口求親，羞不可言，便假裝生氣離席了。

馮道趁機與孫師禮誠懇相談，希望他們讓褚寒依與褚濆夫婦相認，孫氏夫婦一開始感到為難，但他們曾失去女兒，也能體會那椎心之痛，又想自己曾是劉守光的舊臣，若是得罪馮道，就等於得罪張承業，也等於得罪晉王，只怕全家族都要糟糕，便答應馮道的請求。

馮道於是帶著褚寒依來到褚濆家，告知他們已經幫忙找回女兒了，只不過褚寒依失去記憶，不記得他們是誰。

褚濆夫妻對馮道感激涕零，大力擁抱褚寒依，歡喜得老淚縱橫，褚寒依雖覺得有些陌生突兀，但感於兩老舐犢情深，情真意摯，也不禁淚水盈然，欣喜地認了親，從此一人有兩雙父母疼愛，對馮道的體貼用心，嘴上雖不稱謝，心裡卻十分感激，態度也溫柔了幾分。

馮道見時機成熟，便讓雙親去向孫家提親，褚寒依心中既歡喜又忐忑，面上卻是扭怩矜持，不肯答應，孫夫人心知女兒個性要強，頻頻好言勸說，曉以大義，褚寒依這才佯裝勉為其難地點頭。

大安山頂原本住的是一群孤苦難民，難得見到辦喜事，還是三笑齋的大小姐和馮參軍這兩位恩人珠聯璧合，大夥兒都高興得不得了，比自己成親還歡喜，有人親手醃了梅乾，有人去河裡捕魚，有人採桑絲織了彩衣，個個想盡辦法要給兩位新人送上賀禮。

良辰吉日一到，整座大安山宮殿張燈結彩，熱鬧非凡，馮道穿著大紅新郎袍，在父親馮良建的帶領下，先給馮氏先祖上香，接著便抱了一隻大雁，騎上高馬，和劇可久等一眾男儐相敲鑼打鼓地前往孫家娶親，大安山全數居民齊聲高唱：「賊來須打，客來須看，報導姑嫂，出來相看！」那聲音直是響徹雲霄，回震山谷。❶

接著女方親友出詩題攔阻，讓新郎對答，吟詩作對可是馮道的拿手本事，怎難得倒他？憑著淵博的學識、過人的文采，輕易闖過關卡，終於見到青衣喜服的新娘。兩人一起拜別孫氏、褚氏兩對父母，登上幰車，隨著迎親隊伍浩浩蕩蕩地繞了大安山頂三圈，回到馮家。如此紅男綠女一雙璧人，歷經無數波折，終於在大安山眾親友喜氣洋洋的祝福聲中成親了。

婚後馮道體恤褚寒依，讓她與久別的父母多享一些天倫之樂，便獨自揹起行囊前往河東。

馮道賣乖巧道：「成完親後，我就立刻趕來河東報到，一刻也不敢耽誤！」

張承業哼道：「剛剛成親，就把新娘子丟在家裡，讓人家獨守空閨，沒帶來給咱家行禮奉茶？」

馮道笑道：「待我一切安頓好，立刻接她過來孝敬公公。」

張承業歡喜道：「好！好！看你這小子歷經千難萬險，終於修成正果，咱家也替你高興，快快把小娘子迎來，讓咱家瞧瞧，好賞她一個媳婦禮！」

馮道笑道：「公公打賞，小媳婦一定飛快趕來！」又敬了三杯酒，以示謝罪、遵命之意。

張承業笑咪咪地喝完酒，算是原諒了馮道的失蹤詐死，又指著桌上的《星象篇》道：「說說你是如何找到這東西？」

馮道腦海中浮現當日的情景：大安山地牢底下第一層是八道叉路的網狀迷宮，第二層是千萬工匠的屍骸，第三層卻是一個空曠的大廣場，儘管《星象篇》被用油布包好，擺放在一個不起眼角落的木桌上，就像是被人隨意丟棄在那裡，馮道仍是一眼就瞧見了它，彷彿它已經在那裡靜靜等候自己上百年了！

那種震撼的感覺直到今日仍記憶猶新，他不禁深吸一口氣，緩緩說道：「我原本就知道《星象篇》在孫鶴手裡，只不過他不肯拿出來，我也拿他沒轍，直到他要求我進入地牢救出劉仁恭，我才終於尋回了這本寶書！」

他將如何得罪劉守光，被囚入大安山地牢，下了百日限死令，在地牢中與劉仁恭周旋，最後通過層層迷宮，終於在地下三層找到這本《星象篇》和逃出生天的情況約略說明。

張承業嘆道：「孫鶴確實是幽燕的忠心良臣，不但有本事，還有骨氣，只可惜跟錯了人，才落得慘死的下場，可嘆他至死都對劉仁恭那賊子忠心耿耿！」隨手拿起《星象篇》書冊隨意翻了翻，但覺裡面充滿了自己無法瞭解的奧秘，沉吟道：「孫鶴一直擁有《星象篇》，卻非但不能挽救幽燕，還死得這麼慘烈，這東西真管用麼？」

馮道說道：「這書冊表面上記載了一套觀星術，與司天台的學問並無二致，就是觀察星象變化，預測前途吉凶，這套學問已足夠讓孫鶴成為幽燕的頭號軍師，為劉氏父子掌握天機，制定戰略！」

張承業道：「你說『表面』上記載了司天台的觀星術，就是還有暗藏底下的學問？」

「不錯！」馮道說道：「孫鶴始終無法扭轉幽燕的命運，甚至是自己的惡運，是因為他一直以為書中學問僅止於此，所以他曾親口告訴我：『你苦苦追尋的秘笈並沒有那麼神奇！』直到我進入地牢，親眼目睹書頁，才知道表面上的文字已是一套高深的學問，但暗藏於內的學問才更厲害！可是必須用『榮枯鑒』玄功裡的『明鑒』雙眼方能看透，孫鶴沒有修練『明鑒』，只憑一雙肉眼，便無法悟透其中奧秘！」

張承業不解道：「你的意思是孫鶴眼力不夠好，因此瞧不見內中秘密，難道飛虹子是寫了蠅頭小字藏在書裡？」

「那倒不是！」馮道解釋道：「其實暗藏底下的學問與司天台的觀星術也沒有太大

差別，所差者只是細緻度而已！司天台能察見較大的星象變化，例如貞觀二十一年，太白金星一連七日出現，司天台便能察知天道即將逆轉，出示『女主武王代天下』的預言！但更細小的星子、微微移動的軌跡，他們無法瞧見，也沒有記錄研究，自然就不瞭解這些星子的遷移，意謂著什麼兆象！」

張承業道：「也就是說一般人若沒有修練『明鑑』玄功，即使拿到這秘笈，也沒多大用處了！」

馮道說道：「就是一知半解，像司天台或孫鶴般，似能掌握天機，又不能完全勘透。」

張承業嘆道：「一場戰爭往往是失之毫釐，差之千里，若不能全然掌握天機，那還是差多了！」

馮道說道：「當時我看到書中學問，太過震驚，一心投入其中，以至忘了外邊事情，也忘了跟公公打聲招呼！」摸了摸頭，尷尬一笑，道：「你也知道，我就是個書呆子，一旦對什麼學問研究不透，便會像瘋魔般沉迷其中，即使歲月匆匆，也毫無知覺，就是一定要把這學問琢磨透了，把想不通的道理想明白，才肯罷休！所以我一逃出地牢，就立刻找了一座能觀見滿天星斗的山坡，在那兒搭起小茅廬，獨自閉關研究。我夜夜運起『明鑑』玄功觀察天上繁星，記錄每時、每刻點點星光移動變化，然後去對映書中的文字，這才連成整篇觀星術。」

張承業揮揮手道：「罷了！罷了！我不怪你了，但你究竟瞧出什麼？說得咱家好心急！」

馮道想了想，緩緩解釋：「徐溫曾說：『天上星羅棋佈，明滅移動，會形成一場又一場的天星棋局，預告著天下運勢的變化，只不過世人都不明白其中奧秘！』」

「這事我從前聽你說過！」張承業道：「徐溫說每一顆星子的升隕、明暗，都對應著當代人物的崛起、衰亡，形成了天星棋局，而每逢朝代更迭，這天星棋局就會現世！大唐創立之初，曾出現『天刑六星』之局；則天女皇創立武周前，也出現過『眾星拱帝』之局。」

「徐溫也是一知半解，說得並不全然正確！」馮道搖搖頭，續道：「飛虹子師父在《星象篇》裡說：『日月神功』的修行者，因為自身氣息會與天地運行相呼應，因此每當天星棋局現世時，很容易展現在他們的面前，而他們也就能憑著星局掌握契機，以操控蒼生命運，甚至是改朝換代。

當年日月道長有兩位徒弟，一位是隱龍傳人袁天罡，另一位是師妹月陰宮主。月陰宮主雖無稱帝之志，卻別有企圖，她曾設法以大唐國祚為棋盤，君臣命運為棋子，下了一場逆天之局，令大唐中斷、武周生成。師父不願後世隱龍像月陰宮主那樣，為了一己私心，逆天而行，因此把『日月神功』的秘法毀去，我也就沒法修練了。」❷

張承業微微蹙眉，道：「你既無緣修練『日月神功』，就看不見天星棋局？那這本

《星象篇》還有何用？」

馮道又道：「師父臨終前，擔心戰亂禍害蒼生，又悟出了『榮枯鑑』玄功，其中《星象篇》隱藏的內容，就是教導後世隱龍如何運用『明鑒』雙眼，隨時觀察星象變化，分辨天上星局的兆象！」

張承業沉吟道：「也就是說，你有了『明鑒』雙眼，只要仰望星空，就能知曉眾人命運，不必等待改朝換代的星局出現？」

「不錯！」馮道又道：「天上星子時時在變化，本來就不是一張定格的圖表，只不過從前僅在特定時間，天星棋局才會現世，因此好像是一張定格的星象圖。如今我有了『明鑒』雙眼，能隨時觀察星象變化，這天星圖象也就成了一張動態的命運對照表！」

「隨時隨地……命運對照表……」張承業聽得有些迷糊，卻越想越震撼，此時群雄各據一方，誰能掌握天星明滅的圖譜，無疑就是掌握群雄的興衰、天下的運勢！

他原本老垂的雙眼漸漸煥發出熾烈光采，迫不及待地說道：「飛虹子大師為何要把《星象篇》單獨抽取出來，與《天相》、《奇道》書冊分開保管？以至你奔波勞累，九死一生，倘若在『青史如鏡』的秘洞裡，你就讀通了《星象篇》，咱們豈不是少走許多冤枉路？大唐也不致被朱賊給篡位了！」

馮道知道他心中真正的想法是什麼，不由得心口怦怦而跳：「這《星象篇》的能力太大，就連一向潔身自守的公公也抵不住誘惑，希望運用它去成就復興大唐的願望！難怪師父要我歷經一番磨難，真正悟透『安天下』的真諦，才願意將《星象篇》傳給我……」

當時他忽然得知《星象篇》的奧秘，看懂朱全忠、李存勖、李嗣源、徐知誥、張承業……等當代豪傑的命運圖譜，就好像進入一個無窮無盡的寶庫般，既興奮又震撼，一開始恨不能知曉每一顆星子的運行軌跡、強弱格局和代表人物的命運，即使廢寢忘食地挖掘探索，幾個月少吃少喝，甚至是不吃不喝，也不覺得疲累，只恨夜晚如此短暫，不足以觀盡千萬繁星的變化。

但隨著一日一日過去，他發現有些人的結局一目瞭然，有些人的前途仍懵懵懂懂，需等一段時間，斗轉星移後，方能知曉；他原以為只要李存勖一統天下，加上自己的聰明輔政，亂世很快就會結束，漸漸地，他知道有許多悲劇將會在未來發生，與自己原本預期完全不一樣！

他試圖憑著自己的聰明才智去找出化解悲劇的方法，可是在一次次不斷推演嘗試之後，他實在無法找到最佳解答，甚至只是把這個千變萬化的亂世理出一個可對應的局面，都十分困難。倘若強行改變天道軌跡，只會把整個天下帶向一個他自己都無法預測的結果，有時是亂世會延續更長久，有時是災難會擴大。到後來，他心神幾乎耗盡，連坐著也沒有力氣，只能軟軟癱躺在草坡上。

身子雖然沒有力氣，目光還捨不得移開，仍死死瞪望著夜空群星，前塵往事、未來想像，就像一幕幕飛旋的幻境不斷交錯繞轉，弄得他腦袋似要炸裂，全身都沉浸在亂世禍象的煎熬痛苦之中，不得解脫，即使屢屢強迫自己拋開思緒、放空精神，也不管用。

直到看見飛虹子在《星象篇》最後一頁留下的一段蠅頭小楷，才如同當頭棒喝，有了一番全新體悟：「隱龍既是尋帝之人，便無真命天子之局，因此為師於選徒、訓徒一事格外謹慎，須讓你歷經生死險難、磨去狂傲之心，體悟亂世蒼生苦痛，才將《星象篇》傳承予你。

此刻大唐已然結束，當你將眼光放遠至千年，就能體會朝代興衰不過世間常情。所以隱龍的使命並非是忠君保皇，服侍一人、一家族，又或是某個王朝，而是守護天下蒼生、結束亂世，此乃『安天下』之真諦！」

馮道看到這一段話時，對師父真是佩服得五體投地：「雖時隔百年，未曾謀面，但師父對發生在我身上的事情，仍是一清二楚！他非要等到我親眼目睹孫鶴還有許多百姓慘死於暴君之下，自己想通了『為人臣子，並非忠於一君』的道理，才肯讓我揭開《星象篇》的秘密……唐王室一直以為師父留下的是復興大唐的秘笈，卻不知師父反而是提醒我要放下對大唐的情懷與執著，一切以蒼生為重！」

飛虹子在最末段又寫道：「你得此奇技，切勿自視過高，妄想操控蒼生如棋，倘若連帝王也由你操控，那麼你豈非可自行稱帝？此乃違逆天命、折煞己身，倘若你不甘寂寞，妄想憑此神術稱霸，為師雖不能親手收拾你，也必有天道報應！」

馮道看著這段話，暗暗驚詫：「我從未想要稱帝，也知道自己不是當皇帝的料，師父為什麼還要告誡我？」內心深處卻不由得生起一絲顫慄：「我曾經歷『青史如鏡』的機關，看透歷朝歷代敗亡的原因，後來又博覽群書，學了《天相》、《奇道》，就心高氣傲，自以為能翻轉世局，我雖無爭帝野心，卻想要親自挑選一位英雄，輔佐他再創大唐盛世，因此我挑中了李存勖，認定他在我的扶持下，必會成為太宗第二，我倆就能攜手重現繁榮盛景，也能成為千古君臣相知相契的典範，一起流芳百世，卻不知天意高深莫測、人性善惡難度……」

他漸漸明白到人力有時而窮，就算預知這麼多奧秘，也無法憑一己之力改變：「師父這一段話是在提醒我，倘若李存勖後來並不如我的意，甚至接下來的幾個皇帝都不像樣，更甚者，終我一生都沒有一位英主出現，我又該怎麼辦？難道我要自己稱帝或操控帝王如傀儡？」

思索至此，他忽然發覺自己回答不出來，又或者，那真實的答案令他內心深處也感到戰慄，他不得不逼迫自己安靜下來，重新思索「安天下」的真意，終於明白：「隱龍的使命絕對不是在現有的英雄梟雄之中，擇一位明主輔佐這麼簡單，而是要盡可能地縮短戰爭年限，倘若真無法避免禍患，也要盡力幫助百姓度過這一段漫長而痛苦的煎熬……」

直到這一刻，他才真正大澈大悟，從爭鋒上退了下來，甘願耐心等候一位蒼天所授予結束亂世的真命天子。

此刻的他已然知道，曾經如煙花燦爛，照耀宇內四海的大唐榮光，也已經如煙花消逝，無論自己與張承業、胡三多麼努力、多麼盼望，大唐都不可能起死回生，但面對張承業殷殷期盼的眼神，他實在不能對一位忠心老臣說出殘酷的實情，以免打擊太大，又不能隨意欺哄。

張承業見他思索許久，不知想些什麼，索性單刀直入地問道：「咱們能利用《星象篇》這神術復興大唐吧？」

馮道支吾道：「《星象篇》太過玄奇……我還未能鑽研透澈，就匆匆過了兩、三年，我只好先出關，日後再慢慢研究……」

張承業急呼：「咱們沒有太多時間，你還要多久才能研究出來？」

馮道只好道：「『日月神功』的修行者雖不能時時看見星局，但只要像月陰宮主那樣配合著玄術，就可能去操控局勢；而我雖有『明鑒』玄功可以時時觀看星局，卻不懂玄術，因此無法扭轉乾坤！」

「怎麼可能？」張承業不肯死心，著急問道：「小子真沒辦法？不是騙我吧？」

馮道搖搖頭，嘆道：「真沒辦法！」

張承業萬分失望，氣憤道：「既然無法改變局勢，飛虹子留下這東西，又有什麼用？咱們耗盡無數心力，犧牲多少人命，連先帝都犧牲了，就是以為可以憑這秘笈重振大唐，想不到竟是一場空……」說到後來忍不住紅了眼眶，嗚嗚咽咽地用力吸氣，幾乎要哭了出來。

馮道安慰道：「公公別難過了，我們知道許多天機，已經佔了絕大優勢！」

張承業卻是越說越氣憤：「前些時候，我遇到一位騙子，其實就是一個瘋子！號稱什麼『金匱盟主』，騙走我五百兩黃金事小，竟跟我打了賭，說大唐已滅，從此不復！你說，亞子究竟會不會成功？」

馮道恍然明白是金匱盟主的預言讓張承業感到焦慮，安慰道：「公公放心吧！晉王一定能打敗偽梁……」

張承業聽不出他語含玄機，破涕為笑道：「好！好！公公相信你一定能幫助亞子消滅偽梁，替先帝和先王報仇！到那時，咱們就能迎回小皇子，復興大唐了！」想到復唐大業終於露了一線曙光，這才放開糾結的心思，舉杯笑道：「咱們先慶祝一番！」

馮道只好舉杯回敬：「預祝河東旗開得勝！」

兩人幾杯黃湯下肚後，張承業放下酒杯，正色道：「你好不容易來到這裡，想擔任什麼職位？」

馮道答道：「一切任憑公公安排。」

這回換張承業沉默了，許久，才輕輕一嘆：「你來得晚了！從前晉王困難，眾人都不看好，自然有許多空位，如今晉王威震天下，許多人才競相投靠過來，已是僧多粥少，咱家思來想去，只能挪出一個巡官位置……」心中覺得巡官之位實在配不上馮道的才能，忍不住又罵道：「盧程那蠢材，不能文書、不會算帳，就憑著范陽盧氏的招牌，都能撈到一個觀察判官，卻讓你屈居巡官！」

馮道聞言，恍然明白原本還剩三個位置，一個是觀察判官，另一個是比判官低三等，盧程目前擔任的度支使，還有一個就是比判官還低五等的巡官。盧程不會算帳，不適合掌管錢糧，因此張承業已決定讓他轉任觀察判官，這位子主要是輔佐觀察使，只要觀察使本身能力夠強，盧程的觀察判官等於就是個閒差，而且從度支使到判官，非但沒有降等，還提升了三級。但即使盧程調任觀察判官後，度支使的位置空出來，也輪不到自己！

馮道曾當著孫師禮面前，許諾要給褚寒依一個安穩日子，又滿心想一展才能，聞言不禁有些失望，但他眼看不過短短三年，張承業就蒼老許多，心知這個老人一直用自己削瘦病痛的身骨，硬是扛著河東這副龐大重擔，心中不忍，因此臉上並沒有流露一絲不滿，反而安慰道：「只要能幫公公分攤重擔，什麼位子都好。」

張承業還是覺得虧待了他，嘆了口氣，道：「你從前雖然多次相助亞子，但畢竟都是暗中行事，外人並不知曉，河東又不比幽燕單純，大王一路勝戰以來，除了河東原本的功臣宿將，又有許多河北、大梁的降臣、世家大族前來避難，這些人都不好擺平！

你雖然聰明靈巧，但剛來河東，對他們還不夠熟悉，咱家必須考慮各方平衡，不能讓你一步登天，把你置到風頭上，給人家當箭靶。」頓了頓又道：「那盧程就是最好的例子，一無文才，二無德行，憑著盧汝弼和盧質的提攜，就霸著官位不放，就連咱家也不得不給范陽盧氏一點面子！」

行軍司馬盧汝弼是盧程的從叔，節度判官盧質是盧程的堂兄，這兩人一個是張承業的左右手，一個是李存勖喜愛的紅人，都具有宰相之資，再加上范陽盧氏在文臣士林中的影響力，盧程才能混得風生水起、有恃無恐，也只有張承業敢訓斥他。

馮道心中輕輕一嘆，口裡安慰道：「我明白，我既不是河東舊屬，也不是世家名門，能從巡官做起，已經比在劉守光底下擔任掾屬好太多了，公公就不必再為我傷腦筋了！」

張承業安慰道：「放心吧！這只是一小段時間，咱家會給你機會表現，到時你拿出本事來，再升官晉級，旁人就不好說什麼。」

「我一定不負公公的期許。」馮道想了想，又道：「我既來投靠，明日一早便去向晉王請安，以示誠意。」

張承業道：「小子來得不巧，亞子此刻不在晉陽，你跟他暫時碰不到頭了。」

馮道問道：「晉王去哪兒了？」

張承業道：「他如今駐軍在莘縣，正與梁軍對峙。你先在這裡待個幾天，我給你引薦一些人，熟悉熟悉，順便也整理一些糧草，讓你運過去，晉王見到你，心裡肯定歡喜得不得了。」

馮道暗想：「公公這話說得蹊蹺，意思是我遲遲不肯投靠河東，晉王見到我，『心裡』雖歡喜得不得了，表面上卻少不得要給我苦頭吃，以扳回顏面？但願他不會刁難我才好！」問道：「我聽說才短短幾日，他就拿下魏博了？」

張承業神情驕傲，微笑道：「咱們亞子就是有這本事，能兵不血刃地拿下魏博這凶險之地，天下英雄除了他，沒人能做到！」雖然楊師厚也是兵不血刃地拿下魏博，但在張承業眼中，魏博軍原本就是大梁的軍隊，楊師厚只是轉移軍權，根本不能與李存勖相比。

「兵不血刃？」馮道見張承業說得興起，便十分捧場地追問：「看來這故事很精彩，究竟是怎麼樣？公公快說來聽聽！」

張承業道：「也是天賜良機，朱友貞想要分割魏博，造成軍心動蕩，咱們才有機可趁。」

馮道咋舌道：「楊師厚剛死，朱友貞就迫不及待地想分割魏博？他可真大膽！」

「這也是沒辦法！」張承業道：「當時楊師厚吞了魏博後，手中同時握有偽梁最強悍的兩大軍團——銀槍效節都和魏博天雄軍，朱友貞只能忍氣吞聲，好不容易等到楊師厚死了，他絕不容許惡夢重演，又擔心沒人鎮得住這幫悍兵，於是聽從趙岩的建議，將六州分割成昭德、魏博兩藩，分別交由張筠、賀德倫治理。」

馮道沉吟道：「可魏博天雄軍向來是世襲軍制，數百年來一直盤據在魏、博、貝、澶、衛、相這六州，軍兵不只子承父業，族人之間還婚姻盤結，從而形成一支團結穩固、強大凶悍的族軍，忽然被分割開來，肯定要心生怨恨！」

「可不是嚒？」張承業道：「魏博軍自成一個封閉的體系，對外人從不服氣，你小子都懂這個道理，偏偏朱友貞那朝堂小兒卻不明白！」

他喝了口茶，緩緩說道：「但這事還得從銀槍效節都的軍校張彥說起，此人很有野心，想接手楊師厚全部的勢力，便趁機煽動魏博軍說：『自古以來，六州同屬一藩，從未分開，如今朝廷硬要拆散大家，就是忌恨魏博軍太過強盛，這分割只是第一步，將來還不知要怎麼樣殺害你們？』又說：『魏博軍一向都待在自己的家鄉，從未出過河門，一旦骨肉分離，真是生不如死！』魏博軍被激動了情緒，十分憤慨，常常聚在軍營裡一起號啕大哭。」

馮道啞然失笑：「魏博軍個個殺人不眨眼，想不到竟如此戀家？幾千個彪形大漢像奶娃娃般，手牽手一起坐在軍營裡哭得唏哩嘩啦，真是蔚為奇觀哪！」

張承業聽馮道這麼形容，也覺得好笑，呸道：「你這小子盡說胡話！士兵們表面看似強悍，內心大多很脆弱，因為長年朝不保夕，更容易思親戀家，否則就不會有項羽被四面楚歌圍困至死的事蹟了！能成為將領者，首先便要能克服這一層軟弱。我知道你這小子外表文弱，內心卻剛強得很，以後隨晉王打仗，你記著，要幫助晉王穩定軍心、激勵士氣，此乃第一要務。」

馮道恭敬答道：「公公放心，我會牢牢謹記。」

張承業道：「朱友貞也知道分割一事，可能會引起魏博軍不滿，就命劉鄩假裝以討伐鎮、定兩州為名，率六萬兵馬從『白馬』渡過黃河，屯駐在『南樂』，一方面監視魏博分軍，另方面也是威懾他們，以防鬧出大亂子。」

「朱友貞也算考慮周詳！」馮道說道：「我記得這劉鄩原本是王師範的手下，青州之戰，王師範自己打了老大的敗仗，一路崩垮，只有劉鄩在兗州堅挺住，但最後王師範投降大梁，劉鄩也只好跟著投降。」

「劉鄩確實是個人才，可惜我大唐沒能留住他！」張承業長長一嘆，又道：「朱全忠雖然殺了王師範全族，卻十分器重劉鄩。劉鄩也不負所望，後來跟隨楊師厚擊敗叛將劉知俊，收復長安，一路建立軍功，如今已是偽梁的檢校太保、太傅。

朱友貞被楊師厚威壓怕了，對朱全忠時期的功臣宿將多有猜忌，即使像敬翔、李振這樣的忠心文臣也被冷落，更遑論那些握有軍權的老將，朱友貞只親近趙岩、袁象先和張德妃的兄弟，唯獨有兩名老將卻是例外，其中之一便是劉鄩！」

馮道好奇道：「這是為何？難道劉鄩也像趙岩，是德薄才鮮、拍馬奉迎的傢伙？」

「恰恰相反！」張承業道：「此人飽讀詩書，乃是忠義耿直的儒將。」

馮道「哦」了一聲，笑道：「原來他和小馮子一樣，也是飽諳經史、風流儒雅！其他老將都是大老粗，朱友貞喜歡結交儒士，難怪劉鄩對他的味！」

張承業取笑道：「誰跟你一樣只會逃命功夫？人家劉鄩可是文武雙全，不只擅用計謀，還有一手『百計劍法』十分詭奇，因此號稱『劉百計』！別人的劍法都以輕快凌厲取勝，他的劍法卻是步步機關、招招算計，令敵人防不勝防，當年他隨楊師厚搶回長安時，連李茂貞、劉知俊這樣勇猛的人物，都忌憚他三分呢！」

馮道驚嘆：「在快速決鬥時不斷算計？這人腦子都不消停的嚒？只怕未老先衰，年紀輕輕就滿頭白髮了！」

張承業笑道：「這你可又猜錯了！劉鄩已年近花甲，卻是豐神如玉、英姿非凡，傳說大梁許多女子都仰慕他，就連天下第一美人也傾心於他。」

馮道哼道：「這世上哪有什麼第一美人？不過各花入各眼罷了！我也覺得天下第一美人傾心於我呢！」

張承業啐道：「小子你就吹吧！」

馮道認真道：「在我心中，娘子就是天下第一美人，沒有哪個女子比得上，所以我說『天下第一美人傾心於我』，並不算吹牛！」

張承業見他一本正經地吹法螺，忍不住噗哧一笑：「你雖然年輕，還沒人家劉百計長得俊俏呢！」

馮道低呼道：「文武雙全、保養有術，還長得俊俏，能贏得美人芳心？這人也未免太仙範了，惹得我都想親眼瞧瞧這位老將軍究竟長得什麼模樣？」

張承業道：「劉鄩能長保年輕，據說是因為他練有一套『回春』內功，在耗盡心力之後，只要修習此功，便能休養生息、恢復精神。」

馮道嘖嘖稱奇道：「竟有回春神功能長保年輕，贏得姑娘芳心，下回我遇到他，肯定要纏著他教我！」

張承業啐道：「有些長相是天生的，怎麼練功也補救不了，你就別白費心思了！」

馮道哼道：「公公怎麼瞧不起人呢？」

張承業道：「我是讓你認清現實，免得成天做白日夢！」

馮道哼道：「我也沒說自己要用，我可學來傳給娘子，讓她永保青春美麗。」

張承業笑道：「那是劉鄩的絕技，怎能傳給你？」

馮道嘻嘻一笑道：「那我便使個小計，把他的神功騙來！」

張承業哼道：「小子真是異想天開！人家可是『百計將軍』，最擅用計謀，有『一步百計』之稱，能上你的當嚒？」

馮道嘖嘖道：「小隱龍自負智計無雙，也不能一步百計，他是怎麼做到的？」

張承業沉吟道：「劉鄩一直負責大梁西邊的防禦，咱們從未與他正式交鋒，所知甚少。你日後到亞子身邊，務須提醒他要加倍小心劉鄩，切莫輕敵，以免著了人家的道！」

「是，我必提醒晉王。」馮道心想這劉鄩深受朱友貞信任，接下來晉軍要面對的主要大將，恐怕就是這位百計將軍了，須知己知彼，方能戰勝，便又問道：「除此之外，這劉鄩還有什麼背景？」

「他與河中節度使朱友謙是姻親！」張承業忿然道：「提起朱友謙，咱家便來氣！」

馮道不解道：「當初朱友謙不是因為反對朱友珪登位，一怒之下，就把河中直接奉送給晉王嚒？這可是大功一件，公公怎麼生他的氣？」

張承業哼了一聲，道：「朱友貞登位後，他又回頭與大梁眉來眼去了！這傢伙就是個牆頭草！虧得亞子還對他推心置腹，親自率軍救他好幾回！」

馮道英眉微蹙，道：「這河中之地位於潞州西南方，與開封、晉陽正好形成一個鐵三角，乃是重中之重，太史公甚至在《史記》裡稱這地方乃是『天下之中』！朱友謙的態度對梁、晉雙方都至關重要，他背叛了誰，都會成為一把直插後心的利刃！萬一他忽然倒戈，與劉鄩勾結，可是天大的麻煩！」

「可不是嚒？」張承業越說越來氣：「這傢伙曾是朱全忠的義子，誰知他是不是朱友貞派來臥底的？他態度反覆不定，明擺著想撈好處，就跟劉仁恭那白眼狼一樣！唉！偏偏小晉王和老晉王性子也是一個樣，只要覺得英雄相惜，便對人掏心挖肺，把什麼危險都拋諸腦後，當初老晉王不就是這樣被耶律阿保機活活氣死！如今小晉王也跟朱友謙稱兄道弟，不知提防，所以你過去之後，千萬要盯著河中動靜！」

馮道說道：「我明白了！我會時時注意河中，公公莫要太過操心。」

「話說回來魏博，」張承業續道：「賀德倫多次催促隸屬於昭德的魏博軍離開，他們卻遲遲不肯啟程，賀德倫弄得沒法子了，只好通知劉鄩準備行動。劉鄩性子謹慎，聽說魏博軍反應激烈，也不敢直接率大軍進入，免得引起雙方大戰，就派澶州刺史王彥章率領五百龍驤軍進入魏州，駐紮在『金波亭』，先試探一下魏博軍的反應。誰知魏博軍一聽到消息，氣得當晚就發生暴動了，數千大軍包圍住『金波亭』，王彥章只有五百騎，實在不是對手，只能一路衝殺出去，最後直接斬殺了城門守衛，才逃出生天。這幫魏博軍個個驕悍，一旦動手，便殺紅了眼，完全停不下來，他們逼走王彥章後，又衝進賀德倫的住所，殺光他的親兵，將他綁到城樓上示威。」

馮道驚詫道：「魏博軍居然將賀德倫綁上城樓，難不成他們是要與大梁公然對抗了？」

張承業道：「不只如此，城中沒有主帥坐鎮，他們就四處放火搶劫，弄得百姓苦不堪言。」

馮道嘆道：「這幫人爭權奪勢，到頭來，受苦的始終是小老百姓！」又問：「那魏博軍後來如何，真造反了麼？」

張承業道：「原本挑事的張彥眼看情況越來越混亂，怕失去控制，只好率銀槍效節都出來阻止魏博軍的暴行，還派人將情況上報給朱友貞，請求撤銷昭德軍，讓分割的兩藩重新合一，並讓他擔任刺史。

朱友貞派供奉官扈異去瞭解情況，那扈異卻稟報說魏博軍根本兵力不足，無法與朝廷對抗，只要劉鄩率大軍去敉平叛亂就可以了。這朱友貞就是個朝堂小兒，沒真正打過仗，不能體恤軍心，聽了扈異的回報，就不理會張彥的刺史請求，只小小褒揚一下他的平亂之功，且要繼續分割魏博。

張彥得知後，氣得將詔書直接撕碎，扔在地上，指著南面怒罵朱友貞說：『天子當真愚昧昏庸，竟讓小人牽著鼻子走！』便跟其他將領討論說：『魏博兵甲雖強盛，如果沒有外援，仍無法獨立，只怕將來還是要被朝廷消滅。』大家都覺得有理，就逼迫賀德倫寫信給亞子，說要獻出魏博！」

馮道驚呼道：「天上掉下來一塊大餅，晉王豈不樂壞了？」

張承業笑咪咪道：「不只是他，咱們全都樂壞了！所以我說老天爺還是幫咱們亞子的！」

馮道沉吟道：「但魏博軍府設在魏州，這魏州地處魏博中央，其他五州仍掌握在大梁手裡，晉王真要受降，就必須深入虎穴，倘若對方有詐，豈不是落入陷阱？就算張彥的銀槍效節都是真心投降，魏博軍也未必同意，萬一六州聯合起來，將晉王包圍在裡面，就太危險了！即使真能佔據魏州，將來也會有一連串的硬仗要打！」

「確實是孤軍深入虎穴！」張承業道：「所以我才說亞子極具膽識與智慧！他接到投誠信後，立刻命九太保從『趙州』出發，先去佔據『臨清』，把糧草安頓在那裡。那劉鄩動作也快，六萬大軍一下子就趕到『洹水』，亞子擔心九太保應付不來，便自己率了大軍趕過去。」

馮道問道：「晉王和九太保會師之後，便一起進入魏州了？」

張承業道：「亞子雖然衝動，並不魯莽，九太保更是沉穩多謀，有他在一旁提點，就不致出太大的差錯！」

九太保李存審在蓚縣一戰，以五百士兵驚退朱全忠御駕親征的二十萬大軍，氣得不老強人從此一病不起，因而名動天下，連馮道也不得不深感佩服：「九太保確實有非比尋常的意志和智略！」

張承業道：「所以亞子並沒有躁進，只耐心等待時機，直到有一天，賀德倫暗中派判官司空過來，說表面上是張彥出來管束亂軍，其實都是他暗中煽火，才鬧得魏博大亂。此人兇殘狡詐，最是危險，只要除掉他，一切便成了！」

馮道笑道：「賀德倫也算一方大將，被張彥設計殺了五百親兵，還綁到城樓上，實是丟盡臉面，他心中懷恨至極，敢情是要借晉王的手來報仇了！」

「可不是嚒？」張承業哼哼一笑：「他們鷸蚌相爭，咱們漁翁得利！」

馮道不解道：「但賀德倫是大梁正式指派的天雄節度使，他只是迫於形勢，才不得不投降晉王，未必是真心誠意；反而張彥才是真正想奉獻魏博，向晉王表忠心的那個人！一個不誠之人慫恿晉王殺一個真心投降之人，這可是教人頭疼了！晉王要如何處理兩人的糾紛？」

張承業道：「小子你說呢？」

馮道搖頭道：「我想不明白！幸好我不是晉王，不必傷這腦筋，公公以為呢？」

張承業卻回答得斬釘截鐵：「依咱家之見，兩人都該殺！」

馮道吃了一驚：「這是為何？」在李克寧反叛事件後，他再一次見到這位貌似溫文儒雅、慈善可親的老宦官，在關鍵事情上，比殺伐武將更冷硬鋒利的一面。

張承業道：「如你所說，賀德倫並非真心投降，留他下來，始終是個變數；至於張彥，一個糾眾犯上、劫掠百姓的凶惡匪徒，其罪罄竹難書，就算留下來，也是一個禍害！所以兩個都不能留，只不過一個要當下殺之，以立威信，另一個可緩一緩，稍後再殺。」

馮道又問：「晉王可聽從您的意見？」

「自然沒有！」張承業搖搖頭，嘆了口氣，續道：「他向來善待降將，不過在這件事上，他殺了一半，也不算太差！」

「殺了一半？」馮道好奇道：「兩人之中，晉王選擇殺誰、留誰？」

張承業沒有直接回答，稍微賣了關子，只繼續說故事：「亞子收到賀德倫的密信後，擔心再拖下去，劉鄩大軍若是進駐魏州，會錯失良機，決定冒險賭上一把，於是率軍向前推進，駐紮在『永濟』。

那張彥一聽到消息，立刻率領五百名武裝精良的銀槍效節軍到永濟投誠。亞子一登上城樓，卻當眾宣佈：『張彥，你對我雖有獻地之功，但你欺淩主帥，燒城劫掠，連日來，向我陳情的百姓不知凡幾？本王今日率兵前來，並非貪圖六州土地，而是為了弔民伐罪，如果不殺了你，如何平息民怨，為民申冤？』當場便下令斬殺張彥及同夥七人，殺得張彥措手不及！其他士兵見到晉王如此威風，都嚇得雙腿發抖，大氣也不敢吭一聲。亞子卻是好言安撫他們，說只殺帶頭作亂者，其餘人既往不咎，這恩威並施的狠招一下，總算在魏博軍中樹立了威望！」

馮道長長吁了一口氣，嘆道：「張彥萬萬想不到自己逼著賀德倫寫降書，卻逼來一道催命符，他肯定後悔莫及！」

張承業道：「那也是他自作孽！大難臨頭時，他的部屬並沒有半個人出來聲援，你便知他平常做人有多差！」哼哼一笑，道：「不像小子你被劉守光下獄時，士子們可是不顧火鐵籠的威脅，也要聯合救你出來！」

馮道難得被張承業如此誇獎，摸了摸腦袋，有些難為情地打了哈哈：「公公真是手眼通天，想不到這點小事也傳入你耳中了！」

張承業笑道：「這件『小事』可是轟動天下，人盡皆知呢！」

馮道謙遜道：「小馮子也沒什麼本事，是士子們感到兔死狐悲，不忍相棄罷了！」

「不然！」張承業搖搖頭，正色道：「亂世之中，朝堂之上，眾人為爭權、求生存，不互相陷害已是萬分難得，你卻能讓大家聯合起來捨命救你，這事不容易啊！總之咱家很為你驕傲，先帝當初把《天相》、《奇道》的秘密傳給你，果然沒有選錯人！」

馮道被誇得紅了臉，忸怩道：「公公再誇下去，小馮子就要飛天了！」

張承業哈哈一笑，道：「想不到小子如此厚皮無賴，還會害羞呢！好吧！不說了！咱們說回來魏博後續，亞子擺平了張彥，接著便率軍進入魏州軍府，此時賀德倫身邊已沒有半個親兵，見魏博軍已歸服，大梁援軍又未到，只好奉上府印和旌節，亞子卻是推辭說：『本王得到消息，大梁惡寇劫掠您的藩鎮，弄得城中百姓苦不堪言，這才發兵來救，我只是想安撫百姓，並無意搶奪你的軍權。』賀德倫恭恭敬敬地說：『如今我親兵都被殺死，只剩孤身一人，哪有能力統率大家？一旦魏博軍又起動亂，只怕會辜負晉王的大恩。』亞子這才接受。」

馮道心中暗暗好笑：「小李子也玩起『三辭三讓』這一套了！」

張承業道：「亞子剛剛收下魏博，既要慰勞士兵，又要安撫民心，有許多事須整頓，為防止賀德倫待在魏州與劉鄩裡應外合，便調他前往雲州，擔任節度使。」

馮道說道：「如此處置賀德倫，也是好的。」

張承業哼哼一笑，道：「賀德倫經過晉陽，準備前往雲州赴任時，咱家就藉故把他留下來了！」

馮道心中一跳，問道：「公公可是殺了他？」

張承業呸道：「咱家又不是殺人狂！亞子既饒了他，我便不會貿然出手，只是留他下來，觀察一陣再說。」

馮道問道：「晉王就此收服了魏博？」

張承業道：「他讓八千名銀槍效節軍隨侍左右，改稱『帳前銀槍都』，命李建及擔任帳前銀槍都大將，接著又從魏博軍中挑選一批精英做為親軍，他自己兼領魏博節度使，也就是說這兩批原本應該是最強悍的敵軍，搖身一變，都成了晉王的親軍！他們眼看晉王如此信任自己，也不怕被殺害，可見他本事極高，心中既感動又畏懼，這才打從心底真正順服！」

馮道聽到這裡，由衷讚嘆道：「晉王確實有非凡的軍事天才，也有讓人為他賣命的王者魅力！」

張承業微笑道：「不只如此，亞子還有愛民之心、治世之能！這兩幫悍兵雖然歸順，但已經被楊師厚養壞了，時常結夥打劫，亞子便下令：『從今以後，如有結黨營私、傳散謠言蠱動人心、暴力掠奪百姓者，即使只搶一文錢，也一律處斬，決不寬貸。』又命五太保擔任天雄都巡按使來徹底執法，凡犯戒者，都被砍頭裂屍示眾，如此過了十多天，魏州城終於恢復平靜，老百姓也能過日子了！」

馮道點點頭，道：「如今魏州已是一片河清海晏？」

張承業道：「經過楊師厚長年劫掠，再加上這一次動亂，哪有這麼容易恢復？更何況，魏州府裡藏污納垢，也需慢慢清理，好比替賀德倫傳話的判官司空，亞子原本認為他報訊有功，再加上熟悉天雄軍府事務，許多事便交由他處理。那司空卻開始仗勢欺人，胡作非為。亞子知道後，輕輕說他兩句，讓他好好交接軍府事務給判官王正言後，便請他暫時回家休養。」

馮道感到有些不對勁，問道：「『請』他暫時回家休養？晉王沒有處罰他麼？」

張承業搖頭道：「當下沒有，咱家也感到有些奇怪，正想寫封信去勸諫，說違法亂紀者應該秉公處理，可……」望了馮道一眼，忽然有些吞吐不語。

馮道從未見過張承業這般模樣，忍不住問道：「後來怎麼樣了？」

張承業輕輕嘆了一口氣：「也沒什麼！」

馮道不放棄又問：「究竟怎麼了？」

張承業沉沉地望了他一眼，才緩緩道：「咱家的勸諫信都還未送出，就聽到消息說，那司空才剛回到家中，就被抄家滅族了！」

「晉王他……」馮道不由得倒吸一口涼氣，想要說什麼，卻說不出口，只感到一陣寒意。

張承業見馮道臉色微變，安慰道：「你也別想太多，魏博這地方太亂了，亂世本該用重典，司空有這等下場，全是他咎由自取。」

馮道嘆道：「司空若是犯了律法，自當處決，但晉王如此對付臣屬，卻讓人心寒，前一刻還和你好好寒暄道別，轉個身就屠了你全族……」

張承業道：「朝堂之中，盡是豺狼虎豹，王者為了維權，難免會使些極端手段，這種事咱家見多了，沒覺得什麼，就怕你小子剛來，還不習慣，但你已經歷過劉守光的摧殘，也該禁得起嚇了！」

馮道苦笑道：「劉守光雖暴虐，心思卻簡單，我還知道怎麼與他周旋，可晉王太聰明了！聰明到讓人……感到害怕！」

張承業呸道：「你不是這麼膽小吧？」又道：「絕世王者總是讓人心生敬畏，否則何以征服天下？亞子只處死張彥七人，就兵不血刃地鎮懾住魏博軍，將最凶悍的敵人收服成親軍勁旅，事後還能顧及老百姓的福祉，這實在是莫大的智慧和勇氣，就連老晉王也辦不到！小馮子，你說他像不像太宗？在亂世中堅毅崛起，在危局中安定四方！」見馮道沉吟不答，怕他又改變心意離去，便好言勸道：「亞子是有些驕氣，正因為如此，咱們才更應該陪在他身邊，好好提點他。每個王者都會有缺點，臣屬本來就應該擔負起勸諫的責任，只要他還心存百姓，願意恢復大唐，咱們就該盡心輔佐。當初他答應你的事全做到了，你還有什麼好挑剔的？他有非凡之才、霸主之風，我瞧全天下的英雄，沒人及得上他，你來這裡，總歸是不會錯的！」

馮道聽到這裡，心中不勝感慨：「小李子原本是熱血赤忱的少年，但在歲月磨難中，已漸漸學會帝王手段，他天資聰穎，一旦學會什麼，就比其他人更加厲害，他既已摸透了帝王之道，倘若能端正己身，走向正途，就會再出現一位曠世明君，否則，就會比任何人都可怕，會是一場巨大的災難！可惜他真的不是太宗……」他知道這些話不能說出口，只能硬生生地吞下肚去，留給張承業一抹苦笑。

張承業又道：「反正你別想太多，兩日後你送糧草去臨清，接著轉往莘縣，就待在那裡好好輔佐亞子！你這巡官的名頭只是掛名的，該諫言、該出主意，你一個都別想偷懶，真有什麼問題，咱家會擔待著。」

馮道笑嘆道：「公公放心吧！我既然來了，就不會當逃兵。倒是莘縣那邊有什麼消息需要留意？那劉鄩既奉命監管魏博分割，眼看晉王一聲不響地吞了魏州，又豈會甘心？應會採取什麼一步百計的行動！」

張承業微笑道：「劉鄩雖有百計，但咱們亞子動作更快！他見澶州刺史王彥章一直跟隨劉鄩待在魏州城外，澶州無主帥防守，輕易可奪，便立刻派兵出擊！」

「澶州刺史王彥章……」馮道笑道：「就是在金波亭被魏博軍逼得落荒而逃的那個？」

張承業道：「倘若你以為他和你一樣，只有三腳貓逃命功夫，就太小瞧王彥章了！他不只是大梁的開國伯，更是朱友貞心中的第二個例外！」

馮道好奇道：「你是說朱友貞最信任的老將除了劉鄩，就是王彥章？這人有什麼本事教朱友貞如此器重？」

張承業道：「這人綽號『王鐵槍』，聽起來好像粗俗平乏，沒什麼厲害，但自從朱友貞派他跟隨劉鄩，軍中便流傳著一段順口溜：『王鐵槍、鐵槍王，一鐵震破十三槍，烏影寒鴉何稱王？』」

馮道愕然道：「一鐵震破十三槍？這意思是他一人就可以對付十三太保？」

張承業道：「不只如此，他逢人就說：『李亞子和邈吉烈不過就是兩隻鬥雞小兒，有什麼好怕的？』」

馮道咋舌道：「這人好大的口氣啊，竟瞧不起晉王和大太保，還直呼他們的小名！」

張承業道：「咱家有些擔心，因此特意派人去打聽一番！據探子說，當年張惠知道烏影寒鴉槍太過厲害，怕朱全忠死後，梁軍無人可敵，便想培養一名使槍的高手來對付烏影寒鴉槍，也就是『以槍破槍』之策！」

馮道感到不可思議：「烏影寒鴉槍已是天下第一高明的槍法，當年李克用一槍在手，可是見神殺神、遇佛滅佛，殺得九州大地無一人是他的對手，哪還有更高明的槍法可『以槍破槍』？」

張承業道：「可偏偏張惠就找到這個人！她在大梁軍營中注意到了王彥章，決定栽培訓練他，王彥章年少投軍，一開始就投在朱全忠麾下，又受到如此器重，自是對朱氏赤膽忠心、以命相報。」

馮道說道：「因為是張惠精心挑選的人，所以即使是朱全忠時期的老將，朱友貞也能全然信任！但王彥章的槍法真這麼厲害嘛？我似乎從未聽過他的戰蹟……」

「這才是最可怕的地方！」張承業道：「王彥章從左龍驤軍使、左監門衛上將軍，一路擢升到行營左先鋒馬軍使，始終是朱全忠的親衛統領，確實沒見他立過什麼顯赫軍功，更不像楊師厚、康懷貞那幫老將聲名遠播，所以從來沒人見識過真正的王鐵槍法！」

馮道沉吟道：「朱全忠應是刻意將他掩藏起來，避免他過分顯露。而朱友貞讓他最信任的兩名老將前來監督魏博分軍，還刻意將王彥章安排在劉鄩下面，應該是想讓王彥章歷練外戰的機會……想不到張惠還暗藏這一秘密武器，她可真是思慮深遠，令人望塵莫及！」

張承業解釋道：「亞子心中惜才，希望收服這位鐵槍王，攻打澶州時，便教人抓了王彥章的妻小，厚待他們，並派使者勸降王彥章。但王彥章性子剛烈，死活不肯投降，還殺了使者，那抓人的將領一怒之下，便殺了王彥章全家！」

馮道不由得「啊」了一聲，道：「這豈不是與王彥章結下大仇了？」

「可不是嘛？」張承業嘆道：「亞子也只好放棄他了！改命魏州將領李巖擔任澶州

刺史，但後來朱友貞又派楊延直出動大軍，把澶州搶回去了。」

馮道說道：「這樣一來，豈不是白忙一場，還惹怒王彥章？他必是將滅門之仇算到晉王頭上，聯合劉鄩施出百計了！」

「你說得不錯！」張承業喝了口酒，彷彿要藉著酒意才能壓驚驅寒般，嘆道：「蘆葦蕩那一戰，咱們才真正見識到了『一步百計』和『一鐵震破十三槍』聯手的厲害！」

他老垂的雙眼微微一瞇，思緒飄飛到漳水河畔，彷彿那一場廝殺仍歷歷在目……

（註❶：「賊來須打……出來相看。」出自唐朝敦煌的婚歌《下女夫詞》。）

（註❷：「日月神功」、「月陰宮主」等事蹟，請參考拙作《武唐》。）

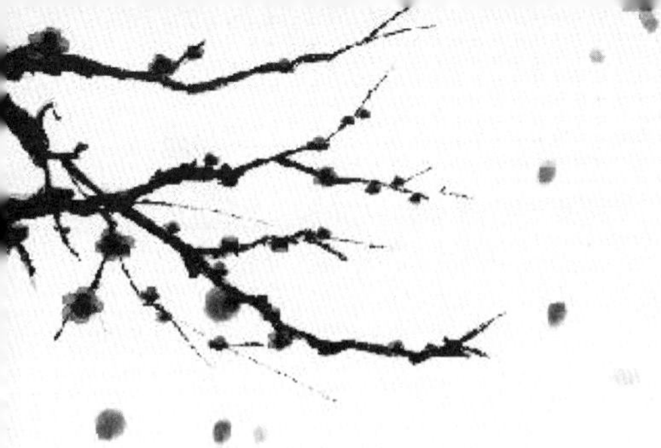

九一五・二

銀鞍照白馬・颯沓如流星

六月，晉王入魏州，鄩以精兵萬人自洹水移軍魏縣，晉王來覘，鄩設伏於河曲叢木間，俟晉王至，大噪而進，圍之數匝，殺獲甚眾，晉王僅以身免。《舊五代史·卷二十三》

臬捩雞生敬瑭，其姓石氏，不知得其姓之始也。敬瑭為人沈厚寡言，明宗愛之，妻以女，是為永寧公主，由是常隸明宗帳下，號左射軍。莊宗已得魏，梁將劉鄩急攻清平，莊宗馳救之，兵未及陣，為鄩所掩，敬瑭以十餘騎橫槊馳擊，取之以旋。莊宗拊其背而壯之，手啗以酥，啗酥，夷狄所重，由是名動軍中。《新五代史·卷八·晉本紀第八》

梁將劉鄩在洹水，莊宗深入致師，鄩設伏於魏縣西南葭蘆中。莊宗不滿千騎，汴人伏兵萬餘，大噪而起，圍莊宗數重。魯奇與王門關、烏德兒等奮命決戰，自午至申，俄而李存審兵至方解。魯奇持槍攜劍，獨衛莊宗，手殺百餘人。烏德兒等被擒，魯奇傷痍遍體。自是莊宗尤憐之，歷磁州刺史。《舊五代史·卷七十》

梁將劉鄩之據莘也，與太原軍對壘，旦夕轉鬥。嘗一日，兩軍成列，元行欽為敵軍追躡，劍中其面，血戰未解。行周以麾下精騎突陣解之，行欽獲免。莊宗方寵行欽，召行周撫諭賞勞，而欲置之帳下，又念於明宗帳下已奪行欽，更取行周，恐傷其意，密令人以利祿誘之。行周辭曰：「總管用

人，亦為國家，事總管猶事王也。余家昆仲，脫難再生，承總管之厚恩，忍背之乎！」《舊五代史・卷一百二十三》

秋草茫茫、八月江寒，一彎銀鈎映風霜，兩岸蘆雪興波瀾。

李存勖輕易拿下魏州，收服了魏博天雄軍和銀槍效節都後，心中好不得意，便意氣風發地前往各地犒賞士兵，這一日，他剛剛抵達「魏縣」，就得到消息說劉鄩為了奪回魏博，特意挑選了一萬多精兵從洹水急赴魏縣，如今已駐紮在漳河對岸，兩軍夾岸對峙。

李存勖暗想這裡離劉鄩營地很近，忽然冒險心大起，決定親自偵察敵情，順便目睹這位百計名將被奪了魏博之後氣急敗壞的模樣，他知道李存審必會勸阻自己不可冒險，遂瞞住一班老將，只帶了剛從梁營投奔過來就被任命為護衛指揮使的夏魯奇，還有年輕騎將王門關、烏德兒和五百多名驍勇親衛悄悄出發。

他們沿著河道往西南前行，夾岸是漫漫蘆葦蕩，長得比人還高，隨著彎曲河道一路延伸出去，風吹草曳，皓雪般的蘆浪不停翻湧，一波滾過一波，幾乎無邊無際。

李存勖看不見前方景象，便率領幾名小將登上附近的一座山坡，躲在亂石後方，藉著星月微光，往下探看，發現梁營就安在這一大片蘆葦蕩後方，壘壘如雲霓，燈火黯淡，可見梁兵們都已鬆懈沉睡，只有二、三個哨兵百無聊賴地來回行走。

「賊人果然藏在這裡！」李存勖覺得自己押中寶了，一下子就識破百計名將的詭計，但覺劉鄩也沒什麼了不起，興奮地對夏魯奇道：「你們瞧，這防守也太疏鬆了！就像潞州之戰一樣，梁軍只要躲進夾寨裡就會偷懶！咱們現在衝進去大殺一場，這些沒膽的賊兵肯定會嚇得大肆潰逃！」想到只以五百人就大破數萬梁軍，在他戰神的名號上再添一筆榮光，全身都沸騰了起來，問道：「你們敢不敢隨本王衝鋒陷陣，建立戰功？」

能跟在李存勖身邊的親衛都是百戰沙場的勇士，想到越少人打敗敵軍，每個人分到的獎賞就越多，再加上對李存勖的信任、梁軍的輕視，每個人都摩拳擦掌，躍躍欲試：「我們願跟隨大王建立戰功！」

李存勖高舉手臂，讓後方跟隨的五百親軍看見，接著以手握拳，打出準備行動的暗號。後方士兵見到大王的手勢，立刻悄悄下馬、蹲低身子，藏身入蘆葦蕩裡，跟隨李存勖沿著河畔無聲潛行，魚貫繞過河道彎處，準備大舉進攻前方營壘。

「嗤嗤！」忽然間，一陣細微疾響，茫茫飛花中，群鴉驚飛而起，「嘎——」地一聲長叫！

李存勖驚覺不妙：「糟！有埋伏！」卻已來不及，下一剎那，「唰唰唰！」漫天飛箭射來，竟是劉鄩早有埋伏，上千名身披蘆葦做掩飾的梁軍瞬間提起弓箭，射向心高氣傲的河東軍！

「啊啊啊！」河東軍正想突襲敵營，萬萬想不到反被襲擊，許多士兵被射個措手不及，翻滾在地。

李存勖心中惋惜，大喊一聲：「退！」

「砰！」同時間，一道報訊的煙花沖升天際，爆亮夜空，原本黯淡一片的梁營瞬間火光點點，將河岸照耀得有如白晝，戰鼓和號角聲也隨之轟天響起，近萬名梁軍分別從蘆葦蕩各處，分成五隊衝了出來：「殺！」吶喊聲和飛矢破空聲響徹雲霄！

李存勖原以為只是被千名弓箭手發現行蹤，想快速退離，未料梁軍早有準備，他意識到情況不對，大聲疾呼：「快退！快退！」卻已經太遲！

瞬間，千萬梁軍就像野火漫燒蘆葦般，氣勢洶洶地掩殺過來，一副勢要滅盡敵人，好為死去的弟兄復仇！

河東軍忽然落入層層包圍中，嚇得陣勢大亂，根本無法遵從號令撤退，在蘆浪搖蕩、漫天飛花、箭影颯颯中，連敵人的行蹤都無法看清，只能憑著求生本能，不斷揮刃自保。

李存勖雖然喜歡冒險，卻不是莽夫，他精熟兵略，擅長襲敵不意，智謀勇猛兼具，這才贏得群雄欽仰，有了用兵如神的「戰神」美譽，想不到這一次竟會落入敵人圈套，他實在氣憤不已：「劉鄩這老賊，竟設下這等詭計陷害本王，但教我能出去，必要教他付出萬分慘烈的代價！」

他眼看情勢混亂，當機立斷，一邊衝殺，一邊喊道：「退向戰馬處！」

當初為了掩飾行蹤，河東軍把馬兒留在半里外，如今只有上馬，才有機會逃生，眾兵聽得號令，立刻振作起精神，邊殺邊退。

「射馬！」遠方丘坡上傳來一道沉穩的長喝聲，正是梁軍主帥劉鄩！

李存勖一邊揮舞長槍逼退梁兵，一邊抬眼向發聲處瞥去，只見一道柳青色身影掩藏在茫茫蘆雪中，看不清楚形貌。

「唰唰唰！」一陣陣疾箭穿過層層蘆葦叢，射向戰馬的聚集處，不等河東軍趕到，一匹匹戰馬便已倒地不起。

戰馬十分名貴，劉鄩原本不想殺馬，但只要讓對方上了馬，這場圍殺就功虧一簣，不得不忍痛下令，誓要阻斷李存勖的任何生機！

任憑河東軍再悍勇，面臨失去鐵騎、多人圍剿的情況，也無力對抗，最可怕的是沒有人知曉他們這一次的行動，根本不會有任何援兵！

「他奶奶的！」李存勖想不到劉鄩會佈下弓箭手，對準他們戰馬的滯留地，忍不住破口罵出粗話，但他想不到還有更可怕的事！

「誰殺了晉王，本帥重賞十兩黃金！」蘆葦深處再次傳來劉鄩的絕殺令！

梁軍好不容易逮著了晉王，都想當屠王勇士，只要能搶下這頭功，絕不只是十兩黃金的獎賞，回朝之後，必會升官晉爵，飛黃騰達，因此個個奮勇搶先地盡往李存勖殺去。李存勖瞬間成了活標靶，他奔到哪裡，哪裡就引來千萬刀箭！

李存勖拼命揮舞著寒鴉槍，將包圍的蟻軍不斷震飛出去，偏偏梁軍前仆後繼，竟是殺之不盡，眼看四周敵兵茫茫無盡，腳下血流成河，保護他的河東軍不是被衝散在外，就是倒落身旁，他心中憾恨難消，除了拼命砍殺，竟無法可想：「難道我真要死在這裡？」

星月輝映下，原本秋意靜好的蘆葦蕩已成殺戮煉獄，河東戰士的鮮血一蓬蓬噴灑出去，將原本雪茫茫的蘆葦潑染成大片、大片殷紅，再順流入河裡，形成妖異又絕望的景像，還在拼死力戰的將士們看得怵目驚心，意氣頹喪，感到自己就像脆弱的蘆花，隨時會飄散消逝，茫茫不知去向。

夏魯奇見大王陷入萬般危急裡，連忙大聲呼喝：「保護大王！隨我衝出去！」殘存的河東兵聽見號令，拼命聚攏過來，夏魯奇仗著自己年輕勇猛，藝高膽大，右手緊握長劍，毫無章法地亂劈亂刺，見敵就殺，左手揮舞著長槍東挑西掃，狀甚瘋魔，一夫當關地衝在前方，王門關、烏德兒圍護李存勖兩側，其餘士兵則跟隨在左、右、後三方，眾人一路拼死力戰，砍殺過去，直殺得山河變色、星月無光。

夏魯奇砍殺了百多名梁兵，自己也遍體鱗傷，好不容易開出一道，領著河東軍才往前衝了幾步，梁軍又聚了過來，

李存勖眼看夏魯奇身上飛箭無數、傷痕累累，一咬牙，衝到他前方，拼著被四周梁兵砍刀的危險，大喝一聲：「讓開！」長槍向前猛力一揮，化出一道狂猛罡氣，將前方

密密麻麻的梁兵給震得向兩旁飛去，壓垮兩側的蘆葦叢，終於開出一道長路，大聲疾呼：「兄弟們，殺出去！」

夏魯奇見狀，飛快退到隊伍後方，高喊一聲：「你們護大王先走，我斷後！」

正當李存勖要率兵往前衝殺時，長路盡頭卻出現一道魁梧身影，冷喝道：「哪裡走？」

兩人精光交觸的剎那，有如驚雷電閃！

只見此人年屆不惑，方頭圓臉、灰眉灰鬚，高逾九尺，手中也持一柄長槍，整個人交織著一種沉醇古樸的意境和無與倫比的霸氣，似一夫當關，就能全然封擋住河東軍的生路！

如果說李存勖的年輕驕氣、豐功偉蹟讓他像是一輪初昇朝陽，不斷向世間炫耀自己的光芒，那麼眼前整整大了他二十歲，卻還沒有立下傲人戰績的王彥章，就像是一塊被埋藏千百年的璞玉，從未在世人面前展露自己深厚的底蘊，在這一刻，大器晚成，即將破土而出，奪天之光！

李存勖目光一瞬也不瞬地緊盯著對方的鐵槍，除了提防之外，內心也感到驚詫，他自己的寒鴉槍乃是玄鐵製造，槍頭宛如寒鴉展翅般威武，一出手就能震懾敵人，精緻的黑色槍纓揮耍起來，迎風飛舞，除了眩敵眼目，也更添主人的威武氣勢！

而王彥章手中的鐵槍卻恰恰相反，它古樸至極，完全不像是鐵血將軍手中的殺人利器，甚至不如一般騎兵用的長槍，只像農家隨意撿來一根粗鐵，自行安了個槍頭作為驅趕野獸用，甚至連槍頭都不怎麼尖銳，而是圓鈍的，表面還有些許斑駁鏽灰。真要說這鐵槍有什麼特別，也就是槍桿比一般長槍更粗、更長，顯然要自在地揮耍這柄重槍，內力必須十分純厚。

李存勖卻一點也不敢輕忽，正是這樣古樸至極、簡單至極的鐵槍，令他感到巨大的壓力，比對戰千萬梁兵還可怕——因為敢以一根鈍鐵槍來對付無論從槍身或槍法都稱得上是天下第一的烏影寒鴉槍，這人不是瘋子，就是極可怕的絕頂高手！

「我真是大意了……」望著這位看不清深淺的敵人，李存勖不由自主地握緊了手中長槍，身上的熱血熱汗也轉成寒涼：「我以為朱全忠、楊師厚一死，梁營便只剩下酒囊飯袋，想不到還有這號人物……」

兩人精光對視，全副心神都被對方所吸引，四周的喊殺聲彷彿都消逝了，只餘風吹蘆葦的嗚咽聲漫向了天際……

李存勖心知絕不可戀戰，必須盡快突破此人，帶眾兵衝出去，因此即使全身已傷痕累累，氣血不斷流失，仍是提盡功力，一出手便是烏影寒鴉槍法的絕招「寒鴉捲風雲」！

「殺！」他大喝一聲，身往前衝，與槍合一，宛如一道墨龍噴飛而出！

王彥章剛擎起長槍，想要抵擋對方凌厲的衝擊時，那墨龍瞬間已散化成滿天寒鴉，從四面八方飛擊過來，每一隻狠辣刁鑽的寒鴉都是槍尖的奇詭變化，忽撲忽啄、忽戳忽扎，其力之勁，激盪著「嘎嘎——」聲響徹雲霄；速度之快，讓人一片眼花繚亂，完全看不清招式；招式之玄，教人猜不透後續變化，而無法抵擋這漫天攻勢！

雙方士兵被這氣勢給嚇到了，都不由自主地慢下手中攻勢，想知道發出豪語的王彥章要如何抵擋天下第一槍的傳人，也是當今最年輕的霸王！

「雕蟲小技！」在王彥章的眼中，李存勖的出招就跟自己預想的一模一樣，他感到從前的努力沒有白費，沒有辜負先帝的苦心栽培，冷哼一聲，瞬間將全副意念貫入手中鐵槍，大喝一聲：「大方無隅、無邊無界——」全身竟不動如山，只把一根鐵槍橫在前方，與自己高大的身軀形成一個「十」字，架構出一片氣牆，瞬間就真的像一座大山般，剛強地擋住了李存勖的萬般攻擊，不讓對方越雷池一步！

烏影寒鴉槍又奇又快，有如點點寒鴉漫天飛舞，王彥章一柄鐵槍動作極慢，似乎不怎麼出招，只鐵槍一橫，竟剛好壓在烏影寒鴉槍的三分處，勁力傳出，烏影寒鴉槍登時一沉，李存勖不由得退了一步，他不信邪，心想只是碰巧，長槍微甩，招式陡然一變，再度攻去，寒鴉槍旋轉騰飛、千變萬化，每一擊都夾帶狂暴罡勁！

王彥章方才雖然得手，卻沒有趁勝追進，面對寒鴉槍再次如暴雨般襲來，也沒有退縮，依舊穩穩地架成「十」字，緊守陣地，只抓到機會才揮出長槍，而每一揮都能恰到好處，不是勁力巨大，將李存勖的千百突刺一口氣震飛開去，就是巧妙地卸掉對方的力道。

李存勖感到有些不對勁：「這老頭為什麼總能破去我的強攻？卻又不追擊？」但他不肯也不能服輸，只能咬緊牙關拼命提功，隨著寒鴉槍揮轉越快，群鴉淒厲叫聲響徹雲霄，烏影寒光團團旋轉，渲染成滾滾黑潮，形成一股吞蝕天地、震撼山河的黑暗力量！

「大象無形，無形無相——」王彥章揮轉著手中沉重鐵槍，已不是出了什麼具體招式，而是重重疊疊地交織出一圈堅厚的氣牆護在身周，硬是將這毀天滅地的狂暴鴉影阻擋在外，腳下偏是不動分毫。

李存勖刺出數百擊，無論怎麼變招，始終刺不中，也逼不退王彥章，這樣的情況完全出乎意料之外，他不由得越鬥越害怕，越打越焦急：「明明只是一根不起眼的粗鐵，招式也很粗糙，為何能擋住烏影寒鴉槍的精妙？」

他漸漸感到自己的每一招、每一式似乎都落進對方的算計裡，彷彿有人早就設好了陷阱等著他往裡頭跳，不禁打從心底竄升起一股寒意：「怎麼會這樣？這人的槍法太詭異了……」

「慢」竟比「快」更迅速、「簡」也比「奇」更詭異，這簡直超出了李存勖自小所理解的武學道理，一時之間，實不知如何破解，一旦他不能衝出王彥章的抵擋，那麼身後的子弟兵就只會被梁軍屠殺殆盡！

四周的情況如此惡劣，讓他更加心浮氣躁，只想拼命衝出危地，手中長槍越轉越快，越轉越快，但他方才在對戰千萬梁軍時，已消耗太多力氣，這一來，簡直是劇耗真元！

李存勖心中生懼，氣勢變弱，王彥章立刻便感應到了！他一生都在為這一戰做準備，心知此後再無這樣機會，瞬間內力一鼓，大喝一聲：「大器晚成！」將畢生功力聚於槍尖，磅礴氣勁如山洪海嘯般往前衝去，將點點分散的寒鴉勁力一口氣震開，再筆直衝向李存勖！

烏影寒鴉槍法速度之快、力量之強、變化之奇，乃是天下第一，王彥章卻是返璞歸真，只精純一槍，便要開天破地！

當李存勖意識到不對勁，槍鋒急收，欲改守勢，卻已來不及！

王彥章的槍氣如穿腐土般，直接貫破李存勖護擋的罡勁，擊入中宮！

李存勖只能全速收回內力，護住胸口，身如疾箭，往後飛退，長槍也極力舞成屏風格檔，卻仍擋不住王彥章多了二十年功力的轟擊，他整個人被直接震飛出去，撞翻一群跟在他身後的河東軍，又重新落回梁軍的包圍之中，接著五內翻湧，吐出一大蓬鮮血。

「碰碰！」數聲，他身後有些士兵抵不住他的撞擊力，也爆飛出去，不是倒斃而死，就是被四周的梁兵趁機砍死。

原來「大方無隅、大象無形、大器晚成」正是朱全忠與王彥章研究千百回之後，最後得出剋制烏影寒鴉槍的終極三招！

當年朱全忠曾在蒲縣高坡上與李克用對招數千，便暗中將槍法的種種變化盡可能牢記於心，但記得歸記得，烏影寒鴉槍畢竟是天下第一的槍法，是朱邪家族在一代一代不斷血戰中，所鍛養出來的極致招式，李克用憑此殺盡天下英雄梟雄，稱霸十多年，其中奧妙，絕不是那麼容易理解與突破，朱全忠若不是仗著源源不絕的內力，再加上暗施詭計，也對付不了這麼快速又奇詭的招式，朱氏子孫更沒有一個具修練不老神功的天賦，為保大梁江山，朱全忠只能將自己所記得的數千記槍法變化與王彥章一次又一次臨摹切磋，並研究破解之法。

既然王彥章沒有修練不老神功，真要與烏影寒鴉槍強勢對招，只會落至傷痕累累、筋疲力盡，於是朱全忠利用王家槍法的簡單性，設計了兩招守勢，來彌補王彥章的內力不足，讓他可以持久對抗：第一招「大方無隅」意指防守沒有邊界，只要將全副內力都用來營造氣牆，達到最大面積，超過烏影寒鴉槍所能攻擊的範圍，也就是以己為硬盾，擋敵之鋒銳；第二招「大象無形」，意指最厲害的防守，乃是沒有形式的防守，無論對方怎麼攻擊，都不要費力相爭，只要以意馭槍，見招拆招、借力卸力，直等到對方已經體力劇耗、心煩氣躁，再使出最致命的第三招「大器晚成」！

「大器晚成」是三絕招中唯一的攻勢，卻不是一味的強攻猛攻，反而需要更沉得住氣，面對敵人的千萬挑釁、萬般殺機，能無畏無懼，並且眼目精厲地洞察出最好的時機，豁盡全力只出最猛暴的一槍！

這三招看似簡單，說來容易，然「大方無隅」需要極深厚的內力，才能撐住一大片氣場，幸好王彥章比李存勖年長二十歲，才能多二十年功力來抵擋；而「大象無形」更要十分精熟烏影寒鴉槍的各種刺擊，才能見招拆招，王彥章自從被朱全忠挑中後，真是連做夢也在練習對戰，如此二十年下來，終於養出一位大道至簡，「一鐵震破十三槍」的鐵槍王！

這件事朱全忠保密到家，大梁沒幾人知道，河東更是聞所未聞，直到朱全忠去世後，王彥章終於挺身護衛大梁，眾人這才知道王將軍槍法極好、口氣極大，但具體好到什麼程度，還是沒人見過。

但如果僅憑一招「大器晚成」，就想破開天下第一的槍法，未免太過托大，王彥章和劉鄩討論許久，覺得最好再配合天時地利，於是設計了今天的場面，先讓千萬軍兵包圍住落單的李存勖，盡可能地消耗他的體力，再讓王彥章使出致命絕招！

「劉老頭使詭計，王鐵槍根本是勝之不武！我不服！不服！不服……」李存勖以受傷累累之身面對王彥章好整以暇的全力出擊，已覺得不公，又見到身邊親衛紛紛慘死，更是怒不可遏，忍不住在心裡狂聲吶喊！

可任憑他再不甘心，戰爭就是這麼殘酷，並不是什麼江湖道義的公平對決，而是主將身死，即全軍覆沒、甚至全藩覆滅的絕殺！所以善戰之將，從來兵不厭詐，尤其像劉鄩這樣善用奇詭兵道的老將，是絕對不會假仁假義地留給李存勖一絲存活的機會！再怎麼群起圍攻、以多凌寡，也要把握機會殺了他，只要這年輕的霸主一死，河東必四分五裂，有太多太多的梁兵可因此存活下來，再也不會像從前一樣，任河東軍宰殺，這才是劉鄩心中的正道與仁義！

李存勖還來不及站起，甚至一口氣尚未回過來，梁兵就已經蜂湧過來，數不清的長刀從四周急砍下來，每個人都想砍他一刀，好得獎賞，就像恨不得要把他剁成肉糜一樣！

李存勖躺在地上，雙手拼命旋轉長槍，試圖將這幫貪婪噬血的蟻兵掃震開去，可他不只外傷累累，還受了沉重內傷，心知再這麼下去，必會力竭而死，但除了拼命抵擋，他也無法可想，只能眼睜睜看著一波又一波悍不畏死的梁兵湧疊過來，他竟連爬起身的空隙都沒有。

夏魯奇見大王陷入死地，想衝過去解救，卻因為被群兵圍殺，也無法靠近，在這種惡戰中，一寸短一寸險，如果丟失兵器，那幾乎就是丟失性命，但此刻他已經沒有選擇了，一咬牙，將手中長槍對準圍攻李存勖的梁兵用力拋擲過去，那長槍一個飛轉，「碰碰碰！」一口氣打中七、八個梁兵的背脊，頓時他們就像飛天葫蘆般拋飛出去。

李存勖得到這空隙，寒鴉槍一個旋轉，震飛其餘梁兵，足尖一點，才想跳起身來，王彥章卻已飛身趕至，一道重逾泰山的槍勁轟砸而下，他滿懷殺心，恨不能一舉殺了李存勖，為死去的妻兒、梁兵報仇！

李存勖被這狂猛的槍氣壓制得起不了身，只能長槍向上一擋，極力擋住王彥章直壓下來的槍勁！

夏魯奇拼命為李存勖爭取起身的機會，就這麼錯失了，他自己也因為失去長槍，只能以薄劍對付敵人的鎧甲，陷入更艱困的苦戰裡。而王門關、烏德兒和其他還活著的河東士兵，都是一人被眾多梁兵圍剿，自身難保，更遑論救人。

眼看王彥章只要再一槍，就能要了李存勖的命，此刻當真是萬般絕境、萬分危急，沒有半個人能出手相救，李存勖漸漸氣力消盡，心中吶喊：「難道我真要死在這裡？我不服！我不服！」

「咻咻咻！」千鈞一髮間，三道勁箭破開長空，越過千百軍兵，直射向王彥章！勁力之強，逼得王彥章只能抽回鐵槍，向後掃去。

「噹！」槍箭交擊，發出巨大聲響，王彥章心中一凜：「此人臂力極強，若不是一流高手，就是天生神力！」

「咻咻咻！」對方手上不停，射出一串又一串的急箭，隨著距離越來越近，箭勁也越來越強，王彥章不得不放過李存勖，全力對付。李存勖趁機跳身而起，向後退掠，王彥章眼看錯失良機，心中萬分憾恨，但要應付利箭，也無暇追上！

李存勖雖暫時避開王彥章的鐵槍，但身受重傷，周圍的梁兵見到機會，立刻沖湧上來，剎那間他再次深陷敵陣之中，四周全是震天喊殺聲。

那射箭之人策馬衝入梁兵中，一個彎身將重傷的夏魯奇撈起，放在馬背上，接著不停挽弓拉箭，每一次必是三箭同發，一連射了幾十道，近百多箭，一邊阻擋王彥章、破開梁兵，一邊奔向李存勖，梁兵連躲都來不及，紛紛倒斃。

李存勖即使在血戰中，也不由得感到驚奇：「我軍竟有這等勇士？」

待那人又馳得近些，李存勖才看清他不過二十出頭，身穿河東左射騎校軍服，生得一張圓方大臉，配上飛揚如劍戟的剛眉、銅鈴虎眼、高鼻濶嘴，在風吹日曬的騎兵中，膚色並不是墨黝黝的黑，而是彰顯著年輕朝氣的麥褐色，但臉上樸實厚重的神情，卻顯得少年老成。

他載著夏魯奇，憑著精湛的箭術，一路衝過梁兵刀陣，馳騁至李存勖面前，倏然而止，隨手從馬側的鳥翅環上取出一把一丈八的長槊，猛力一掃，狂大的罡勁將王彥章及四周梁兵都給逼退開去！

夏魯奇見這左射騎校雖然勇猛，但只來了一人一馬，顧不得自己身上傷痕累累，立刻溜竄下馬，一邊喊道：「大王快上！我為您開路！」一邊以手中已被砍出七、八個缺口的長劍力戰群兵。

左射軍相當於李嗣源的親衛，李存勖見這騎校衝進來相救，以為李嗣源就在附近，飛身上馬，反向而坐，與那左射騎校背貼背坐在馬上，一邊殺退沖湧上來的敵兵，一邊對仍苦苦支撐的河東殘兵鼓舞士氣，呼喊道：「大太保的援軍快到了，你們隨本王殺出去！」

河東軍振起精神大聲歡呼，拼命衝過來與李存勖會合，要隨他衝殺出去。

王彥章如何能容得李存勖逃脫？對梁兵大喝一聲：「砍馬腿！」梁兵聽到號令，紛紛滾地過來，揮刀砍向馬腿，以阻止李存勖離去。

左射騎校心知絕不能讓馬兒受傷，連忙一扯韁繩，想要衝出去，可王彥章已施展輕功縱躍而上，越過馬首，連人帶槍凌空狠狠下擊！

左射騎校不得不放開韁繩，雙臂高舉長槊，奮起全力扛住王彥章泰山壓頂之勢！

「噹！」兩人一上一下，精光對視，槍槊相抵，那長槊只發出一陣沉重的嗡嗡迴響，卻沒有被擊得斷折或拋飛。

王彥章見此人年紀輕輕，竟有大將軍的威勢，心中一凜：「今日不只要殺了李存勖，此人也不能放過，否則將來必成大患……」他憑著鐵槍粗重，再加上多二十年的功力，如此重逾千斤的力道，欲強壓對方。

那左射騎校被壓制得齜牙裂嘴，嘴角甚至咬得出血，卻仍緊緊握住長槊，苦苦撐持，他手中長槊漸漸彎曲向下，卻不斷不裂。

王彥章雙臂再使勁往下壓，左射騎校雖能承受他的巨力，身下的馬兒卻承受不了，雙腿漸漸彎曲，發出痛苦嘶鳴！

李存勖坐在馬背上，見梁兵來砍馬腿，寒鴉槍往下，一個左旋右轉，將靠近的梁兵都掃蕩開去，可退了一撥，下一撥敵兵立刻又滾地過來。

夏魯奇見狀，呼喝道：「我來！」隨手搶了敵人一把長槍，將一排梁兵掃飛出去，右手長劍點點連刺，一股淩厲罡氣透尖而出，瞬間七、八名梁兵胸口一窒，轟聲倒落，但他只顧著為李存勖開路，卻顧不得自保，待他抽出刺敵長劍，左腿已中了一箭、左肩更被砍一刀。

李存勖眼看下方雖有夏魯奇拼死擊退梁兵，上方還有王彥章緊緊壓住左射騎校，不讓兩人離開，連忙提槍刺向空中的王彥章！

王彥章與左射騎校比拼內力，漸漸佔了上風，見李存勖長槍忽然刺來，他不得不用力一壓對方長槊，借力彈飛而起，身子一個淩空翻轉，拋落向地面。

夏魯奇見李存勖好不容易擺脫了王彥章的糾纏，大喊一聲：「大王快走！」同時間飛身而出，一劍刺向王彥章！

李存勖心知夏魯奇行這一招，是飛蛾撲火，活不成了，他不是個會丟棄部屬的人，但自己身負河東重任，也不能婦人之仁，於此之際，只能一咬牙，道：「走！」

「大王抓緊！」左射騎校長槊猛力一揮，掃退圍在馬下的梁兵，一扯韁繩，便策馬往前衝，李存勖受了王彥章一槍，傷勢著實不輕，只能緊抓住左射騎校，隨他衝殺，卻忍不住回頭望向滿身鮮血飛灑，拼死苦戰的夏魯奇。

李存勖回想起夏魯奇曾告訴自己，他出身青州農戶，原本在王師範的治下，一家數口與親友同住在夏家村裡，雖然清貧，日子也過得和樂融融，直到青州之戰爆發，朱友寧先是俘虜了十多萬青州百姓，讓他們像牛驢一樣背著木石日夜做苦工，累死之人不知凡幾，後來王師範投降，朱全忠不僅滅了王氏全族，還下令屠城，殺得滿城血屍將河水都阻塞了，那情景宛如人間煉獄。

夏魯奇的鄰里親友都死了，只剩他孤獨地存活下來，那一幕幕慘烈的情景一直深深印在他腦海裡，一刻也不曾忘記。望著天地茫茫，滿城死寂，他不知道自己該怎麼辦，卻在廢墟中翻找出另一個瑟瑟發抖的小姑娘，那一刻，他看見蒼天為青州留下的一絲生氣，心情激動難已，他大可以殺了她，甚至吃了她，但他沒有選擇欺凌弱小，反而為了讓自己和小姑娘都能吃上一口飯，百般掙扎之下，投入了他最痛恨的梁軍，然後被分發到宣武營。

一個貧苦出身的莊稼漢，沒學過什麼武功，只有蠻力和毅力，幸好梁軍的裝備精良，為了能在萬軍廝殺中生存下來，他乾脆把槍、劍等能帶的武器全都帶上身，一上戰場只閉了眼瘋狂砍殺，憑本能保護自己，想不到竟因此挺過一關又一關，到後來甚至憑著沙場死戰的經驗，無師自通地創立了槍劍合一的搏命打法——右手長劍隨意砍殺，專刺近身敵人，他自稱「隨意劍」；左手長槍放縱囂狂，一往無前，便取名「縱情槍」，這劍短槍長，兩功合一，明明噬血瘋狂，卻有一個雅名叫「意短情長」。

同營弟兄笑他殺敵時特別勇猛，卻取一個娘們的武功名號，夏魯奇也不生氣，只笑笑的說：「如果有一天能升個軍階，說不定就會有一個姑娘願意嫁給我。」

弟兄們見他說這話時，眼神竟有幾許溫柔，嘴角也浮起笑意，又紛紛嘲笑他白日也發春夢，夏魯奇沒有辯駁，只傻傻地笑。

十年血戰，他永遠衝在最前方，卻依舊是個小兵，等來的從不是升官晉階，而是主將嫉妒陷害，他心知升階無望，憤而出走，想回青州老家去，一路想著雖然沒有晉級軍階，或許姑娘也願意點頭下嫁，想不到回到家鄉，才發現大批梁兵逃離戰場，四處流竄，曾經來到這裡大肆劫掠百姓，心上人早已慘死在亂兵手中。他一怒之下，憤而背叛大梁，轉投河東，從此「意短情長」再沒有任何溫情笑意，只剩無情絕殺。

他跋涉千里，設法來到李存勖面前，展現勇猛的武功與對大梁的恨意，李存勖最愛勇士，又能慧眼識才，心知他懷恨梁軍，立刻將他收在身邊。

夏魯奇對李存勖的知遇之恩感激在心，憑著一腔熱血誓要保護主上，而朱全忠怎麼也想不到當年屠城之後，他已經殺盡王師範的家族，卻依舊埋下動搖大梁基業的禍根！

此刻夏魯奇經過一番苦戰，已殺得披頭散髮，遍體鱗傷，汗血淋漓，形貌可怖，卻仍瘋狂亂殺，一副要與敵人同歸於盡的姿態，王彥章見他招招刺來，盡是不要命的打法，也不敢小覷，連忙以兩招守勢嚴加防備。

「大方無隅」與「大象無形」乃是針對烏影寒鴉槍設計的守勢，面對「意短情長」這一長一短、混亂無章，完全出乎常理的打法，一時之間，王彥章竟被逼得有些手忙腳亂，不知如何應對，夏魯奇再次成功地為李存勖爭取到一瞬逃命之機。

那左射騎校手持馬槊，東挑西掃，一路挑飛攔路敵人，李存勖看得驚奇，心想古來馬上英雄都愛極了「槊」這雄強武器，卻不是人人能使，擅使者多是一代名將，像是南北朝名將高昂擅使馬槊，勇猛堪比項羽；大唐名將尉遲恭執起馬槊，連百萬雄師也能敵；秦瓊則手持馬槊獨挑一整個敵營，因為槊比刀劍更剛猛，比槍矛還輕韌，長度更長，彎曲度更大，卻不易斷折，騎兵借馬勢衝鋒時，輕易就能保持槊尖向前，且爆發力驚人，若是近戰格鬥，揮舞起來也比槍更隨心所欲。

但這種神器造價昂貴，且工序繁複，需消耗十張頂級神弓的桑拓木料，且費時三年，在不斷挑剔細節之下，才能成就一桿輕韌結實的馬槊，因此一般武將根本用不起，唯有貴族將領才有能力裝配。而眼前這位年輕小將居然有一把十分精致的馬槊，槊鋒搭配白纓，形如飛燕捲雲，還使得虎虎生風，顯然自小習練，家學深厚，便問道：「你是哪家弟子？」

左射騎校一邊開路前衝，一邊大聲回答：「末將石敬瑭，阿爺是臬捩鷄！」

李存勖驚喜道：「原來你是石紹雍的兒子，難怪如此勇猛！虎父無犬子，大將門下出勇將，果然不錯！」

石氏一族原為栗特人，因為部族地盤被沙陀入侵、融合，石紹雍年少時便跟隨李克用到處打仗，胸懷遠志，仗著一手「燕雲飛槊」屢立戰功，堪與周德威齊名，同為李克用的左右手，直到現在仍鎮守在洺、平兩州。

石家男丁眾多，形成代代相傳的將門世家，石敬瑭不僅從小受武士訓練，還熟讀兵書，是石氏一族最出類拔萃的年輕弟子，也是石氏將門的新希望，因此繼承了「燕雲飛槊」這柄家族寶器。

石敬瑭又道：「末將如今在大太保麾下率領左射軍！」

李存勖連忙問道：「怎麼只有你一人，左射軍呢？大太保幾時會到？」

石敬瑭一邊奮勇殺敵，一邊快速答道：「大太保帶我們去接應糧草時，遭遇梁兵伏擊，就命我冒死突衝出來，原本是要向大王討救兵，待回到軍營，眾人卻發現大王不見了！九太保趕緊命大夥兒分頭去找，我沿著河岸找到這裡，見大王受人圍攻，情況危急，便衝了進來！」

李存勖原以為有救兵，聽到這裡，心中一涼：「原來只有他一個！」又想：「這人當真忠勇，眼看梁軍千萬，我們已身陷重圍，命在頃刻，他大可掉頭走掉，也沒人知道他臨陣逃脫，想不到他竟單槍匹馬地衝進來……」忍不住破口罵道：「這劉百計真是奸詐！故意選在運糧時間派人纏住大太保，使他不能過來救援，好設下這一場殺局！」

石敬瑭一邊衝殺，一邊喊道：「大王不必擔心，九太保已派人出來尋找，大軍應該很快就會到了。」

李存勖卻感到遠方有兩股殺機，以光影之速迫近，心中一沉：「援軍真來得及嚒？」

夏魯奇一心想拖住王彥章，明明已傷痕累累，氣力不繼，仍拼盡全力瘋狂猛攻，一開始憑著「意短情長」的混亂無章，搶得一著先機，但畢竟這土戰法實在不如烏影寒鴉槍的奇詭快速，更比不上朱全忠精心設計的王鐵槍法，幾回交手後，王彥章便穩住了局面，他覷準時機，猛地使出一招「大器晚成」，這驚天一槍轟然砸出，夏魯奇非死即退，他本能地閃開，卻仍被餘勁掃中，重重跌在一旁，爬不起身，王彥章心想他一時不死，也會被周圍的梁兵砍死，再不管他，立刻施展輕功追向李存勖！

石敬瑭的馬兒受了內傷，再加上馱著兩名壯漢，一路又有梁兵攔阻，實在跑不快，眼看王彥章越追越近，道：「大王，我去擋著他，你先走！」說罷從馬背上躍起，雙手高舉長槊，對準後方緊追不捨的王彥章狠狠砸去，如此馬槊對鐵槍，以重打重、以沉擊沉，「噹噹噹噹！」雙方瞬間交擊數十下，每一擊都是勁力十足，激蕩出一陣陣巨大迴響，震得周圍士兵耳膜都快破了，甚至原本就受傷的士兵，被這聲波、氣勁一震，都摔跌在地。

王彥章勝在修為深厚，他往昔練戰的對手是武功天下第一的朱全忠，而石敬瑭家學再深厚，畢竟年輕，無論對戰經驗或功力，都不是他的對手，唯一可依恃的便是這支傳家寶槊！

兩人近戰十數招，王彥章已能感受到這馬槊的威力強大，不只剛韌難折，迅猛無倫，最可怕的是槊尖上有八面破甲稜，比寶劍還鋒利，即使是大唐盛世製造的明光鎧，都能輕易絞破，更何況是自己身上的細鱗甲，因此他萬萬不敢大意，絕不讓這槊尖觸到自己身上，如此一來，行動上便諸多束縛，幸好他手中的鐵槍也是又重又長的武器，能將對方格檔在丈許之外，只是這麼一來，雙方僵持不下，又讓李存勖有逃生之機。

李存勖一扯韁繩，大喝一聲：「走！」帶著殘餘的百多名士兵準備衝出去！

王彥章眼看李存勖要逃，一個橫身飛起，雙腿連環踢向石敬瑭的鐵槊，同時借力，手中鐵槍向後一掃，打向李存勖背心，王德門撲身過來抵擋，卻被他一槍掃中腦袋，整個人拋飛出去，落在白茫茫的蘆葦蕩裡。

李存勖眼看幾名年輕猛將都折在這裡，心中痛惜難言，可也顧不得，只能頭也不回地往前衝，豈料才奔馳幾步，一道翠柳般的身影從空中飄然落下，擋在前方，手中長劍閃出兩道盈盈碧光，交錯成一個「乂」字，剎那間，李存勖坐騎那顆偌大的馬腦袋，就被旋飛出去！幸好李存勖見機不對，一個倒掠平飛，彈離馬背，極力拉開距離，才免去削首之禍！

來者不是別人，正是主持這場襲殺的百計名將劉鄩！

他以一招「榮枯計有無」，瞬間就將李存勖賴以逃生的坐騎化為烏有！緊接著再使出一招「生死計須臾」，他身影一飄，手中長劍幻化，丈許長的螢綠電光瞬間就逼入李存勖胸口！

李存勖受了重傷，又是倉促退掠，被劉鄩這麼飛撲追殺，生死只在須臾一瞬，他連忙以長槍強行護在胸前，「叮！」一聲，劍尖刺中烏影寒鴉槍桿，正當李存勖慶幸自己擋得及時，劉鄩健腕一旋，再使出一招「縱橫計天下」，那長劍竟分散開來，成了無數細絲，「唰！」出其不意地纏綣住槍桿，劉鄩再猛力一個回扯，竟想奪取烏影寒鴉槍！

這烏影寒鴉槍不僅僅是李克用的遺物，更是朱邪家代代相傳的寶槍，在朱邪赤心成為沙陀首領，又得大唐皇帝賞名賜爵後，此槍更成為沙陀族的精神仰望！如何能丟？

李存勖心知劉鄩的用意，如果他放手丟槍，就算有命回去，劉鄩也會將這把寶槍懸掛城頭，讓天下人看笑話，令他不只威名掃地，死後也無顏面對朱邪先祖，河東士氣也會受到嚴重打擊，此後他要如何領軍作戰？

梁軍一敗，往往大規模逃離，就是因為士氣頹喪，劉鄩費盡心機安排這一場突襲，不僅僅是要殺李存勖而已，更要狠狠打擊河東士氣，以重振梁軍士氣，是一招「以氣破氣」的毒計！

「僅憑一場突襲，就想扭轉局面，取下整個河東，這個百計將軍還真貪心！」李存勖一個翻身落地，雙手緊緊抓住長槍，雙腿牢牢釘入草地裡數寸，一雙虎目更是惡狠狠盯著對面強敵！

只見這位大梁名將雖年屆五旬，仍玉面如春、風流蘊藉，渾身散發著溫潤的書卷氣，就像是春秋儒士穿越了千年，翩然重生在不相宜的戰場上。他手中兵刃名曰「百計春絲劍」，形似翠玉竹杖，足有十尺長，乃是千百條硬絲纏束成劍，一旦他以獨特的「回春」內力貫入，劍絲便會激蕩出盈盈碧光，幻人眼目，若是再配合「百計劍法」的詭譎，就能形成千變萬化的招式，揮舞時，劍絲軟柔如青蛇翻騰，勁力綿長，似春意無盡；刺出時，劍絲可束成一道，銳鋒直入，也可散開如春光乍現，刺敵百孔。

但此刻那詭異的長劍握在他手中，竟安靜得沒有半點殺戮意味，只精緻得像是君子的禮器，周遭的血腥殺戮與他一身潔淨相比，顯得邪惡又低俗，無論將領或兵卒遇上他，都不免自慚形穢。

能反映他譎莫如深的心計者，只有那一雙精眸，藏鋒於內，蘊含著一種讓人捉摸不透的韻味，彷彿在幽深的山谷底，迴蕩著一片朗朗春光，又似在春光微暖中，不經意地翻起一片滄海江浪。

李存勖從前天不怕、地不怕，此刻卻真是有一些怕了，他心知自己的內力原本就不如劉鄩深厚，重傷之下，是更加不如了，四周虎狼環伺，能護衛自己的勇兵猛將不是已經倒下，就是陷入死戰，就算他想豁命以拼，也實在保不住這桿沙陀族民的尊嚴！

「老頭這套百計劍法，當真是每次出手、每一招式都蘊含著算計！第一招先逼得我墜馬，無法脫離險境，第二招看似要殺我，其實是要逼我以槍抵擋，然後使出真正狠毒的第三招，奪我寶槍，毀我沙陀信念，破我河東士氣……」雖然劉鄩不像王彥章那般強勢威猛，可難纏程度猶有過之，此刻他已不知該如何勝過這位百計將軍，只能抱著「槍在人在、槍亡人亡」的決心，死命抓緊長槍，說什麼也不肯鬆手，幸運的話，或許真能拖到援軍過來。

劉鄩心思縝密，如何不知他的盤算？又怎會縱容他拖延？手中長劍微微一鬆，此時李存勖雙手握住長槍正全力往回拉扯，相持的力道卻忽然鬆開，他一個站立不穩，整個人微微晃了一下，劉鄩已抓住機會，足下一點，全力倒飛出去，他的百計春絲劍還捲著烏影寒鴉槍，李存勖一個不敵，整個人被扯飛起來，身不由主地向劉鄩飛撲而去！

此刻李存勖重傷在身，內力渙散難聚，整個人就要被劉鄩拖到面前給宰殺了！放開烏影寒鴉槍是他唯一的活路，否則他一死，河東軍四分五裂，大梁同樣能輕易取下這個相持已久的宿敵！

石敬瑭雖苦戰王彥章，仍時時關心李存勖的狀況，眼看大王就要命喪劉鄩劍下，拼著中王彥章一槍，也要過去解救，偏偏王彥章的功力比他想得還深厚，趁他分心之際，一槍刺去，幾乎要挑飛他的腦袋，石敬瑭一個倒翻斛斗，險險避過這一擊，但仍受了「大器晚成」的霸道氣勁所創，整個人跌在地上，王彥章見機不可失，一個蹤躍，如大鷹般飛撲過去，掄起鐵槍，以千斤之力對準石敬瑭重重砸下！

石敬瑭救人不成，反而落入險境，心中懊惱不已，只能以槊尾撐地，藉著強韌的彎曲反彈力道，將整個人彈蕩出去，以避過破身之禍。

「碰！」王彥章鐵槍落處，轟然大響，地面被砸破一道深陷半尺的裂口，果真有槍中之霸、槍中之王的威勢！

石敬瑭驚魂甫定，身子蕩了大半圈，正好轉到王彥章背後，瞬間抽回長槊，飛刺向王彥章的後背，王彥章卻是連回身也不必，只鐵槍往後一送，便要刺入他的胸腹，石敬瑭只能再往後退掠，雖及時避過傷害，卻已經落入下風，被王彥章逼得險象環生，再也不能去救人。

李存勖眼看就要撲入劉鄩的擊殺範圍，他雙手使勁一壓槍桿，借力讓雙腿蕩向前方，連環飛踢劉鄩的面門、胸口和雙臂，要逼他放開長槍，劉鄩想不到他受了重傷，竟還如此強悍，手中健腕一轉，劍光驟然炸開，雖放開了寒鴉槍，卻如千道利刃刺向李存勖雙腿，倘若刺中，李存勖輕則半身被絞碎，重則當場斃命，可他已收不回這飛踢之勢了！

危急間，又有一黑一白兩道飛騎衝入戰陣，其中一人身穿玄色鐵甲，跨黑騎，揚吳鉤，所過之處，就像地獄死神揚塵而過，不許人間留活口；另一人身穿雪白銀冑、騎白馬、揮銀槍，衝殺進來時，不像殺戮死神，反而像在黑蕩蕩的地獄裡，劃過一道銀河亮光，帶來光明希望。

原本白茫茫的蘆葦蕩已被染成一片腥紅，應該迎風搖曳的蘆葦叢也被橫七八豎的屍體壓折成平坦的草場，兩騎士奔馳間，居高下望，精光快速掃視了整片河岸，一下子就洞悉了戰場上的情況，發現李存勖所在的位置。黑甲騎士大喊道：「我去救大王，你去救其他人！」白衣騎士揚聲答應：「好！」兩人便如同兩道箭光般，一路破開梁兵的攔阻，分馳向最危急的兩處！

「末將元行欽，來救王駕！」黑甲騎士大喊一聲，策馬疾衝向劉鄩，手中霜月吳鉤飛甩出去，直殺向劉鄩後背，逼得劉鄩只能撤回刺殺李存勖雙腿的劍絲，回甩向吳鉤，阻擋元行欽的突襲。李存勖也由此避過一劫，身子飛落向另一頭，終於稍得喘息。

劉鄩見又有人介入，心知河東援軍快到，下手毫不留情，劍光一個迴掃，就將霜月吳鉤反震回去，他這一震已使出七成功力，那霜月吳鉤卻十分詭奇，並沒有飛開，反而一個快速翻轉，又貼上劉鄩身側，有如附骨之蛆般往上翻滾，幾乎要削去他左邊膀子。劉鄩微微一愣，身子連忙向右一倒，平飛出去，同時手中長劍再度刺向霜月吳鉤，那霜月吳鉤才以極猛烈的力道斜射向元行欽！

元行欽正好策馬衝至，倘若他功力差些，就要死在自己的獨門武器下了，但他只一個縱身飛起，躍離馬背，長臂一伸，就巧妙地接回霜月吳鉤，喊道：「大王快走，我斷後！」借力一個下撲，殺向劉鄩！

李存勖經過方才與劉鄩一番苦戰，傷勢再度加重，立刻飛身上了元行欽騎來的馬，雙腿一夾，試圖衝出險地。

「唰唰唰！」元行欽霜月吳鉤一輪快攻，攔阻劉鄩的追擊，鈎上氣勁宛如蒼霜雪霧，令劉鄩看不清他出招方向，倏然間，卻有一道銀鈎從雪霧之中刺出，狠狠鈎向劉鄩的後頸！

劉鄩及時身子一低，往前平飛，避去斷首之禍，那吳鉤掠過他頂心，削了幾許髮絲，又往前返回元行欽手裡。正當元行欽伸手接回吳鉤時，劉鄩也已經到了他的面前，使出一招「得失計毫釐」，一劍刺向元行欽面門！

這段時間，元行欽得李嗣源指點，武功大進，他一心想在李存勖面前立功，見劉鄩逼到面前，沒有半分畏懼，反而主動出擊，手中的霜月吳鉤幾個旋轉，勾劃出道道冷光，迷惑劉鄩眼目的同時，也順勢勾纏住百計春絲劍，他飽提內功用力回扯，也想逼劉鄩放脫手中兵器，給對方一個以牙還牙！

劉鄩一個不慎，兵器被纏住，身子被扯得往前飛撲，元行欽自以為得手，卻不料這是百計將軍故意示弱，直到兩人逼近，劉鄩忽然健腕一轉，施出「縱橫計天下」，以內力巧妙貫入劍尖，分出一小束利絲，竄向元行欽頸間，要刺破他咽喉，元行欽大吃一驚，生死瞬間，已由不得他選擇，只能拋棄這把義父李嗣源重賞的寶刃，急向後退掠！

劉鄩見機不可失，再使出一招「歲百計回春」，手中長劍「唰唰唰」一陣飛身急攻，招招對準元行欽最脆弱的頭臉！

元行欽無論是內力或作戰經驗都不如劉鄩，如今再失了兵器，更不是對手，除了施展輕功，連連退掠，竟沒有半點辦法，但他退得快，劉鄩的飛身追殺更快，劍尖瞬間就已逼近他的面門，元行欽被劍氣這麼一衝撞，只感到五官嗡嗡作響，似要全部散裂開來！

這「歲百計回春」雖稱做「回春」，卻不是令臉面容光煥發的回春之術，相反的，是百絲劍氣遠遠就震入敵人腦袋，使其頭暈腦脹，無法反應，功力差者，甚至一被劍氣激蕩，就五官移位、頭顱爆開！

方才元行欽與高行周一起前來，他選擇解救李存勖，讓高行周去救其他人，就是存了小心思，想在大王面前爭功，想不到竟會遇上劉鄩這心計、武功都堪稱絕頂的老將，心中悔恨難已：「我才投入河東，還未揚名立萬，享受榮華富貴，難道就要死了麼？」他再後悔，手中無兵器，也只能任人宰割，不由得狂喊一聲，想發盡胸中悲怒！

李存勖聽到喊聲，回首望去，驚見元行欽就要命喪劍下，心中雖不忍，但已經離得稍遠，也顧不得兵將們的性命，只能一路破開千百梁軍的糾纏，拼命往前衝去！

卻說另一邊，高行周與元行欽分道救人，他遠遠望見一群梁兵像噬血豺狼般圍著已支撐不住的夏魯奇，連忙策馬飛奔過去，大喊一聲：「抓緊！」以白馬銀槍刺出，夏魯奇長槍奮力一掃，打倒幾個追殺的梁兵，另一手拋棄長劍，縱身一躍，去抓銀槍。高行周長槍一蕩，將他丟上了馬背。

夏魯奇筋疲力盡，幾乎摔下馬去，高行周一邊以家傳的白馬銀槍掃飛群兵，一邊道：「抓緊了！我去救其他人！」

夏魯奇受傷太重，神思迷茫，幾乎已聽不見高行周在說什麼，也沒有力氣抓住他，高行周索性一解腰帶，將夏魯奇直接綁在身後，他遠遠瞧見李存勖騎了元行欽的馬飛奔，雖有梁兵阻擋，但暫無危險，便策馬衝向石敬瑭。

此時王彥章正專注擊殺石敬瑭，高行周見上方露有空門，決定凌空制擊，遂解開綁著夏魯奇的腰帶，讓他伏趴在馬背上，自己縱身騰飛而起，足尖點踏在幾個梁兵的頂心，借力再上升一段，一個凌空翻轉，俯衝而下，使出一招「萬馬奔騰」，瞬間一道道槍勁有如千萬鐵蹄重重踩踏下方的王彥章！

「噹噹噹！」王彥章顧不得追殺石敬瑭，只能挺起鐵槍對抗上方的白馬銀槍，在高行周俯衝而下的一瞬間，雙方一連交擊二十七下，王彥章借著每一次擊打，長槍都微微一扭，去卸化對方如萬馬踩踏的狂強力道。

高行周凌空俯衝，勁力雖大，身子卻無法隨意變動，只能直直墜落，而每一次交擊，他都被鐵槍上扭轉的力道帶著偏移些許位置，到了第二十七次，高行周終於支撐不住，被這滑轉的力道帶得整個人飄飛出去，但他反應極快，落地時，槍尖一點，再度借力撲向王彥章！

同時石敬瑭也沒空閒著，趁兩人交手，已經反身飛回，使出家傳絕招「飛燕捲雲」，長槊轉如龍捲風般，捲起一圈又一圈的氣勁，掃捲向王彥章！

這一槍一槊、一上一下，聯手出擊，王彥章顧得了上方的高行周，便擋不了下方的石敬瑭，被燕雲飛槊的圈氣狠狠擊中腰腹，向側飛跌出去，終於也受了傷。

高行周飛身上馬，居高臨下，遠遠瞧見元行欽與劉鄩激戰，顯然落入下風，對石敬瑭呼喝道：「我去救人！」便載著夏魯奇飛奔向元行欽。

雖然王彥章已受了傷，石敬瑭也不敢戀戰，心想大王的安危更加重要，便施展輕功奔向李存勖。

高行周夾馬快奔，卻已來不及，眼看元行欽丟失兵器，就要命喪劉鄩劍下，他長槍一收，改取弓箭，「咻咻咻！」一串利箭射向劉鄩的手臂！

劉鄩不得不收回長劍，向外一旋，將來箭盡數撥開，元行欽趁機快速退離險地。此時夏魯奇、石敬瑭，元行欽、高行周都聚到了李存勖身邊，其他殘存的河東軍也趕緊集合過來。

王彥章與劉鄩並肩而立，與這一幫年輕小將對峙，正當雙方劍拔弩張，準備再次展開一場大混戰時，遠方忽然傳來一波又一波沉重的鐵蹄聲，震撼了整片蘆葦蕩，「唰！」一片箭雨飛射過來，驚起了群鴉亂飛！

劉鄩與王彥章互望一眼，心知是李存審帶著大批援軍趕到了，這一場奇襲已難成功，不得不憾然下令：「撤！」梁兵聽到號令，循序而退。

李存勖抹去唇角的血漬，以一種挑釁的眼神望向劉鄩，唇角勾起一抹迷人壞笑，朗聲道：「本王今日差點就成了人家的俘虜，這要是傳出去，可要成為天下人的笑話了！」他以食指和姆指比出一個小小的距離，笑道：「可惜啊，就差了那麼一點點！劉百計，你可得再多努力一點點才行！」神情說不出的得意。

河東軍也伸手抹去臉上的血汗，紛紛笑道：「上萬梁軍還打不過咱們幾百人，傳了出去，正好讓天下人都見識到大王的神俊威武！」

李存勖哈哈一笑，一扯韁繩，策馬奔馳離去，大喊道：「夏魯奇，以後你就是磁州刺史了！」

夏魯奇受傷沉重，一直混混沌沌的，忽然得到十多年來夢寐以求的封地賞賜，一下子驚醒過來，但覺這一身傷真是值得，拼命睜開已腫得看不見的眼，歡喜地大聲回應：「謝大王恩賜！」

梁軍聽見李存勖臨去前的嘲笑，心中既可惜又憤慨，個個垂頭喪氣。王彥章眼看到手的報仇機會就這麼飛了，氣憤道：「將軍，這李小兒的運氣未免太好了！」

劉鄩望著李存勖安然離去的身影，溫文的眼神倏忽一湛，隨即又斂了精光，沉聲道：「這只是小試一場，倘若能殺了他是最好，他若不死，就只好將河東連根拔起了！」

王彥章一愣，喜道：「原來將軍早有連環妙計，但不知如何行事？」

劉鄩目光幽幽，遠眺晉陽方向，微笑道：「倘若你跟了我那麼久，都不知道這一場突襲的用意，李存勖又如何猜得出呢？」

李存勖帶著殘餘兵將退入河東大軍中，眼看李存審飛馬奔來，心裡暗暗嘀咕：「我這般冒險，待會兒九哥過來，少不得又是一頓囉嗦！」

果然李存審以電光之速策馬急奔到他面前，原本黑黝黝的臉龐已嚇得青白，一把抓住他雙臂，上下打量，見他滿身傷血，激動道：「大王傷得如何？你真嚇壞我們了！」

身旁的人也趕緊牽了幾匹馬過來，讓元行欽、石敬瑭等人各有馬匹乘坐。

李存勖卻像沒事人般，笑道：「別擔心！我不過去踩踩點，能有什麼事呢？」

李存審板了臉道：「如今你貴為大王，河東全在你肩上，這種小事怎能親自去呢？以後派其他軍卒去就行了！」又斥責周圍士兵道：「你們難道沒有人可以為大王分憂嚒？非要讓他自己冒險？」

李存勖見他藉斥責親兵來告誡自己，心中有些不悅：「一個個都是囉哩囉嗦的老頭，周叔叔、七哥是這樣，九哥也是這樣！以前父王在的時候，就不准我冒險，現在我自己都當大王了，還是不能親自打仗，不能炫耀武功，這大王當得有什麼意思？」但知道李存審是關心情切，也不好發作，只能反駁道：「那劉鄩號稱『百計』，我就想親眼瞧瞧他的兵力佈防，才能洞燭先機，若是派小兵小將去探查，他們又不懂兵陣，能看出什麼東西？」

李存審道：「正因為劉鄩詭計多端，大王才更不應該親自涉險，下回大王若還想查探兵陣，臣也少涉兵書，親自帶人前去查探便是。」

李存勖心中既感動又無奈，只好道：「這一次全賴他們拼死保護，我才得以平安回來，每個人都有功無過，你就別再責怪他們了！」

李存審心知李存勖年輕氣盛，怕他被身邊年輕小將一慫恿，就忘乎所以地衝鋒冒險，便朗聲道：「大王仁德，這次護駕有功者皆有重賞，但下次再有讓大王孤身作戰，陷入危局者，身邊隨從皆以軍法處置！」倖存的兵將皆歡呼謝恩。

李存審擔心劉鄩又來攻擊，也擔心李存勖的傷勢，便策馬趕到前方，指揮大軍將晉王包圍在中心，並盡快領軍返回營地。

李存勖心知李存審這軍令一下，日後若還想率兵突襲，必會被左右規勸，行事就不那麼方便了，不由得暗暗嘆了口氣：「老頭們什麼都好，就是太膽小、太囉嗦了！」

十三太保雖然尊李存勖為王，但一個個比他年長許多，又是看著他長大，忍不住便會提醒他諸多行止，他雖知諸位大哥是出於愛護好意，卻實在縛手縛腳，指揮起兄長來，似乎也不怎麼靈便，此刻望著護衛身周的四名年輕小將——夏魯奇、石敬瑭、元行欽、高行周，就像四隻小猛虎般環繞左右，但覺他們年紀相仿、意氣相投，也敢隨自己冒險，此刻雖比不上十三太保，但江山代有人才出，舊人將老、新人競出，已經形成一番新氣象，心中真是說不出的歡喜得意，便笑問高行周：「你們兩人叫什麼名字？是九太保派來的先鋒吧？」他已經知道石敬瑭是李嗣源麾下，心想另外兩人應是李存審派來的。

元行欽心想義父相贈的兵器已經丟失，回去後恐怕會受冷落，如今大王在前，自要有一番表現，才能受到重用，便搶先恭敬答道：「末將元行欽，原是幽燕將領，在武州廣邊軍一戰，因為欽慕大王風采，自願率七千軍兵投降，如今被編列在大太保麾下。」

高行周忍不住瞄了他一眼，心想當初廣邊軍一戰，明明是大太保懾服了他，怎麼變成他欽慕大王風采，自願帶兵投降？

李存勖並不知情，卻也不在意，只嘀咕一聲：「原來你也是大哥的人馬……」又轉向高行周，定睛瞧了瞧這張俊偉沉毅的臉龐，忽然想起，笑道：「本王記得你！你是幽燕武州小將，白馬銀槍高思繼的兒子，曾單槍匹馬夜闖我帳幕求救，說你堂兄高行珪要帶懷戎軍投降，你果然是將門虎子，藝高膽大啊！本王已經封了高行珪當朔州刺史，你呢？你叫什麼名字？如今編列在哪裡？」

元行欽見李存勖特別稱讚高行周，卻不在意自己，心中有些失落：「我那七千流匪散兵在大王眼裡，終究是比不上正規的懷戎軍，只能編列在義父底下了……」

高行周雖已決定放下殺父之仇，但面對仇人之子，心中仍有些疙瘩，無法特別熱絡，再加上他性情沉穩內斂，不像元行欽那般急功近利，只答道：「末將高行周，如今也在大太保麾下，與三哥一起帶領牙兵。」他口中的「三哥」乃是李從珂。

李存勖忽然發覺自己中意的四小虎將，竟有三人是被李嗣源收服，原本歡喜之情頓時沉了下來，沒來由地感到一絲不悅，又問高行周：「對了！當初你二人在武州廣邊軍不是打得你死我活，今日竟能盡釋前嫌，你還拼命救他？」

高行周道：「我二人得大太保調解，已然和好，都是一心為河東效力，看見同袍有難，自該傾力相救。」

李存勖點點頭，心想：「這樣看來，他心胸寬大，已經願意放下殺父之仇了！如此我便能重用他。」

元行欽心中更加懊惱：「我方才輸給劉鄩，又被高行周相救，大王因此瞧不上我了！」

李存勖又問：「石敬瑭說大太保去接糧時，遇到梁軍突襲，才派他來向本王討救兵，怎麼你們二人還能抽身過來？」

高行周答道：「石騎校出去許久，都未能帶回援軍，大太保擔心軍營出事，更擔心大王的安危，便派我二人過來相助。」

李存勖心中一愣：「大哥自己危急，還一心想著護我周全……」剎那間，所有不快都消失無蹤，只餘下暖暖感動。

河東軍回入魏州城後，李存勖終於支撐不住，近乎昏迷，被幾人合力抬入軍府的寢殿內。劉玉娘原本抱著孩子在一旁逗弄，見他滿身傷血地回來，不由得一陣驚呼，連忙將孩子交給乳母帶出去。

金瘡醫師、疾醫師得到消息，立刻趕來為大王診治，經過一番急救，李存勖總算清醒過來，但外傷累累，脫了衣服，趴臥在床榻上，讓金瘡醫師敷藥。

劉玉娘一邊幫忙扶住李存勖的身子，好讓醫師敷藥，一邊含淚埋怨：「難道都沒有人保護大王嚒？怎能讓你傷成這樣？」

李存勖伸手為她輕輕拭去淚水，笑道：「刀槍無眼，打仗就是這樣的！」又輕點她額心，笑道：「妳可別像那些老頭子囉嗦，說這也不准去、那也不能行，我當這大王可乏味得緊！」

劉玉娘道：「大王就是大王，當然哪裡都去得，想幹什麼都可以！」

李存勖就愛劉玉娘的與眾不同、膽大心細，笑道：「不錯！我身為大王，想幹什麼就幹什麼，想去哪裡就去哪裡！」

「只不過——」劉玉娘道：「妾以為大王應該多收羅一些武功高手在身邊，這樣無論去到哪裡，都能保護你！」

李存勖歡喜道：「知我者，玉娘也！」一下子忘了疼痛，就要翻身坐起，那金瘡醫師連忙道：「大王別動！」

李存勖只得重新趴伏好，笑道：「我真看中三位小將，想將他們收到麾下……」

劉玉娘聽出他話裡有些猶豫，不解道：「能被大王看中，可是他們的福氣，大王為什麼不直接下令召他們過來服侍？」

李存勖並未立刻回答，待傷口都包紮好，揮揮手讓金瘡醫師離開，才對劉玉娘輕輕一嘆：「我看中的三名小將全是大哥手底下的人，我若是全要過來，只怕大哥不高興！」

劉玉娘蹙眉道：「你是顧念情誼，才喊他一聲『大哥』，實際上你是大王，他是臣屬，你想要調兵遣將，怎由得他多說什麼？更何況他收了這麼多年輕猛將，倘若真是忠心，就該自動奉獻給你，讓你先行挑選，他為何一聲不吭，全收在自己麾下？難不成他想擁兵自重？」

李存勖聽到最後一句，心中「咯噔」一聲，不悅道：「不准妳這麼說！大哥向來心思純正，對我也十分赤忱，方才他自己遇險，還想著護我周全，特意派了高行周和元行欽過來相助。」

劉玉娘微笑道：「你們兄弟情深，那就最好不過了！你跟大太保要人，他如何會不給？他也希望大王平平安安的，不是麼？」

李存勖沉吟道：「大哥一向很得軍心，萬一他們只願跟著大哥，我強行要了過來，恐怕不妥。」

劉玉娘想了想，道：「不如讓妾走一趟，對小將們說大王賞賜酥餅，試試他們的反應。」

在軍中酥餅並不是輕易可吃到，必須特別製作，所以這恩賜既難能可貴，又不會過分隆重，更重要的是夫人親手所做的酥餅，其中隱含著大王的心意不言可喻，李存勖對劉玉娘的巧思讚嘆不已，笑道：「妳就是七竅玲瓏，總能明白我的心意，又能想出好主意！」

劉玉娘便去做了酥餅，分別送去給石敬瑭、元行欽、高行周表示慰勞之意，並試探他們的反應。

過了一會兒，劉玉娘回來向李存勖報告，笑問道：「大王最希望收攏誰呢？」

李存勖想了想，道：「先說石敬瑭吧！」

劉玉娘道：「石敬瑭態度恭敬，口裡萬分感激大王的恩賞，接著卻表明他身為大太保的女婿，生是晉人、死是晉魂，此後隨大太保衝作先鋒，必會更加賣力為大王開疆拓土！」

李存勖想不到李嗣源早已收了石敬瑭做女婿，心中頗為失望，苦笑道：「這人看似木訥寡言，其實十分懂得虛與委蛇，果然是名門子弟！那高行周呢？」

劉玉娘搖搖頭道：「這人就更加困難了！只恭恭敬敬地稱謝，對我的幾番暗示沒有半點回應，倒不知是真愚蠢還是裝糊塗。三人之中只有元行欽最高興，口口聲聲說願為大王肝腦塗地！」

李存勖哼了一聲，道：「那便要了他！」想到三名猛將只得其一，實在不甘心，又悶聲道：「古來戰場出猛將，妳瞧！大哥一向衝鋒陷陣，就能收集到石敬瑭、高行周那樣的人才！都怪那幫老頭不肯讓我上戰場，我才遇不到勇士！父王都有十三太保，我卻連四小虎將都湊不齊……」

劉玉娘見他悶悶不樂，便道：「不如向大哥開口，瞧瞧他如何應對，你便知道他對你的心思了！」

李存勖沉吟道：「這便是用強的了……」正尋思怎麼開口，李嗣源倒是自己送上門了！

李嗣源聽說大王受了重傷，連忙趕過來，經由通報後，進入寢殿內，見李存勖臉色青白，全身傷痕累累地躺在床榻上，忍不住紅了眼眶，快步走到他身邊，伸手去探他的腕脈，哽咽道：「大王傷得如何？都怪我這個做大哥的沒有好好保護你！」

李存勖心知李嗣源不善言詞，但擔憂憐寵之情溢於言表，瞬間就拉回了小時候兩人深刻的兄弟之情，這份情誼曾隨著他當上大王，李嗣源一直在外作戰而漸漸疏離，此刻卻彷彿回到了從前，他心頭一下子暖了起來，笑道：「大哥不必擔心，醫師已敷過藥，沒什麼大礙！」

「不然！」李嗣源鄭重道：「我瞧你臉色不好，只怕這內傷才是最嚴重的，我來為你輸內功，這樣才好得快些。」

李存勖心知自己中了王彥章「大器晚成」那一槍有多嚴重，只不過他怕動搖軍心，又不肯服輸，才一直強顏歡笑，在醫師的診治下，雖然保住了性命，但短期內確實不能再活動了，就算調養個三、五月，也不能恢復尋常體力，更別說恢復功力去做領軍打仗這等凶險勞累之事，如今戰事緊迫，倘若他一直虛弱不振，只怕會引起變數，他正為此事愁煩，想不到李嗣源竟主動開口，願意為自己輸功！

兩人師出同門，內力同源，一旦輸功，效果最大，李存勖立刻就能生龍活虎，但在戰場上，內力深厚一分，便多一分保障，因此武將們絕不願意為人輸功，尤其像李嗣源這樣的武將，常衝作先鋒，若沒有深厚的內力去抵擋凶險，早就不知死上幾百回了，今日他若為了輸功而劇耗內力，就算沒有立即的危險，身體也必然虛弱，即使日後苦修數年，都未必能恢復原本的功力。

李存勖心中萬分感動：「我不常親自出戰，經此一事，他們更會加強保護我，不會任我陷入險境，只要慢慢調養，最多一年，還是補得回來，大哥卻時時身在危險之中……」他正猶豫該不該接受李嗣源的功力，劉玉娘已歡喜道：「太好了！我正擔心大王的身子，那就勞煩大哥費心了！」

李嗣源毫不猶豫，立刻坐到床榻上，扶起李存勖，運起全身功力為他療傷。

劉玉娘待在一旁關注照看，漸漸地，心中忽然起疑：「萬一大哥趁輸功時暗下殺手，再奪取軍權，該怎麼辦？」便暗暗鼓足內力，藏於袖中的指尖也悄悄夾了銀簪，只要李嗣源稍有異樣，便要動手殺人。

李嗣源只一心救人，全然不知自己在鬼門關外徘徊了數次，如此過了大半個時辰，李嗣源全身大汗淋漓，似要虛脫，李存勖臉色漸漸紅潤，丹田回暖，吐息也有了力氣，劉玉娘這才鬆了口氣，又想：「就算他毫無歹意，這麼一來，大王也不好開口強要三名小將了！」

李嗣源見有療效，也不管自己才大戰完，也受了傷，更加把勁地為李存勖輸功，如此又忙了大半時辰，李存勖受損的內息終於彌補回來，他恢復精神，一睜開眼便對劉玉娘笑道：「我又是一頭猛虎了！」

劉玉娘歡喜道：「太好了！」便向李嗣源深深行了一禮。

李嗣源損耗近十年的功力，累得幾乎說不出話來，只能閉目調息，剛緩過一口氣，微睜開眼，就見到劉玉娘向自己行禮，不禁一愕，想要起身還禮，卻因身子虛弱，站不起來，想說些什麼，劉玉娘已美眸含淚，搶先道：「這一禮是我這個做弟媳的感謝大哥的救命之恩，幸好大哥先派了三名小將前去救援，現在又為大王療傷，否則真不知會弄成什麼樣子？」

李嗣源連忙道：「夫人莫介懷……」一句話未說完，劉玉娘又道：「大王身負河東之重，絕不能有半點損傷，實在應該要有猛將隨護，大哥，你說是不是？」

李嗣源連忙點點頭，劉玉娘又道：「今日你派去的那三名小將年輕勇敢，各有武藝，倘若讓他們過來保護大王，下一回就絕對不用再耗費大哥的內力了！」

李嗣源原本不善巧辯，此刻又身心俱疲，腦子還有些昏沌，聽劉玉娘軟語一說，心中雖不願意，一時間也想不出如何拒絕，才不會傷了和氣，自然而然地轉頭望向李存勖，卻見他正目光炯炯地望著自己，頗有期盼之意，忽然間，他腦子清醒過來，恍然明白這是李存勖的意思！

李嗣源只得深吸一口氣，定了定心神，微微整理了思緒，才開口緩緩說道：「石敬瑭是我的女婿，從前我擔任代州刺史時，見他與小女兩情相悅，就自作主張讓兩人成親，因為遠在代州，又是兒女小事，便沒有驚動大王。後來我見他勇猛善戰，又想自己年歲已大，或許再過幾年就不能為大王衝鋒陷陣了，便刻意培養敬瑭擔任先鋒。」

李嗣源深深望著李存勖，感慨道：「為了小女的幸福，臣的確應該讓他護衛在大王身邊；但為了大王的基業著想，我便不能如此自私，放著這麼好的先鋒人才不用，卻把他安置在後方！這個人驍勇非常，只有把他放在前鋒，才能發揮最大的效用，為河東帶來最大的益處，要如何安排，還請大王示下！」

這番話堵得兩個機靈聰敏之人對應不上半句，李存勖和劉玉娘不禁互望一眼，心中都想：「是誰說這個大哥口才笨拙的？」

李存勖尷尬得咳了兩聲，好像傷勢還未痊癒，緩了緩氣氛，才微笑道：「既是如此，石敬瑭就依照大哥的安排吧！那元行欽……」

李嗣源心想自己總不能一點面子都不給，便道：「倘若大王真喜歡元行欽，就讓他過來隨侍。」

李存勖見李嗣源口裡雖答應，眼中實在不捨，哈哈一笑，道：「大哥捨得十年功力，卻捨不得一名小將？」

李嗣源肅容道：「邈吉烈有這一身武功，乃是父王恩賜，我時刻牢記在心，不敢或忘，今日為大王輸功療傷，既是報先王之恩，也是盡兄弟之義、效臣屬之忠，有什麼損傷只關乎我個人，但把前鋒猛將抽調去後方護衛，便是損害大王的基業，我心中不安。」

李存勖聽他說得義正辭嚴，心中既感動又無奈，原本還想討要高行周的話，只好吞了回去，笑道：「大哥今日所行，我都記在心裡了，我絕不負父王期許，你也回去歇息吧！」又對劉玉娘道：「讓食醫準備最貴的藥材，給大哥好好補補身子。」

李嗣源原本已十分疲累，又費了這一番心思與兩人對話，實在無法再支撐下去，微笑道：「謝大王賞賜。」便起身告辭，回去自己的營帳歇息。

李存勖苦笑道：「大哥今日這般，高行周的事也只能做罷了！」

劉玉娘卻是不甘心，想起高行周糊塗以對，道：「高行周還未表明意願，不如大王私下送些財寶給他，我就不信他還能裝糊塗！倘若他真願意跟著大王，大哥也不能再說什麼！」

李存勖想了想，道：「這件事須秘密進行，我不想大哥心裡不痛快！」

過了幾日，劉玉娘悄悄帶了財寶去當說客，高行周心知躲不掉，索性直言推辭：「昔日白雲城危急，我兄弟得以脱險重生，都是承大太保的厚恩，行周怎能背棄恩人？倘若行周是背義之人，如何能侍奉大王？大太保御軍用人，全是為了扶持大王的基業，行周在大太保麾下，也是在事奉大王，有什麼分別呢？」

劉玉娘說服不下，只能回來據實稟報。李存勖得到這番答案，心中雖氣憤，卻也不好再強求，便對劉玉娘道：「古來猛將都敬服強者，那石敬瑭、高行周不肯跟我，是因為他們只看見大哥衝鋒陷陣，卻從未看過我在戰場上大展威風，如今我恢復功力了，又有元行欽隨護，下回還想辦法避開那幫老頭，到戰場上去玩一玩！」又賭氣道：「他二人既不肯跟我，我便不升他們的軍階！我還要大力提拔元行欽，讓他們瞧著後悔！」

於是他將元行欽調到自己身邊，擔任散員都部署，從此形影不離，李存勖到哪裡，元行欽便護衛到哪裡，誰都知道這個軍階低微的小將，是晉王跟前的大紅人！

九一五・三　智勇冠終古・蕭陳難與群

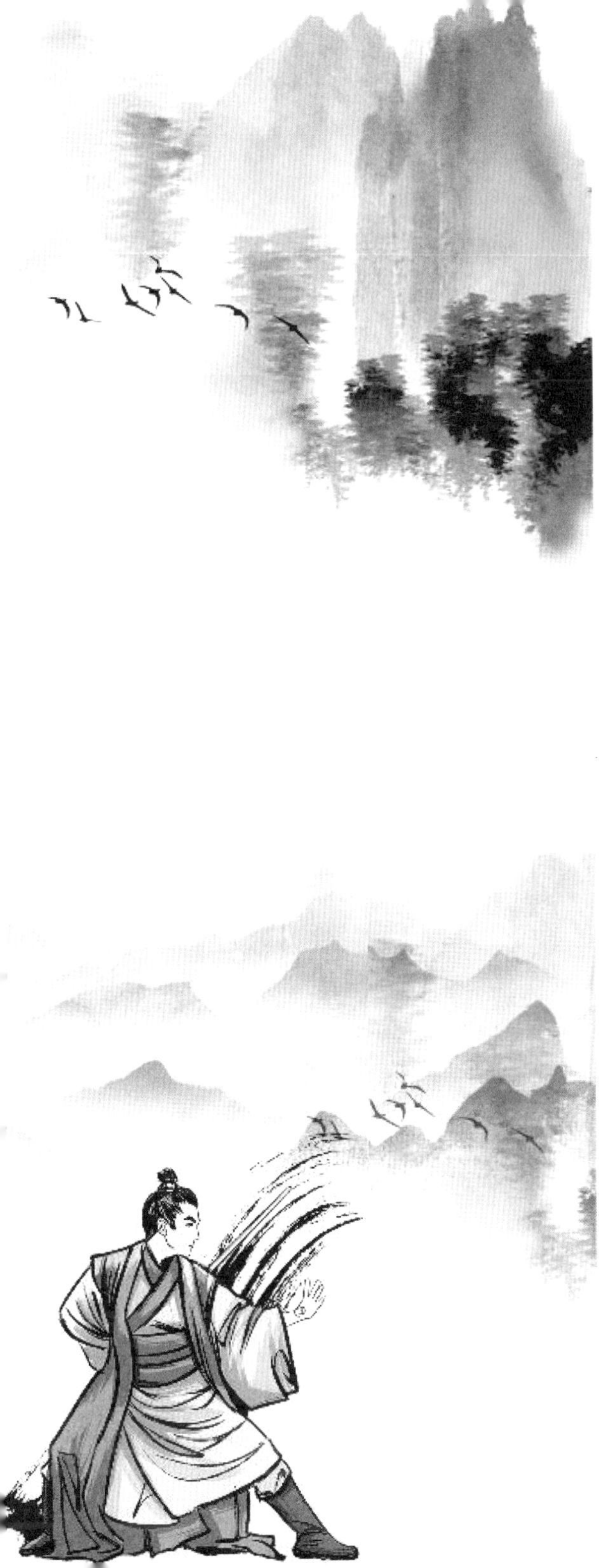

晉陽城監軍府的後花園裡，飛雁涼亭中，張承業對馮道轉述了蘆葦蕩一戰的慘烈，嘆道：「若不是叨天之幸，亞子已命喪劉鄩手中，你今日也不用在這裡跟咱家喝酒了！」

馮道忍不住道：「晉王想偵察敵營，明明可派探子前去，卻偏偏要自己冒險。這劉鄩居然能事先埋伏在河道彎處，可見他是把晉王的性子和行動都摸透了！」言下之意是李存勖太過驕傲且貪玩，才會著了劉鄩的道。

張承業嘆道：「亞子就是小孩脾性！他正經嚴肅時，聰明勇猛、所向無敵！可一旦打了勝仗，就驕傲自得，容易忘形！而劉鄩卻是個身經百戰的老將，性子沉穩，足智多謀，一個沉穩的老頭要對付一個鬧騰的小娃兒，還不容易嚒？他算準了亞子奪了魏州、澶州之後，一定會來勘察敵情、炫耀軍功，便佈下陷阱，以逸待勞！」

馮道說道：「看來朱友貞主政時期，大梁的戰將、戰略都會煥然一新，再不是我們熟悉的那幫老將了！這一來，戰事便要拖延更久，百姓也會受苦更深！」

張承業道：「這也正是咱家憂慮的！知己知彼，方能百戰百勝，如今大梁卻是新人新氣象，咱們恐怕得重新花費一番功夫去摸索他們的情況，但亞子肯定不會在意這些細微變化，他向來主張勇猛急進，你去到他身邊，要幫他提防劉鄩的各種詭計，尤其不要讓他和王彥章直接對壘！」

張承業其實並沒有親眼目睹蘆葦蕩一戰，只是聽探子轉述說李存勖回來後，對與王彥章決鬥一事絕口不提，只暗中勤練槍法。眾將領知道大王不高興，都氣憤說是劉鄩太狡詐，先派人圍殺大王，消耗了他的體力，王彥章才能得手，根本是勝之不武。但張承業畢竟老練又細心，知道這番話不過是眾人為李存勖保留面子所找的藉口，倘若真公平對決，李存勖也未必能佔上風，否則以李存勖的性子，回來後絕不會一聲不吭，還偷偷地勤練槍法。

因為是大王的敗蹟，沒人敢詳述細節，張承業只能憑空猜想，認為王彥章的槍法已經到達天人之境，才會輕易打敗烏影寒鴉槍，他擔心李存勖太過逞強，因此叮嚀馮道要留意這事，輕輕一嘆，又道：「據說這王鐵槍原本也不是什麼名家槍法，招式還十分簡單，想不到經過朱全忠一番修整，竟變得如此厲害！」

馮道思索片刻，但覺有一絲靈光閃現出來，道：「我以為王彥章會被張惠挑中，除了他性子剛烈忠直，絕不會背叛之外，最主要的原因，就是王鐵槍法十分簡單！張惠以為這特性恰好可以用來剋制烏影寒鴉槍！」

張承業沉吟道：「以大巧若拙、反璞歸真來尅制奇詭異變，確實符合高深武道，但真要對戰起來，卻未必那麼容易實行……」

「我的意思是既然王鐵槍法是專門對付烏影寒鴉槍，那麼——」馮道將腦中冒出的思緒整理了一下，終於得出一個結論，微笑道：「它對付別人就未必管用！」

張承業「啊」了一聲，恍然大悟，興奮得連聲音都微微顫抖：「我一直以為王彥章能打敗亞子，是因為他武功更高、內力更深厚，你的意思是王鐵槍法的每一招、每一式都已經被侷限用來對付烏影寒鴉槍，一旦對上別人，他必須改變招式，甚至是改變用槍習慣，反而就會綁手綁腳，應對困難了！所以石敬瑭、高行周的武功未必高過亞子，卻能拖延住王彥章。」

「正是如此！」馮道微笑道：「只不過烏影寒鴉槍千變萬化、包羅萬象，只要使的武功招式與它相似，王彥章都能輕易對付，所以石敬瑭最後仍是不敵，而高行周則是因為九太保的大軍剛好趕到，才能倖免。想要破解王鐵槍法，最好是找一位全然不同派系的高手來對付他！」

張承業歡喜道：「不錯！不錯！小子這想法很好！」

馮道又道：「只不過這事還是有點困難，王彥章的鐵槍又重又長，在戰場上，短兵器、輕兵器遇上它都很吃虧，因此這人最好還是使槍、戟、槊這類長武器，可一旦使用了長兵器，招式難免又跟烏影寒鴉槍相似，所以這個人選究竟是誰，還是要費些思量。」

「不打緊！」張承業道：「你只要把這想法提給亞子，讓他自己去軍中挑人即可，咱們河東十幾萬精兵猛將，難道還挑不出一個勇士來？」又笑讚道：「想不到小子只有三腳貓功夫，居然能勘破武學奧秘！不錯！不錯！」

馮道嘻嘻一笑，道：「沒吃過豬肉，也看過豬走路，跟公公這般武學大宗師混得久了，總能摸出一、二！」

張承業打了他一腦袋，呸道：「你拐著彎罵咱家是豬，以為我聽不出來嚒？」

馮道揉了揉腦袋，冤枉道：「我豈敢辱罵公公？如今這豬可是比人還貴重，我這麼相比，哪有半點輕賤之意？你這麼冤枉我，我可是拍馬屁拍到馬腿上了！」

張承業呸道：「先將咱家比做豬，現在又比做馬？你信不信我再敲你腦袋？」

馮道雙手連忙護住了頂心，笑道：「武學大家何必與三腳貓小子計較？」

張承業卻是幽幽嘆了口氣：「咱家又是什麼武學大宗師了？自從上次被李克寧傷著，我身子就一直未能恢復，是大大不如從前了，否則我也能為亞子打退幾個宵小，多出一分力，哪能讓他身陷險境？」

馮道也感到張承業的手勁又弱了許多，心中不捨，勸慰道：「晉王向來吉人天相，公公不必太過憂心，你瞧，劉鄩這一計『葭蘆暗殺』佈局老半天，還不是功虧一簣？」

張承業道：「那你也太小看這位百計將軍了！他既號稱百計，就不會只有一計，而是早就安排了連環後招，贏有贏的棋路，輸有輸的佈局！」

馮道驚呼道：「第一回合交手，這劉鄩就險些殺了晉王，聽公公的意思，他後面的計策竟更加厲害？」

張承業嘆了口氣，道：「亞子吃了一次虧，口裡雖嘲笑對方，心裡卻學乖了，知道這百計將軍會出各種圈套，也不敢隨意去挑釁，只派探子去盯住梁營的動靜。

再者，當時亞子雖然已經掌握了魏博軍府，但其實只掌控了魏州的魏博軍，其他五州仍未拿下，而魏州又位於六州中央，亞子這般孤軍深入，很是危險，所以他不得不把大軍搬過去，打算攻下周邊領地，好真正控制住魏博。」

馮道好奇道：「晉王設想得很周到，行事又謹慎，應該就萬無一失，這百計名將還能施什麼詭計教人上當？」

張承業道：「兩軍夾漳河對峙，距離很近，探子怕打草驚蛇，也不敢渡水過去偵察，只是爬上河岸邊的小土丘，遠遠地眺望對岸梁營，每次都回報說梁軍躲在城寨內，按兵不動，還看不出有什麼詭計，城寨上旌旗飄揚，多不勝數，還有許多旗幟沿著城堞來回遊動，應是哨兵擎著軍旗在城上巡邏，防止咱們突襲。」

馮道想了想，問道：「難道劉鄩是在排佈什麼兵陣？」

張承業搖搖頭，道：「劉鄩以萬人對付五百人，還殺不死亞子，起初大家都以為他害怕了，才按兵不動。可是一天、兩天，十多天過去了，梁營依舊一片寂靜，就算是排兵佈陣，也該有呼喝吶喊聲，就算害怕了，也該有運糧兵出入，可偏偏沒有半個人出來！」

「沒有人出入？」馮道想了想，道：「這百計將軍的心思真教人捉摸不透啊！」

張承業道：「哪怕真有陰謀詭計，亞子也耐不住了，決定派騎兵越河過去打探，那騎兵先在城寨外觀察，見梁旗依然在城堞上遊走，顯然劉鄩派人巡邏甚緊，也不敢靠太近，又觀察了兩日，終於發現有些不對勁……」

馮道被提高了興致，連忙問道：「什麼東西不對勁？」

張承業道：「城寨裡沒有炊煙升起！」

「沒有炊煙？」馮道一愣，隨即一拍大腿，驚呼：「糟了！晉王上回在蘆葦蕩中了埋伏，變得行事謹慎，可這樣反而中了劉百計的圈套！」

「不錯！」張承業喝了一口酒，續道：「探子回報沒有炊煙，亞子立刻驚覺有詐，迅速召集人馬直奔對岸，沿路竟無一人阻擋，等衝破城寨大門，才發現裡面早就唱了空城！劉鄩故意留下大片空營帳和林立的旌旗，假裝梁軍一直待在城寨裡，還將一些旗幟插在茅草人身上，再用幾隻草驢載著茅草人在城堞上來回走動，讓我們的探子遠遠瞧見旗幟飄移，就以為城中仍有守衛！」

馮道哈哈一笑，道：「諸葛亮有草船借箭、空城計，這劉鄩不遑多讓，也來個草驢負旗、空寨計！果然厲害！」

張承業啐道：「咱們中計了，你還笑呢！」

馮道連忙斂了笑意，追問道：「後來呢？」

張承業道：「亞子連忙抓了幾個城民查問，他們說劉鄩的軍隊早就離開了，亞子望著空蕩蕩的城寨，簡直氣壞了，破口罵道：『劉鄩沒膽與本王真刀真槍地對決，盡耍些偷雞摸狗的詭計！』他心知大事不妙，連忙回營，緊急召集大軍說：『梁軍才剛下山，肯定還沒走遠，咱們快追上！』」

馮道雖猜出劉鄩的計劃，為免破壞張承業說故事的樂趣，仍興沖沖問道：「劉鄩帶著上萬梁軍偷偷摸摸撤離，究竟去哪裡了？」

張承業哼道：「還能去哪裡？當然是直闖虎穴了！」

馮道驚嘆道：「蘆葦蕩突襲幾乎要了晉王的命，還只是虛晃一招，是為了讓晉王不敢潛近梁營觀察，好爭取時間整軍轉攻晉陽，這兩計連環，確實讓人意想不到！」

張承業嘆道：「所以我說這樣的將才居然落入大梁，真是可惜了！」

馮道笑道：「那草驢賣力遊走，為梁軍爭取不少時間，日後咱們見了草驢，絕不能被它呆憨的外表給騙了！」

張承業啐道：「小子盡會胡扯，說些不相干的廢話！」又道：「亞子從晉陽搬走大軍，準備收取魏州周邊領地，劉鄩看透這一點，知道晉陽城必定空虛，便設下『草驢負旗』的詭計，迷惑咱們眼目，然後自己悄悄率大軍從『黃澤』出發，直奔太原，打算來一場大突襲，將咱們連根拔起！」

馮道問道：「晉王看見梁營唱了空城，便猜到劉鄩率兵往晉陽來了？」

張承業點點頭，道：「知道又如何？仍是陷入兩難！」

馮道接口道：「因為魏博仍未安定，晉王如果率大軍回援，很可能剛啣在口裡的肥肉就丟了！」

「不只如此！」張承業輕輕一嘆道：「當時晉陽確實空虛，萬一梁軍真的攻來，是全然抵不住的，失去一座城池事小，最怕的是屠城！梁軍恨我們入骨，必會屠城，不只城中百姓都慘了，對遠在外地作戰的軍兵也是重大打擊，因為他們一家老小都在晉陽，一旦聽到家底被抄了，必會軍心動蕩，兵敗如山倒，亞子再有通天本事，也鎮壓不住！晉陽一旦失陷，整個太原，乃至河東，甚至是河北，都會一路崩垮！」

馮道讚嘆道：「劉鄩這一計是『釜底抽薪』，確實高明！」

張承業道：「所以亞子思來想去，兩相權衡，還是決定盡快趕回來。」

馮道說道：「可劉鄩已經走了許多天，河東騎兵再快，也未必追得上，萬一晉王追到半途，劉鄩就搶先拿下晉陽，消息傳回魏博，那一幫驕悍的魏博軍、銀槍效節都肯定立刻造反，晉王就會兩頭落空，進退無路，成了喪家之犬了！」

張承業道：「亞子也知道情況萬分危急，立刻召史建瑭率軍前來顧守魏州，又命九太保率軍前往臨清顧守糧倉，還派人傳消息給黑炭頭，讓他率一千多名騎兵從幽州南下，搶救晉陽，最後教七太保挑選最快的騎兵充作先鋒，日夜兼程，搶先趕回來，他自己則率領大軍跟追在後。」

黑炭頭自是指周德威，自從拿下幽燕後，他便一直駐在幽州，防止契丹突襲，因為北邊軍防也十分重要，因此他只能調出千名騎兵救援；而七太保則是李嗣恩，一直跟隨李存勖待在魏州，他最善騎射，訓練出來的部屬也都擅長騎射，只要給他們好馬，就是速度最快的騎兵隊。

馮道說道：「讓七太保率先鋒軍趕回晉陽，一方面自然是為了搶救，萬一晉陽已被梁軍攻佔，他也可盡快折返回去稟報晉王，好讓大軍以最快速度調頭，重新搶佔魏博做根據地。能在這麼短的時間內如此調兵遣將，做出面面俱到的安排，晉王確實不愧戰神之名！」

張承業笑道：「亞子的性子很古怪，他一得意就忘形，遇難時反而冷靜，一旦冷靜下來，就是天下第一！」

馮道微笑道：「晉王始終是聰明的，只不過太聰明的人往往失之於自負，容易掉以輕心。」

張承業點點頭，道：「那些武將一個個大大咧咧的，容易隨著他驕功自滿，更不會留意許多小事。你性格謹慎保守，與我相似，恰好能補足他的缺失，是輔佐他的最好人選，有你隨軍在他身邊提點，我才能安心治理後方政務。」

馮道恭敬道：「公公放心吧，我此去必會傾力輔佐晉王，隨時為他周全細節。」

張承業道：「當日亞子的安排雖然周全，也只是亡羊補牢，倘若真讓劉鄩搶進太原，就算亞子轉而退入魏博，將士們的心裡也是沮喪不安的，咱家更會連一塊埋屍的地方也沒有，又哪能在這裡與你喝酒呢？」

馮道笑道：「可是公公福大命大，有你坐鎮，晉陽城始終保住了！」

張承業指了指上空，笑道：「不是咱家保住的，是老天爺！」

馮道「哦」了一聲，道：「此話怎說？」

張承業道：「劉鄩這一招攻取晉陽，實在太出人意料，咱們的大軍被調走了，只剩數千人，全然沒有防備，直到李嗣恩帶著先鋒軍衝入城中，我們聽說情況，著實嚇了一大跳，連忙整頓兵馬，防備梁軍來攻，可是左等右等，卻不見半個敵影！」

馮道一愣，問道：「難道咱們都猜錯了，劉鄩竟不是要攻打晉陽？」

張承業哈哈一笑，道：「這事說來神奇！只能說晉陽真有龍脈，咱們真有蒼天保祐，大唐是註定要復興的！」

馮道好奇道：「究竟發生什麼事了？」

張承業喝了口酒，緩緩說道：「梁軍大多是步兵，從黃澤到晉陽，若繞過太行山，走陽關大道，需要十多天時間，而劉鄩為掩人耳目，又想縮短行程，就命令部隊深入太行山，走叢林小徑。那山道原本就難走，行到『樂平』時，老天爺竟然一連下十幾天大雨，有些地方土石坍塌，擋住前路，必須翻石越嶺、繞行彎路；有些地方河流改道，原本的土石路變成泥流，那爛泥甚至深及腰部，士兵們只能一個挨著一個拉著樹藤慢慢前進，再加上雨霧迷濛了視線，層層疊疊的山脈怎麼看都是朦朧一片，他們走到雙腿泡爛浮腫，仍在叢叢泥流裡東繞西轉，怎麼也找不到出路，到最後連乾糧都快吃完！

梁軍這麼兜兜轉轉大半個月，才走出太行山，因為體力不支，或染了瘴氣、被蟲蛇咬傷，不得醫治而死的將近三千人，戰馬也死掉近一半。

經過這一場可怕的山難，梁軍已是心驚膽顫、疲憊不堪，好不容易走出山林，卻聽說李嗣恩後發先至，晉陽城已有防備，後方還有晉王大軍正趕過來，梁軍如何還戰得下去？自是鬥志盡喪，只想逃走。」

馮道說道：「當年朱全忠率軍攻打淮南，也是因為在『棗陽』遇到暴雨，士卒都逃走了，才功虧一簣，那時還是在平地呢！劉鄩卻在山裡遇到暴雨，這情況可不只艱難十倍，難怪梁軍會意志崩潰。」

張承業道：「你也知道梁軍一旦潰敗，往往全軍皆逃，這劉鄩卻是治軍有方，常與士卒們同甘共苦，因此他們雖然頹喪大哭，卻沒有立刻逃走。但劉鄩帶兵已久，心知再這麼下去，堅持不了多久，必須盡快想到方法扭轉局面，便激勵部下說：『如今走到這裡，已經無法回頭，只有勇敢面對前方的敵人，殺出一片天，我們才有可能存活下來，否則就只能以死報效君王和鄉親父老了！』將士們知道他說得有道理，便振作起精神，繼續跟隨他前進！」

馮道說道：「先是葭蘆暗殺，接著草驢負旗、直搗虎穴，不過短短三招，就逼得晉王險些丟掉江山，這劉鄩不愧百計之稱，只可惜他計謀再多再好，卻失於天時地利！」

張承業笑道：「依我說，是大梁氣數將近，連老天也收拾他們！」他滿眼期許地望著馮道，微笑道：「以後有你觀天時、察地利，再搭配亞子的驍勇善戰，咱們必能無往不利，不只是大梁，就連其他作孽的藩鎮，也能盡數拿下！」

「是！」馮道趕緊把話題拉了回來：「劉鄩領著一大隊殘兵往哪裡去了？這百計老將不會這麼快就認輸吧？」

「自然沒這麼容易！」張承業搖搖頭，道：「劉鄩才走出太行山，立刻又生出『火燒臨清』一計！」

「火燒臨清？」馮道一愣，笑道：「這是學人家許攸的火燒烏巢，讓曹操在官渡反敗為勝的計謀？」

「可不是嚒？」張承業道：「臨清是咱們的糧草重鎮，糧倉一燒，軍兵無食，豈不完了？」

馮道沉吟道：「梁軍才剛剛度過山難，軍心渙散、人疲馬憊，根本無法打仗，劉鄩因此研究了地形，發現晉王率大軍返回晉陽，已遠離臨清，而他的部隊卻因為迷路，反而離臨清最近，於是想出燒糧計，不必大動干戈，只要派幾個人潛入糧倉到處放火就可以了，一旦成功，梁軍必會士氣大振，這時再發動大軍佔領臨清。那裡雖有李存審派副將看守，卻只有一千多名士兵，實難抵擋劉鄩的上萬大軍，就算史建瑭有數千士兵駐在魏州，也未必能應付，因為他們還得防止魏博軍倒戈叛變，所以劉百計這一計『火燒臨清』，確實是擊中要害，以最小的行動取得最大的勝機！」

「你說得不錯！」張承業道：「亞子率大軍日夜兼程，好不容易快趕到晉陽，卻聽說劉鄩大軍從邢州『陳宋口』渡過漳河水，轉往臨清，他簡直氣壞了，也擔憂糧倉不保，幸好黑炭頭正率領千名騎兵從幽州南下，原本打算救援晉陽，半途聽到消息，他連忙掉頭轉往臨清，直追了兩天兩夜，雙方終於在『南宮』相遇，立刻大打出手！」

馮道低呼道：「劉鄩再怎麼損兵折將，也還有近萬名步兵，周將軍只有一千兵馬，竟敢去挑釁？」

「不只如此，」張承業道：「劉鄩先派千名快騎趕往臨清，準備放火，自己則率領大軍緊跟在後，黑炭頭於是也分出一小隊精騎，教他們先趕去臨清，他自己只率領七百人硬是去抵擋劉鄩的萬人隊！」

馮道嘖嘖稱奇：「周將軍也太膽了！但不知『阡陌刀』對上『百計春絲劍』，誰更勝一籌？」

張承業道：「一開始劉鄩打退黑炭頭，還追殺了五十多里，但黑炭頭這麼做，其實是為了爭取時間，讓那一小隊騎兵可以追上大梁的先鋒軍，並設法抓住十多個梁兵，砍斷手骨，再放人回去宣傳說：『河東鐵林軍已經佔據臨清了！』大梁先鋒軍見同袍手臂斷折，受傷慘重，被鐵林軍的凶狠嚇破了膽，不敢去佔領臨清，只好回去與劉鄩大軍會合，但怕被處罰，自是誇大鐵林軍的人數，又說臨清已有防備，他們實在無法潛入燒糧，才不得已折返。

梁軍聽到這消息，心中驚惶，哪裡還敢往前行？劉鄩沒有那麼容易上當，還極力勸慰士兵，但大軍不肯發，他又能如何？雙方正僵持間，黑炭頭又趁機率騎兵穿過梁營，呼嘯而過，進駐臨清，梁軍只嚇得動也不敢動。劉鄩看了這情況，心知一場山難已讓士兵們鬥志全垮，此刻還能支撐著不逃跑，已不容易，而晉王正率大軍趕來，倘若他再堅持攻打臨清，只會落入前後夾殺的危境，只好下令大軍撤退至『堂邑』，讓梁兵先安頓休息。所以，黑炭頭個人雖打輸劉鄩，卻成功率軍入駐臨清，粉碎了對方的燒糧計！」

馮道笑道：「劉鄩向來擅用詭計，這一回周將軍犧牲個人成敗來拖延梁軍，接著用『分兵斷骨、縱騎呼嘯』之計，來嚇唬對方，也是妙計連環，一點也不輸給劉百計了！」

張承業驕傲道：「黑炭頭是咱們河東的頭號大將，自是有勇有謀，絕不會輸給對方！」喝了口小酒，又道：「亞子一聽說黑炭頭保住臨清，立刻派快騎通知他，說要雙面夾殺劉鄩。黑炭頭怕劉鄩跑了，搶先出手，可惜沒有成功！劉鄩心知晉王大軍一到，小小的堂邑很難守住，便率大軍轉往莘縣，他知道咱們的騎兵最擅劫糧草，就派人連夜加高城牆，挖護城壕溝，還從莘城築一條夾寨甬道直通黃河岸邊，讓運糧兵可以從大梁境內走水路、甬道直通莘城內，以確保糧草無虞，如此堅壁不戰來等待反攻時機。」

馮道問道：「潞州的夾寨計不是敗了麼？劉鄩號稱百計，怎麼還用夾寨這老辦法？」

張承業道：「符道昭那幫武夫怎能與劉鄩相比？同樣的夾寨計放在他手裡，可不一樣！」

馮道問道：「此話怎說？」

張承業道：「亞子滿心想與劉鄩大幹一場，乾脆把營地紮到莘城以西三十里，與梁營對望，此後雙方來來回回打了無數仗，忽然有一天，劉鄩就不打了，無論亞子怎麼挑釁，不只派千名刀斧手砍斷夾寨木柵，還搬石塊來堵住梁軍的運糧甬道，嚇得梁兵逃出不少人，都被咱們抓來當俘虜，可劉鄩說不打就是不打！堂堂一個成名大將就像縮頭烏龜般，怎麼都不肯出來！

亞子被弄得沒辦法了，只好一邊跟他耗著，一邊攻打其他州，那貝州城十分堅固，刺史張德源也是個悍將，與劉鄩連成一氣，幾次截斷鎮、定兩州送來的軍糧，讓咱們不堪其擾，許多將領都主張先攻打貝州，亞子卻覺得貝州難取，不如先拿下德州，再與貝州的張德源慢慢周旋。

後來九太保聽說那張源德手裡有三千士兵，每晚出去搶劫，弄得百姓苦不堪言，就率五千士兵前去貝州，發動貝州百姓挖壕溝，把城池圍起來，不讓張德源的士兵出來擾民，百姓們從此能安心耕種，都很感激咱們呢！」

馮道微笑道：「看來河東軍紀真是改變很多！貝州軍一旦失了民心，張德源也支撐不了多久！這九太保不用兩軍廝殺，用的乃是『民心所向』之計！」

「可不是嚒？」張承業歡喜道：「河東軍已成義師，乃天下之所望！」

馮道微笑道：「都是公公廉正嚴明，幫忙晉王整頓紀律，這才徹底扭轉了風氣。」

張承業微笑道：「也是亞子肯聽建言，天下人都看出他的好，只可惜貝州雖被圍住，一時還拿不下，還有劉鄩至今仍躲在夾寨裡，死活不肯出戰，就想耗光咱們的糧草！」

馮道嘆道：「他可真沉得住氣啊！」

「可不是嚒？」張承業又道：「劉鄩當時雖在山裡迷了路，沒有取下晉陽，也不是全無收獲，他累得咱們十萬兵馬來回折騰，空跑晉陽一圈，不只延後了統整魏博六州的時機，最嚴重的是，消耗掉大量糧草，戰馬也受損嚴重！」

馮道贊同道：「河東騎兵雖厲害，卻一直與大梁僵持不下，很大的原因就是糧草物資不如人家豐庶。」

張承業道：「劉鄩看準這一點，佔領莘城之後，緊急建了夾寨，一方面保護自己人馬物資的安全，不被咱們劫掠，另方面就是拖延時間，想極力耗光咱們的糧草！」

馮道嘆道：「這一來公公又要傷透腦筋了！」

張承業深深嘆了口氣，道：「亞子將河東後方全然託付予我，咱家怎能令他失望？」

馮道說道：「公公也的確不負所託，將太原治理得律法嚴明、萬物俱興，百姓得以安居樂業，才能供應戰爭所需。」

張承業卻搖搖頭，道：「要長期徵兵馬、貯穀糧，招流民、勸課農桑，再把物資轉送戰場，使軍餉不虞匱乏，並不是件易事！戰事一再拖延，最苦的還是百姓，就算他們不是身處戰火之中，為了供應軍需，長年被剝削，也是極大的壓力，所以咱家嚴令文武百官都要縮衣節食，但還是有人想從中取利！咱家時常得對付地方軍頭、盜匪亂民，但最困難的是整肅貪贓枉法的宗室權貴，有些人憑著權勢想暗中淘空河東家底，若沒有我這個行將就木、不怕死的老頭來扮惡人，這重擔又有誰能扛得起、頂得住？幫晉王累積軍資、穩住根本，就像蕭何輔佐漢高祖般，這是咱家的使命，再苦再難，也要辦到，只是我這副身子骨，不知能不能撐到目睹大唐中興？」

他話一出口，隨即又呸道：「咱家失言了！怎能拿亞子與漢高祖相比呢？小皇子才能比做皇帝！等天下一統，恢復我大唐王朝，公公已經老了，管不動人了，說不定還早走一步，這治理天下的擔子就要交給你了，你可要好好輔佐小皇子重建大唐榮光！」

馮道心中淒涼：「如今各地皇帝林立，滅唐的逆賊都死了，大燕王朝也亡了，潮起潮落，已不知換過幾代人，還有誰記得大唐？只有公公還心心念念，不捨不忘……」他知道不能說出這話，只能安慰道：「公公操心軍國大業，未能好好休養，才會身子虛弱，如今小馮子過來了，會竭盡全力為您分憂，您就放寬心懷，把身子調養回來，一定能長保安康，日後我和媳婦生了小小馮子，還要喚你爺爺呢！」

張承業聞言，頓時樂開了花，笑道：「好！好！你忙碌國事時，家事也不准偷懶！

要敢偷懶，小娘子不怪你，咱家也要拿鞭子抽你！」

「遵命！」馮道行了一個軍禮，笑道：「待送完了糧，我便寫一封書信讓娘子過來，一口氣連生幾個白胖小娃，圍著公公討糖吃！」

張承業哼哼一笑：「還好當年沒真的讓你當公公，否則這胖小娃可生不出來了！」

馮道恭敬道：「公公明見萬里，能未卜先知！」

張承業橫了他一眼，啐道：「小子的拍馬功夫竟用到咱家身上了！」

馮道笑道：「當年公公手下留情，小馮子感激不盡，這話可是出自肺腑，絕不是拍馬！」

兩人一起舉杯喝酒，同聲哈哈一笑，就這麼天南地北地閒聊至深夜，馮道分享了一路所見所聞，張承業則趁機將河東派系勢力詳細告知。

翌日清晨，天才微微亮，馮道便梳洗起身，原本想去拜見張承業，府中僕人卻告訴他監軍早就去城門口數點軍糧了，馮道心中一愣：「昨夜我倆喝到丑時，公公才休息一個多時辰又去幹活了？他這般勞累，身子如何會好？」趕緊奔了過去，見張承業正在城門外與運糧小將確認路線安全，士兵們也一個個接力把糧草搬上糧車，馮道連忙大步過去請安。

張承業微笑道：「小子來得正好！」先向運糧小將介紹馮道：「這新來的馮道馮巡

官會隨你們前去，一路上大家要互相照應。」又對馮道說：「這是押糧的牙校劉知遠，隸屬大太保麾下。」

這劉知遠年約二十，五官深刻、皮膚黝黑，身形高壯，比馮道還高半個頭，或許是出身貧寒、軍階低微，整個人顯得沉默寡言，過分嚴肅，沙陀戰將很多都沉默寡言，例如李嗣源、李從珂、石敬瑭，但劉知遠的沉默與他們不同，他並非天生不善言辭，而是被生命中的困苦艱難給硬生生壓迫成沉默的，但就像每個沙陀兒郎一樣，他那種不死不屈的強悍也是刻在骨血裡的，任誰都看得出馮道官階雖低，卻是張承業跟前的紅人，劉知遠見到他，也只微微頷首，不卑不亢，沒有刻意堆起笑臉攀談，也沒有憑著身高睥睨對方。

兩人目光相對，馮道見這人雖沒有少年郎的活潑飛揚，眼底卻有一種自信與沉潛的野心，是不屬於二十歲的小將，心想：「這劉知遠非池中之物，他或許不知道自己會走多遠，登上多高的位子，卻知道自己不會永遠待在這個地方！」

在張承業的示意下，劉知遠先去打點軍糧運送事宜，忙碌自己該辦的事。張承業則帶著馮道巡視糧倉，一邊說道：「這一回，咱們一共準備了六萬石米糧、七萬石糧草、三千支羽箭，還有一些藥材、火油，是向太原、還有鎮、定兩州的百姓共同徵收的。」輕輕一嘆：「這些東西可是咱家費了九牛二虎之力，百姓們辛苦勞作，好不容易才湊齊的。」

馮道說道：「六萬石糧足以支撐魏州軍隊兩個半月，公公可稍稍喘口氣了。」

「不然！」張承業搖搖頭，道：「送到魏州，大約只剩二萬石，最好的情況也就剩一半，最多支撐一個月，所以這一趟出去後，咱家又要開始絞盡腦汁湊下一次的糧餉了！這種苦活可是日復一日，一刻都不得休息，除非真能完全消滅大梁！」

馮道咋舌道：「六萬石出去，只剩三分之一？竟損耗掉四萬石糧？」

張承業道：「沿路上肯定會遭遇劫匪，若是再遇到天雨淹水、道路崎嶇，再加上運糧兵每日的食耗，這麼一來二去，往往只剩一半。

亞子把糧倉設在臨清，是因為它與成德距離近，成德是王鎔的地盤，有他照看著，相對安全，但這一來，卻繞了遠路，運糧兵的食耗就變大了。出了臨清之後，還要深入魏州，雖然只有一小段路，卻是全程在大梁境內，劉鄩不可能眼睜睜放著這大塊肥肉過境都不理，所以糧草一出臨清，大太保就會派騎兵出來護糧，與梁兵爭戰。所以這六萬石米糧出去，真正送到魏州士兵口中，往往只剩二萬石。」

馮道蹙眉道：「大梁那邊又如何？這戰事一拖延，雙方損耗都很大，大梁再富庶，難道朱友貞真有那麼多糧餉可以送給劉鄩？」

張承業道：「大梁土地富庶，又有漕運水路可以運送，咱們實在比不上，唯一可依恃的就是朱友貞養了趙岩那一幫小人，在極力消耗大梁的家底，而咱家是絕對不允許河東境內有那樣的奸臣，因此對宗室權貴盯得可緊了！」他打開糧袋，伸手進去掏出一些米糧，攤在手掌心給馮道看，微笑道：「另外，咱家還有個秘密武器！」

馮道像看到什麼驚奇的東西，低呼道：「粟米？」這粟米最適北方栽種，本該遍地生長，河北卻因長年征戰，百姓一直在苦寒貧窮中度過，馮道許多年都不曾見過這東西了。

張承業道：「粟米比大麥或南方大米都好，不只栽種容易，也不易變壞，可保存十年之久，從前可是咱們大唐的頭號軍糧！憑著它，咱們大軍東征西討，還把突厥打得落花流水，只不過後來戰爭禍亂，百姓逃難都來不及，哪有時間耕作？有些藩鎮惡霸不想費力栽種，就抓百姓充當糧食，便很少人知道這東西的好處了！咱家下令百姓大量種植粟米，不只農產有餘，也不傷民，就能跟大梁一爭長短，否則哪來得及供應這龐大的軍需？」

馮道微笑道：「大王有公公做為後盾，真是福氣！」

張承業又叮嚀道：「明日，你便隨他們將糧草運到魏州臨清，千萬不能弄丟，一旦糧草斷了，不只運糧者要斬頭，魏州幾萬條將士的性命也全完了！」

馮道恭敬道：「我明白，我一定會以性命保護糧草安全。」

九一五・四

讒惑英主心・恩疏佞臣計

八月，末帝賜鄩詔曰：「閫外之事，全付將軍。河朔諸州，一旦淪沒，勞師弊旅，患難日滋，退保河壖，久無鬥志。昨東面諸侯，奏章來上，皆言倉儲已竭，飛挽不充，于役之人，每遭擒擄，夙宵軫念，惕懼盈懷。將軍與國同休，當思良畫，如聞寇敵兵數不多，宜設機權，以時翦撲，則予之負荷，無累先人。」鄩奏曰：「臣受國深恩，忝茲閫政，敢不枕戈假寐，罄節輸忠。昨者，比欲西取太原，斷其歸路，然後東收鎮、冀，解彼連雞，止于旬時，再清河朔。豈期天方稔亂，國難未平，纔出師徒，積旬霖潦，資糧殫竭，軍士札瘥，切慮蒼黃，乖于統攝，乃詢部伍，皆欲旋歸。凡次舍經行，每張犄角，又欲絕其餉道，且據臨清。纔及宗城，周陽五奄至，騎軍馳突，變化如神。臣遂領大軍，保于莘縣。深溝高壘，享士訓兵，日夜戒嚴，伺其進取。偵視營壘，兵數極多。樓煩之人，皆能騎射，最為勍敵，未可輕謀。臣若苟得機宜，焉敢坐滋患難。臣必體國，天鑒具明。」末帝又遣使問鄩決勝之策，鄩曰：「臣無奇術，但人給糧十斛，盡則破敵。」末帝大怒，讓鄩曰：「將軍蓄米，將療飢耶？將破賊耶？」乃遣中使督戰。鄩集諸校而謀曰：「主上深居宮禁，未曉兵機，與白面兒共謀，終敗人事。大將出征，君命有所不受，臨機制變，安可預謀。今揣敵人，未可輕動，諸君更籌之。」時諸將皆欲戰，鄩默然。《舊五代史·卷孟冬初寒，薄雪方飛，魏州軍府內，李存勖仍挑著燈火，一邊夜讀《六韜》，一邊思索軍情。一旁的劉玉娘放下剛剛熟睡的孩兒，走到他身邊，柔聲道：「今晚不練兵，還不早些休息嚒？」

李存勖自顧自地看書，道：「這劉鄩號稱一步百計，應是學《六韜》的機變用兵，我倒仔細研究一下，看他下一招要出什麼……」

劉玉娘繞到他身後，伸出纖纖葱指，溫柔地為他撫按雙太陽穴，一開始李存勖還覺得舒緩了疲勞，漸漸地，隨著劉玉娘十指一路往下，頸邊、雙肩、下腰，似舒緩、似挑逗，令他難以專心，索性放下手中書冊，一把抓了這個調皮女子坐到自己的大腿上，笑道：「妳再搗亂，瞧我怎麼收拾妳！」便伸指在她身上隨意抓捏搔癢，劉玉娘忍不住咯咯嬌笑：「妾幫你解乏，你卻欺侮人家！」

兩人一邊像孩子般玩鬧，李存勖一邊抱著劉玉娘躲到暖被裡，劉玉娘輕聲道：「小心！別鬧醒了和哥兒……」李存勖笑道：「讓他瞧瞧爺娘有多恩愛！」劉玉娘輕啐道：「哪有這麼教孩兒的？」李存勖驕傲道：「怎麼沒有？我沙陀兒郎就是這麼教的！這才是真英雄！」說罷便熱烈親吻起來。

劉玉娘如金匱盟主所言，在一年前生下一小兒，取名繼岌，小名和哥，是李存勖的長子。李存勖好不容易有個兒子，見他長得像自己，已十分歡喜，緊接著河東軍又輕易取下魏州，李存勖認為是和哥帶來了好運，對這兒子更是視若珍寶，連帶也更加喜愛劉玉娘勝過其他妻妾，即使劉玉娘提出讓她們母子隨軍，李存勖也欣然答允。

李存勖長年在外打仗，劉玉娘如此提議，自然想排斥其他妻妾，不讓她們與大王相處，也防止李存勖在攻下城寨後，又多了好幾位夾寨夫人。

夫妻倆一陣纏綿繾綣後，便相擁而憩，李存勖始終睜著大眼，無法入睡，劉玉娘瞧他英眉微鎖，伸指輕點了他眉心，笑問道：「是什麼事教咱們大王愁煩，不肯安歇？」

李存勖不禁輕輕一嘆：「劉鄩一直不肯出戰，我擔心糧草快支撐不住了。」

劉玉娘哼道：「這是七哥的責任！大王一聲令下，他便應該趕緊把糧草送過來，怎能讓大王煩心呢？」

李存勖道：「咱們駐在魏州的兵馬逾七萬，每天要消耗掉七百石米糧，不只是七哥已全力向百姓收糧，就連王鎔、王處直也盡力支持，可還是左支右絀，再怎麼說，太原、河北加起來都不如大梁富庶，一想到這七萬張嘴每天等著餵糧，我便心煩！」又憤恨道：「劉鄩不敢與我正面對決，便躲起來當縮頭烏龜，鐵了心不肯出戰，我怎麼引誘他都沒用，再這麼拖下去，咱們遲早會被拖垮！」

劉玉娘烏溜溜的晶眸一轉，心中有了主意，露出一抹俳皮笑容，道：「這劉鄩說來也算是劉氏宗親，要我去對付本家人，似乎有些兒說不過去！倘若玉娘大義滅親，有法子逼出劉鄩，大王要怎麼賞賜人家？」

李存勖心想全河東的悍將、謀士加起來都沒辦法，這小女子怎麼可能做到？笑道：「倘若妳真能解此危局，本王便答應妳任提一個要求！」

劉玉娘歡喜道：「多謝大王！」微一沉思，又道：「我聽說朱友貞一上台，既害怕老將，又冷落了老臣，只重用趙岩、袁象先，和張德妃的兄弟，如今大梁文臣都是拍馬逢迎的小人，武將則是沒打過幾次仗的蠢貨，就只剩劉鄩還有點腦子，是個忠臣君子……」

李存勖嘆道：「可偏偏咱們的對手就是那個有腦子的！」

「君子在小人堆裡是活不了的！」劉玉娘語氣一沉，甜美的笑意裡隱藏著一把森森利刃：「既然咱們逼不出劉鄩，就讓那幫小人逼死他！」

李存勖心中一凜，沉吟道：「妳的意思是……」

劉玉娘道：「如果劉鄩一直不肯出兵，不只是大王要愁煩糧草，張宗奭也要一直設法籌措物資給梁軍，這擔子只怕也不輕，心裡肯定會生出怨懟！還有一些將領想要執掌軍權，例如段凝！大王不妨派人前去行賄趙岩，讓他去串連張氏兄弟、張宗奭、段凝等人，一起慫恿朱友貞壓迫劉鄩出兵，倘若劉鄩仍堅持閉門不戰，便是違抗皇命，這朱友貞最害怕老將造反，心裡哪能不生疙瘩？只怕大梁君臣會比咱們更想要劉鄩的命！」

河東軍作戰一向秉承沙陀戰術，喜歡在沙場上快意對決，就算有什麼計策，也只關於戰略，既想不到也不屑運用朝堂權謀，所以當年李克用才會敗給詭計多端的朱全忠。

劉玉娘這一計確實令李存勖有些意外，沉吟道：「這背後刺人的毒計似乎……不夠光明正大，也有損本王戰神的威名！」

劉玉娘柔聲勸道：「咱們悄悄行賄，又有誰知道了？難道趙岩會四處宣揚？兵不厭詐！如今這情況，只要能拯救河東就是好計，哪能顧忌這麼多？想當初父王明明最厲害，卻一步步輸給朱賊，就是因為朱賊利用大唐朝堂的力量陷害父王，咱們現在只是以牙還牙，還給他兒子罷了！」拉了李存勖的手，微笑道：「大王是自己打贏一場場勝仗，這才樹立了戰神威名，豈會因為運用謀略就損及名聲？倘若大王敗給劉鄩，弄得天下皆知，才真會損及威名！」

李存勖心想她說得不錯，河東千萬生靈都繫於己身，哪能顧忌這種小節？如果敗給劉鄩，必會被天下人嘲笑，他最是好面子，一咬牙，下定決心，道：「明日我便差人去賄賂趙岩。」輕點她的鼻尖，笑道：「妳們母子果然是我的福星！」說罷在劉玉娘朱唇上深深一吻，又輕輕吻了小和哥的額間，這才安心睡下。

莘城夾寨裡，劉鄩正積極巡營，督促子弟兵加強訓練，心中暗暗盤算：「距離上次的索糧信，已經過了大半月，聖上一直沒有回覆……」

當朱友貞收到銀槍效節都、魏州魏博軍輕易投降李存勖的消息，心中既震驚又悔恨，不得不重新啟用老將天平節度使牛存節率大軍前去駐紮在「楊劉」渡口，好支援劉鄩搶回魏州，誰知兩人才合作要展開計劃，牛存節就因為年紀老邁，心力交瘁，忽然病死了。

朱友貞憂懼之餘，只好再派匡國節度使王檀前去楊劉渡口領軍，這一來一回耗去了不少時間，等王檀一就位，朱友貞立刻寫了封文情並茂的敕旨，催促劉鄩發兵：「河朔各州一旦淪入敵手，患難定會接踵而來，我軍更會疲於應付。將軍這般退守黃河，時日一久，將士們也會喪失鬥志。昨日東面各諸侯都上奏說倉廩已竭，就算用飛車傳送，也來不及供應，更何況運糧的路上還時常遭到敵人攔截，運糧兵盡成俘虜，朕實在是日夜憂心、憐憫我大梁士卒的安危啊！將軍與國家的命運乃是同生死、共存亡，如果發現敵賊不多，就應當盡快撲滅對方，朕才不至辱沒先帝的托付！」

劉鄩見皇上來信處處動之以情，先說擔心大梁安危，又說憐恤士兵，最後還搬出先帝恩德來催促自己發兵，就是沒有說要給糧，心中萬分為難，也知道朱友貞已失去耐心，只好提筆回信，好言解釋：「臣深受國恩，忝掌朝政，怎敢有一絲鬆懈？將士們都枕戈待旦，想為聖上盡忠。

前日我命大軍西進，打算突襲太原，切斷晉軍歸路，接著再向東攻取鎮、冀兩州，破解他們的結盟策略，原本只要十日便能蕩清河朔，誰承想蒼天不允，大軍才出，就遇上十日暴雨，釀成水患，以至資糧消耗殆盡、士兵傷病而亡，臣心中深切悲痛，又擔憂士兵們倉惶逃走，只好先率軍回師，安頓軍心。

隨後臣得到機會，立刻馬不停蹄奔赴臨清，欲攻佔晉軍糧倉，半途卻遇見周陽五率軍突襲，晉騎變化如神，我軍才走出山險，驚魂未定，實在無法力敵，臣只好率領大軍退保於莘縣，建築深溝高壘，一邊安頓軍心一邊加強訓練，並日夜戒嚴，以待良機進取。

臣幾番偵察，發現敵軍確實眾多，且沙陀蠻子最擅騎射，實在是非常厲害的勁敵，並非隨意謀劃就可輕取，臣若是能找到良機進攻，焉敢坐視國家患難滋生？臣心體國，天可明鑑。」

他送出書信後，滿心期盼這一番懇切言語能打動朱友貞送來軍資，可惜過了大半個月，始終沒有回訊，心中不禁感慨：「聖上在內宮長大，從未真正上過戰場，以為人馬夠了就可以打仗，卻不知『三軍未發，糧草先行』的道理，倘若先帝還在，敬樞密和魏王肯定早就籌好軍糧送過來了，也是蒼天不祐我大梁，竟讓先帝英年早逝……」

「報——」

一聲急報，打斷劉鄩的思緒，卻是朝廷派來了使者。

劉鄩心想糧草終於有著落了，欣喜地前去迎接，卻見使者身穿綾羅錦緞，高高坐在青蔥玉馬上，臉上掛著一抹輕蔑冷笑，一副趾高氣昂的模樣，正是皇帝最親信的姐夫趙岩！

趙岩自從輔佐朱友貞上位，立下大功，便一舉拿下戶部尚書、租庸使這兩個掌管天下財糧、征斂軍用資糧、搜刮百姓賦稅，肥得流油的好位子，即使張宗奭這供應糧草的洛陽王，也只能受其壓迫，看他臉色辦事，其他官員更是競相巴結討好，大梁京城甚至流傳一句俗語：「天下賄禮，半入趙門」。

但趙岩仍不滿足，還與袁象先、張氏兄弟結為群黨，賣官鬻爵，中飽私囊，過起了窮奢極欲的生活，朱友貞上位不過短短兩年，原本豐盛富庶的大梁府庫，在連年敗戰再加上貪官污吏的拖累下，已經開始捉襟見肘了。

在趙岩眼中，劉鄩屢屢要求糧草，簡直就是在瓜分他的錢財、割他的肥肉，自是懷恨在心，再加上收了河東賄賂，少不得要在朱友貞面前大力搧火，說劉鄩作戰不力、無視皇命，又自告奮勇要替皇帝到前線監督，朱友貞最信任他，自是欣然應允。

劉鄩一見是這個小人，心頭涼了半截，又見趙岩孑然而來，除了幾名護衛隨侍，並沒有押解軍糧，心中更生不滿，但此刻關係大梁前途及手下士兵的生存，他不得不壓下滿腔憤慨，微笑地大步走向前，朗聲道：「趙尚書一路奔波，當真辛苦，快請下馬，隨本帥進入帳中，一起享用午膳，也讓侍衛們歇個腿。」

趙岩卻遲遲不肯下馬，態度倨傲地點了點頭，揚聲道：「劉將軍，你見到我怎地不跪拜？」

劉鄩見他故意居高臨下，還逼迫自己在眾軍面前向他跪拜，簡直不可理諭，朗聲道：「本帥拜天地、拜君王、拜雙親，但不知趙尚書是哪一個？」

趙岩傲然道：「本官可是奉了聖意來此，見我如同見到聖上！」

劉鄩肅容道：「趙尚書再怎麼得到聖恩眷寵，仍不是聖上！倘若本帥見到敕旨，自會跪迎。」

趙岩英眉一挑，得意揚揚地拿出敕旨，劉鄩連同身旁的王彥章、侍衛們只能一起跪下迎旨。趙岩長聲頌唸一番，唸罷也不讓他們起身，冷哼道：「現在知道了吧，本官可是奉了聖意前來督軍！你要是膽敢以下犯上，便是死無葬身之地！」又提高聲音，道：「還不爬過來，好讓本官踏背下馬？」他威脅之意十分明顯，意思是劉鄩若不肯從命，他回去後定會加油添醋地稟報聖上。

王彥章性子耿烈，首先忍耐不住，豁地起身，掌勁一運，就要發掌打向趙岩，想教他滾跌下馬，出個大醜。劉鄩一聽他運勁聲，心知不妙，身影一飄，搶先一步擋在王彥章和趙岩之間，王彥章微微一愣，只好將幾乎要暴突出去的掌勁硬生生收回來，這勁力一出一收，只在掌臂間運行，趙岩渾然不覺，劉鄩卻已一聲不響地貼近趙岩的馬側，兩指輕輕一扯韁繩，微施巧勁，那馬兒不由自主地向左傾斜，趙岩冷不防被顛下馬來，驚呼道：「你竟敢……」一句話才出口，劉鄩大臂一伸，已接扶住他，笑道：「趙尚書千里而來，就讓本帥好好款待，還請先進入帳中，吃個飽飯吧！」說話間，已順著趙岩下跌之勢，架住他整個人，半拖半扶地帶回自己的營帳。

在外人看起來，劉鄩是親和有禮地扶趙岩下馬，只有趙岩心知自己是被硬扯下馬，劉鄩的接扶動作，為他保留了面子，趙岩雖又驚又惱，也知道自己的武功相差太遠，不敢再犟勁，只能乖乖隨他入內。

王彥章不想與趙岩一同吃喝，便自己到一旁空地狠耍鐵槍，以發洩火氣。

劉鄩吩咐部屬以最快的速度整治酒菜，不到一刻，宴席已準備好。劉鄩舉起酒杯向趙岩微笑道：「趙尚書一路奔波，著實辛苦，本帥特意差人備了酒菜，以饗貴客，這一杯酒水，算是本帥向你致意。」

趙岩仍然氣惱，冷著臉不肯喝酒，劉鄩也不在意，逕自喝下手中酒水，又道：「趙尚書不喜歡喝酒，那便吃菜吧！」

趙岩在京城吃的是山珍海味，喝的是瓊漿玉液，看著桌上只有一碟粗餅和一碗乾肉，如何吃得入口？儘管劉鄩熱絡招呼，他始終一筷子也沒動，只斜眼瞪視著對方，冷聲道：「本官沒空與你喝酒閒聊，聖上派我前來，是想瞧瞧將軍到底怎麼用兵？為何數月過去，仍沒有半點行動？」

劉鄩誠懇道：「一直以來，本帥與士兵們都是竭盡全力抵禦外侮，不敢稍有鬆懈，但賊兵頑固，難以剿滅，倘若趙尚書有什麼良計，本帥願洗耳恭聽。」

趙岩冷哼道：「剿滅敵寇是將軍的責任，你居然要本官幫你想主意？那你的軍權、俸祿要不要歸給我？」又指著桌上酒菜，斥道：「這些糧食可是我大梁百姓拼命省吃儉用，才能運往前線，難道你們就只會躲在夾寨裡享受？你忘了潞州之戰為何會敗嚒？就是夾寨裡太舒服，士兵們太安逸了！所謂食君之祿、擔君之憂，倘若軍士們只天天躺著，不肯作戰，那以後也不必拿俸祿、發糧餉了！」

劉鄩道：「我軍已與敵賊交手多次，本帥也寫了書信回京，將攻防細節詳細稟報聖上，趙尚書怎能說本帥沒有出征，士兵們沒有勞苦呢？」

趙岩冷哼道：「聖上日理萬機，哪有時間看你囉囉嗦嗦寫一堆廢話？將軍既號稱百計，就應該胸懷奇謀，決勝千里，今日只要你一句話，究竟何時發兵？我便立刻回去稟明聖上！」他心知劉鄩肯定不願意自己留下來監督，而他也恨不能立刻離開這鬼地方，因此單刀直入地提出問題。

劉鄩卻充耳不聞，只道：「趙尚書為何不先放下心中罣礙，待酒足飯飽之後，有了精神，咱們再好好商議軍事？」

趙岩確實已經疲餓交加，只想快快離開，去外地吃一頓大魚大肉，望著桌上乾癟稀少的食物，劉鄩又一再推拖，就是不肯答應出兵，再忍不住怒火勃發，大聲道：「這是給人吃的嚒？本尚書代表聖上過來監軍，你就招待這些東西？」

劉鄩冷笑道：「這是我軍中最豐盛的食物了，趙尚書卻入不了口，你可知我麾下兄弟，連這樣的乾肉都沒得吃，你桌上那幾片粗餅，是我一名士兵兩天的糧食，他們只吃這麼丁點食物，還要一邊操勞苦役，一邊練武殺敵！」

趙岩怒道：「本尚書身分尊貴，豈能與這些賤兵相比？」

劉鄩冷聲道：「趙尚書出身軍伍之家，也曾帶兵打仗，一朝飛黃騰達，就連怎麼拿槍桿，怎麼與士兵同甘共苦，都已經忘記！你只是一餐都忍不得，我手下弟兄卻已經挨了大半年，朝中再沒有糧草送來，只怕我大梁軍士全要餓死了！」

趙岩在京城被人奉承習慣了，想不到劉鄩會當面駁斥自己，一時間反應不過來，只氣得臉色煞白，大掌用力一拍桌案，一連串破口大罵：「你身為主帥，到底幹什麼吃的？難道不會幫將士們解決問題麼？要不要本官教你？你只要快快打完仗，我大梁軍士就能回家吃上熱騰騰的粥飯，你卻一再拖延，是不是故意貽誤軍機，養大賊寇？」

劉鄩聽他竟暗示自己與敵人勾結，倘若再不給出發兵時間，只怕他回京告狀，聖上便會以謀逆罪論處自己，心中怒極，冷聲道：「巧婦難為無米之炊，本帥再有巧計，挨餓的士兵也沒法作戰！你非要本帥給個交代，那你便將這句話轉達聖上：『臣並無奇術，只要供應每一名士兵十斛糧食，就能殲滅強敵！』」

趙岩一驚：「每人十斛糧食？」想到這是一大筆支出，心中痛極，氣沖沖道：「好你個劉鄩！我會將你說的話一五一十上奏！但聖上早知你是如此貪婪，讓我把御筆親書交給你！」從懷中拿出朱友貞的親筆信函，起身交給劉鄩，道：「聖上說你再不出兵，那莘城也不用留這麼多兵了，即日起，將王彥章調往汝州！」說罷便走出營帳，連告辭的話也懶得說了。

劉鄩連忙拆開書信，信中只有一句怒氣沖沖的質疑：「你積蓄這麼多糧食，究竟是用來打敗敵寇，還是只想填飽肚子？」還有一道調走王彥章的御令。

劉鄩知道朱友貞對自己已失去信任，心中一涼：「聖上以為我養兵自重，擔心我成為第二個楊師厚，非但不給糧，還要調走兵將……」心知再解釋什麼都沒有用，只黯然走出營帳，目送趙岩翻身上馬和衛兵一起離去，並未出言挽留。

王彥章走到劉鄩身邊，握緊了鐵槍，恨聲道：「小人一朝得意，便以為自己飛上了天！他回去以後，定會在聖上面前胡亂編造！」

劉鄩神色慘然，沉聲道：「無論咱們惹不惹他，朝廷都不會輕易派出糧草了。」

王彥章愕然道：「這是什麼意思？」

劉鄩將朱友貞的信柬遞了給他，淡淡道：「說來應該恭喜你，聖上讓你即日啟程，前去汝州擔任防禦使，還擢升檢校太保！」

王彥章又是一愣：「調我去汝州？」自從全家被斬殺，他就立誓與河東軍不共戴天，又與劉鄩一起都想報效先帝提拔之恩，因此兩人志氣相合、同仇敵愾，就想聯手為大梁力挽狂瀾，忽聽說被調離這關鍵戰地，雖是升了官職，他卻氣恨得火眼暴突，握拳怒罵：「我大梁原本豐庶，都是被這幫小人敗壞，才會落得如此拮据！想先帝在世時，軍士裝備何等精良，糧草多到吃不完，移軍時甚至只能燒毀，如今卻淪落到跟敵人比賽看誰先耗盡糧草！」

劉鄩輕輕一嘆：「你去召集所有將校過來吧！」

過了一會兒，諸將集合於主帥帳中，劉鄩沉聲道：「戰場上，風雲瞬變，很多情況往往需要隨機應付，並不是坐在朝堂內可以預見的，聖上久居深宮，又不懂軍機謀略，卻不肯聽取老臣的意見，只想提拔自己信任的新人，這些年輕官僚經驗不足，聖上卻拿軍國大業與他們商議，到最後，只會壞我大梁基業！」

他精眸一掃眾將領，又道：「如今河東軍還很強大，若是輕易出兵，對我們很不利，本帥想以逸待勞，靜待時機，聖上卻頻頻催促，你們以為如何？是想拼死一戰，還是願意繼續等待？」

眾將領見趙岩沒有帶來糧草，還氣呼呼離去，劉鄩臉色沉重，便知道雙方相談不歡，心中都甚憂慮，紛紛道：「我們寧可生死一決，也不想活活餓死！這樣無止盡地消耗，怎麼可能成功？」

劉鄩想不到這幫跟了自己最久的老部將，竟也反對「以逸待勞」的計策，甚是心寒，便讓眾人先退下，獨自走到了高坡上，眺望大梁山河，心中無限惆悵。

一名窈窕少女悄然來到他身後，輕輕拿起大氅為他披上，柔聲勸慰道：「士兵最怕挨餓，糧草一直不來，他們難免急躁，若是說了什麼不應該的話，將軍可別放在心上，跟自己過不去！」

劉鄩輕輕一嘆：「主上昏暗，臣子阿諛，將領驕傲，士卒怠惰，恐怕我就要死無葬身之地了……」

少女輕巧地轉到了他面前，伸出膩白葱指阻住他的唇，低聲道：「別胡說！」

兩人深情脈脈，相對凝望許久，劉鄩伸手輕輕握住少女的纖手，溫言道：「妳聽我說，倘若我敵不過世情險惡，真的走了，妳還有大好年華，重新找一個好人家嫁了，只不過要切記，莫嫁將門子弟！」

少女聽他說的情真意切，美眸不禁浮了淚水，柔聲道：「將軍莫擔心，羞兒會想出辦法的！當初夫人讓我隨軍，就是要我盡心服侍你，無論遇見什麼難關，羞兒絕不離開，一定要與將軍同生共死。」

劉鄩感到整個軍營除了王彥章的情義支持，就只有這個柔弱少女是真正懂得自己，心中感動萬分，卻也只能回以慘淡微笑：「妳一個弱女子，哪有什麼法子可想？」

羞兒粉頰一紅，柔聲道：「我雖是弱女子，也想為將軍分憂，我心中有個法子，但不知將軍願不願聽聽看……」不等劉鄩回答，便附在他耳畔輕輕訴說。

劉鄩吃了一驚，想不到她會出這種主意，愕然道：「這太冒險了！」

羞兒毅然道：「只要能解開這局面，羞兒不怕危險！」

劉鄩想了想，微笑道：「此計或可一試，也不需妳去冒險，但必須等待一個絕佳機會，讓它發揮最大效用！」

此後一段時間，梁晉雙方仍僵持不下，轉眼進入了寒冬臘月，時不時便下起鵝毛大雪，處處積深盈尺，如此天寒地凍、冷氣侵骨，無論是進攻或運糧，都變得更加困難。

這一日，魏州河東軍才剛用過晚膳，天空又飄飄落雪，李存勖眼看無法操練，只能讓大家回營歇息。他自己也回到寢室裡，但還睡不著，便坐在桌案前，仔細查閱魏州度支副史孔謙送上來的賬冊，卻忍不住犯起頭疼，劍眉緊鎖道：「咱們已經送了不少財物給趙岩，梁軍為何到現在還沒有動靜？姓趙的傢伙難道只拿錢不辦事？再這樣下去，咱們的糧草就快支撐不住了！」

劉玉娘聽他語氣不悅，一邊在火爐裡加了木炭，讓整個寢室更加暖和，一邊為他倒上烈酒，解釋道：「趙岩曾奉命前去斥責劉鄩，誰知竟被羞辱回來，朱友貞甚至發了幾封敕旨去催促，劉鄩居然來個相應不理，急得他都以為劉鄩要造反了呢！」

雖說「將在外，君命有所不受」，但畢竟真的不理君命，可是要承擔殺頭風險，所以若非萬不得已，將領通常不會直接與主君硬抗，李存勖愕然道：「這劉鄩表面看來斯斯文文的，想不到骨子裡這麼硬氣！」又怒道：「咱們已經夠拮据了，好不容易湊了幾箱財寶給趙岩，這一來，豈不全打水漂了？」

劉玉娘心想這主意是自己出的，得設法轉移他的怒氣，嬌哼道：「都怪七哥辦事不力！直到今日都還未送糧草過來，才讓大王煩心！」又走到他身邊，伸出細膩的指尖去解他衣帶，柔聲道：「既然看得煩了，不如先歇歇，明日再做打算，或許會有好消息呢？」

李存勖心煩意亂之下，也看不進細賬，索性放下手中賬冊，趴伏到床榻上，讓劉玉娘為自己寬衣解帶，揉按肩臂雙腿，以抒解疲勞，一邊咕噥道：「劉鄩居然連梁帝的壓迫都置之不理，這傢伙比我想的還難纏！不行！咱們不能坐以待斃，一定要設法引蛇出洞！」

「報——」門外忽然一聲傳報。

劉玉娘忍不住嘀咕：「這麼晚了，還有事情？」

李存勖心知夜晚通報，必有要事，對外呼喝：「什麼事？」

元行欽來到門外呼喊：「太原糧草到了！」

李存勖歡喜地跳了起來，一邊披穿外衣，一邊對外呼喝：「點過了嚒？有多少？」

劉玉娘也趕緊披穿上外衣，兩人裝束妥當，便一起走出寢室，來到內殿，李存勖喊道：「進來吧！」

這次從臨清運送糧草過來的是石敬瑭，他隨元行欽進入內殿，雙手呈上賬冊，恭敬道：「都監在賬冊上已經寫明從晉陽發出六萬石粟米、七萬石糧草、三千支羽箭，還有其他藥材、火油等物資，一路上的消耗也各有詳細記載，請大王過目。」

「只收到六萬石粟米？」李存勖原本歡喜的臉瞬間沉落下來，一邊伸手接過賬冊翻開來查看，一邊蹙眉道：「到了這裡，豈不只剩二萬石？這麼點東西，只夠一個月……」卻見張承業在賬冊首頁就夾了一張親筆信箋：「百姓收成不及，恭請大王體恤民情，節省開支。」臉色不由得越發難看。

石敬瑭正想開口解釋：「不……」劉玉娘見李存勖心情惡劣，輕斥道：「糧草送來，你們安排就行，這種事為何還要打擾大王歇息？」

元行欽趕緊道：「末將以為大王會急著想知道消息，而且石騎校說要親自稟報，這才……」

「罷了！」李存勖揮揮手，道：「都出去吧！」

元行欽趕緊退出，石敬瑭卻未離開，道：「還有一件事……」

李存勖頭也不抬，雙眼只盯著賬冊，不耐煩道：「什麼事？不一次說完？」他一頁一頁翻過，看著沿路的損耗記錄，未等石敬瑭開口，又「咦」了一聲：「這次消耗較少？還記載得如此清楚？」

「是！」石敬瑭道：「因為這次押送糧草的是馮巡官，他走了最短的路徑，所以沿路運糧兵的食耗減少許多。」

李存勖依舊低著頭在查看細帳，不悅道：「走最短的路徑，不是會遭遇許多山匪嚒？所以往常都要繞一點遠路，這巡官竟如此大膽，居然擅自更改路線，瞧我不好好治他重罪！」

石敬瑭道：「他們一路平安，未遇任何劫匪。」

「怎麼可能？」李存勖不肯相信，一邊看著賬冊，一邊道：「臨清邊境的山匪最是囂張，這麼大一筆糧草送進山林，那幾窩土匪還不生吞了！」

臨清是王鎔的領地，他的軍兵戰力弱，有時對山匪也無法有效打擊。

石敬瑭道：「大太保也很驚奇，事後派探子去山林裡查看情況，卻發現那幫土匪一個個都在忙著抄寫經書，沒空打劫……」

「你說那些山匪在做什麼？」李存勖以為自己聽錯了，終於抬起頭來，問道：「抄什麼東西？」

石敬瑭道：「末將也不明白，就是一個個都在認真地抄寫經文，至於是抄什麼經書，就不知道了。」

李存勖奇道：「竟有這等事？山匪都放下屠刀，立地成佛了！」

「是！」石敬瑭道：「但還有一件更神奇的事……」

李存勖來了興趣，問道：「什麼神奇事？」

石敬瑭道：「出了臨清之後，到進入魏州，中間這一段路，途經梁境，甚是危險，大太保於是指定末將與馮巡官接頭，一起護送糧草到這裡。梁軍也像往常一樣出來打劫，可當他們要搶奪我軍糧草時，卻遭遇一批蒙面高手從背後襲擊，梁軍被打個措手不及，驚慌之下，便做鳥獸散了。」

「竟有高手偷襲梁軍？」李存勖越聽越奇，問道：「查出是哪一方人馬？」

石敬瑭道：「不知是何人，也不知他們真正目的，是與梁軍有仇，還是想幫助我軍，亦或是誤打誤撞，但我們因此保住全數糧草，沒有半點損失。」

「你說這次糧草幾乎沒有損失？」李存勖感到不可思議，快速翻到最後一頁，赫然發現餘額竟是四萬石，比往常足足多了一倍，驚喜道：「這次居然留下了四萬石糧餉？」忍不住哈哈一笑：「這新來的巡官真是個福星！」

「是！」石敬瑭終於有機會把事情說出來：「馮巡官此刻就等候在外邊，想求見大王！」

一個小巡官在深夜求見，於禮不合，劉玉娘心中不悅，正想怎麼阻止，李存勖已道：「本王明日下個令，賞他一點銀兩便是，教他回去吧！」

石敬瑭道：「他不是來求賞，他是馮道，想要拜見大王！」

「馮道？」李存勖一愣，不敢相信自己的耳朵，又重覆問道：「你說……馮道？是那個被李小喜害死的馮道？」

石敬瑭麥褐色嚴肅的臉泛起一抹難得的微笑，道：「就是那個馮道！他非但沒有死，還誠心誠意地來投靠大王。」

「馮道來了！」李存勖原本沉鬱的臉忽然又煥亮起來，歡喜道：「你怎麼不早說？果然不錯！這傢伙就是個福星！快教他……」卻被劉玉娘從後方輕輕扯了一下衣衫，李存勖愕然地望向她，不知她弄什麼玄虛，劉玉娘調皮地霎了霎眼，流露一抹若有深意的微笑，又對石敬瑭道：「你去對他說，夜深了，大王已經歇息了，明日有空，自會召見他。」

石敬瑭望了望李存勖，見大王沒有反駁，只好恭敬稱「是」，行禮退下。

李存勖回到寢室裡，頹然坐倒在大床上，不悅道：「先前我幾番暗示馮道歸服，他始終不肯，如今人好不容易來了，妳卻將他攔阻在外，究竟是什麼意思？」

劉玉娘聽出李存勖頗有埋怨之意，一邊過去重新為他寬衣解帶，一邊微笑道：「正因為大王幾度誠意相邀，他卻不肯前來，才更不應該接見！只不過送了一趟糧餉，就想討賞，難道大王不想好好挫一挫他的銳氣嚒？」

李存勖揮了揮拳頭，哼道：「那傢伙，我早就想修理他了，免得他自視太高！」想到自己狠揍馮道，他肯定會唉唉求饒的模樣，自己忍不住就先笑了起來：「那傢伙有趣得很！」

劉玉娘橫了他一眼，笑道：「大王自己樂得像三歲孩童，還說人家有趣！要是被太保們瞧見了，肯定又要說你沒個威嚴！」

李存勖趕緊換了一張嚴肅的臉，鼓起腮幫子佯裝胖老頭，又刻意壓低嗓子道：「這樣可像大王了吧？」

劉玉娘忍不住噗哧一笑，李存勖也笑了出來：「我便只能在妳面前戲耍，可不能在他們面前這樣！」又揮拳道：「倘若是平時，我非好好整治馮道不可，但現在情況緊急，我也就不跟他計較了！這人貌似不起眼，其實很有本事，說不定咱們的軍糧能指望他呢！這般吊著不見，豈不是多拖延好幾日了？」

劉玉娘牽引著李存勖重新伏趴於床榻上，自己則跪坐於床沿，伸手為他揉按肩背，溫言解釋：「大王請想，這馮道是從晉陽過來的，又已得了巡官之位，可見他原本就待在七哥身邊幫忙，倘若他真有本事籌到更多的軍餉，又怎會只送四萬石粟米過來？」

李存勖一拍額頭，道：「妳說得對！我是愁昏頭了，才沒想到這一層！他向來尊敬七哥如師如父，如果有法子籌糧，早就幫忙了！」

劉玉娘心中一愣：「他敬七哥如師如父？」又道：「倘若這人真有你說的那麼厲害，就更不應該接見了！聰明的人多心眼，你得冷一冷他，給他下個馬威，讓他知曉今後只能聽你的！全河東臣民都只能效忠大王一人！」

李存勖笑道：「妳也是個多心眼的！七哥那麼愛護我、支持我，馮道尊敬七哥，就等於是效忠我了！」

劉玉娘道：「那是因為你聽七哥的話，他才護著你，倘若你不聽話了，比如說你想自己稱帝，你說他還能護著你麼？」

李存勖一愣，心知劉玉娘說得不錯，隨即又逼自己把這些惱人的事拋開，道：「我先過這一關再說吧！切記，稱帝之事千萬別在七哥面前提起！」

劉玉娘心中暗哼：「這老宦官真是礙事！我就不信我會輸給一個閹人！」

李存勖瞥見桌上那本晉陽送來的賬冊，不禁又是一嘆：「倘若七哥和馮道聯手都籌不到糧，我河東大業豈不是完了？」想到馮道已經來了，又振作起精神，道：「四萬石糧……還有兩個月的時間，我一定要在期限內逼出劉鄩！明日我就召見馮道，看他有沒有什麼妙計？」

劉玉娘道：「大王如果想暫時用這個人，那便去見他吧！但如果想真正收服他，這幾日就絕對不能見他！需忍一忍！」

「可……」李存勖忍不住翻身過來，精眸凝望著劉玉娘，道：「真不能見他？連問計也不行？」語氣有幾分焦躁不耐。

「這世上又不只馮道一個能人！」劉玉娘沒有迴避他的怒意，反而輕輕俯身在他頰邊一吻，又貼著他的耳畔吹著氣，挑釁道：「只要大王忍得下心，妾倒是有一計，絕對出其不意，就怕你覺得賭注太大，不敢冒險！」

李存勖被激起了鬥志，一把抓住她，翻過身子，將她壓在身下，笑道：「誰不知本王天生虎膽，最愛冒險，有什麼是我不敢賭的？」

劉玉娘微微一笑，道：「大王請聽……」李存勖低了頭，貼近她的臉，感受著她香唇吐氣如蘭，輕聲傾吐出不可思議的計劃，儘管李存勖是在血戰沙場中滾大的，聽聞之後仍是大大吃了一驚，打從心底冒出一陣陣冷氣。

劉玉娘見他虎目圓睜，遲遲沒有回應，似乎嚇傻了，得意地笑問：「妾的這樁計策是不是石破天驚？連你都猜想不到吧？」

李存勖終於回過神來，以不可思議的眼神凝望著劉玉娘，輕輕一嘆，卻還是不敢答允：「這……真的太冒險了！一不小心就會滿盤皆輸！」

劉玉娘柔聲道：「只要大王事先做下防範，把事情安排得周全些，就萬無一失！」

李存勖搖搖頭，道：「上回劉鄩奇襲晉陽，咱們就是苦於兵力不夠，才不得不調兵回防，哪有人力可以安排得更周全些？」

劉玉娘反駁道：「上回劉鄩是出其不意，才弄得咱們人仰馬翻，但這次不一樣，是咱們主動出擊！」

李存勖沉吟道：「萬一真出了事，會招致軍士們不滿……」

劉玉娘道：「大王只要暗中派使者送密函去給趙岩，誰會知曉？若是擔心，便連信使也殺了，那就只有天知地知、你知我知，最多再加上一個趙岩知曉，而他絕不可能說出去，又有誰能怪罪你？」

李存勖還是下不了決心，道：「不行！這計策太狠了！」

誠如李存勖自己說的，他向來大膽愛冒險，劉玉娘滿心以為這計劃能贏得他的讚賞，想不到他居然不敢行動，還責怪自己太狠辣，嬌嗔道：「難道讓十萬大軍活活餓死，就不狠？讓百姓為了籌措糧資，陷入飢寒交迫，就不狠？太原是咱們自己人，百姓們都全力支持大王，七哥要籌措軍資糧餉尚不困難，但我聽說魏州這邊，孔謙為保大王軍資不斷，向百姓急徵重斂，已引發民怨，只要劉鄩一直拖著不肯出戰，總有一天，咱們定會被拖垮，大王好不容易走到這一步，難道真要放棄宏圖大業？」見李存勖目光閃爍，心意已然動搖，卻還下不了決心，索性道：「大王從來不知道這些事，一切都是玉娘自己膽大妄為！」

李存勖寧可在沙場上快意對決，也不喜歡使弄這些陰謀詭計，但如今他把河東大軍帶到這一地步，已是深深陷入魏博六州包圍的泥淖之中，這一仗，若不能成功，便是全然滅頂，他實在是輸不起，但若是親手去執行這個計謀，就算勝了，也過不了心裡關卡，會覺得自己有些卑鄙，聽劉玉娘願意把事情攬到身上，對於她的體貼實在感動，握緊她的手，雙目一閉，道：「隨妳吧！」

「我就知道……」劉玉娘歡喜地在他唇上輕輕一吻，道：「我的夫君果然是做大事的人！」

李存勖輕輕一嘆：「我手下那幫謀士、武將加起來，都不如妳一個！」

九一五・五

摭拭欲贈之・申眉路無梯

馮道奉張承業之命，好不容易將糧草運送至魏州，滿心想要參見李存勖，卻遲遲等不到召喚，只能先幫忙清點軍資，為士兵們補充缺失，心中實在不解：「難道小李子還記恨，才故意整治我？可公公明明說他見到我會很高興……」不由得一嘆：「如今戰事緊張，他怎能鬧起小孩脾氣呢？」

如此一連過了三日，這天清早，馮道才剛梳洗完畢，正打算前去軍營為士兵們分派箭弩，卻遇見一位中年婦人悄悄前來，攔住他的去路，低聲問道：「你是馮巡官吧？」

馮道心中納悶：「軍營裡怎會有婦人隨意走動？」見她身穿錦衣，心想此人不能得罪，連忙堆起微笑，道：「在下正是馮道，但不知阿婆是誰？有何指教？」

老婦沒有答他的話，只道：「魏國夫人要見你，半個時辰後，在後山雲松樹林裡會面，來時莫讓任何人知曉。」說罷便低了頭匆匆離去。

馮道恍然明白這婦人是魏國夫人的隨侍，也是世子李繼岌的乳母，但召見自己的竟不是李存勖，而是魏國夫人，實在讓他有些錯愕：「大王避不見面，夫人卻秘密約會，這事透著幾分古怪……」又安慰自己：「罷了！既來之，則安之，我又何必杞人憂天？就算真有什麼問題，我總要親自去一趟，才能弄明白！」連忙返回營帳裡，重新整理一下自己的儀容，便匆匆趕往後山。

前方一片山光水色中，有位佳人穿著一襲紅衣綠裙，坐在一大片松樹林蔭下。白色的蒼雪、幽暗的樹影，她整個人就像一抹燦爛春光，恰恰融在黑與白的交界裡，形成最耀眼亮麗、最引人注目的焦點，彷彿在昭示天下，她就是破開梁、晉迷霧般戰況的唯一關鍵！

馮道對其他女子的外貌向來不會也不敢留意，卻無法不被眼前這道豔麗風景吸引，打從心底讚嘆：「果然是煙雨樓四大堂主之一，只比妹妹稍遜那麼……一點點！難怪小李子會對她如此著迷，就像我迷戀妹妹一般。」當然這「稍遜一點點」，也是他對褚寒依私愛之故，若真評論起來，兩女在他心中實是各有特色、難分軒輊，只不過他既然承諾了褚寒依，便是連在心裡也不敢輕慢，免得哪一天招來萬針穿心的災難！

他心知劉玉娘是李存勖最寵愛之人，不敢稍有怠慢，快步走近前去，躬身示意，道：「卑職參見魏國夫人。」

一個偌大人影在前方行禮，劉玉娘全似沒瞧見，只以烏黑瞳眸微微勾掃了一下馮道，便自顧自地以塗著豔紅丹蔻的纖指拿起雕刻花鳥紋的頗梨七寶杯，啜飲著甜美的謙和葡萄酒，搭配品嚐著五味花色製成的五福餅。

馮道躬身許久，都未聽見劉玉娘應聲，只好自己挺起身子，微笑問道：「夫人教卑職前來，不知有何吩咐？」

劉玉娘沒有瞧他一眼，只不停把玩一件皀色錦囊，目光愛憐橫溢，似乎很喜歡這小玩意，淡淡道：「大王一早便去貝州慰勞圍城的士兵了。」輕輕一嘆，又道：「那張德源真是個硬茬兒！圍了許久也攻不下，大王總得過去激勵、激勵士氣，說不定還得親自坐鎮指揮一番，真不知要忙到什麼時候！」

馮道聽懂她這番話是在告訴自己，李存勖不知何時才會接見他，決定主動出擊，端起笑臉道：「大王懷憂國事，忙於軍務，因此夙夜匪懈、宵衣旰食，為人臣屬理應為主分憂，不如我這便啟程前往貝州，襄助大王處理軍事，好讓他早日回來與夫人、世子團聚，夫人以為如何？」

劉玉娘終於抬起玉首，微笑地打量著他，道：「我聽人說你很討巧，果然不錯！」

「討巧？」馮道剛入河東，尚未有任何表現，就被定了討巧罪名，心中有些氣不過，忍不住瞪大了眼，想把對方瞧個清楚，只見她濃墨般的秀髮盤成典雅的髮髻，髮上插了大大小小的金釵玉簪，手上、頸上各自掛滿貴重飾鍊，樣式雖多，卻搭配得宜，上穿松綠窄袖糯衫，下配桃紅精繡長裙，外披一件山川黛色大氅，很少有女子敢把大紅、大綠、大藍、金銀珠寶一股腦兒全攬上了身，偏偏她就穿出十分自信，彷彿這樣才能彰顯她尊貴受寵的身分。

裹在華麗穠豔的裝束下，是一張小巧明麗的臉，明明已為人母，那神情依然像荳蔻少女般，一雙星眸挑蕩著幾許促狹戲謔的意味，因著天冷，雙頰被凍得有些白裡透紅，就像綿白雲朵微染了霞暈，時不時便浮現一對可愛迷人的小酒窩，任誰望見這天真爛漫的笑顏，都免不了要怦然心動、意醉神迷，可馮道卻怎麼也笑不出來，只心裡一陣陣發寒，因為看似純真的瞳眸裡，偶爾會閃現幾許貪婪利光，那樣的利光，只有「明鑒」雙眼的人，才能分辨查覺！

這一刻，馮道忽然覺得，若真要說劉守光有什麼優點？大概就是他沒有一個厲害的婆娘！

他初來乍到，對軍中情況還沒摸透，心想：「這頭小母虎是真老虎，不像妹妹只是小母貓，我可不能莽撞行事，免得羊落虎口，屍骨無存，就暫且裝個灰孫子忍她一忍，瞧她玩什麼把戲……」遂恭恭敬敬行了一禮，道：「卑職不知自己做錯什麼，竟落得『討巧』之名，還請夫人賜教，好讓卑職改進。」

劉玉娘道：「四萬石粟米，如果士兵們不打仗，只充做溫飽，是可以支撐兩個月，但如今我們正與劉鄩做殊死戰，士兵常要突襲衝殺……」她忽然頓住，轉口問道：「你看來文文弱弱的，大概沒殺過人吧？」

馮道不知她是何意，尷尬道：「親手殺的沒有。」心中卻想：「用戰計殺的，倒是一大把，不知這罪孽是不是都算到我頭上？」

劉玉娘道：「看來你不知道殺人要用很多力氣，殺完之後，需要吃很多米糧才能補回體力！倘若有勇士能殺很多敵人，大王還會多加犒賞，你送來的那一點東西，只怕不到一個月就消耗光了！」

馮道恭敬道：「軍需龐大，百姓種植不及，都監已……」他原想說張承業已竭盡全力，劉玉娘未待他說完，已冷哼道：「你是想說七哥辦事不力，籌不到米糧，對吧？」

馮道心中不忿：「就連先王對公公都十分尊敬，這小娘子尚未坐上皇后之位，就大耍威風，居然敢批評公公辦事不力，還想把損人的話賴到我頭上，挑撥我和公公的關係……」

張承業分析河東勢力時，曾形容劉玉娘出身不如衛國夫人韓氏、燕國夫人伊氏，因此在兩位太妃及張承業等尊長面前，特別乖巧柔順，在年長的太保面前也是甜舌蜜嘴、禮數周到，在李存勖面前卻是活潑爛漫、聰明伶俐，與李存勖貪玩好動的個性十分契合，兩人雖成親許久，平時仍像熱戀的少男少女般打情罵俏，頗有情趣，李存勖因此捨不得與她們母子分離，就連行軍打仗也帶在身邊。

馮道又想：「她在公公面前假裝恭順，贏得信任，背地裡卻使壞，不但是小母虎，還是笑面虎！我得小心提防……」正想為張承業辯解個兩句，劉玉娘卻不容他說話，冷聲道：「既然你們沒有籌糧的本事，就只能靠前方將士盡快打勝仗！我們必須在一個月內打贏劉鄩，你有什麼想法？」

馮道恭謹道：「卑職才剛抵達這裡，一時還沒有好主意，但會盡力輔佐大王結束戰爭。」

劉玉娘忍不住掩著嘴笑了，又道：「你手不能提刀、肩不能扛槍，憑什麼打贏劉鄩？就憑一張嘴空口說白話？這就是為什麼說你只會討巧！」

馮道實在猜不出劉玉娘是何意思：「我與她往日無寃、近日無仇，今日才見第一面，她屢屢刁難，究竟是何故？」

劉玉娘道：「河東在大王帶領下，聲威正盛，天下俊彥想歸附者，多如牛毛，你既不會收糧，也不會殺人，到底會什麼？你總得證明自己有一點價值，大王才有見你的必要！」

馮道原想為自己辯解個兩句，但劉玉娘慵懶的神態就像懶得對一個廢人說話般：「你什麼都不會，總會送信吧？」

「送信？」馮道一愣，心中低呼：「她彎彎繞繞大半天，原來是想教我去送信！」又想：「營中明明有信使，她卻暗中派我前去，這信肯定十分機密！」

果然劉玉娘冷聲道：「這封信只能由你一人送去洛陽，不能交由信使、驛卒轉手好幾人，明白麼？」

馮道趕緊道：「明白。」

劉玉娘將手上把玩的錦囊放在桌案上，豔紅的薄唇勾起一抹耐人尋味的笑意，道：「你去洛陽的洛香酒肆，包下『天』字號房十天，將這東西放入房中的枕頭下方，便即離開，一刻都不能多待，知道麼？」

馮道心中一愣：「這麼機密的東西，竟不是傳給河東將臣，而是送去大梁？而且還不讓我知道接頭人是誰？這事情詭異得很……」隱隱感到這其中暗藏著某種陰謀，但知道不能多嘴相問，只好道：「卑職來了幾天，都還未拜見大王，實在有失禮數，是否稟報他一聲才出發？」

劉玉娘微笑道：「這件事我不管你用什麼方法辦到，只能四天來回，倘若不能達成任務，便以軍令處置！若是能完成，大王自會見你！」說罷取出一張軍令狀放在桌案上，又道：「你先在上面畫個押吧！」

馮道暗想：「她拿出軍令狀是在告訴我，送信之事大王是知道的，既然是公事，我便不能偷懶，須盡力辦好。這四天時間來回，便是去兩天、回兩天，還必須走最快的路，不能有片刻耽擱，才可能辦到。倘若我為了想查出洛陽接頭人是誰，逗留個一天半日的，肯定趕不及回來！」

他微微抬眼望向劉玉娘，只見她也正望著自己，驕傲的神氣中流露一絲嘲笑之意，又想：「這婆娘當真厲害，把我的行程掐算得如此精準，不讓我有片刻喘息！」即使覺得事情十分古怪，也不能違抗軍命，連忙上前接過，只見那個錦囊好似皂囊重封！

皂囊重封一般是帝王寫了密函後，先蓋了玉璽封印，放入皂色錦囊後，再由尚書令或御史中丞在錦囊外再加一層自己的封印，以達到雙重保密的效果。但劉玉娘給的皂色錦囊並沒有晉王封印，而是大唐監軍的封印，囊口還用極細緻的針法密密縫合起來，不易拆開，可見裡面的事物確實十分機密。

馮道心中奇怪：「這密函竟是公公授意的？他怎麼沒跟我提起這事？」見軍令狀也

是立給張承業的，又想：「公公遠在晉陽，如何能蓋這封印？難道是我出發後，公公忽然想起此事，才派人快馬送來？這蓋印完整，可見出了晉陽後，便無人拆開，既是如此，公公大可讓信使直接送去洛陽，為何要大老遠地送到魏州來指定我轉信？」抬眼望去，見劉玉娘唇角露出一抹高深莫測的微笑，令他更加不安，但面對軍令狀和大王最寵愛夫人的指示，他一個小巡官實在無法拒絕任務，只好把疑惑暫拋腦後：「罷了！管她弄什麼玄虛，送個信而已，難道我會辦不好？」便提筆在軍令狀上簽名，道：「卑職即刻出發。」

他告辭劉玉娘後，便前往馬廄，但此時好馬都去打仗了，哪有什麼快馬？會留在這裡的，多是需要休養的馬，心中不由得暗罵劉玉娘給這四天期限，分明是想整死自己！事已至此，他也只能從一群拐瓜劣棗中，挑選一匹稍微像樣的青色瘦馬，日夜兼程地趕赴洛陽。

他心知此番送信必須深入梁境，委實不敢大意，便先把自己易容成老書生，才趕馬上路。到了洛香酒肆後，依劉玉娘的指示，向店老闆包下「天」字號房，為期十天，接著進入房中，把錦囊藏在枕頭下方。

馮道輕易完成任務，總覺得這事過分簡單，似乎有些古怪，但他再好奇，也不敢擅自打開錦囊來看，想偷偷留下來觀察接信人是誰，又不知對方幾時會來，萬一耽擱到回程時間，自己可是會被軍律處死，思來想去，還是只能立刻離開。

他一路催馬急奔，連趕了三天路程，眼看只要渡過澶州，就可以進入魏州邊境，偏偏天色已晚，無論如何也該讓馬兒休息，但四周山勢高聳、幽谷深邃、林蔭茂密，杳無人煙，他心中忽然感到一陣不安：「怎麼來時沒覺得這裡陰森森的，今晚卻像瀰漫著一股殺氣？」念頭才轉完，驚見一道白色身影如飛箭般，從遙遠天際對準自己筆直射來，竟是怎麼都不該出現的敵人——徐知誥！

「救命啊！」馮道嚇得放聲大喊，手上用力一扯韁繩，想掉頭就跑，那馬兒卻因為轉得太急，四蹄亂撒，一個重心不穩，整個肥碩的身子重重側跌一跤，連帶把馮道直接拋摔在地上！

「救命啊！救命……」馮道還來不及起身，徐知誥的劍尖已再度逼近，他除了瘋狂大喊，手腳並用地拼命往後蹭退，已不知道自己還能做什麼。

「噹！」千鈞一髮間，一道黑色人影閃入其中，「唰唰唰！」一陣刀光炫閃，擋去徐知誥的劍尖，正是阿寶！

徐知誥從這一擊之力，知道阿寶的武功雖然不弱，仍遜於自己，但隨即感受有另一名高手正虎視眈眈地藏身樹林裡，正是使九環大刀、綽號阿貴的石公立！

徐知誥健腕一抖，將長劍折疊收回成一把摺扇，輕輕搖搧，銳利的目光從地上的馮道移到了阿寶身上，冷聲道：「金匱盟想插手此事？」

阿寶拱手道：「徐史君見諒！阿寶也不想理會這膽小無賴的傢伙，但他事先付了本盟一筆費用，從他運糧至臨清、送信到洛陽，最後準時回返魏州軍營，都要我們保他一路平安順暢。」

徐知誥曾經打探金匱盟一段時間，知道他們行事神祕，外人很難掌握他們的行蹤，未料馮道一個窮酸小子竟能聯繫上金匱盟主，並出得起價碼讓金匱盟一路保護，實在驚愕，嘲諷道：「金匱盟號稱超然世外，竟也幹起標局的勾當？」

阿寶冷笑道：「徐史君應該知道主人愛財，他非但不超然，相反的，還俗氣得很！」

徐知誥又道：「姓馮的付了多少銀兩？徐某可以付雙倍，不必金匱盟相助，只要你們不干涉。」

阿寶道：「金匱盟已答應馮道在先，便得確保他平安返回魏州。至於徐史君提出的花紅，值不值得接，也由主人決定，不是我們可以置喙的。」

徐知誥冷聲道：「倘若徐某非殺他不可呢？憑你們二人就能保得住嚒？」

阿寶不疾不徐道：「徐史君武功絕頂，即使我二人聯手，確實也比不上，但抵擋一陣子，讓馮道快馬逃走，還是可以的！」

事實上馮道趁著兩人說話間，已拉起馬兒，翻身坐上馬背，笑道：「這筆錢付得真值！阿寶、阿貴多謝啦！下回有生意再找你們金匱盟，還有小徐子，咱們青山不改、綠水長流，後會有期……不不不！後會無期！後會無期！以後別再糾纏了！」說罷用力一扯轠繩，就要離去，徐知誥忍無可忍，精眸一湛，手中的鐵扇飛擲出去，越過阿寶上空，直取馮道腦袋，阿貴龐大的身影豁然飛出，九環大刀一閃，如銀流飛瀑橫空出世，硬生生將鐵扇劈了回去，那鐵扇一個迴旋，又巧妙地回入徐知誥手中，阿貴也同時落在阿寶身邊，兩人並肩而立，擋住徐知誥的去路。

阿寶再次拱手道：「徐史君莫生氣，主人請你到前方『風波亭』一敘。」

徐知誥不由得一愕：「盟主要見我？他知道我會來這裡？」

阿寶微微一笑，道：「主人一向無所不知！上回徐史君提出邀請，主人想與你閒聊兩句。平時要見主人一面可不容易，就算是王公貴冑付上五百兩黃金，也未必能見面，徐史君難道真要為了一個小巡官，放棄這個不用付任何銀子就可請益的機會？」

「兩位請帶路吧！」徐知誥眼看馮道去得遠了，已追之不及，只能收起憾恨的心情，隨他們前去。

三人進入叢林小路，繞了半個時辰，小路盡頭出現一座古樸涼亭，四周長草叢生，差不多與人齊高，幾乎要把整座涼亭給包圍起來，以至亭中瀰漫一股陰森荒廢的氣氛，幸好石桌上擺放一盞富貴華麗的仙居皤灘花燈，燃了兩支紅燭，才在幽森之中添了一點活人喜氣。

金無諱已待在涼亭裡，依舊戴著金色花紋面具，身披白狐皮裘，負手而立，側身仰望夜空，不知在思索什麼，旁邊還有一位恭敬的僕人阿金。

「徐史君請！」阿寶領路在前，走向涼亭，讓徐知誥行在中間，阿貴押陣在後。

徐知誥生性謹慎多慮，見這地方十分荒涼，不禁起了疑心：「金匱盟主不會在此設下殺陣對付我吧？」他提神戒備，仔細感應四周環境，除了風吹葉動的沙沙聲，夾雜幾許蟲鳴，並無半點人聲殺氣，這才放心繼續前行，信步進入亭中。

金無諱聽見三人走近前來，便回過身子，微笑擺手道：「徐史君，請坐。」又吩咐阿金：「備酒！」

阿金為兩人各擺放一只八楞雕花金樽，又將一旁的越窯青花酒注子放在炭爐上燒烤一會兒，待酒水暖了，再分別為兩人斟酒，一道香冽醇濃之氣瞬間撲了上來，金無諱舉杯向徐知誥致意，微笑道：「徐史君喝慣了自家私釀的千荷露酒，嚐嚐這關中『石凍春』，看味道如何？順不順口？」

徐知誥原本面帶微笑，正要舉杯回敬，聽到「千荷露酒」四字，目光不由得微微一沉，舉酒的手稍稍一滯，但他畢竟是內斂之人，瞬間回復了神色，微笑道：「我聽說石凍春乃是六月六日取五更水做麴，直壓到臘八才造酒，我今日來得真是時候，趕上品嚐這第一道酒。」

金無諱微笑道：「徐史君難道忘了，本座曾贈你一句『畏落眾花後，無人別意看』，自是明白你向來喜歡爭第一，絕不肯落於人後，招待你這樣的貴客，我當然得用第一道酒，又怎敢用第二道、甚至是第三道呢？」

徐知誥哈哈一笑，一口氣乾了手中酒水，道：「盟主自認無所不知，徐某也不必藏著掖著，索性就開門見山，把話挑明，我想與盟主坦誠相交，共享榮華，但不知……」他原本想說「但不知盟主有何條件」，一句話未說完，金無諱已舉掌示意他打住，插口道：「徐史君恐怕誤會了，金某向來只談交易，不談感情，什麼坦誠相交就不必了，也不可能！」他這番話完全不給徐知誥面子，語氣卻笑吟吟的，好似與朋友閒話家常。

徐知誥心中雖覺得不是滋味，倒也沉得住氣，朗聲道：「好！咱們便只談交易，但不知盟主今日邀請徐某，意欲如何？」

金無諱微笑道：「我聽說徐史君已經有了良配，乃是昇州刺史王戎的千金，不只溫柔嫻淑，還連帶送了一位才貌雙全的媵妾宋福金，徐史君從此享盡齊人之福，令天下男子好生羨慕！」

徐知誥「哦」了一聲，恍然大悟道：「原來盟主不只喜歡金銀財寶，還喜歡溫柔鄉！也對！江山多嬌、美人多情，天下英雄無不嚮往矣，盟主又怎會例外？」舉酒向金無諱致意道：「徐某真是榆木腦袋，昔日雖誠意相邀，卻不能深悉所好，難怪盟主不肯應允，這樣吧！我煙雨樓佳人無數，看盟主喜歡哪個？我盡可奉送！」

阿寶在一旁聽了這話，目露鄙夷，手中更不由自主地握緊腰間刀把，似乎隨時要出刀將徐知誥砍成十七、八段，徐知誥感受到她的騰騰殺氣，立刻暗中提神戒備。

金無諱也感應到兩人氣場有些不對勁，吩咐道：「阿寶，妳去巡視四周，莫讓閒雜人靠近，打擾了我和徐史君的雅興。」

阿寶這才忿忿地收回殺氣，恭敬道：「是。」

金無諱舉起金樽向徐知誥致歉：「本座是生意人，最講究信用，今日既請徐史君前來談交易，就絕對不會設下殺局，請安心享用。」

徐知誥見他調走了阿寶，如今這涼亭中的高手只剩阿貴，自己輕易可制伏他們，舉了酒杯回敬道：「徐某有什麼不放心的？倒是盟主不肯為我所用，就不怕我忽然下殺手嚒？」

金無諱笑問：「你捨得殺我嚒？」

兩人相視一笑，同時喝下酒水，金無諱又吩咐阿金：「上畫！」

阿金連忙從行囊中拿出一卷畫軸放到桌案上，小心翼翼地打開，金無諱拿起酒注子親自為徐知誥斟酒，道：「煙雨樓中，我的確有鍾意的姑娘……」

徐知誥心中好奇：「以他的手段，要什麼女子沒有，為何獨獨看中我煙雨樓的殺手？」隨著阿金慢慢把畫卷展開，只見畫中右下角有一朵大大的千荷花，花心之上卻立著一位英姿颯爽、仙容絕俗的佳人，令他臉色霎白，瞳孔驀地一縮，剎那間，絲絲縷縷的回憶就像一群潛藏在內心深處的毒蛇，不斷竄了出來，鑽咬著他的心口！

金無諱微笑道：「畫中女子，徐史君應該認識吧？」

「九年了！」徐知誥望著畫中女子，一時怔怔出神：「她墜崖身亡整整九年了……」那是他內心最憾恨、最脆弱的傷處，從來不允許任何人窺探與碰觸，連他自己都不行！可金無諱竟將傷口血淋淋地揭開，讓一向冷靜至近乎冷血的他，渾身都不由自主地顫慄起來：「他究竟知道什麼？難道他真這麼神通廣大？」

徐知誥逕自拿起金樽狠狠地喝光酒水，藉著暖熱的酒氣強壓下渾身寒意，又暗暗打量金無諱一眼，卻實在捉摸不出對方的意思，只能冷聲問道：「此女不過是我煙雨樓的一介暗探，多年前已身亡，盟主為何提及此人？她與今天的交易又有什麼關係？」

金無諱微笑道：「本座雖不喜歡與人坦誠相交，卻喜歡開門見山地談生意！」拿起滿了酒水的金樽，舉杯向徐知誥致謝，道：「方才徐史君答應相贈煙雨樓的任何姑娘，本座就要她，這杯酒，算是謝意了！」

徐知誥手中緊握著金樽，但覺有千斤之重，怎麼也舉不起來回禮，金無諱又道：「不過是名身亡的小暗探，只要你一句口頭答允，於煙雨樓毫無損失，徐史君應不會吝嗇才對！」

徐知誥始終不肯舉杯應允，只精光微微一湛，道：「本來送予盟主也無妨，但方才我說了，此女早就死了！」

金無諱逕自把酒喝下，清亮的目光緊盯著徐知誥，道：「死也好，活也罷！這都不是徐史君考慮的問題，不只如此，我還要一個人——」

徐知詰英眉一蹙，問道：「誰？」

「馮道！」金無諱微微一笑。

徐知詰眼神更深沉了，就像黑不見底的冰潭，語氣中更透著一股森森殺氣：「馮道並非我煙雨樓的人，盟主究竟是什麼意思？」

「很簡單，他二人的命都是我的！」金無諱道：「徐史君乃至整個煙雨樓、你麾下軍兵，從此不得再碰他們一根寒毛！」

徐知詰「哦」了一聲，冷笑道：「盟主為何執意要保護他們？馮道那窮酸真出得起價碼麼？」

「與馮道無關，是褚寒依！」金無諱道：「說予徐史君知曉也無妨，此女武打不行，籌謀不行，偏偏生了一副熱血心腸，那一日，我與她巧遇……」

徐知詰心中一震，忍不住插口問道：「她……真的還活著？」

金無諱奇道：「煙雨樓的暗探如此神通廣大，徐史君竟不知道麼？褚寒依與馮道已經成親！」

這句話就像一把無情的刺刃，以迅雷不及掩耳之速狠狠刺入徐知詰的心口，令他完全反應不及，只臉色霎白，雙拳緊握，努力壓下心中波濤，卻一句話也說不出。

金無諱無視他眼中滔天恨意，自顧自地說道：「我與褚姑娘一見如故，十分投緣，便想邀請她擔任我旗下三笑幫幫主，主持救濟難民之事，為使她心無掛慮，我也只好順便保護馮道。今日特邀徐史君前來，就想問一句話，本座當不當得起這個和事佬，徐史君願不願給個面子？」

徐知誥萬萬想不到他與褚寒依竟有這樣的緣分，蹙眉道：「這就是你阻止徐某動手的原因？」

金無諱道：「正是！」

徐知誥精光一湛，絲毫無懼地凜然對視，恨聲道：「當初褚寒依為了馮道，竟背叛煙雨樓！身為樓主的我，是絕對不可能放過他們，只要這兩人還活著，就算追到天涯海角，我也是非殺不可！」

金無諱沉聲道：「你不答應，便是想與金匱盟作對了！」

徐知誥冷冷一笑：「即便如此，難道徐某就怕了？倘若我現在出手殺人，你們有誰攔得住我？」

金無諱道：「南吳軍力強盛，煙雨樓暗探厲害，徐史君更已練就『落霞飛鶩』神功，自是誰也不怕。」忽然轉問阿貴：「『落霞飛鶩』氣針細密，難以分辨，就連朱全忠都命喪此神功之下，你的鬼影九重斬可以擋得下幾招？」

阿貴拱手回道：「朱賊是先中了人家的連環毒計，在全無防備之下，忽然對招，這才慘敗。屬下武功雖不如朱賊，但已花了許多時間研究『落霞飛鶩』，抵擋個三、五十招，應該沒有問題。」他說這話時，雖然姿態恭敬地對著金無諱，但聲音宏量自信，分明是向徐知誥挑釁！

徐知誥萬萬想不到自己練成「落霞飛鶩」一事，就連徐溫也不知道，金無諱竟然知曉，還仔細研究過這門神功，甚至知道他是利用張曦使了連環計，才殺死朱全忠，他內心不由得竄起一股寒意，只覺得眼前人說的每一句話，做的每一件事，都隱含著可怕的威脅！

金無諱又問阿貴：「倘若你與阿寶聯手對付『落霞飛鶩』，可抵擋幾招？」

阿貴道：「『鬼影九重斬』的剛猛再搭配阿寶『五味刀法』的鮮奇，抵擋個上百招，再全身而退，應該沒有問題。」

「一百招的時間啊……」金無諱目光望向涼亭外正低頭吃草的幾匹馬兒，微微沉吟，問道：「如果我騎上那匹踢雲烏騅直奔南方，大約可以跑到哪裡？」

阿貴朗聲道：「百招時間讓這馬兒一口氣跑到宋州，絕對可以。」瞄了徐知誥一眼，又加了一句：「誰也追不上！」

金無諱轉問阿金：「幾天可以到金陵府？」

阿金恭敬答道：「如果主子馬不停蹄，大約四、五天也就到金陵府了！」

金無諱又問：「萬一路上遇人截殺呢？」

阿金道：「這踢雲烏騅馬可是咱們花了大把銀子跟耶律阿保機買來的，十分難得，據說以前那個西楚霸王騎的就是這種馬，在千軍之中殺進殺出，一點也不耽誤，他能稱霸一方，全憑這款好馬！」

金無諱笑道：「這意思就是如果有人想半路截殺本座，也不怕了！果然是好馬！」

主僕三人這麼一搭一唱，分明是在告戒徐知誥，如果他敢輕舉妄動，金無諱一定會立刻趕往淮南，將他的底細全掀給徐溫看。

徐知誥不甘受威脅，冷聲道：「徐某就先殺馬，再殺人，又如何？」

金無諱微笑道：「就算不用這踢雲烏騅，一百招時間也足夠讓本座全身而退，日後再尋機會前往淮南，徐史君不是真想試試看吧？」

徐知誥心知自己羽翼未豐，絕不能與義父翻臉，冷冷哼了一聲，不置可否。

金無諱舉酒敬徐知誥，微笑道：「據我所知，褚寒依背叛煙雨樓已是九年前的事了！徐史君是做大事的人，為了兩個毫無緊要的傢伙，內心一直糾結不下，值得嚒？」見徐知誥仍不肯喝酒，微微一笑，自行把酒喝下，又道：「徐史君好不容易在昇州建立起真正屬於自己的勢力，憑藉的不就是與昇州刺史王戎的聯姻嚒？」

徐知誥怒道：「我能得到昇州封地，憑的是自己鎮壓宣州的戰功！」

金無諱微笑道：「徐史君確實平叛有功，徐溫想賞賜你，又怕你坐大，於是提出一個三方交易：他賞你昇州刺史之位，但你必須娶原刺史王戎的女兒，這樣一來，王戎有了聯姻保障，才甘心讓出手中地盤，有他為你安撫昇州老臣，你這新刺史才能坐得安穩，而昇州也能更好地掌握在徐溫手裡。

這樁婚事既是徐溫為你挑選，你就沒有拒絕的餘地！今後你若想大展鴻圖，收攬人心，仍須保持君子形象，難道你還想搶人妻妾，得罪義父和岳父？」笑了笑，道：「這種事，還是能免則免吧！」

徐知誥像被戳中了痛處，忍不住怒道：「誰說我要搶人妻妾？我殺叛徒褚寒依，是清理門戶，天經地義！」他向來從容自信，極少被人激怒，話一說完，才發覺自己竟有些激動了，只得再一次強壓下心中怒氣，道：「算我給盟主一個面子，她和馮道兩人，總要死一個！」

金無諱卻不答應：「褚小娘子性子剛烈，馮道一死，她還不整天哭哭啼啼的，怎麼為我金匱盟辦事？所以一個都不能少！」

徐知誥知道再這麼對抗下去，恐怕他真會轉去找徐溫談判，又實在不願輕易屈服，思來想去，但覺至少得掙回一點好處，目光一沉，冷笑道：「盟主真是好算盤，什麼事都便宜自己，徐某又能得到什麼？」

金無諱聽他口氣鬆動，立刻從懷中拿出一個金算盤認真撥弄起算珠，自言自語道：「一個已然身亡的小暗探，一個永遠升不了官的鄉下小子……這兩個傢伙實在不值錢……不能給太好的條件，否則就虧本了……」徐知誥聽他竟不願給出好條件，正要發怒，金無諱已抬起頭，微笑道：「這樣吧！我給你一單便宜生意！」

「什麼生意？」徐知誥冷聲道：「徐某還要核算、核算，看值不值得！」

金無諱道：「只要徐史君肯放手，本座答應你天祐十五年春，必指點你一個契機，讓你擺脫控制！」

徐知誥心中一愕：「那是三年後……究竟會有什麼契機？」面上卻不動聲色，只冷笑道：「徐某武功絕頂，誰可以控制我？」

金無諱微笑道：「徐史君練了絕頂武功，還得藏著掖著，不敢張揚，這不是受人控制是什麼？」

徐知誥再一次感到眼前人比徐溫更可怕：「他輕易抓住我最在乎的事，讓我放過那兩人……」明知金無諱在誘導自己，卻無法抗拒，這才是最可怕的事！

金無諱又道：「論當世高手，徐史君的修為確實可名列前茅，但有時形勢運道，就連武功也不管用，否則為什麼武功天下第一的李克用會被活活氣死？天下第二的朱全忠會被天下第四百零二的馮廷諤殺死？所以徐史君縱然武功絕頂，也不可太依恃自己的聰明與武力！控制你的那個人，甚至不是在武功上勝過了你，而是懂得運用天機運道，不是嗎？你邀本座合作，難道不是為了反制對方嗎？」

徐知誥不再掙扎，精光一閃，沉聲問道：「你真有把握勝過他？」

金無諱微笑道：「徐史君誤會了，我只說為你指點一個契機，並沒說要參與你與義父、義兄的爭鬥，本座懶得捲入泥渦裡去淌渾水，倘若你真要我一路扶持到底，莫說平分天下了，就算你把整座江山奉送給我也不夠！」

徐知誥雖覺得他實在狂妄至極，但從富貴宴到今日這一番談話，也不由得相信他真有通天本領，卻又同時感到不解，忍不住問道：「你既有這麼大的本事，卻口口聲聲說不要江山，你究竟想要什麼？」

金無諱道：「在徐史君心中，江山權力很重要，便以為人人如你一般！但在本座眼中，什麼江山權力都是浮雲狗屁，只有天下蒼生才是最重要的！」

徐知誥滿腦子想的都是如何爭權奪利，冷不防被這麼一譏，忽覺得有些尷尬，爭辯道：「天下蒼生在徐某心裡一樣重要！徐某出生貧困，最明白百姓受欺壓的苦境，但沒有權力，何來治太平？難道要將蒼生託付給那幫只會打仗、不懂治事的暴主麼？還是那些天生好運，一出世就生在君王家享福的紈褲子弟？盟主說不要江山權力，卻要天下太平，不顯得太過虛偽麼？」

金無諱冷笑道：「虛偽乃是徐史君的拿手本事，本座怎敢與你爭搶這名頭？」頓了一頓，沉聲道：「本座有自己要走的路，不與你同道！但徐刺史必須牢記，將來你無論身在何處，只要有一日執掌大權，便須將蒼生放在心上，絕不可主動發生戰爭，否則就算本座幫了你，老天也會收拾你！」一邊為兩人斟滿了酒水，一邊嘆吟道：「『夫君清且貧，琴鶴最相親。簡肅諸曹事，安閒一境人。陵山雲裏拜，渠路雨中巡。易得連宵醉，千缸石凍春。』」

徐知詰目光望著金色酒水，耳中聽著他的詩句，恍然明白只要自己擺出為天下蒼生的大義姿態，金匱盟主就會相助自己爭大位，比起宏圖大業，馮、褚二人確實微不足道，他性子最為隱忍，暗想：「君子報仇，十年不晚，待我大業功成，再要他們的命便是！到那時我已掌握一國軍力，就算金匱盟不同意，又能奈我何？」便壓下心中恨意，微微一笑，道：「鄭谷這首《贈富平李宰》，以酒諭意，道出『世間何以享大治？唯見千缸石凍春』的感慨！盟主今日請這石凍春的深意，徐某已瞭然於心，日後必當以蒼生為念，不再執著於個人愛恨，若真有主政的一天，也絕不會主動發起戰爭！」

金無諱笑讚道：「徐史君提得起、放得下，真是聰明人！三年為期，本座必到訪江南，為你造一個契機！」

「一言為定！」徐知詰說罷大口飲乾酒水，便告辭離去。

金無諱起身目送，見徐知詰去得遠了，便脫下身上華麗的白狐皮裘，交給阿金。

阿金連忙為他披上一件普通的厚綿袍，再加一件舊皮襖。金無諱吩咐道：「這些東西都好好收起，小心保存。」

阿金一邊小心翼翼收起桌上的金樽、酒柱、仙居皤灘花燈，連同千金白狐裘都各自包裹好，一邊微笑道：「阿金明白的！咱們這個只是做排場用，下次會見哪個達官顯貴時，還要拿出來多用幾回呢！」。

阿寶見徐知詰走遠了，忽然回來，道：「這人就是個偽君子！盟主與他相約，不怕

他暗施詭計嚒？」

金無諱道：「三年之內，他應該不會輕舉妄動，三年之後，他忙於南吳內鬥，自顧不暇，馮道在河東也已經漸成氣候！」

阿寶哼道：「這人根本不是好東西，還假惺惺地說自己會愛民如子！」

金無諱道：「徐知誥冷血無情，翻臉無義，確實不是什麼好東西！」

阿金好奇道：「那主人為何還要給他一個契機？」

金無諱道：「南吳在徐溫的治理下，百姓勉強能過上安穩日子，但他年事已高，無論是徐氏子弟或楊氏子孫都不成材，若是讓他們繼位，南吳只會陷入水深火熱之中！徐知誥雖然心胸狹窄、狠辣虛偽，但他極愛面子，為了籠絡人心、流傳美名，他會仁善治下，眼下他是南吳最好的選擇，也是天選之人！」

阿寶不服氣道：「可我瞧他就是個偽君子！」

金無諱道：「真也好、假也罷，只要肯善待百姓，都是好事！一旦假裝久了，就會變成真的！蒼天既對南吳百姓留下一絲仁德，咱們就不能隨意行事，就算心裡再厭惡，也要拋下個人喜惡去幫助他。」

阿貴見空中飛來一隻信鴿，道：「阿滿去洛香酒肆守候，已經有消息了！」連忙鼓起內勁吹哨，引信鴿下來，從綁縛在鴿爪上的小竹筒裡抽出一張紙卷，小心翼翼地打開，見上面寫著小字：「洛香皂囊、趙岩府邸」，一邊說道：「去『天』字號房拿錦囊的人，離開之後，就快馬送往開封趙岩的府邸。」一邊將紙條呈給金無諱。

「趙岩？」這個意外的答案，就連無所不知的金無諱都感到驚訝，望著手中紙條沉吟道：「原來劉玉娘合謀的對象竟是當今大梁最紅的貪官！他們怕被開封的人知曉，便故意把錦囊先送到洛陽，再讓趙岩的親信去拿事物，可見錦囊所寫之事，對梁晉雙方都十分機密，但梁晉仇深似海，究竟有什麼事可相通？」又叮囑道：「你親自去開封，盯著趙岩的一切動靜，隨時回報！」

「是！」阿貴說罷，便告辭乘馬離去。

金無諱吩咐阿金：「你先把這些東西送回去，再轉往武州與阿銀會合，如今天寒地凍，北境更是寸草不生，百姓難過得很，阿銀已經帶了些許糧食前往新、武一帶，救濟難民，你過去幫他。」

阿金原是武州人，但長年沒有回去了，聽見武州有難，關心道：「新、武兩州乃是幽燕領地，如今不是周德威擔任盧龍節度使嚒？周將軍這麼大本事，怎麼還要咱們幫忙？」

金無諱道：「周德威善武戰，卻不擅文治，從前劉仁恭屢屢背叛河東，周德威始終心懷芥蒂，壓根就不信任幽燕的文武官員，動不動就拿武將開刀，如今梁晉戰況緊張，他更是一門心思都放在與大梁的爭戰上，整天操練兵馬，只想救援戰事，連北防契丹都不顧了，又怎會在乎民生？幽州乃是他腳下之地，尚能安治，儒、檀、新、武一帶離得遠，就顧不上了！

最近梁晉僵持不下，比的就是誰的軍資充裕，誰就能勝出！晉王於是教新州團練使李存矩到北境去招募流匪及劉守光的逃兵，好補充兵馬。那李存矩仗著自己是晉王的胞弟，手中擁兵數千，便強徵新、武兩州的男丁，還壓迫百姓必須供應馬匹。」

阿寶低呼道：「梁晉大戰，馬價一天比一天貴，良馬一匹就要紋銀二百兩，即使是劣等駑馬，也不下百兩，幽燕百姓經過劉氏父子剝削，自己都餵不飽了，又如何供得起馬匹？」

金無諱道：「所以好幾家人一起湊足了十頭牛去換一匹戰馬，這才繳了上去。」

阿金驚呼道：「牛是用來耕地的，都給出去了，怎麼耕種？」

金無諱道：「如今北境是處處家破人亡，弄得民不聊生。」

阿金氣憤道：「死了劉氏父子，又來一個李存矩！我新武鄉親真是可憐！倘若晉王不能好好管束手下，我阿金也不幫他！」

金無諱道：「李存矩若不知收斂，遲早會引發幽燕動亂！」

阿金嘆道：「晉王雖有意整頓軍紀，但他全心都在擴張領地，便顧不到這些殘枝枯梢了！」

金無諱讚道：「你說得很對！連我們阿金都懂的道理，這些君王卻不明白！」

阿金摸了摸自己的腦袋，有些難為情地笑道：「是主人教我讀許多書，阿金才明白道理的。」

金無諱微微一笑，鼓勵道：「阿金這麼努力，以後許多事都要交託給你了！」

阿金歡喜道：「阿金一定加倍努力辦好，不會讓主人失望的。」說罷便揹起那批貴重物品，騎上馬兒出發。

金無諱將寫著「洛香皂囊、趙岩府邸」那張紙條交給阿寶道：「妳設法找到馮道，把烏騅馬和這紙條一起交給他，讓他可以準時回晉營覆命。」

阿寶忍不住哼道：「主人為什麼對那傢伙這麼好？既送寶馬，還把這麼機密的事告訴他？」

金無諱道：「馮道是我們在晉營裡至關重要的人物！」

阿寶一愣，問道：「是為了扶持李存勖稱帝？」

「不是為了李存勖，而是為了——」金無諱沉聲道：「李嗣源！」

阿寶驚呼道：「李嗣源？可現在的晉王不是李存勖嚒？也只有他，才具備稱帝的資格和野心！」

金無諱道：「在漫長痛苦的亂世裡，李嗣源在馮道的輔佐下，是唯一能讓百姓稍稍喘口氣的希望，所以我們一定要盡力完成這件事，但在此之前，必須助李存勖登基，李嗣源才有機會接位！」

阿寶恍然大悟，點點頭道：「阿寶明白了，以後我不會再欺侮馮道了！」

金無諱微微一笑，道：「妳送完馬後，再轉去莘城夾寨，盯住劉鄩的動靜，隨時回報！」

「是！」阿寶拱手拜別道：「阿寶不在，主人一切小心！」便騎上烏騅去尋找馮道，但因夜色昏暗，辨視馬蹄痕跡不易，她心想馮道應已進入澶州，便奔馳追去，豈料始終不見人影，只好又折回原處，等到天光微亮，終於在地面不遠處辨出那青馬一跛一跛的足印。

馮道離開山林之後，雖想盡快趕回魏州，偏偏這馬兒來時還能支撐，回程時明顯氣力不繼，再經過與徐知誥交手時的重摔，腿骨有些受傷，才奔了一小段路，便氣喘吁吁，馮道只得停在河畔，讓馬兒好好吃草喝水，休息一下，想著這幾日的事，心中不禁湧上百般疑惑：「我事先讓金匱盟派人保護，原本是防備大梁殺手，為何徐小子會追來這裡？此行明明十分機密，我一離開魏州，就已經是老書生的模樣，他究竟是如何識破我的身分？」

他感到自己陷入一個巨大又詭異的迷團中，這個迷團裡，似乎不僅僅牽涉了梁晉之爭，還有一些他看不透的算計，只能在心中細細梳理線索：「就算那皀囊真是公公親手所封，我送信的任務最多也只有小李子、劉玉娘和公公知曉，小李子和公公都不可能殺我，必是劉玉娘洩露了我的行蹤！她知道我要四天來回，只能走這條最短的路徑，便讓徐知誥埋伏在回程路上！

可我剛來到河東，並未犯任何錯事，也未得罪人，她明知我對小李子有用，為什麼要害我？還有，她為什麼不派河東的人出手，卻要動用煙雨樓的力量？如果徐知誥知道暗殺的對象是我，一定會在我完成任務後，立刻就動手，絕不會忍耐到我快進入澶州才行動……」

他思索一會兒，已然明白：「刺殺是劉玉娘自己的主意，她不能讓河東的人尤其是小李子和公公知曉，才會找上煙雨樓。還有，她非要我死不可，就讓武功絕頂的徐知誥來殺我這個三腳貓信使……」念想及此，忽然靈機一閃：「或許劉玉娘並不是要殺『我』，而是要殺『信使』！徐知誥來了之後，才發現是我？如果真是這樣，劉玉娘就是想殺信使滅口！即使那信使完全不知情，她也不肯放過？」

他越往深處想去，心裡越是發寒：「信中必有極重大且見不得人的秘密，才讓她寧可殺錯，也不肯放過！這密函是以大唐監軍的封印送到大梁，但公公恨大梁入骨，絕不可能與梁人來往，所以……」心中一驚：「是劉玉娘假借公公的名義與大梁朝廷勾結！她要我立軍令狀給公公，也是想留個證據，萬一出了什麼事，她就能將整樁勾當推到我和公公身上，一旦我身死，公公在毫不知情下，就是百口莫辯！」

他蹲在河畔，雙手伸入冰冷刺骨的河中，將水潑上來洗臉，好讓自己頭腦凍得清醒些：「但梁晉有如死敵，到底有什麼事可以暗通？小李子究竟知不知道這女人幹的好事？無論如何，我得盡快趕回去，免得違背軍令，還連累了公公！」抬眼望向那匹瘦馬，還悠哉悠哉地吃草喝水，心中便有氣：「劉玉娘那小妮子美如天仙，心腸卻像蛇蠍！當真人不可貌相！她欺騙我也就罷了，你這畜牲竟也欺騙我！當初你一副玉樹臨風地站在一堆跛腳馬裡，騙我挑選你，如今我一條小命全繫在你身上，你馬大爺卻是說不跑就不跑了！真是馬也不可貌相！」將手上濕冷的水珠甩脫乾淨，站起身，走向青馬準備再啟程。

遠方忽然一道黑影急速逼近，他不由得屏出呼吸，睜大了眼，定睛瞧去，只見那是一匹快如閃電的黑馬，馬上是那位阿寶姑娘，像是不受控制地衝了過來，就在他幾乎要驚叫出聲，拔腿閃躲時，黑馬已經與他瘦弱的青馬錯身而過，阿寶在那一瞬間從馬背上騰飛而起，落在青馬上，用力一扯韁繩，急馳而出，遠遠去了，只留下一串喊聲：「盟主說烏騅送你了！」

同時間，那烏騅衝向馮道，幾乎要把他撞個正著，卻在咫尺之距，剎蹄停住，一張黑黝黝的長馬臉正好對著馮道一張嚇得青白的臉，一人一馬四目相對，相距不過半分，烏騅眨了眨眼，鼻中噴吐出陣陣熱氣，噴得馮道一臉濕熱，那驕傲的神情彷彿在嘲笑他是個膽小鬼！

這一連串動作只在眨眼之間，馮道連反應都來不及，只能伸手抹去臉上的濕氣，對著那張黑炭馬臉硬是擠出一臉笑意：「嘿嘿！老兄，你來得很及時啊！」

他翻身上馬背，自言自語地笑道：「那個阿寶姑娘真不禮貌，既要送馬兒過來，好好送便是，何必這麼嚇唬人？青馬老兄也真是的，我教它跑，它便懶洋洋的，阿寶一騎上，它就四蹄翻飛，跑得不見影兒！還有你，長得這麼黑，跟周將軍是親戚麼？我便喚你黑炭頭好不好啊？哈哈！我要真這麼喊你，只怕要被紅火陌刀砍成十七、八塊了！」見馬耳朵上以紅繩繫了一張小紙條，便伸手將之取下，微微瞄了一眼，又收入懷裡。

《十朝・奇道・卷五，龍韜豹略　待續》

國家圖書館出版品預行編目(CIP)資料

十朝. 二部曲；奇道(卷四–卷六) / 高容著, -- 初版, -- 臺中市；白象文化事業有限公司, 2023.02
冊；公分
ISBN 978-626-7253-51-9 (全套；平裝)
863.57　　112000296

高容作品集 19　十朝：奇道．卷四，龍興雲屬

作　　者：高容
作者 fb ：www.facebook.com/kaojung.dass
策劃團隊：大斯文創
聯絡電子信箱：dassbook@hotmail.com
總　編　輯：奕峰
責任編輯：李秀琴
文字校對：李秀琴　鄭鉅翰　高容
封面設計：陳芳芳工作室

發　行　人：張輝潭
出版發行：白象文化事業有限公司
地　　址：412 台中市大里區科技路 1 號 8 樓之 2（台中軟體園區）
出版專線：（04）2496-5995　傳真：（04）2496-9901
經銷地址：401 台中市東區和平街 228 巷 44 號（經銷部）
購書專線：（04）2220-8589　傳真：（04）2220-8505

印　　刷：漢斯國際印刷有限公司
地　　址：新北市新莊區化成路 63 巷 6 號 4 樓之 3
電　　話：（02）2998-2117

ＩＳＢＮ：978-626-7253-51-9
訂　　價：卷四~卷六 1140 元
2023 年 2 月　初版

DASS C&C.
www.facebook.com/kaojung.dass